D1925540

KNAUR

Von Sebastian Fitzek sind bei Droemer Knaur folgende Titel erschienen:

Die Therapie
Amokspiel
Der Seelenbrecher
Das Kind
Splitter
Der Augensammler
Der Augenjäger
Abgeschnitten (zusammen mit Michael Tsokos)
Der Nachtwandler
Passagier 23
Das Paket

Über den Autor:
Sebastian Fitzek, geboren 1971, ist Deutschlands erfolgreichster Autor von Psychothrillern. Seit seinem Debüt »Die Therapie«(2006) ist er mit allen Romanen ganz oben auf den Bestsellerlisten zu finden. Mittlerweile werden seine Bücher in vierundzwanzig Sprachen übersetzt und sind Vorlage für internationale Kinoverfilmungen und Theateradaptionen. Als erster deutscher Autor wurde Sebastian Fitzek mit dem Europäischen Preis für Kriminalliteratur ausgezeichnet. Er lebt mit seiner Familie in Berlin.

Sie erreichen den Autor auf
facebook.de/sebastianfitzek.de
sebastianfitzek.de
fitzek@sebastianfitzek.de

Sebastian Fitzek

AchtNacht

Thriller

KNAUR

Besuchen Sie uns im Internet:
www.knaur.de

FSC
www.fsc.org
MIX
Papier aus verantwortungsvollen Quellen
FSC® C083411

Originalausgabe März 2017
Knaur Taschenbuch
© 2017 Knaur Verlag
Ein Imprint der Verlagsgruppe
Droemer Knaur GmbH & Co. KG, München
Ein Projekt der AVA International GmbH
Autoren- und Verlagsagentur
www.ava-international.de
Alle Rechte vorbehalten. Das Werk darf – auch teilweise – nur mit Genehmigung des Verlags wiedergegeben werden.
Redaktion: Regine Weisbrod
Covergestaltung: ZERO Werbeagentur, München
Coverabbildung: FinePic®, München / shutterstock
Satz: Adobe InDesign im Verlag
Druck und Bindung: CPI books GmbH, Leck
ISBN 978-3-426-52108-3

2 4 5 3 1

Inspiriert von »The Purge«

… über jemanden die Acht verhängen:
Ausschluss einer Person vom Rechtsschutz,
wodurch sie vogelfrei wird.

Duden

Wenn man eine große Lüge erzählt
und sie oft genug wiederholt,
dann werden die Leute sie am Ende glauben.

Joseph Goebbels
NS-Propagandaminister

Das ist eine wahre Geschichte!*

* Glauben Sie keinem, der Ihnen die Wahrheit verspricht, bevor er anfängt, seine Geschichte zu erzählen.

Prolog

Ein Monat danach

Hier ist der Anruf für Sie.«

Dr. Martin Roth, der Psychiater mit dem unerwartet glatten, für einen Chefarzt etwas zu jungenhaft wirkenden Gesicht, wollte ihr den Hörer reichen, aber jetzt hatte sie Angst.

Natürlich freute sie sich darauf, einmal eine andere Stimme zu hören als die ihrer Therapeuten und Mithäftlinge, auch wenn Dr. Roth es nicht mochte, wenn sie die anderen Patienten so bezeichnete. Aber plötzlich überkam sie die alptraumhafte Vorstellung, dass sich mit dem ersten Wort ihres Gesprächspartners das Telefon in ihrer Hand in Flammen auflösen und ihren vernarbten Schädel verbrennen könnte. Sie befürchtete, es würde eine Stichflamme geben, die durch ihr Trommelfell hindurch bis zum Gehirn schlug. Das war natürlich Unsinn. Ihrer Meinung nach allerdings kein so grober Unfug wie herkömmlicher Aberglaube – selbstverständlich konnte man beispielsweise Spiegel zerbrechen und trotzdem im Lotto gewinnen. Und lange nicht so abstrus wie die Schlaf-Fee, die sie in ihrer Kindheit jahrelang für real gehalten hatte. Eine fabelhafte Erfindung, die ihre Mutter früher immer aus der Schublade zog, wenn sie keine Lust hatte, ihr eine Gutenachtgeschichte vorzulesen.

»Wenn du jetzt sofort das Licht ausmachst, legt die Schlaf-Fee dir morgen früh etwas vor die Tür. Du hast einen Wunsch frei!«

Schokolade.
Manchmal hatte sie sich ein Prinzessinnenkleid oder ein Puppenhaus gewünscht. Aber meistens hatte sie Süßigkeiten gewollt, denn die kleinen Wünsche an die Schlaf-Fee – das fand sie schnell heraus – gingen manchmal in Erfüllung. Für die großen waren die Gewissensbisse ihrer Mutter selten stark genug gewesen.
Würde sich ihre Mutter heute neben ihr Krankenbett auf der geschlossenen Abteilung der Station 17 stellen, ihr einen Nasenkuss geben und die Schlaf-Fee-Frage stellen, dann würde sie sich wie eine Ertrinkende an die rettende Hand ihrer Mama klammern und mit angstgeweiteten Augen brüllen:
»Ich wünsche mir, es rückgängig zu machen!«
Bei Gott, ich wünsche es mir so sehr!
Und dann würde sie weinen, weil sie längst nicht mehr fünf Jahre alt und damit viel zu groß war, um an Wünsche und Wunder zu glauben. Obwohl es das war, was es jetzt brauchte.
Ein Wunder, das all das, was sie getan hatte und was am Ende zu so viel Blut, Schrecken und Elend führte, ungeschehen machte.
»Aber nur der Tod stellt den Zeiger auf null.«
Das hatte Oz ihr oft genug gesagt, und es war ja nun nicht so, dass man für diese Erkenntnis besonders viel Lebenserfahrung brauchte. Alles war dafür gemacht, kaputtzugehen: der Kühlschrank, die Liebe, der Verstand.
Wann sie ihren Verstand an die Angst verloren hatte, konnte sie heute nicht mehr sagen.
Oder doch. Vermutlich war es an dem Tag gewesen, an dem sie das letzte Mal Kontakt hatten.

Kurz vor Mitternacht. Als Oz, von dem sie nicht viel mehr als dieses alberne Pseudonym kannte, am Telefon sein wahres Gesicht gezeigt hatte, ohne dabei seine Identität zu enthüllen.

»Wieso stoppen wir es nicht wieder?«, hatte sie ihn gefragt. Den Tränen nahe, weil ihr klargeworden war, dass Oz nie vorgehabt hatte, das Experiment zu einem friedlichen Ende zu bringen. Er hatte sie benutzt. Schlimmer und brutaler als jemals ein Mensch zuvor.

»Wieso sollten wir?«, fragte er.

»Weil es so nie geplant war!«

»Das Leben kann man nicht planen, meine Kleine. Es ist ein Erkenntnisprozess. Es nimmt seinen Lauf, und wir schauen zu.«

»Wir sind aber keine Beobachter. Wir haben *Es* erschaffen.«

Oz lachte, und sie meinte zu sehen, wie er den gesichtslosen Kopf schüttelte.

»Wir hatten die Idee. Und wie schon Dürrenmatt in *Die Physiker* sagte: Eine Idee, die einmal gedacht wird, kann nie wieder zurückgenommen werden. Wenn wir jetzt aufhören, wird ein anderer unser Werk vollenden.«

»Dann trifft uns aber keine Schuld.«

»Oh doch. Wir sind schuldig, seit wir das Experiment gestartet haben. Wenn jetzt jemand stirbt – und das wird passieren –, dann nur, weil wir den Mördern die Idee dazu geliefert haben. Wir sind die Inspiration des Bösen.«

»Aber das wollte ich nie sein!«

Sie hatte so heftig gezittert, dass ihr die Welt um sie herum wie eine verwackelte Kameraaufnahme vorgekommen war.

»Damit kann ich nicht leben.«

»Ich fürchte, das musst du.«

»Ich flehe dich an.«
»Was zu tun?«
»Hör damit auf.«
Er lachte. »Wir stehen kurz vor dem Durchbruch. Ich kann unser Experiment doch jetzt nicht stoppen. Das wäre so, als würden wir einen funktionierenden Impfstoff wegschütten, ohne ihn zu testen. Ein wissenschaftlicher Coitus interruptus.«
Impfstoff.
Das Wort hatte einen Gedanken ausgelöst: »Dann lass es uns wie Salk machen.«
»Wie wer?«
»Jonas Salk. Der Bezwinger der Kinderlähmung. Den von ihm entwickelten Impfstoff hat er zuerst an sich selbst getestet.«
Stille.
Mit dieser Idee hatte sie ihn offenbar überrumpelt. Oz schien tatsächlich nachzudenken. In sein Schweigen hinein wiederholte sie: »Mach es wie Salk. Nimm uns als Versuchskaninchen.«
Als er endlich antwortete, konnte sie im ersten Moment kaum glauben, dass er ihr wirklich zustimmte.
»Gar keine schlechte Idee. Ist notiert.«
Sie hatte genickt. Erleichtert und dennoch voller Angst. Die noch einmal größer wurde, als er nachschob: »Dein Name ist schon mal auf der Liste.«
Ihr Herz hatte einen Schlag ausgesetzt.
»Und du? Was ist mit dir?«
»Ich kann nicht mitmachen.«
»Wieso nicht?«
Du Feigling! Du feige Sau!

»Ich bin anders als du.«
»Was bitte schön unterscheidet uns denn?«, hatte sie gefragt.
Außer Ehrlichkeit, Wärme und Herz?
»Ich habe keine Lust zu sterben«, hatte er gesagt und aufgelegt.
Danach hatte er sich nie wieder bei ihr gemeldet.
Hatte ihre Anrufe ignoriert.
Und auch ihre Schreie.
- Als der Kerl mit dem Pfefferspray vor ihr stand.
- Als die Scheibe direkt neben ihrem Kopf zersplitterte.
- Oder als sie um ihr Leben brüllte, während ihr der Mann mit der Mülltüte auf dem Kopf das Messer ins Auge rammen wollte.

Dabei war Oz die ganze Zeit bei ihr gewesen. Hatte sie beobachtet. Auf der Lauer gelegen. Ihr nachspioniert. Dessen war sie sich sicher.
So sicher, wie sie wusste, dass es keine Schlaf-Fee gab.
Und dass sie die Anstalt, in der sie jetzt lag, ihr Leben lang nicht mehr würde verlassen dürfen.
Selbst wenn Dr. Roth sie hin und wieder so ansah, als würde er die AchtNacht-Geschichte, die sie zu erzählen hatte, tatsächlich glauben.
Aber vielleicht war er auch nur ein guter Schauspieler und dachte sich seinen Teil.
Wie sollte sie es ihm verdenken?
Sie selbst konnte ja kaum unterscheiden, ob sie das hier tatsächlich erlebt hatte oder ob das alles nur ein perverser Alptraum gewesen war.
»Ihr Anruf«, wiederholte Dr. Roth flüsternd, der noch immer neben ihr stand und den sie während des Abtauchens

in ihre Erinnerungen völlig vergessen hatte. Endlich nahm sie ihm den Hörer ab.

»Wer ist da?«, fragte sie, und der Mann am anderen Ende der Leitung nannte ihr einen falschen Namen. Doch seine Stimme klang echt, und sie seufzte erleichtert auf.

Gott sei Dank. Er ist es!

Dankbar lächelte sie ihrem Psychiater zu.

Es war richtig gewesen, auf Dr. Roth zu hören.

Er hatte recht gehabt, sie zu diesem Gespräch zu überreden.

Verdammt, sie hätte nie gedacht, dass es sich so gut anfühlen würde, mit einem Toten zu telefonieren.

You better run
Cause we got guns
(...)
We're killing strangers
So we don't kill the ones that we love

Marilyn Manson
»Killing Strangers«

Wenn eine Gruppe im Netz hetzt,
dann sieht sie das Ernsthafte hinter ihrem Tun nicht.
Einzelne machen mit, weil alle mitmachen.

Herbert Scheithauer, Professor der Psychologie, FU Berlin
»YouTube-Hetzjagd. Ein Ort für anonymen Hass«
in *Süddeutsche Zeitung, 14.12.2013*

Nie haben die Massen nach Wahrheit gedürstet.
Von den Tatsachen, die ihnen missfallen, wenden sie
sich ab und ziehen es vor, den Irrtum zu vergöttern,
wenn er sie zu verführen vermag.
Wer sie zu täuschen vermag, wird leicht ihr Herr,
wer sie aufzuklären versucht, stets ihr Opfer.

Gustave Le Bon (1841–1931), französischer Arzt
und Begründer der Massenpsychologie

I.

Ben
Ein Monat zuvor

Bens Hände zitterten.
Das war nichts Ungewöhnliches, das taten sie oft. Immer dann, wenn er wusste, dass er wieder einmal die Kontrolle verloren hatte. Seine Finger waren wie ein Seismograph. Nervöse Antennen, die das Beben vorwegnahmen, das den Boden, auf dem er stand, ein weiteres Mal zum Einsturz bringen würde.
Dabei war er heute überpünktlich gekommen, um es diesmal nicht zu versauen. Aber so, wie es aussah, sollte ihm das nicht gelingen.
»Es tut mir leid«, sagte Lars, der Gitarrist seiner Band, und der melancholische Tonfall passte zu dem traurigen Basset-Blick des Musikers.
Ben lächelte unsicher und zeigte auf das Schlagzeug, das irgendjemand bereits aufgebaut hatte. Die Toms frisch geputzt und abgestaubt. Die Beckenständer funkelten im Schein der Hotelbar wie der polierte Auspuff eines nagelneuen Motorrads.
»Hey, ich weiß, das war Mist letztes Mal. Aber ich pack das heute Abend«, sagte er.
Der Gitarrist, der gleichzeitig der Bandleader war, drückte seine Zigarette im Aschenbecher aus und schüttelte bedauernd den Kopf. »Das geht nicht, Ben. Mike hat nein gesagt.«
»Ist er hier?«

Ben sah auf die Uhr. *Nein.* So früh ließ der Hotelmanager sich nicht blicken. Es war 17.20 Uhr. Noch über eine halbe Stunde, bis es losging, aber die Bar war schon geöffnet. Zwei ältere Männer mit grauen Anzügen und ausgelatschten Schuhen unterhielten sich lachend am Tresen. Ein Pärchen teilte sich einen Feierabend-Drink in einer der ledernen Ecknischen, die zwar bequem aussahen, aber stahlhart gepolstert waren.

Das war das Problem mit dem Travel-Star-Hotel am Messegelände unterm Funkturm. Auf den ersten Blick wirkte es wie ein gehobenes Mittelklassehotel. Beim näheren Hinsehen verstand man jedoch die Zwei-Sterne-Rezensionen, die zwar die Freundlichkeit des Personals lobten, aber die schimmeligen Fugen im Duschbad bemängelten.

Dass das Travel-Star nicht das Adlon war, ließ schon der Preis – neunundfünfzig Euro die Nacht – erahnen. Und die Tatsache, dass hier jeden Samstag die *Spiders* auftraten. Nicht gerade die berühmteste Band der Welt. Nicht einmal die beste Coverband Berlins.

Als Ben bei den »Spiders« als Schlagzeuger anheuerte, hatte er sich selbst gehasst. Noch vor vier Jahren durfte er seine eigenen Rocksongs im *Quasimodo* spielen. Heute musste er froh sein, wenn ihm sein angetrunkenes Vertreterpublikum keine Cocktailkirsche an den Kopf schnipste, während er »YMCA« von den Village People zum Besten gab. Aus ihm war eine Musikhure geworden. Er prostituierte sich als Fahrstuhlmusik-Schlagzeuger. Nie hätte Ben sich vorstellen können, um diesen elenden Job sogar zu betteln. Dabei hätte er es besser wissen müssen. So oft hatte er geglaubt, den Keller seines Lebens längst erreicht zu haben, und war dann doch noch ein Stockwerk tiefer gefallen.

»Hör mal, ich brauch den Job. Ich bin mit dem Unterhalt im Rückstand. Und du weißt ja, dass meine Tochter gerade …«

»Ja, ja, ich weiß. Und das mit Jule tut mir leid, ehrlich. Aber selbst, wenn ich es wollte. Es geht nicht. Du hast die Proben geschwänzt, nachdem …«

»Proben? Was gibt es denn bei Kool & the Gang zu proben?«

»… *nachdem* du bei deinem letzten Auftritt neben die Bassdrum gekotzt hast. Alter, wir mussten den Gig abbrechen. Du hast uns sechshundert Euro gekostet!«

»Das war ein Fehler, ein dummer Fehler. Du weißt, dass ich nicht mehr trinke. Es war einfach ein beschissener Tag gewesen, das weißt du doch. Es kommt nicht wieder vor.«

Lars nickte.

»Ganz genau. Das kommt nicht wieder vor. Sorry, Kumpel. Wir haben schon einen Ersatz für dich.«

Ersatz.

Als Ben vier Minuten später auf einer Bank in der Nähe des Hoteleingangs saß und einen Reisebus beim Rangieren auf dem nahe gelegenen Omnibusbahnhof beobachtete, dachte er, dass das eigentlich ein ganz guter Spruch für seinen Grabstein wäre:

Hier ruht Benjamin Rühmann.
Er wurde nur neununddreißig Jahre alt.
Aber machen Sie sich keine Sorgen.
Wir haben schon einen Ersatz für ihn gefunden.

In der Regel ging das schnell. Das war jetzt schon die vierte Combo, die ihn gefeuert hatte. *Fast Forward* nicht mitgerechnet. Die Band, die er gegründet hatte und aus der er ausgetreten war – kurz bevor sie ihren ersten großen Hit hatte. Den ersten von einer ganzen Reihe. *Fast Forward* war während ihrer USA-Tour gerade zu Gast in der Tonight-Show in New York.
Das letzte Interview, das Ben gegeben hatte, war für eine Rubrik eines Wirtschaftsmagazins gewesen: »Beinahe berühmt – Menschen, die um ein Haar zum Star geworden wären«. In dem Artikel war er mit Tony Chapman verglichen worden. Dem Typen, der 1962 im Londoner *Marquee Club* beim ersten offiziellen Auftritt einer Band namens *Rolling Stones* an den Drums gesessen hatte und kurz danach freiwillig ausgestiegen war.
»Aber von *freiwillig* kann bei mir keine Rede sein«, sagte Ben laut. Eine ältere Dame, die gerade an ihm vorbeilief, sah ihn erschrocken an. Sie zog einen braunen Koffertrolley an ihm vorbei, und für einen Moment überlegte Ben, ob er ihr auf dem Weg zu den Reisebussen behilflich sein sollte. Der Schweiß lief ihr die Stirn hinab. Kein Wunder bei den Temperaturen. Berlin hatte immer seltener tropische Augusttage, aber heute schien das Thermometer auch in der Nacht nicht unter achtundzwanzig Grad fallen zu wollen. Es sei denn, ein Gewitter sorgte später noch für Abkühlung. Der Himmel zog sich bereits zu.
Ben betrachtete eine nahezu rechteckige, an den Rändern gezackte Wolke, die ihn an einen alten Röhrenfernseher mit Antenne erinnerte, und hatte auf einmal den schalen Geschmack billigen Weins im Mund.
Der säurehaltige Nachhall einer Erinnerung an jene Nacht,

in der er sich sinn-, aber nicht grundlos vor dem Fernseher betrunken hatte.
Ben stand von der Bank auf und suchte in seinen Hosentaschen nach dem Autoschlüssel, als er die Schreie hörte.
Angsterfüllt.
Gequält.
Unverkennbar die einer sehr jungen Frau.

2.

Die Schreie kamen vom Parkplatz auf der anderen Seite des Messedamms, direkt an der Stadtautobahn. Von mehreren Plakatwänden eingezäunt, war er schlecht einsehbar. Erst als Ben, seiner Neugierde folgend, die Hälfte der Straße überquert hatte, konnte er sie sehen:

Das Mädchen mit dem gepunkteten Petticoat. Und den Mann, vor dem sie davonlief.

Zumindest versuchte sie es, kam aber nicht weit, weil ihr Verfolger, ein massiv wirkender Pfeiler in Turnschuhen, ihre langen schwarzen Haare zu fassen bekam und sie grob nach hinten riss.

Das Opfer stieß erneut einen spitzen Schrei aus. Sie taumelte nach hinten und schlug auf dem Boden auf. Direkt neben einem Bauwagen, der mit anderen Baustellenfahrzeugen fast den gesamten Parkplatz blockierte. Diese wurden hier für die Großbaustelle am Kaiserdamm abgestellt, an dem ein neues Autohaus entstand. Mit der Folge, dass der sonst so belebte Parkplatz jetzt menschenleer war.

»Hey«, rief Ben, während er, ohne nachzudenken, die Straße überquerte. Sein Ruf wurde von einem Reisebus verschluckt, der hinter ihm hupte.

Der Angreifer zwang das Mädchen, vor ihm in die Knie zu gehen. Wieder packte er sie an den Haaren und riss ihr den Kopf in den Nacken. Er versetzte ihr eine Ohrfeige, die ihr die Brille aus dem Gesicht wischte.

»Hey!«, schrie Ben erneut und begann zu rennen. Der übergewichtige Angreifer sah nicht einmal auf, als Ben ihn erreicht hatte. Völlig unbekümmert spuckte er dem Mädchen ins Gesicht.

Gleichzeitig löste er mit der freien Hand einen Gegenstand aus einem Holster, das er an seinem Jeansgürtel trug.

Verdammt.

Im ersten Moment dachte Ben, es wäre ein Messer, und wartete auf das Blitzen einer Klinge.

Vor seinem geistigen Auge zog sie sich einmal quer über den Hals des Mädchens, und Blut verteilte sich erst über ihrer weißen Rüschenbluse, dann auf dem Asphalt. Aber der Angreifer schien es auf ihre Stirn abgesehen zu haben.

»Loslassen!«, brüllte Ben.

»Was …?«

Der Mann sah kurz auf, und erst da begriff Ben, dass er gar kein *Mann* war. Eher ein Teenager, wenn auch von massiger Statur, aber kaum älter als achtzehn.

Doch das spielte keine Rolle. Erst letzte Woche hatte ein Fünfzehnjähriger einen Touristen am Alex ins Koma geprügelt.

»Willst du mitmachen?«, fragte er Ben, der nun erkannte, dass der Täter kein Messer, sondern einen schwarzen Textmarker in der Hand hielt. Bizarrerweise schien er sich über die Störung zu freuen, denn er lachte und winkte Ben zu sich heran.

»Komm, die Schlampe braucht das!«

Er hatte kurz gestutzte braune Haare, durch die die Kopfhaut schimmerte, und trug ein Hard-Rock-Café-T-Shirt. Es hing auf Halbmast über einem kalkweißen, schuppigen Bauchstreifen, der sich wie ein toter Fisch über dem Jeans-

bund wölbte. Seine tiefe Stimme ließ ihn wieder ein, zwei Jahre älter wirken.
Vielleicht war er doch schon zwanzig.
Auf jeden Fall älter als das Mädchen mit dem Petticoat. Sie trug weiße Ballerinas, von denen sie einen auf ihrer Flucht verloren hatte. Ben war sich nicht sicher, meinte aber, bei ihrem Schrei eben eine Zahnspange gesehen zu haben.
»Na dann guck halt nur zu, Alter.«
Selbstbewusst wandte sich der Täter wieder von Ben ab und widmete sich erneut seinem knienden Opfer.
»Ich hoffe, Diana zieht nachher deinen Namen, du Nutte!«
Ben versuchte sich vergeblich einen Reim darauf zu machen.
Das Mädchen wimmerte mit geschlossenen Augen, während der Angreifer ihr etwas auf die Stirn kritzelte.
»Lass sie los!«, sagte Ben. Leise. Drohend.
Der Fischbauch lachte. Schweiß lief ihm in die verkniffenen Augen, als er sich noch einmal kurz zu Ben wandte, ohne die Haare des weinenden Mädchens loszulassen.
»Hey Alter, bleib locker. Alles okay, okay?«
Ben verzog keine Miene. Verschwendete keine Zeit mit coolen Sprüchen oder beruhigenden Worten. Er war ganz ruhig geworden. Schnellte nach vorne und brach dem Kerl die Nase.
Zumindest war das der Plan gewesen.
Die Tatsache, dass er schon seit zwei Jahren kein Fitnessstudio mehr von innen gesehen hatte, sorgte dafür, dass seine Faust nicht mal in die Nähe des Ziels kam.
Der Fischbauch ließ den Zopf des Mädchens los, trat einfach einen Schritt zurück und plazierte bei Ben einen Leberhaken.

Luft entwich aus seiner Lunge wie aus einer zerplatzten Luftmatratze.

»Geht das schon wieder los ...«, hörte er jemanden hinter sich sagen, während er zu Boden sackte.

Eine Autotür schlug zu, und da wusste Ben, dass der Fischbauch Verstärkung bekam.

3.

*»Wir müssen reden, Papa! Dringend!
Ich glaube, du bist in Gefahr!«*

Der Schlag, der ihn so hart getroffen hatte, dass ihm schwarz vor Augen wurde, hatte etwas aktiviert: den Gedanken an Jules letzte Nachricht auf seinem Anrufbeantworter. Als wäre die Erinnerung daran ein Haftzettel, der, unter der Wucht der Erschütterung von seiner Gedächtniswand gelöst, langsam zu Boden schwebte.

Gleichzeitig befürchtete Ben, gänzlich das Bewusstsein zu verlieren. Noch ein weiterer Hieb oder Tritt, und er würde die Welt zwischen Autobahn und dem zentralen Omnibusbahnhof aus der stabilen Seitenlage betrachten müssen.

Im Moment tat er es dem Mädchen neben sich gleich und kniete. In gekrümmter Haltung hustete er den Parkplatz an. Die wenige Luft, die er nach und nach in seine brennenden Lungen zu saugen vermochte, schmeckte nach Dreck und heißem Gummi.

Er hörte eine weitere Autotür schlagen. Noch mehr Schritte. Fischbauchs Verstärkung wuchs.

Bens Lage war so dermaßen schlecht, dass er beinahe lachen musste.

Ich und den Helden spielen?

Wie so vieles in seinem Leben war auch das eine schlechte Idee gewesen.

Das Mädchen würde ihm keine Hilfe sein, selbst wenn sie

jetzt von ihr abließen. Sie war ebenso klein wie dünn und hatte schon Probleme, die Kraft zu finden, sich selbst in eine aufrechte Haltung zu befördern.

Aber bestimmt hatte sie ein Handy.

Vielleicht rief sie die Polizei?

Und wenn …

Ben durfte sich nicht auf fremde Hilfe verlassen. Er musste selbst den Angreifer ausschalten. Irgendwie. Wenn ihm das gelang, würden die anderen wegrennen.

Das taten sie immer.

Er hatte auf genug Festivals gespielt, auf denen alkoholisierte Jugendliche Streit mit den Ordnern gesucht hatten, und er hatte genug randalierende Mitläufer gesehen, die sich in alle Windrichtungen zerstreuten, sobald ihr Anführer außer Gefecht gesetzt war. Kräftemäßig war Ben dazu allerdings jetzt noch weniger in der Lage als zuvor.

Er spürte einen Schatten über sich und hob die Hand in einer instinktiven Abwehrreaktion.

»War ein Reflex«, hörte Ben den Fischbauch zu jemandem sagen.

Dann schlugen Autotüren, und mit dem Geräusch eines startenden Motors wehte ihm eine warme Abgaswolke ins Gesicht.

Sie wollen mich überfahren, dachte er und hob den Kopf. Riss die Augen auf. Versuchte, an den zuckenden Sternen in seinem Blickfeld vorbei das Nummernschild des SUV zu erkennen.

… als ob das irgendetwas bringt, wenn sie dich jetzt plattmachen …

Doch der Wagen fuhr in die andere Richtung. Rückwärts. Fort von ihm.

Verwundert drehte sich Ben zu dem Mädchen um, das sich aufgerappelt hatte und den Dreck der Straße von ihrem Rock schlug. Sie weinte.
»Hey, Kleine«, sagte er so sanft wie möglich. Er stand auf und näherte sich ihr so zaghaft, wie man auf eine misstrauische Katze zuschleicht.
Aus der Nähe betrachtet, merkte Ben, dass auch ihr Alter schwer zu schätzen war.
Das Mädchen hatte den Körperbau einer Vierzehnjährigen, aber ihre Augen waren älter als seine eigenen. Sie sahen aus, als hätten sie genug Schlechtes für ein ganzes Leben gesehen.
Wie dunkle Einschusslöcher steckten sie in dem eigentlich hübschen Gesicht mit der kleinen Stupsnase sowie den vollen, etwas aufgesprungenen Lippen und einer hohen Stirn, die genug Platz bot für die schwarze Zahl, die der Fischbauch ihr ins Gesicht gemalt hatte.
Etwas verwackelt, die Schleife nicht ganz vollendet, aber deutlich erkennbar eine Acht.
»Wieso hat er dir das angetan?«, fragte Ben.
Er zog sein Handy aus der Hosentasche und überlegte, ob er die Polizei rufen sollte. Eigentlich hatte er keine große Lust dazu. Die 110 lag bei ihm nicht gerade auf Kurzwahl, seitdem sein früherer Vermieter ihn wegen der Rückstände angezeigt hatte. Mit ein Grund, weshalb er keinen festen Wohnsitz hatte und seiner Ex den Unterhalt bar übergab. Sein Dispo war dermaßen im roten Bereich, dass die Bank nach jedem Ausdruck seiner Kontoauszüge die Farbpatronen wechseln musste.
»Ach verdammt«, sprach das Mädchen ihre ersten Worte.
Sie zitterte am ganzen Körper, kein Wunder nach dem, was

sie erlebt hatte. Ben wollte ihr die Hand reichen. Sie in den Arm nehmen und ihr sagen, dass alles gut werden würde. Aber dazu kam er nicht, denn zuvor verwischte sie die Acht mit der Spucke des Fischbauchs in ihrem Gesicht und brüllte ihn an: »Scheiße, Mann! Du schuldest mir hundert Euro!«

4.

Public ... *was?*«

»Disgrace. Public Disgrace«, schimpfte sie, nahm sich ihre Zahnspange aus dem Mund und warf sie auf den Boden zu der Brille, die ihr aus dem Gesicht geschlagen worden war.

Fassungslos beobachtete Ben die wundersame Verwandlung.

Aus dem Mädchen war eine junge Frau geworden. Aus dem Opfer eine wütende Furie.

Öffentliche Demütigung, übersetzte er in Gedanken und verstand immer noch nicht, was sie ihm klarzumachen versuchte.

»Du lässt dich freiwillig so behandeln?«

In der Öffentlichkeit?

Der Wind wehte die Geräusche eines beschleunigenden Motorrads von der Autobahnbrücke her.

»Das ist eine SM-Spielart«, erklärte sie ihm und betonte jedes einzelne Wort, als würde sie mit einem Gehörlosen sprechen. »Noch nie was davon gehört?«

»Nein, tut mir leid. Da hab ich wohl eine Bildungslücke.«

»Hab ich gemerkt.«

Ben wusste, dass es Menschen mit Vergewaltigungsphantasien gab, und er ahnte, dass die Porno-Industrie diesen Trend mit Fetisch-Streifen bediente, die wie zufällig gefilmt auf einem Parkplatz inszeniert wurden. Er hätte nur nie da-

von geträumt, einmal eine unfreiwillige Nebenrolle in solch einem Film zu spielen.
»Und die in dem Auto, die hatten die Kamera?«
»Ja. Und jetzt sind sie mit meiner Kohle abgehauen, weil du ihnen den Dreh versaut hast, du Arsch.«
Ben rieb sich die Stelle, wo der Fischbauch ihn getroffen hatte, und wurde nun selbst wütend.
»Okay, ich verstehe, dass ihr für solche Filme keine offizielle Drehgenehmigung beantragen könnt. Und ich bin auch ganz bestimmt nicht prüde. Es ist ein freies Land, jeder so, wie er will. Aber, verdammte Axt, was soll das mit der Acht? Ist das ein Erkennungszeichen in der Szene, oder was?«
Sie zuckte mit den Schultern. »War die Idee des bekloppten Regisseurs. Wollte den AchtNacht-Hype ausnutzen, für die Promo.«
Die Frau warf einen Blick auf die Uhr an ihrem Handgelenk und wurde auf einmal nervös.
»Muss nach Hause«, sagte sie und wandte sich ab. »Meine Tochter wartet.«
»Moment mal. AchtNacht?«
Irgendwo hatte Ben das Wort schon einmal gehört. Sein Klang brachte im hintersten Winkel seines Gehirns eine Saite zum Schwingen, hell, kaum wahrnehmbar.
»Was bedeutet AchtNacht?«, fragte er die Frau, die ihn ansah, als wäre sie nicht sicher, ob er sie veräppeln wollte oder schwachsinnig war.
»Alter ... «, fragte sie kopfschüttelnd, »... auf welchem Planeten lebst du eigentlich?«

5.

»Hey, Papa!«

Jule kam auf ihn zugerannt. Mit windzersausten Haaren, wie damals beim gemeinsamen Strandurlaub auf Juist. Sie lachte und stolperte beinahe über die eigenen langen Beine, dann sprang seine Tochter ihm regelrecht in die Arme. Ben konnte ihr Herz schlagen hören, als er Jule an sich drückte.

»Hey, Kleines«, sagte er.

»Du wolltest mich doch erst morgen besuchen.«

»Freust du dich nicht?«

»Doch. Natürlich. Aber du siehst müde aus. Hattest du einen schweren Tag?«

»Frag bloß nicht.«

Erst hat man mich gefeuert, dann verprügelt.

»Ich hab dich so vermisst«, sagte er mit geschlossenen Augen, und wie immer, wenn er bei Jule war, versuchte er die Außenwelt auszublenden. Das Stimmengewirr auf dem Gang, den Geruch nach Desinfektionsmitteln, das Pumpen des Beatmungsgeräts.

Vergeblich.

Von Besuch zu Besuch schaffte er es immer seltener, sich in seinen Tagträumen am Krankenbett zu verlieren. Meist genügte das Summen der Hydrauliktüren im Flur, um ihn herauszureißen. Heute zog ihn das Klingeln seines Handys in die Realität zurück – eine Realität, in der seine neunzehnjährige Tochter nie wieder auf eigenen Beinen würde laufen können.

Selbst dann nicht, wenn sie aus dem künstlichen Koma erwachte, in dem sie nun schon seit fast einer Woche lag.

»Hey, Jenny«, begrüßte Ben seine Bald-Ex-Frau. »Warte bitte einen Augenblick.«

Er legte das Handy zur Seite, gab Jule einen Kuss und hielt ihr ein kleines Taschentuch unter die Nase. Ben hatte es zuvor auf der Patiententoilette mit seinem herben Aftershave eingesprüht, das sie früher so an ihm gemocht hatte. Es hieß, nichts wirkte schneller und gezielter auf das Gehirn als ein bekannter Duft. Vielleicht half ihr das ja beim Aufwachen.

»Sei froh, dass du heute im Bett geblieben bist«, versuchte er zu scherzen. »Ich hab das Gefühl, die ganze Welt ist am Durchdrehen. Muss am Vollmond liegen.«

Dann griff er sich das Telefon vom Kopfkissen. »Was gibt's?«

»Du bist bei ihr?«

Auf der »Ich bin aufgeregt«-Skala von eins bis zehn rangierte die Stimme seiner Ex-Frau bei einer Zwölf.

»Ja, wo bist *du* denn?«

Seitdem Jule vor sechs Tagen eingeliefert worden war, hatte ihre Mutter kaum das Krankenhaus verlassen.

»Unterwegs«, wich sie ihm aus, was Ben wunderte. Sie waren zwar getrennt, sich aber immer noch freundschaftlich verbunden. Vielleicht etwas mehr als das.

Ben strich eine schlaffe Strähne von Jules blonden Haaren aus ihrem reglosen Gesicht. Selbst nach einem angeblichen Selbstmordversuch war sie immer noch so schön wie ihre Mutter, daran änderten auch die vielen Schläuche in ihrem Körper nichts.

Wie immer, wenn er sie so sah, haderte Ben damit, dass es

keine göttliche Gerechtigkeit gab. Sonst würden die Magensonden und Blasenkatheter in ihm und nicht in seiner Tochter stecken. Immerhin war er schuld daran, dass sie sich vor knapp einer Woche das Leben nehmen wollte.
Alles wäre anders gekommen, hätten sie vor vier Jahren ein Taxi genommen. Aber Ben liebte seinen frisch erstandenen Karmann Ghia; ein rotes VW-Cabrio aus den Sechzigern, und er fuhr es bei jeder Gelegenheit. Leider auch an diesem Tag.
Jule war bei den Aufnahmen in den Hansa-Studios dabei gewesen, und er hatte Jenny versprochen, es rechtzeitig zum Abendessen nach Hause zu schaffen. So kam es, dass Jule vorne saß, während John-John sich auf die hintere enge Sitzbank des Oldtimers quetschte.
John-John, der eigentlich Ulf Bockel hieß, war der neue Manager von *Fast Forward* und hatte versprochen, sie ganz groß rauszubringen. Er finanzierte das erste Studioalbum und war damit der wichtigste Mann ihrer Band.
Beim ersten Mal dachte Ben noch an ein Versehen, wie Jule vermutlich auch, deren Mund vor Überraschung offen stehengeblieben war.
Beim zweiten Mal verlor Ben die Fassung.
»Du perverses Schwein«, hatte er gebrüllt und sich auf der Leipziger Straße nach hinten umgedreht. Zu dem feist grinsenden Manager, der entschuldigend die Hände hob. Als könnte es irgendeine Entschuldigung dafür geben, die Brüste seiner fünfzehnjährigen Tochter zu kneten.
»Hey, ist doch nur Spaß«, hatte John-John gesagt, dann hatte Jule geschrien, aber es war schon zu spät.
Um der Mutter mit dem Kinderwagen an der Ampel auszuweichen, musste Ben nach links ziehen. Auf die Gegenspur.

Bis heute war nicht geklärt, ob Jule den Gurt nicht richtig hatte einrasten lassen oder ob John-John ihn während seiner Antatschversuche gelöst hatte. Jedenfalls wurde Jule aus dem Wagen geschleudert, als sie frontal gegen den Mercedes stießen.

»Es ist ein Wunder, dass sie noch lebt«, hatten die Ärzte später gesagt. Und ihm ein Merkheft über den Umgang mit schwerstbehinderten Kindern in die Hand gedrückt.

Jules Beine hatten unterhalb der Knie amputiert werden müssen.

Ben hatte sich das Schlüsselbein, John-John leider nur die Hüfte gebrochen. Noch vom Krankenbett aus putschte er Ben aus der Band. Er erklärte den anderen, Ben wäre ein verdammter Irrer, grundlos im Wagen ausgerastet und nicht tragbar für die Gruppe. Ben stellte daraufhin die Band vor die Wahl: Entweder ihr arbeitet mit diesem Verbrecher weiter, oder ihr haltet zu mir.

Und seine »wahren Freunde« zögerten nicht lange. Sie wählten den Mann mit dem Plattendeal und ließen ihn fallen. So einfach war das manchmal.

Jennifer war zu diesem Zeitpunkt noch zu sehr geschockt, um ihn zu verlassen. Selbst als am nächsten Tag das Jugendamt vor der Tür stand und von ihr wissen wollte, ob Ben sich jemals unsittlich ihrer Tochter genähert habe. Denn kurz vor der ersten Operation hatte Jule den Ärzten gesagt: *»Er hat mich angefasst.«*

Ein Missverständnis, das zum Glück nie an die Presse gelangt war. Später, als sie wieder die Augen öffnen konnte und ihre Unterschenkel nicht mehr fand, vermochte Jule sich an nichts mehr zu erinnern.

Die Tatsache, dass seine Tochter ihm nie die Schuld an ihrem Zustand gab, schickte Ben anfangs in einen fast schizophrenen Teufelskreis der Gefühle. Einerseits hasste er sich selbst für seine Unbeherrschtheit und hatte in seinen dunkelsten Stunden, kurz nach dem Unfall, sogar mit dem Gedanken gespielt, seinem missratenen Leben ein Ende zu setzen. Andererseits verbot ihm ausgerechnet Jules bedingungslose Liebe, sich etwas anzutun, was wiederum dazu führte, dass sein Selbsthass noch stärker wurde, weil er sich sicher war, diese Liebe nicht zu verdienen. Und nun hatte sie sich, vier Jahre nach dem Unfall, selbst etwas angetan.

»Hat sich was verändert?«

»Was?« Ben war in Gedanken so sehr abgedriftet, dass er Jenny beinahe vergessen hätte.

»Entschuldige, was hast du gesagt?«

»Ich wollte wissen, ob die Aufwachphase voranschreitet«, sagte Jennifer, und er liebte das leise Schnarren in ihrer Stimme.

Sie hatte nicht wieder geheiratet, seines Wissens hatte sie nicht einmal einen festen Freund, was er nicht verstehen konnte. Frauen wie Jenny blieben üblicherweise nicht lange allein. Groß, schlank, blond und dabei alles andere alles billig. Make-up, künstliche Fingernägel und Push-up-BHs brauchte sie so sehr wie Bill Gates einen Schuldenberater. Und noch viel wichtiger: Sie hatte ein gutes Herz. Ein besseres als er auf jeden Fall, sonst hätte sie ihm nicht so lange zur Seite gestanden, selbst nach der Trennung, als er sein Leben immer schlechter auf die Reihe bekam.

»Laut den Ärzten ist alles im Normbereich. Sie war lange im künstlichen Koma, Jenny. Da dauert es etwas, bis sie sich aus der Narkose kämpft. Wie heißt es immer so schön? Die Medikamente müssen ausgeschlichen werden.«

»Aber so langsam?«
»Ja. Wir können von Glück sagen, dass Jule die OP so gut überstanden hat und nicht länger sediert werden musste. Die Ärzte sind weiterhin optimistisch, dass sie keine bleibenden Schäden davontragen wird.«
Keine weiteren.
»Hm.« Jennifer klang nicht überzeugt, aber auch abgelenkt. »Hattest du heute nicht einen Gig?«, fragte sie.
»Ich wollte lieber Zeit mit Jule verbringen.«
»Schwindel mich nicht an«, sagte Jenny weder unfreundlich noch oberlehrerinnenhaft.
Sie lebten jetzt zweieinhalb Jahre getrennt, und noch immer konnte er ihr nichts vormachen. Jenny reagierte auf winzige Schwankungen in seiner Stimme und wusste stets, wie er sich fühlte und ob er die Wahrheit sprach.
»Na schön, ich hab's mal wieder versaut. Aber keine Sorge, ich zahl dir den Unterhalt. Noch diesen Monat, ich verspreche es.«
Das Licht der späten Abendsonne fiel schräg durch die Fenster. Die Klimaanlage, falls überhaupt vorhanden, funktionierte nicht richtig. Ben hatte das Gefühl, hier drinnen im Flachbau war es noch heißer als draußen.
Er trat ans Fenster, um es zu kippen, und sah auf die Mittelallee des Virchow-Klinikums im Wedding. Eine Einbahnstraßen-Ellipse mit einer baumgesäumten Flaniermeile in der Mitte. Der »Krücken-Kudamm«, wie ein Pfleger ihn einmal treffend bezeichnet hatte. Statt Gucci- und Chanel-Boutiquen reihten sich die verschiedenen Stationen der Uniklinik aneinander. Und anstelle von Kunden mit Einkaufstüten schoben sich Patienten mit rollbaren Infusionsständern über den Bürgersteig.

»Vergiss das Geld«, hörte er Jenny sagen. Das sagte sie immer, wenn er darauf zu sprechen kam, obwohl sie in ihrem Job als Rechtsanwaltsgehilfin gerade mal genug für Miete und Lebensmittel verdiente. Ben wusste, dass sie sich jeden Cent vom Munde absparte – und das nicht für Urlaub, Wellness oder auch nur den Friseur, sondern für eine völlig neue Prothesengeneration, die in den USA mit Hilfe von Weltraum- und Nanotechnikern entwickelt worden war. Die revolutionären, intelligenten und computergestützten Erfindungen wogen nicht einmal ein Drittel jener Gehhilfen, die die Kasse bezahlte, und kosteten ein Vermögen.
»Deswegen hab ich auch nicht angerufen.«
»Sondern?«
»Ich möchte, dass du herkommst.«
Die Aufregung in Jennys Stimme war zurück. Vielleicht war sie auch nie weg gewesen. Bislang hatte Ben sich nicht auf das Gespräch konzentriert. Das war jetzt anders.
»Wo bist du denn?«, fragte er zum zweiten Mal, und endlich bekam er eine Antwort.
»In Jules Wohnung.«
»Wieso das denn?«
»Ich bin mir nicht sicher, aber vielleicht hast du recht, und es ist doch nicht alles so, wie es scheint.«
Ben presste das Handy, als hielte er einen Schwamm in der Hand. Seine Knöchel wurden weiß.
»Weißt du, was du da sagst?«, fragte er. Sein Herz fühlte sich unter der Brust an wie eine Faust.
»Ja.« Jenny machte eine Pause, mit der alles gesagt war.
Vielleicht hat Jule doch nicht versucht, sich das Leben zu nehmen.

6.

Jennifer öffnete ihm mit einem nervösen Flackern im Blick. Sie schien zu überlegen, ob sie ihn zur Begrüßung umarmen sollte, drückte dann aber nur seine Schulter und fragte: »Bist du geflogen?«

Von Wedding nach Dahlem brauchte man an guten Tagen eine halbe Stunde. Ben hatte es in zwanzig Minuten über die Avus geschafft.

Mit dem Gefühl, etwas Verbotenes zu tun, betrat er die Studentenwohnung in der Garystraße. In einem modernen vierstöckigen Flachbau hatte Jule das Erdgeschossappartement bezogen, in dem es noch ein wenig nach Farbe, Fugenkitt und frischem Holz roch, das hier vor nicht langer Zeit umfangreich verarbeitet worden war.

Es war Jules Reich. Hier hatte sie zu ihrer Selbständigkeit finden wollen. Raus aus der umsorgten Enge der Köpenicker Familienwohnung, die nach dem Unfall komplett umgebaut worden war: breitere Türzargen, Schalter in Sitzhöhe, ein ausklappbarer Sitz in der Dusche, zahlreiche Haltegriffe, Rampen im Treppenhaus und vieles mehr. Viel Zeit, Kreditgelder und Zuschüsse wurden für die Barrierefreiheit investiert, das meiste davon sinnlos. Denn wie sich herausstellte, konnte Jule sich von Anfang an gut auf Krücken, später mit Prothesen fortbewegen. Neuen Bekanntschaften fiel es manchmal gar nicht auf, dass sie künstliche Beine hatte.

Den Rollstuhl nutzte sie nur in Ausnahmefällen. Wenn sie erschöpft war, die Prothesen schmerzten oder sie sich zum Beispiel nach einem grippalen Infekt zu schwach fühlte, um sich aus eigener Kraft fortzubewegen.
Am Ende aber blieb das renovierte elterliche Heim eine Mahnung. Jede provisorisch überbrückte Bodenschwelle, jeder nachträglich angeschraubte Haltegriff erinnerte Jule täglich aufs Neue, dass diese Wohnung ursprünglich für einen anderen Teenager gedacht war. Ein Mädchen, das sich spätnachts zu ihren Freundinnen rausschleichen wollte, lachend vor dem Badezimmerspiegel tanzte oder wütend gegen die Tür trat, wenn die Eltern ihr den neuen WLAN-Code erst verraten wollten, nachdem die Hausaufgaben gemacht waren.
Als Jule ihnen nach dem Abi den Prospekt der Studi-City zeigte, konnten Ben und Jennifer trotz aller Sorge ihre Begeisterung verstehen.
Das Studentenwohnheim in Dahlem hatte für Menschen mit Behinderungen eigene Gebäude errichtet, mit barrierefreien Wohnungen, in denen vom verstellbaren Waschtisch bis zum tiefer gelegten Backofen an alles gedacht war.
Rolli-Reihenhäuser, wie Jule sie nannte. Als Betroffene durfte sie darüber wohl Witze reißen.
Ihre Bemerkung damals – *»Ich muss endlich auf eigenen Beinen stehen«* – hatte selbst ihn zum Lachen gebracht. Und auf seinen Einwand hin, das Appartement im Erdgeschoss wäre doch eher für Querschnittsgelähmte gedacht als für jemanden, der gelernt hatte, sein Leben ohne Rollstuhl zu meistern, hatte sie ihn erst todtraurig angesehen und dann gesagt: »Die Wohnung ist für Krüppel. Und ich bin ein Krüppel.«

Aber bevor Ben und Jenny protestieren konnten, hatte sie ihre harten Worte lachend mit einem Witz entschärft: »Außerdem liegt sie *fußläufig* zur juristischen Fakultät.«

Eine lange Zeit hatte Ben gedacht, der Humor würde Jule besser helfen als jeder Arzt und jeder Psychologe. Die Psychotherapie, die sie anfangs in Anspruch nahm, sollte die depressiven Schübe verhindern oder zumindest abmildern, die Menschen mit einem vergleichbaren Schicksal nach derartigen Verletzungen oftmals heimsuchten. Und es schien zu funktionieren.

Bis Jule vor sechs Tagen beschloss, sich vom Dach ihres Studentenwohnheims zu stürzen.

Oder doch nicht?

»Gibt es hier was zu trinken?«, fragte er mit Blick auf den Kühlschrank und fing sich einen bösen Blick ein.

»Ich meinte Wasser«, schob er nach. Nach der Trennung hatte er sich oftmals bis zur Besinnungslosigkeit volllaufen lassen und mehr als einmal betrunken auf ihren Anrufbeantworter gelallt. Doch seit über einem Jahr war er trocken, abgesehen von dem obligatorischen Besäufnis am Jahrestag des Unfalls. Und von dem Aussetzer nach Jules angeblichem Selbstmordversuch, der ihn heute seinen Job gekostet hatte.

Jenny hielt ein Glas unter die Spüle, aber es kam kein Wasser aus dem Hahn.

»Du musst erst das Licht über dem Herd anmachen«, erinnerte Ben sie an die Macke der Neubauwohnung. Der Elektriker hatte es irgendwie geschafft, die Wasserentkalkungsanlage mit dem Abzugslicht der Dunsthaube zu koppeln, und ohne Strom tröpfelte es nur aus der Leitung. Der Hausverwalter hatte zugesagt, das Problem bis spätestens

nächsten Monat beheben zu wollen. Insgesamt schien bei der Elektrik gespart worden zu sein, die Klingelanlage hatte auch hin und wieder ihre Aussetzer.
Jenny reichte Ben das mittlerweile gefüllte Glas, und beide setzten sich an den Küchentisch. Von hier aus hatte man nach vorne einen schönen Blick durch die offene Küche ins Wohnzimmer und nach hinten durch die gläserne Hintertür in den Garten; vorausgesetzt, die Jalousien waren nicht zugezogen, so wie jetzt.
Hier war Jules Lieblingsplatz, hier hatte sie für die Uni gearbeitet oder gechattet. Wehmütig nahm Ben ihr Notebook und verstaute es in der Schublade des Küchentisches, wo Jule alte Rechnungen, Postkarten, Kugelschreiber, Radiergummis, Post-its, aber auch eine Ersatzdose Pfefferspray aufbewahrte. Nachdem sich eine Zeitlang Übergriffe von Neonazis auf Behinderte in U-Bahnhöfen gehäuft hatten, war sie eine Weile ohne das Spray nicht aus dem Haus gegangen.
Auch nicht typisch für jemanden, dem sein Leben gleichgültig ist.
Ben schloss die Schublade, trank einen großen Schluck und wischte sich den Schweiß von der Stirn. Die gesamte Anlage lag in einem Park, unter alten, Schatten spendenden Ahornbäumen. Dennoch hatte sich selbst der gut gedämmte Neubau in den letzten Tagen aufgeheizt.
Auch an Jenny ging das schwüle Wetter nicht spurlos vorüber. Eine Schweißperle löste sich von ihrem Haaransatz, nahm eine winzige Narbeneinkerbung am Hals als Rollbahn, die von einem Kindheitsunfall auf dem Spielplatz stammte, und verlor sich zwischen ihren kleinen, wohlgeformten Brüsten. Obwohl ihre müden Augen von einem

anstrengenden Tag zeugten, roch sie nach Honig und Sommerwiese. Aber vielleicht war das auch nur Bens Wunschdenken, so wie der Gedanke, mit der Schweißperle tauschen zu wollen.

»Erzähl mir noch mal, wie es war, als du sie gefunden hast«, hörte er sie sagen, und das angenehme Gefühl, das er eben noch beim Anblick seiner Ex-Frau gehabt hatte, war verschwunden.

7.

Nun, ich öffnete die Haustür und ...«

»Nein!« Jennifer schüttelte den Kopf. »Fang bitte von vorne an. Sie hat das Kontrollgespräch verpasst, richtig?«

Ben nickte, obwohl er die Bezeichnung »Routineanruf« vorzog.

Jule und er hatten vereinbart, dass sie sich einmal pro Woche bei ihm meldete. Die Tage und Uhrzeiten waren jeweils verschieden. Für jene Schicksalsnacht hatten sie sich für acht Uhr abends verabredet. Zwar gab es mehrere Notfalltaster in der Wohnung, die direkt zur Feuerwehr geschaltet waren, aber Ben wollte an ihrer Stimme hören, wie es ihr wirklich ging.

Anfangs hatte Jule sich etwas dagegen gesträubt, wollte sie mit dem Auszug doch gerade ihre Selbständigkeit erlangen. Da passte eine »elektronische Fußfessel« nicht ins Konzept. Schließlich aber hatte sie um des lieben Friedens willen eingewilligt und zudem die Vorteile erkannt, die ein regelmäßiges Wochen-Update für Terminabsprachen mit sich brachte. So konnte sie ihren Vater als Gegenleistung für das wiederhergestellte Seelenheil darum bitten, am nächsten Tag dem Handwerker aufzumachen oder in der Wohnung auf eine Lieferung zu warten, während Jule selbst in der Uni war. Ein Deal, auf den Ben nur allzu gerne einging.

Man hätte meinen können, ihn hätte ihr Auszug nicht so schwer getroffen wie Jenny, denn immerhin wohnte er ja schon länger nicht mehr mit seiner Familie unter einem Dach.
Doch früher hatte Ben seine Tochter sicher in der Obhut ihrer Mutter gewusst, der zuverlässigsten Person im Universum. Nach dem Auszug wusste er sie nur noch in Gefahr.
In seinen Alpträumen hatte er seinen Liebling hilflos auf dem Boden liegen sehen. Auf Händen und Stümpfen kriechend. Krank oder verletzt. Ohnmächtig oder bei vollem Bewusstsein einem Angreifer ausgeliefert. Bedrängt von falschen Freunden und echten Feinden. Männer, die ihre Schutzbedürftigkeit ausnützten.
Ben hatte viele Horrorszenarien in seinem Kopf durchgespielt. Seltsamerweise niemals eines, in dem Jule einfach nicht mehr weiterleben wollte und ihrem Dasein selbst ein Ende setzte.
Hat sie sich deshalb die eigene Wohnung genommen?
In einem Mietshaus mit Fahrstuhl und Flachdach?
War das etwa von Anfang an Teil ihres Plans gewesen?
»Es war kurz nach acht, und sie hatte noch nicht angerufen«, wiederholte Ben das, was er seiner Frau schon mehrmals zuvor gesagt hatte. Doch heute schien Jenny ihm das erste Mal wirklich zuhören zu wollen. Die anderen Male hatte sie ihm immer deutlich zu verstehen gegeben, dass sie kein Interesse an seinen Verschwörungs-Hirngespinsten habe.
»Mach dir doch bitte nichts vor, Ben! Sie hat es selbst getan. Und sie wollte es!«
Jenny hatte zwar nicht direkt *»Akzeptier deine Schuld!«* gesagt, aber das war auch nicht nötig gewesen. Er hatte es

auch so verstanden: *Du bist schuld, dass unsere Tochter ihren Körper und damit ihr Leben hasst. Also bist du auch schuld daran, dass sie allem ein Ende setzen wollte.*
Ben räusperte sich, trank noch einen Schluck Wasser und fuhr fort: »Normalerweise gebe ich ihr eine Viertelstunde. Manchmal sitzt sie noch in einem Seminar. Oder macht Überstunden in der Handy-Klinik.«
Jenny verzog unwillkürlich das Gesicht. Sie konnte es nicht leiden, dass sich Jule etwas mit der Reparatur von Telefonen dazuverdienen musste. Wenn es nach ihr ginge, sollte sie sich ganz und gar auf ihr Jurastudium konzentrieren können.
»Aber ich hatte ein komisches Gefühl, also fuhr ich schon mal in ihre Gegend. Und rief noch einmal an.«
»Doch sie ging nicht ran?«
»Genau. Ich versuchte es auch mit einem WhatsApp-Call, aber sie war nicht online.«
Und das war ungewöhnlich. Jule war ein Smartphone-Junkie. Vielleicht hatte sie manchmal keine Lust zu sprechen, aber sie war immer im Netz.
»Und dann kam die Nachricht?«
Ben schluckte.

papa bite hilf …

Für Ben ein Hilferuf.
Für die Ermittler auch, aber der einer Selbstmörderin, die auf ihren Versuch aufmerksam machen will.
»Ich bekam die SMS, als ich nur noch eine Ecke von hier entfernt war. Eine Minute später stand ich schon vor ihrer Tür.«

»Hattest du nicht gesagt, sie war verschlossen?«
»Du weißt doch, ich war in Panik, weil sie nicht mehr ans Handy ging. Nicht auf mein Klingeln und Klopfen reagierte. Ich hab einfach den Schlüssel umgedreht. Einmal, zweimal? Vielleicht war sie nur zugezogen, keine Ahnung.«
»Dann bist du rein?«
Er nickte.
»Wir müssen reden, Papa. Dringend!
Ich glaube, du bist in Gefahr.«
Am selben Morgen noch hatte Jule ihm diese Nachricht auf den Anrufbeantworter gesprochen. Er hatte sie viel zu spät abgehört und dann beschlossen, den verabredeten Abendanruf dafür zu nutzen, herauszufinden, weshalb sie sich Sorgen um ihn machte.
Auch etwas, was nicht zusammenpasste und seine Schuldgefühle verstärkte. Hatte all das, was hier passiert war, mit ihm zu tun?
Jenny griff seine Hand, und Ben schloss die Augen. Ihre rein freundschaftliche Geste hatte nicht das zu bedeuten, was er sich wünschte. Aber sie gab ihm Kraft, seine Erinnerungen zu schildern, ohne dass er in Tränen ausbrach.
»Es war so still«, flüsterte er.
Viel zu still.
In Gedanken war es wieder der zweite August, und er hörte nichts als das weiße Rauschen in seinem Ohr.
Jule brauchte Musik, um sich nicht alleine zu fühlen. Wann immer sie zu Hause war, ließ sie die Playlist auf ihrem Notebook durchrotieren. *Die Beatsteaks, Goo Goo Dolls, 30 Seconds to Mars, Biffy Clyro*. Vorwiegend Rocksongs. Sie hatten den gleichen Geschmack.
Doch an jenem Abend herrschte Totenruhe in der Woh-

nung. Obwohl sie zu Hause war, was Ben an dem Schlüsselbund erkannte, der ordentlich am Haken neben der Tür hing.
»Jule?«, rief er, und schon da war seine Stimme voller Angst. Er fühlte einen Druck auf den Ohren, als säße er in einem Flugzeug, das gerade in ein Luftloch gesackt war.
Mit angehaltenem Atem folgte er dem Licht.
Die Hintertür von der Küche zum Innenhof stand offen.
Wie eine Einladung zu einem Schlachtfest, dachte er noch, ohne zu wissen, wie er auf diesen morbiden Gedanken kam. Wahrscheinlich nahm sein Gehirn bereits die Bilder vorweg, die sich seinen Augen zeigen würden:
Der umgekippte Rollstuhl. Verbogen am Boden liegend. So wie Jule. Bäuchlings, die Arme absurd verdreht, den Kopf im Matsch, als lauschte sie mit einem Ohr das Erdreich ab. Blut, das ihr aus dem Mund lief.
Und dann waren da ihre Augen.
Das eine, das Ben sehen konnte, als er langsam auf sie zuging. Es schrie ihn an. So qualvoll und dennoch unerhört, wie der Mund auf dem Gemälde von Edvard Munch.
Ist sie gesprungen, als ich aus dem Wagen stieg?
Ben stöhnte auf, stolperte zu ihr, sackte neben ihr auf die Knie und wagte es nicht, sie anzufassen. Wollte nicht einmal ihre Bluse berühren, die von dem Blut getränkt war, das irgendwo aus ihrem Körper trat.
Wie sein Mobiltelefon in seine Finger gelangt war und er es geschafft hatte, die Feuerwehr zu rufen, hätte Ben im Nachhinein nicht zu sagen vermocht.
»Du hast sie nicht angerührt?«
Jennys Frage riss ihn wieder in die Gegenwart. Ben öffnete die Augen und trank einen weiteren Schluck aus dem Was-

serglas. »Ich wusste nicht, was zu tun ist. Ich dachte, ich mache es vielleicht schlimmer, wenn ich sie bewege.«
Die Notärzte hatten später seine Umsicht gelobt, dabei war er einfach nur paralysiert gewesen.
»Okay, und jetzt erklär mir, weshalb du das rechtsmedizinische Gutachten anzweifelst?«
Er seufzte.
»Nun, wo soll ich anfangen? Die geöffnete Wodkaflasche auf dem Couchtisch? Ich bitte dich. Jule hat Alkohol gehasst. Nicht mal zu Silvester wollte sie anstoßen. Sie hätte sich niemals diese Flasche gekauft.«
»Es sei denn, sie wollte sich Mut antrinken.«
»Um sich dann in den Rollstuhl zu setzen, mit dem Fahrstuhl aufs Dach zu fahren und sich von dort aus vier Stockwerke tief nach unten zu stürzen?«
Zum Glück hatte es die Nächte davor geregnet, und der Erdboden war völlig durchweicht. Das hatte ihr vermutlich das Leben gerettet.
Sie hatte einen Schädelbasisbruch und innere Verletzungen. Das Gehirn war angeschwollen, weswegen man sie in eine dauerhafte Narkose versetzen musste. Aber die OP war gut verlaufen und die Prognose der Ärzte positiv, dass sie schon bald und hoffentlich ohne Spätfolgen aus dem künstlichen Koma erwachen würde.
»Wieso macht Jule es sich so schwer und rollt in den Tod? Sie hätte doch auch mit ihren Prothesen springen können.«
Jenny schüttelte den Kopf. »Du weißt, die Dinger waren ihr oft lästig. Und vielleicht wollte sie mit dem Rolli ein Zeichen setzen.«
Sie spielte weiter den Advocatus Diaboli.
»Das rechtsmedizinische Gutachten ist eindeutig.«

»Es ist falsch«, sagte Ben, ohne einen Beweis für seine These zu haben. Auch die hohe Opioid-Konzentration in Jules Blut lieferte den Forensikern keinen Hinweis auf eine böswillige Fremdeinwirkung, hatte ihr der Notarzt doch noch vor Ort ein Gegenmittel gespritzt.

»Sie ist nicht freiwillig gesprungen«, beharrte Ben trotz der gegenteiligen Beweislage.

Jenny rollte nicht mit den Augen wie einst, wenn er ihr widersprach, und er fuhr fort: »Wenn Jule sich angeblich Mut angetrunken hat, wie du sagst, wieso konnte man dann nichts in ihrem Blut nachweisen?«

»Du weißt nicht, wie viel Zeit vergangen ist«, sagte Jenny.

Zwischen Trinken und Fallen.

»Und wann die Blutprobe genommen wurde. Julchen wurde stundenlang operiert, da war vielleicht schon alles abgebaut.«

Ben biss sich auf die Unterlippe.

Nein, nein, nein.

Das passte alles nicht zusammen. Jule, die keinen Alkohol vertrug und Rundmails und WhatsApp-Nachrichten so schrecklich unpersönlich fand, sollte sich ausgerechnet auf diese Weise verabschiedet haben? Mit einer angebrochenen Flasche Wodka statt eines Abschiedsbriefs auf dem Couchtisch?

»Okay, jetzt bist du dran«, sagte Ben. »Ich dachte, du glaubst der Polizei. Wieso zweifelst du auf einmal an der offiziellen Version?«

Bislang hatte Jennifer gegen jedes seiner Argumente dagegengehalten. Auch, als er ihr die Eintrittskarte für die Dauerausstellung im Medizinhistorischen Museum präsentierte, die Jule im Internet bestellt und ausgedruckt auf

ihrem Schreibtisch hatte liegenlassen. Datiert auf den Tag nach ihrem angeblichen Selbstmordversuch.
Jennifer sah eine kurze Weile wie durch ihn hindurch, als wäre sie unschlüssig, ob sie ihn in ein Geheimnis einweihen sollte. Schließlich entfaltete sie ein abgegriffenes Blatt Papier, das sie aus ihrer Hosentasche gezogen haben musste. Es war der Fotoausdruck eines Schnappschusses. Etwas ausgeblichen, was am Farbdrucker liegen konnte, und wie ein Schweizer Käse mit Pixel-Dropouts gelöchert. Aber das nahm Jules Gesicht nichts von seiner unbekümmerten Fröhlichkeit. Sie lachte in einen Spiegel, den sie mit ihrem Handy abfotografierte.
In ihrem Badezimmer!
Bens Magen schnürte sich zusammen.
»Woher hast du das?«
»Sie haben es auf Jules Handy gefunden.«
Ben hob die Augenbrauen.
»Ist es endlich repariert?«
Das Telefon hatte neben Jule im Hof gelegen. Das Display zerschmettert, das Gehäuse aufgebrochen. Ben hatte es in die Handy-Klinik in der Steglitzer Schlossstraße gebracht, wo Jule bis zuletzt gearbeitet hatte, doch da sagte man ihm, man könne nichts machen und müsse es einschicken.
»Nein. Außerdem würde uns das ohne ihr Passwort nichts bringen. Die Nachrichten- und Mail-Accounts sind alle verschlüsselt, so wie Jules Notebook, das wir genauso wenig knacken können.«
Sie hatte recht. Jule war ein Technikfreak. Schon als kleines Kind hatte sie Taschenrechner auseinander- und wieder zusammengebaut, um sie zu verstehen. Als Siebenjährige hatte sie sich einen Physikbaukasten statt Puppen gewünscht.

Später war sie die Einzige im Freundeskreis, die lieber Computer programmierte, als mit ihnen zu spielen, weswegen sie sich alle darüber gewundert hatten, dass sie nach dem Abitur Jura studieren wollte und nicht Informatik oder Maschinenbau. Aber anscheinend war ihr ausgeprägter Gerechtigkeitssinn noch größer als ihr technisches Verständnis.
»Und woher hast du dann dieses Foto?«, fragte Ben.
»Sie konnten die Micro-SD-Karte auslesen. Hier hat sie unverschlüsselte Selfies abgespeichert. Sieh nur …«
Jennifer tippte mit dem Finger auf ein Feld im Bildausschnitt rechts oben. Da die Badezimmertür offen stand, hatte der Spiegel Teile des Wohnzimmers eingefangen.
»Das ist Jules Couchtisch. Und?«
Ben wusste zunächst nicht, worauf sie hinauswollte, und zupfte sich am Ohrläppchen. Dann, auf einmal, sah auch er es. Seine Augen weiteten sich. Das Blatt begann in seiner Hand zu zittern.
»Wann wurde das aufgenommen?«
Jennifer nickte, als habe sie nur auf diese Frage gewartet, und drehte das Foto um.
2.8., 19.57 Uhr.
Großer Gott.
Das darf doch nicht wahr sein!
Bens Augen brannten.
Wie kann das sein?
Wenige Minuten bevor sie ihre Abschieds-SMS an ihn tippte, hatte Jule noch gelacht.
Jule war kurz vor ihrem Tod noch fröhlich gewesen. Und nüchtern!
Ben wendete den Ausdruck erneut und überprüfte noch ein-

mal, ob sie sich nicht irrten. Aber Jenny hatte es ja auch gesehen. Und tatsächlich, da stand sie: die Wodkaflasche. Auf dem Couchtisch. Ungeöffnet und unberührt.

Ben wandte seinen Blick zu Jenny, in deren Augen er sah, dass sie sich die gleichen zwei Fragen stellte.

Die erste lautete:

»Glaubst du wirklich, unsere sonst so abstinente Tochter macht erst ein Selfie und trinkt rasch einen Wodka, um sich dann, kurz nachdem sie noch freudestrahlend in ihrem Badezimmer stand, einfach so vom Dach zu stürzen?«

Die zweite Frage war noch verstörender.

Ben pochte mit dem Zeigefinger auf den Couchtisch auf dem Bild.

»Und wieso sollte sie dafür zwei Gläser benötigen?«

8.

45 Minuten später

Sie hatten sich wortlos verabschiedet, mit einer ungelenken Umarmung, ohne zu wissen, was sie nun tun sollten. Der Verdacht, dass ihre Tochter einer Gewalttat zum Opfer gefallen war, hatte sich erhärtet.
Aber genügte das Foto, um bei der Polizei für begründete Zweifel zu sorgen? Würden die Beamten die Ermittlungen aufnehmen, wo doch die einzige Zeugin, die ihnen weiterhelfen könnte, noch im Koma lag?
Und falls Jule sich nicht mehr erinnerte, wenn sie aufwachte? Wie ernst würden die Ermittler ihn nehmen, wenn er versuchte, ein Gewaltverbrechen anhand eines Selfies zu rekonstruieren, obwohl es ansonsten keinerlei Anzeichen von »Fremdeinwirkung« gab, wie es im Beamtendeutsch hieß?
Grübelnd trat Ben an das Sicherheitsnetz der Aussichtsgondel und ließ seinen Blick zum Brandenburger Tor schweifen.
Was für ein Tag!
Erst hatte er seinen Job verloren, dann hatte er sich für eine Frau vertrimmen lassen, die ihm danach am liebsten selbst eine runtergehauen hätte. Und schließlich waren seine Sorgen um Jule noch größer geworden als ohnehin schon. Denn wenn es jemanden gab, der seiner Tochter nach dem Leben trachtete, war sie ihm auf der Intensivstation doch schutzlos ausgeliefert. Andererseits lag Jule jetzt schon fast eine Woche im Krankenhaus. Und in der Zeit war sie von

niemandem angerührt worden, außer von den Schwestern und Pflegern, die sie regelmäßig wuschen und wendeten, damit sie sich nicht wundlag.

Oh, Mann.

Ben trank einen Schluck aus einer Wasserflasche, die er in seinem Handschuhfach gefunden hatte. Dabei sehnte er sich nach einem Schluck Wodka Red Bull. Sein Auto hatte er auf halber Strecke in der Kantstraße stehen lassen müssen, nachdem ihm der Sprit ausgegangen war und er kein Geld zum Tanken mehr hatte. Nun parkte es im Halteverbot, direkt vor einer Kneipe. Es hatte Zeiten gegeben, da hätte er das als Wink des Schicksals verstanden.

Ben überlegte, dass er wirklich etwas zum Runterkommen bräuchte, dann lachte er über die zynische Doppeldeutigkeit dieses Gedankens. Immerhin befand er sich gerade einhundertfünfzig Meter über Berlin. Unter ihm der Checkpoint Charlie, über ihm einer der größten Heliumballone der Welt; und die ganze Konstruktion nur von einem Stahlseil am Boden gehalten.

Der Highflyer war eines der neueren Wahrzeichen Berlins und am Wochenende meist rappelvoll mit Touristen, die den Reichstag, das Sony Center oder das Axel-Springer-Gebäude von oben sehen wollten.

Aber die 19.40-Uhr-Fahrt war ein täglicher Wartungsaufstieg und Eddy, der Gondelführer, ein alter Schulkumpel von Ben. Hin und wieder, wenn Ben ihn besuchte, nutzte Eddy die Gelegenheit, ihn alleine mit dem Highflyer aufsteigen zu lassen, um die Funktionen von unten zu testen.

Und Ben war hin und wieder ganz froh, mal ganz alleine über den Dingen zu schweben und etwas Abstand von der Welt und seinen Problemen zu haben. So wie heute Abend.

»Prost«, sagte Ben und fühlte sich mit den Pennern verbunden, die dreißig Stockwerke unter ihm in einem Mülleimer vor einem Imbiss in der Friedrichstraße nach Pfandflaschen suchten. Nur einen Steinwurf von einem neu eröffneten Fünf-Sterne-Luxushotel entfernt, auf dessen Rooftop-Terrasse ein Infinity-Pool über die Dachkante schwappte.
»Prost«, sagte er ein zweites Mal und richtete seine Flasche zu den lachenden Gästen weit unter sich, die natürlich keine Notiz von ihrem entfernten Beobachter nahmen. Die meisten Hotelgäste saßen in Klappstühlen vor einer gewaltigen Videoleinwand seitlich vom Pool, auf der gerade Nachrichten übertragen wurden.
Ben zog sein Handy hervor, drückte eine Meldung weg, die ihm sagte, dass sein Datenvolumen fast verbraucht war, und schrieb Jennifer:

Aber wieso ZWEI Gläser auf dem Couchtisch?

Er nahm einen letzten Schluck, bevor er die SMS abschickte. Dann schloss Ben die Augen, um den Wind auf dem Gesicht zu spüren. Hier oben war es ein wenig angenehmer, wenn auch nicht wirklich kühl. Ben fühlte, wie die Gondel am Drahtseil schwankte, und das verstärkte seine seelischen Gleichgewichtsprobleme.
Ach, Jule.
Das Paradoxe war: Einerseits glaubte Ben nicht daran, dass seine Tochter sich das Leben hatte nehmen wollen. Andererseits fragte er sich, wie sie es überhaupt so lange ohne Selbstmordversuch durchgehalten hatte.
Während ihre Freundinnen die ersten Jungs mit nach Hause brachten, hatte sie in der Reha schwitzen müssen. Und

während die Klassenkameraden auf Open-Air-Festivals tanzten, lauschte sie dem Techno-Beat der MRT-Maschinen. Unzählige Untersuchungen, Tonnen an Medikamenten, mit Beipackzetteln so dick wie ein Telefonbuch; zwei Operationen, hinterher qualvolle Phantomschmerzen und die Gewissheit, nie wieder normal laufen zu können – er bewunderte ihre Kraft.

Ben öffnete die Augen und schüttelte das Bild seiner Tochter ab, das in ihm aufstieg, wenn er zu lange über sie nachdachte.

Der Kopf am Boden. Das Auge weit aufgerissen.

Er prüfte sein Handy, sah, dass Jenny noch nicht geantwortet hatte, und beschloss, nach Hause zu fahren, auch wenn »nach Hause« ein Ort war, der ihm nicht gehörte.

Tobias Mayer, ein ehemaliges Crewmitglied von *Fast Forward,* hatte ihm für ein paar Tage seine Wohnung im Wedding überlassen, während er als Lichttechniker mit einer Casting-Band auf Asien-Tour war. Womit Tobi die Nummer 728 auf der Liste derer war, denen Ben einen Gefallen schuldete, weil sie ihm mit etwas Bargeld ausgeholfen oder zur Untermiete aufgenommen hatten.

Ben drehte sich Richtung Fernsehturm, bewunderte eine dunkle Wolkenformation, die sich in seinem Hintergrund langsam aufbaute, richtete seinen Blick weiter nach Norden, hielt kurz inne, blinzelte. Dann drehte er sich wieder zurück.

Was zum …

Im Studio hatte er die Erfahrung gemacht, dass viele irritiert waren, wenn sie das erste Mal ihre eigene Stimme über Kopfhörer hörten. Es fühlte sich irgendwie falsch an, und man schämte sich beinahe über diesen fremden Klang, der so gar nicht zu einem selbst passen wollte. Aber dieses Gefühl war nichts im Vergleich zu dem Schock, den Ben gerade erlitt, als er völlig unerwartet sein eigenes Gesicht sah. So groß, dass er noch aus einem Abstand von einigen hundert Metern Luftlinie den kleinen Leberfleck auf seiner rechten Wange erkennen konnte.

Was zum Teufel ...?

Auf der Videoleinwand gegenüber auf dem Dach des Hotels prangte sein Porträt. Mit dem Logo eines Fernsehsenders in der Ecke und einer Bauchbinde, deren Text er nicht lesen konnte.

Ben zweifelte nicht eine Sekunde, auch wenn das Bild aus früheren Zeiten stammte. Er war gerade im Fernsehen zu sehen. Mit einem alten Pressefoto von *Fast Forward,* das aus irgendeinem Grund bearbeitet worden war.

Ben musste an das Mädchen auf dem Parkplatz denken.

Unwillkürlich fiel sein Blick auf seine Uhr. Es war acht nach acht.

Ein metallischer Geschmack füllte seinen Mund. Sein Herz raste wie nach einem Sprint.

Was geht hier vor?

War es schon unbegreiflich, sich selbst zur besten Sendezeit auf einem überlebensgroßen Bildschirm in der Öffentlichkeit zu sehen, so konnte Ben sich die grafische Verunstaltung seines Gesichts erst recht nicht erklären.

Aber da war sie: die Acht.

Wie bei der Frau vorhin.

Direkt auf seiner Stirn.

9.

Eddy brauchte sieben Minuten, um ihn wieder nach unten zu holen.

Im Nachhinein betrachtet, reagierte Ben völlig unlogisch. Weil Eddy keinen Fernseher in seinem Kassenhäuschen hatte, rannte er die Friedrichstraße hinunter Richtung Leipziger Straße. In der Aufregung dachte er nicht rational, sondern folgte dem Impuls, den Ort aufzusuchen, den er für die Quelle des Unbegreiflichen hielt. Dort, wo er sich zuerst gesehen hatte. Auf der Dachterrasse des Luxushotels schräg gegenüber dem Highflyer.

Die Designer-Herberge trug den schlichten Namen *Pulse*, wie ein von fünf Sternen gerahmtes Türschild den ankommenden Gästen verriet.

Der livrierte Doorman war gerade damit beschäftigt, zwei Kofferträger zu dirigieren, die einen vorgefahrenen Bentley entladen sollten, weshalb Ben unbehelligt erst in die angenehm temperierte Lobby und von dort aus zu den Fahrstühlen gelangte.

Er drückte die Zwölf auf dem Touchscreen, und ein nach Zedernholz duftender Lift beförderte ihn direkt unters Dach.

Spa&Health-Area verkündete ein eher schlicht gestaltetes Platinschild den Ankömmlingen. Ben folgte einem Pool-Piktogramm und der von Musik, Lachen und Gesprächsfetzen geschwängerten Geräuschkulisse, bis er endlich den

Bereich betrat, den er gerade eben noch aus der Vogelperspektive beobachtet hatte.

»Entschuldigung, dürfte ich, Moment bitte ...«

Ben drängte sich an einer Gruppe von Menschen vorbei, die mit Cocktail-, Sekt- oder Biergläsern bewaffnet am Beckenrand standen, und suchte vergeblich nach sich selbst. Der Pool, die Liegestühle, die Leinwand – alles war noch vorhanden. Nur sein Gesicht war durch das einer Nachrichtensprecherin ersetzt worden, die gerade zum Wetterbericht überleitete.

»... erwarten uns spätestens morgen früh starke Wärmegewitter im Südosten ...«

Der Ton war heruntergedreht und kaum zu verstehen. Die für ein Hotel dieser Preisklasse ungewöhnlich jung wirkenden Gäste, die sich vermutlich auf einen Aperitif kurz vor dem Abendessen an der Poolbar trafen, führten angeregte, teilweise erregte Gespräche.

Ben hörte schrilles Frauenlachen, sah Männer, die beinahe wütend den Kopf schüttelten, fing Gesprächsfetzen auf, ohne ein Auge für die Menschen zu haben, aus deren Mündern sie kamen:

... eigentlich eine gute Idee ...
Quatsch ... das geht doch überhaupt nicht ...
Und wenn doch?
... ist Irrsinn ...!
... trau dem ja viel zu, aber das ...
.... Verstand verloren?
Ach, Sie haben da mitgemacht?
... etwas bringen?

»Bitte?«
Ben drehte sich zu einer blutjungen Kellnerin mit asiatischen Gesichtszügen, die ihn mit einem professionellen Lächeln bedachte, während sie ihre Frage wiederholte: »Ich sagte: Guten Abend, mein Name ist Nika, darf ich Ihnen etwas bringen?«
»Wie? Was?« Ben sah ihr leeres Tablett, und endlich war der Groschen gefallen. »Nein, tut mir leid. Ich suche hier nur jemanden.«
Mich selbst. Um genau zu sein.
»Das heißt, doch. Warten Sie. Ich habe eine Frage.«
Nika, die schon kehrtgemacht hatte, drehte sich wieder um. Das eingeübte Lächeln etwas unsicherer als zuvor, vermutlich erwartete sie einen dummen Anmach-Spruch, wie ihn Gäste üblicherweise anbrachten, die sich für witzig hielten, wenn sie in Wahrheit nur betrunken waren.
»Ja bitte?«
»Vorhin. Was wurde da gezeigt?«
Sie blickte kurz zu der Leinwand, auf der jetzt Werbung für einen Deoroller zu sehen war. »Heute ist die große Box-Nacht. Wir übertragen den Schwergewichtskampf live aus Las Vegas.«
»Okay, ja. Klar«, sagte Ben, der keine Ahnung von Boxen hatte und gar nichts verstand. »Aber vorher.«
»Wie vorher?«
»Na eben gerade.«
»Die Nachrichten?«
»... aber ein guter Name: AchtNacht ...«
Ben drehte sich zu dem Mann herum, der das gerade gesagt hatte und der nur wenige Schritte von ihm entfernt saß; Händchen haltend mit seiner Frau in einem der Liegestühle.

»AchtNacht?«, entfuhr es ihm, doch der Mann hatte es nicht gehört. Wohl aber Nika.
»Moment mal …«
Er wandte sich wieder zu ihr. Fühlte, wie sie ihn mit den Augen abtastete, und sah, wie sich ihr Gesichtsausdruck veränderte.
Sie wurde nervös, was man nun auch hörte, denn auf einmal fing sie an zu berlinern: »Moment mal. Ihr Gesicht …«
Ben fasste sich unbewusst an die Stirn. Dort, wo auf der Leinwand eine Acht gewesen war.
»Sind *Sie* das etwa?«
»Wer?«
»Na, Sie haben ja Mut«, lachte sie, aber es war kein fröhliches Lachen.
Unsicher sah sie sich um. »Mensch, machen Sie bloß, dass Sie hier wegkommen.«
»Wieso denn? Was hat das alles zu bedeuten? Was geht hier vor?«
Er packte sie etwas unsanft an ihrer himmelblauen Hoteluniform und bereute es sofort.
»Entschuldigung, es ist nur …«
»Hauen Sie ab! Sofort!«, zischte Nika.
Sie schüttelte Bens Hand ab und ging in die Richtung, aus der Ben gekommen war.
Kurz vor den Schwingtüren zum Kücheneingang neben der Bar drehte sie sich noch einmal um. Schüttelte ungläubig den Kopf und zeigte Ben einen Vogel.
Dann verschwand sie mit ihrem Handy am Ohr im Personalbereich.
Das Handy!
Erst jetzt fiel Ben ein, dass er sehr viel einfacher seinen Fra-

gen auf den Grund hätte gehen können, wenn er die Nachrichtenseiten im Internet gegoogelt hätte.
Er löste mit einem Fingerdruck die Tastensperre seines Telefons und öffnete den Browser, während er zu den Fahrstühlen zurückeilte.
Dabei rempelte er versehentlich eine Mutter an, die mit ihren beiden Kindern an der Hand in den Open-Air-Bereich wollte.
»Mama, sieh nur …«, sagte das kleine, vermutlich nicht einmal sechsjährige Mädchen und zeigte ungeniert auf Ben.
Die sichtlich genervte Mutter reagierte nicht, selbst als ihre Tochter sich wiederholte und nun auch ihr Bruder in seine Richtung starrte, während die Frau ihren Nachwuchs in die andere zerrte.
»Aber Mama, der sieht ja aus wie …«
»Kommst du jetzt bitte?!«
Ben zog die Schultern hoch und drehte sich so, dass sein Gesicht möglichst wenig Profil zeigte.
Ohne zu wissen, weshalb er sich so klein machte, kämpfte er vergeblich gegen das Gefühl an, noch niemals in seinem Leben in solcher Gefahr geschwebt zu haben.
Nur drei Minuten später, in einer vollbesetzten, stickigen U-Bahn, sollte er lernen, dass er mit dieser Einschätzung komplett richtiglag.

10.

»AchtNacht.online heißt die Website, die seit gut einem Jahr durch die sozialen Netzwerke geistert und von vielen wohl für einen schlechten Scherz gehalten wurde.«

Mit einem Headset im Ohr verfolgte Ben das erste Nachrichtenvideo, das Google ihm unter »ACHTNACHT« ausgespuckt hatte. Er hatte den »Nicht-Stören-Modus« seines Telefons aktiviert, der ihm erlaubte, die Aufzeichnung zu sehen, ohne dass ihm ständig eingehende Text- oder Sprachnachrichten dazwischenfunkten.

Seitdem sein Name offenbar durch die sozialen Netzwerke und Medien geisterte, krochen die Neugierigen aus ihren Nestern wie Spinnen nach Sonnenuntergang. Freunde, Bekannte, ehemalige Kollegen … Alle versuchten, ihn zu erreichen. Und den wenigsten traute er mehr über den Weg als den Unbekannten, mit denen er sich das Abteil teilte.

Er war am U-Bahnhof Kochstraße in die U6 gestiegen und hatte sich einen Platz im hinteren Drittel auf einer Längsbank erkämpft. Rechts neben ihm spielte ein Jugendlicher mit seinem iPod. Links von ihm döste eine etwa vierzig Jahre alte Frau mit einer Plastiktüte voll schmutziger Wäsche.

»Lange Zeit wurde sie nicht beachtet und nur von wenigen Insidern im Netz diskutiert. Aber in den letzten Wochen machten immer mehr Gerüchte über AchtNacht die Runde. Und heute haben die anonymen Betreiber des Portals tatsächlich ernst gemacht.«

Der Nachrichtensprecher, ein älterer Mann mit Kinnbart und graumelierten Schläfen, sah mit ernstem Blick in die Kamera, als gelte es, den Weltuntergang zu verkünden.
»Heute, am 8.8. um exakt 20.08 Uhr abends brach der Acht-Nacht-Server beinahe zusammen, als ...«
An dieser Stelle fror das Video ein, und ein Textbalken legte sich über das Bild:
Wenn Sie diesen Beitrag weitersehen wollen, müssen Sie jetzt ein Nutzerkonto eröffnen.
»Ach verdammt«, schimpfte Ben über den lästigen Versuch, an seine Daten zu kommen, und klickte das Video weg.
Der Zug fuhr in den Bahnhof Friedrichstraße ein, und die Frau mit der Wäschetüte gab ihren Platz frei. Ben rückte bis zur Einschalung an der Tür nach und hielt sein Handy so, dass es von niemand anderem eingesehen werden konnte. Sein rechtes Auge zuckte nervös im Takt seines Herzschlags, als er direkt auf die AchtNacht-Seite surfte.
»Zurückbleiben!«
Der Zug fuhr wieder an, und das Display wurde schwarz. Erst nach einer Weile, als Ben schon dachte, sein Handy wäre abgestürzt, zeigte sich ein quadratisches Logo: der Großbuchstabe N, der von zwei in Flammen stehenden Achten gerahmt wurde.

8N8

Ben überlegte kurz, ob die Zahlen einen Hinweis auf einen rechtsradikalen Hintergrund lieferten, immerhin war 88 ein beliebtes Tattoo-Symbol der Neonazis. Eine Anspielung auf den achten Buchstaben im Alphabet, und damit auf HH, die Abkürzung für »Heil Hitler«.

Aber er sollte sich irren.
»Herzlich willkommen auf www.AchtNacht.online!«
Ben erschauerte, als er die Frauenstimme hörte. Sie war hart, eher maskulin und leicht angerauht, wie die einer Nacht-Talkshow-Moderatorin im Radio. Vermutlich war das der Grund, weshalb sie ihm bekannt vorkam. Ihr unpersönlicher, geschauspielerter Enthusiasmus passte bestens zu dem amazonenhaften Look der Computeranimation, die sich auf dem Bildschirm zeigte. Synchron zu der Aufnahme bewegte sie die gezeichneten Lippen: »Mein Name ist Diana, und ich bin die Königin der Jagd.«
Ben schüttelte den Kopf und musste an den Vorfall auf dem Parkplatz denken. *»Ich hoffe, Diana zieht nachher deinen Namen, du Nutte!«*
»Wie heißt du?«, wollte die Zeichnung von ihm wissen.
…
Ben starrte auf das blinkende Cursor-Feld. Er tippte auf »weiter«, aber die Seite verlangte nach einer Eingabe, also trug er seinen Namen ein.
»Schön, dass du bei uns bist, Ben. Ich stelle dir nur eine einzige Frage. Eine wichtige Frage. Sie wird dein Leben verändern. Bist du bereit?«
Ben nickte. Dann wurde ihm klar, dass Diana eine weitere Eingabe verlangte, und er tippte »Ja« in die Eingabezeile.
»Gut, Ben. Hier ist die Frage: Stell dir vor, du dürftest einen Menschen straffrei töten, wen würdest du auswählen?«
Ben ließ das Telefon in seiner Hand sinken. Sah sich um.
Die U-Bahn, die an dieser Stelle oberirdisch fuhr, war voll mit Menschen, die nur mit sich selbst beschäftigt waren. Die meisten hielten wie er ein Telefon in der Hand. Nur wenige ein Buch oder eine Zeitung. Einige fixierten ihre

Fußspitzen oder die Werbebanner über ihrem Kopf, aber niemand sah zu ihm herüber. Niemand beobachtete ihn. Und selbst wenn, hätte keiner erahnen können, was in ihm vorging. Äußerlich hatte Ben sich noch im Griff.
Innerlich hätte er schreien wollen.
Das ist doch nicht wahr! Das darf nicht wahr sein!
Und als könnte Diana seine Gedanken lesen, sagte sie: »Das ist keine Scherzfrage, Ben. Kein Hoax.«
Sondern?
»Wie dir nicht entgangen sein dürfte, ist unser Land in ernsten Schwierigkeiten. Das Geld fehlt an allen Ecken und Enden, ganz besonders für die Erhaltung der inneren Sicherheit. Jeder drittklassige Gauner ist besser ausgestattet als die Polizei. In Berlin müssen die Beamten sogar schon ihre Waffen selbst bezahlen. Wir von AchtNacht können dem Verfall nicht länger zusehen und haben in Abstimmung mit der Bundesregierung eine Jagd-Lotterie ins Leben gerufen.
Für eine Anmeldegebühr von nur zehn Euro kannst du einen Menschen deiner Wahl bestimmen. Unter allen eingereichten Kandidaten wird am 8.8. um 20.08 Uhr ein Name ausgelost.
Der so zufällig bestimmte *AchtNächter* ist für knapp zwölf Stunden, bis zum nächsten Morgen 8.00 Uhr, vogelfrei. Das bedeutet, dass alle ansonsten strafbaren Handlungen an seiner und gegen seine Person nicht geahndet werden.«
Das ist ein Witz.
Das muss einer sein!
Ben merkte nicht, wie ihm der Mund offen stehenblieb.
»Der Bundespräsident hat sich bereit erklärt, den AchtNacht-Jäger am Folgetag für jede Straftat inklusive Mord

zu begnadigen. Zusätzlich erhält der erfolgreiche Jäger, der seine Beute zur Strecke bringt und tötet, eine Fangprämie von zehn Millionen Euro!«

Zehn MILLIONEN?

Ben lachte hysterisch auf, was ihm den genervten Blick seines Gegenübers einfing. Ein untersetzter, bulliger Kerl in Badelatschen, mit der typischen Berliner Sommerkombi: Schwabbelbauch und Muskelshirt.

»Ganz wichtig: Die AchtNacht-Regeln besagen, dass der AchtNächter von *jedem* Bürger der Bundesrepublik Deutschland zur Strecke gebracht werden darf.«

Ben hypnotisierte wieder das Display. Das Headset juckte in seinem Ohr. Am liebsten hätte er es sich herausgerissen und nie wieder hingehört.

»Die Fangprämie steht dem Jäger auch dann zu, wenn er den AchtNächter nicht selbst vorgeschlagen hat.«

Ben schluckte und wischte sich zum wiederholten Male mit dem Handrücken den Schweiß von der Stirn.

Was Diana eben gesagt hatte, bedeutete im Klartext, dass der Geächtete in Deutschland achtzig Millionen Feinde hatte. Zog man von der Gesamtzahl der Bevölkerung Kinder, Alte, Kranke und Gebrechliche ab, blieben immer noch Dutzende Millionen übrig, die sich durch die Teilnahme an der AchtNacht einen Gewinn versprechen konnten, mit dem sie und ihre Nachkommen nie wieder arbeiten gehen müssten.

Vorausgesetzt natürlich, man glaubt diesen Schwachsinn. Aber in einem Land, in dem knapp die Hälfte aller Fernsehzuschauer Pseudo-Reality-Soaps für echte Dokumentationen hielten, war alles denkbar.

Irrsinn, dachte Ben.

Gefährlicher Irrsinn!
Was hatte der Nachrichtensprecher vorhin gesagt?
Seit einem Jahr ist dieser Quatsch schon online?
Wieso gab es diese Seite noch? Wieso war sie nicht schon längst vom Netz?
Der Zug verließ den Bahnhof Französische Straße. Eine Gruppe jugendlicher Fußballspieler war in ihren Trainingstrikots zugestiegen, aber Ben nahm keine Notiz von ihnen. Diana hatte seine volle Aufmerksamkeit, als sie allen Ernstes sagte:
»Die AchtNacht-Lotterie steht im Einklang mit den Gesetzen der Bundesrepublik Deutschland. Sie dient wie die Alkohol- und Tabaksteuer dem Zwecke der Erzielung staatlicher Zusatzeinnahmen. So wie diese Gelder der Förderung des Gesundheitswesens dienen, kommen alle Gelder der Lotterie, nach Abzug der Fangprämie, unmittelbar dem Finanzhaushalt der Polizei zugute. Die Überweisung deiner Jagdgebühr erfolgt anonym und diskret über ein nicht rückverfolgbares, hackersicheres Cash-Poll-System. Wenn du niemanden bestimmen, sondern nur mitjagen willst, wird eine Jagdscheingebühr von nur einem Euro fällig. Keine Sorge. Der Verwendungszweck ist nirgends ersichtlich, und deine Daten werden zu keinem Zeitpunkt öffentlich gemacht oder an Dritte weitergegeben.
Für den Fall, dass du den AchtNacht-Gewinn beanspruchst, sende uns bitte eine Mail über diese Seite, die selbstverständlich verschlüsselt übertragen wird. Dann erfährst du, welchen Jagdbeweis wir benötigen und wie du sicher und anonym an deine Zehn-Millionen-Fangprämie gelangst, sofern du uns davon überzeugt hast, dass du einen AchtNächter vor Ende der AchtNacht zur Strecke gebracht hast.«

Ben wankte nach vorne, weil der Zug in die Kurve ging. Aber auch ohne die Waggonbewegung fühlte er sich komplett aus der Bahn geworfen.

»So, Ben …«, fragte Diana, und er meinte ein zynisches Lächeln in ihrer Stimme zu hören, »… wen willst du bestimmen? Wer hat dich verletzt, gedemütigt, geärgert? Wer verdient, dass wir die Acht über ihn verhängen?«

Das darf nicht wahr sein. Das können die doch nicht ernst meinen.

»Bitte beachte, dass wir deine Telefonnummer und ein aussagekräftiges Foto deines Auserwählten benötigen, um jede Verwechslungsgefahr auszuschließen. Aber keine Eile, du kannst dir Zeit mit deiner Antwort lassen. Die Jagd-Lotterie für dieses Jahr ist bereits geschlossen. Der erste, soeben ausgewählte AchtNächter heißt: …«

Ben blinzelte. Erinnerte sich an die Stimme seiner Tochter. An die Nachricht, die sie am Tag ihres angeblichen Selbstmords auf seinem Anrufbeantworter hinterlassen hatte.

»Wir müssen reden, Papa. Dringend!
Ich glaube, du bist in Gefahr!«

Er schloss die Augen. Er wusste, was auf dem Bildschirm seines Smartphones als Nächstes kam. Welcher Name genannt und welches Foto eingeblendet werden würde. Umso verblüffter war er, als Diana sagte:

»Arezu Herzsprung, 24 Jahre alt, Psychologiestudentin aus Berlin Lichtenrade.«

11.

Arezu. 20.27 Uhr.
Noch elf Stunden und 33 Minuten
bis zum Ende der AchtNacht

Erstaunlich aber ist, welche Entwicklung das Ganze nimmt, Alex. Da gibt es eine Facebook-Fanseite von AchtNacht mit über achthunderttausend Likes. Der Post über die Auslosung des ersten Namens wurde bereits tausend Mal kommentiert.«

»Ja, Steffen. Und was mich am meisten überrascht: Die große Mehrheit findet die Idee natürlich abstoßend, dumm oder gefährlich. Aber es gibt auch eine Vielzahl an Stimmen, die AchtNacht positiv bewerten. Die Reaktionen gehen von: ›Coole Sache‹ über ›Ich glaub wirklich, dass das wahr ist‹ bis zu ›Das ist natürlich ein Fake, aber wär doch nicht schlecht, wenn es solch eine Jagd-Lotterie wirklich gäbe‹.«

Arezu fühlte sich eigenartig gelassen, als hätten die Moderatoren im Radio nicht über sie, sondern über eine Fremde gesprochen.

»Und viele geben ganz offen zu, sich beteiligt zu haben und enttäuscht zu sein, dass ihr Vorschlag nicht gezogen wurde.«

Arezu blieb entspannt, aber vielleicht erging das Menschen oft so, wenn sie sich in emotionalen Extremsituationen befanden. Sie hatte keine Erfahrung damit, getötet zu werden.

»Was haben Sie denn?«

»Wie bitte?«

Aufgeschreckt von der unerwarteten Kontaktaufnahme des Taxifahrers, löste sich Arezu von dem Anblick ihrer im Schoß verknoteten Finger und sah auf.

Sie passierten gerade die JVA Moabit. Überall staute es sich in der City West, und die Fahrt in dem nach Nadelholz-Duftbaum riechenden Mercedes schien ihr bereits eine halbe Ewigkeit zu dauern.

»... aber die Frage ist doch, wie viele Menschen sich aktiv daran beteiligt und Geld überwiesen haben ...«

Der Fahrer gab sich nicht die Mühe, das Radio leiser zu drehen, sondern sprach einfach lauter: »Ich meine, besuchen Sie dort jemanden, oder sind Sie selbst eine Patientin?«

Im hinteren Getränkehalter steckten Visitenkarten, auf denen »Arnim Strochow, Taxi, Limousinen- und Krankentransporte« stand.

Schnell – kompetent – günstig!

Neugierig fehlte in der Aufzählung.

»Mir geht's gut«, antwortete Arezu knapp, und das war nicht einmal gelogen. Sie hatte sich schon schlechter gefühlt.

Wesentlich schlechter.

Sie lehnte die Stirn an die vibrierende Scheibe und kratzte sich die Narben an den Innenseiten ihrer Unterarme.

Ein Jahr lang hatte Arezu jetzt intensiv die Entwicklung auf der AchtNacht-Seite verfolgt, wie so viele andere in ihrem Semester. Hatte hautnah mitbekommen, wie sich der Wahnwitz von einem kaum bekannten Gerücht zu einem der größten Internet-Phänomene seit der Ice-Bucket-Challenge entwickelte. Nur dass es bei AchtNacht nicht darum ging, Menschen zu animieren, sich für einen guten Zweck

Eiswasser über den Schädel zu kippen. Sondern sie zu bewegen, ihren niedrigsten Instinkten nachzugeben. Rache zu üben. Ihre Mordlust zu befriedigen.

Laut anonym veröffentlichten Statistiken gab es ein gewaltiges Interesse.

Angeblich schlugen 39 Prozent aller Teilnehmer Diktatoren, Kriegstreiber, Triebtäter und andere, ihnen nicht persönlich bekannte Verbrecher vor. Etwa sechs Prozent nominierten aus Jux und gespielter Empörung polarisierende Prominente; hier gab es sogar täglich aktualisierte Hitlisten der am häufigsten genannten Personen, die sich nichts hatten zuschulden kommen lassen, außer dass sie sich ihren Lebensunterhalt im Dschungelcamp oder als Sportkommentator verdienen mussten.

Die Mehrheit jedoch schlug ganz normale Menschen vor.

Menschen wie mich, zum Beispiel.

Arezu löste mit dem Nagel ihres Daumens etwas Schorf von der juckenden Stelle oberhalb ihrer Pulsadern und wunderte sich, dass sie heute noch nicht daran gedacht hatte, sich zu ritzen.

Der Schmerz in ihr hatte wohl ein anderes Ventil gefunden.

AchtNacht.

Ihren Namen auf der Seite zu lesen, heute um acht Uhr acht, war weniger ein Schock als eine Betäubung gewesen. Seitdem sie in dem Feld für das erste ausgewählte Jagdopfer ihr eigenes Foto gesehen hatte (eine der wenigen Aufnahmen, auf denen sie lächelte, und die einzige, die man in der Google-Bildersuche von ihr fand), lebte sie wie unter einer gefühlsabsorbierenden Glasglocke. Sie konnte problemlos durch sie hindurchsehen, aber die Welt dahinter kam ihr stumpf und leer vor.

»Ich mein ja nur, da ich auch Krankentransporte mache. Ich könnte Sie dann regelmäßig fahren, wenn Sie öfter hinmüssen.«

Arezu täuschte dem Taxifahrer ein Lächeln vor. Das konnte sie gut. Gefühle vortäuschen.

Die wenigsten ihrer Kommilitonen ahnten, was in ihr vorging, wenn sie mit ihnen in der Mensa saß und in das gemeinschaftliche Lachen einstimmte, ohne zu wissen, weshalb. Und da sie auch im Sommer stets langärmelige T-Shirts trug, hielt sie die sichtbaren Zeichen ihres Kampfes mit den inneren Dämonen für andere gut versteckt.

Schön, hin und wieder sagte mal ein Professor: »Sie müssen wirklich mehr essen, mein Kind.«

Aber den meisten Männern, mit denen sie zusammen gewesen war, gefiel ihr androgyner Körperbau mit den Kate-Moss-Beinen und Brüsten, die kaum größer waren als zwei Mückenstiche.

Letztens hatte sie im Internet ihren BMI ausgerechnet. Unter dem Ergebnis war ein Textfeld aufgesprungen: *»Bitte suchen Sie umgehend einen Arzt auf.«*

»Wollen Sie hinten über die Seestraße oder vorne zum Haupteingang von der Amrumer aus ranfahren?«, fragte Arnim jetzt, und Arezu hatte keine Ahnung, was er von ihr wollte. Sie war in Leipzig geboren und lebte erst seit drei Jahren in Berlin. Zu kurz, um sich in der Stadt auszukennen.

»Was geht denn schneller?«

»Schwer zu sagen. Nimmt sich kaum was. Auch nicht vom Preis.«

Wieso fragst du dann?

Arezu sah auf den im Rückspiegel eingeblendeten Fahrpreis.

26,80 Euro. Zum Glück hatte sie genug Bargeld …
Ihr Puls zog an.
Sie hob ihren Rucksack aus dem Fußraum und tastete nach der Außentasche.
»Oh nein …« Arezu presste die Augenlider fest zusammen, während sie gleichzeitig die Brauen nach oben zog.
»Was ist?«, fragte Arnim, der sie gehört haben musste.
»Es ist nur, ich habe …«
… *Ausweis, Pistole, Schlüssel, Handy, das Teppichmesser* … alles dabei.
Nur ihr Portemonnaie nicht, *verdammt.*
»Geld vergessen?«, vermutete der Taxifahrer richtig. Er fuhr rechts ran und hielt neben dem Parkhaus in der Seestraße. Offenbar hatte er sich für den Hintereingang entschieden, und sie waren da.
Scheiße.
Das Portemonnaie lag noch auf der Ablage neben dem Kühlschrank. Sie hatte es rausgenommen, um nach der Nummer für den Taxifunk zu suchen, die sie sich auf einer Karte notiert hatte.
Und dann vergessen, es wieder einzustecken.
Ausgerechnet heute.
Manchmal war die Ruhe vor dem Sturm auch schädlich. Sie beeinflusste die Konzentration.
Achtlos in der AchtNacht.
»Soll ich an einem EC-Automaten halten?«, schlug der Taxifahrer vor.
Im Radio ließ sich einer der beiden Moderatoren gerade darüber aus, dass es wohl tatsächlich keine Möglichkeit gebe, hinter die Betreiber der Seite zu kommen, da der Server irgendwo in Nordkorea gehostet wurde.

»Das nützt nichts«, schüttelte Arezu ihren kahlrasierten Kopf, mit dem sie wie eine junge Ausgabe von Sinéad O'Connor aussah. »Ich hab gar nichts dabei, auch keine Karten.«

»Hm, dann wieder zurück?«

Ja, nein, verdammt.

Sie konnte nicht so einfach umdrehen. Das kostete zu viel Zeit. Außerdem hatte sie das Taxi nicht bis zur Haustür bestellt, damit der Fahrer nicht auf die Idee kam, ihren Namen vom Klingelschild abzulesen. Sie konnte sich ja schlecht wieder fünf Minuten entfernt absetzen lassen, ohne dass er dachte, sie würde den Fahrpreis prellen wollen, sobald sie um die Ecke lief.

»… mal ehrlich, du hast nicht mitgemacht, Alex?«, fragte die Stimme im Radio.

»Nein, Steffen. Aber es gibt wohl niemanden, der nicht darüber nachgedacht hat, wessen Namen er auf diese Liste setzen würde.«

Nein, Umdrehen war keine Option. Unter gar keinen Umständen wollte sie, dass er wusste, wo sie wohnte.

Zumal der Fahrer sich jetzt wohl unter Garantie an seinen zahlungsunfähigen Fahrgast erinnern würde.

Wieso bin ich nicht zum Taxistand vorm U-Bahnhof gegangen? Naja, dann hätte ich jetzt trotzdem kein Geld dabei …

»Hey, aber Moment mal, Sie haben doch MyCab«, freute sich Arnim.

Arezu, jetzt überhaupt nicht mehr ruhig und gelassen, nickte unbewusst und verfluchte sich sofort wieder dafür.

»Woher wissen Sie das?«

Mit der Taxi-App MyCab konnte man Taxis bestellen und auch bezahlen.

Arnim tippte auf sein Handy, das am Armaturenbrett an einer Halterung in den Lüftungsschlitzen klemmte.
»Sie haben Ortungsdienste aktiviert.«
»Echt?« Sie musste schlucken.
Oh Gott, daran hatte sie nicht gedacht. Verfluchter Mist. Die AchtNacht lief erst seit wenigen Minuten, und sie hatte schon so viele Fehler gemacht.
Arezu nahm ihr Smartphone in die Hand, ratlos, da sie gar nicht wusste, wie man diesen Dienst abstellen sollte. Wie so viele verstand sie nichts von der Technik, die sie täglich nutzte.
»Mein Telefon zeigt mir an, dass jemand mit der App auf meiner Rückbank sitzt. Und ich bin's nicht …«
Der Fahrer stieß ein Hustengeräusch aus, das wohl ein Lachen sein sollte. Das Leder quietschte, als Arnim sich in seinem Sitz nach hinten drehte und sie ihn zum ersten Mal bewusst ansah.
Beim Einsteigen hatte sich Arezu nicht für das Äußere des Mannes interessiert, der ihr jetzt etwas jünger, aber auch schmächtiger vorkam, als sie es anhand seines Namens, seiner Stimme und der Haare auf dem Rücken eingeschätzt hatte. Sie kräuselten sich unter einem ausgewaschenen T-Shirt-Kragen am Halsansatz nach oben.
Arnim brauchte dringend mal einen Friseur, der ihm die braunen Zotteln stutzte, und er musste mit dem Rauchen aufhören, wenn seine Zähne nicht noch gelber werden sollten, aber mit ein paar Stylingtipps und etwas Krafttraining könnte aus ihm ein ansehnliches Kerlchen werden, mit Dackelblick und Schmollmund.
»Arezu Herzsprung, richtig?«, fragte der Fahrer, und ihr wurde zum ersten Mal kalt an diesem schwülen Tag.

Sie studierte sein Gesicht und suchte nach einem Zeichen des Erkennens in seinen dunklen, von dichten Brauen überschatteten Augen. Aber da war nichts.

Okay, er hat meinen Namen noch nicht gehört.

Oder er kann sich nicht erinnern.

Oder er war einfach nicht so verrückt zu denken, die deutsche Regierung würde tatsächlich eine legale Kopfgeld-Lotterie starten.

»… obwohl zehn Millionen, wenn sie denn wirklich fließen, auch ein Anreiz für Leute sein können, denen es gleichgültig ist, ob sie sich damit strafbar machen oder nicht.

Ich meine, im Berliner Großraum leben über vier Millionen Menschen. Wenn nur ein Prozent davon durchgeknallt ist und neunundneunzig Prozent vernünftig, dann haben wir immer noch vierzigtausend Irre in der Stadt …«

»Alles kein Problem. Sie müssen nur noch auf Bestätigen klicken, sobald ich den Preis freigebe. Sehen Sie? Er müsste jetzt auf Ihrem Display erscheinen.«

Irrte sie sich, oder war das Radio auf einmal lauter geworden?

»… ja, und wo sie jetzt ist! Hält sie sich versteckt? Oder hat sie zu Hause die Türen verrammelt?«

»Oh, das wär keine gute Idee. Ich sehe gerade, auf Snapchat hat jemand ihre Adresse gepostet.«

»Wer macht denn so was?«

»Ihr Ex? Jemand, dem sie den Studienplatz weggenommen hat? Der, der sie nominiert hat?«

»Frau Herzsprung?«

Arezu öffnete die MyCab-App und versuchte, die Stimmen im Radio zu ignorieren, aber es gelang ihr nicht. Es kam ihr vor, als würden die Männer plötzlich brüllen.

»… ist doch die Frage, wie sich Arezu Herzsprung jetzt fühlen muss.«

Arezu verkrampfte die Hand um das Telefon. Die Narbe über der Pulsader begann zu jucken. Sie sah nach vorne. Und da war es: Kaum, dass ihr Name im Radio ausgesprochen worden war, konnte sie es sehen: das Flackern in den Augen. Der Ausdruck des Zweifelns im Gesicht des Fahrers.

»Arezu Herzsprung? Das ist ja ein Zufall«, sagte Arnim und drehte noch lauter.

»Vielleicht können wir im Lauf der Show Kontakt zu ihr herstellen.«

»Oder zu dem männlichen Nominierten. Dem zweiten AchtNächter, wie hieß er noch gleich?«

»Benjamin Rühmann.«

»Ja, Zufall«, krächzte Arezu, drückte auf »Fahrpreis bestätigen« und wollte aussteigen.

Schnell raus hier. Sofort!

Aber sosehr sie auch an der Tür rüttelte.

Sie ließ sich von innen nicht öffnen.

12.

Ben. 20.43 Uhr.
Noch elf Stunden und 17 Minuten
bis zum Ende der AchtNacht

Der eine hatte Ben schon im Zug stellen wollen, aber dort war der Typ nicht schnell genug. So hatte er über Funk seinem Partner die Personenbeschreibung des Mannes durchgegeben, der gerade die Treppe zum Nordsüdausgang hochkam. Und hier oben, direkt am Ausgang Ecke Müllerstraße, hatten sie ihn nun.

»Die Fahrkarte, bitte!«

»Verdammt, was soll das?«, schimpfte eine ältere Dame hinter Ben, die gar nicht so aussah, als wäre sie auf Krawall gebürstet. »Seit wann schikaniert ihr uns jetzt auch noch außerhalb der Züge?«

»Der Fahrausweis muss bis zum Verlassen des Bahnhofs mitgeführt werden«, sagte der Kontrolleur über Bens Kopf hinweg. Seine dunklen Haare waren so kurz wie seine abgekauten Fingernägel. Er trug ein T-Shirt mit aufgenähter Brusttasche, an der sein Ausweis klemmte: Martin Proballa, MCS-Security. Angestellt bei einer privaten Sicherheitsfirma, die ihm vermutlich gerade mal den Mindestlohn zahlte. *Nicht viel, um einen muskelbepackten Hünen von ein Meter fünfundneunzig satt zu kriegen.*

»Wir wollen nach Hause«, schimpfte die Oma.

»Dann sollte unser Freund hier sich mal etwas beeilen.« Der Sicherheitsmann streckte Ben seine Hand entgegen,

die so aussah, als könnte er mit ihr eine Bowlingkugel auspressen.
»Nein.«
»Wie, nein?«
»Ich hab keinen Fahrschein.«
In der Aufregung hatte Ben vergessen, einen zu lösen.
Der Anflug eines Lächelns zeigte sich auf den schmalen Lippen des Kontrolleurs. Vermutlich hatte er mit Ben seine Fangquote für heute erfüllt und konnte bald Feierabend machen.
»Okay, dann brauch ich jetzt bitte Ihren Namen.«
»Auch das noch«, fing die ältere Dame wieder an zu meckern, jetzt aber gegen Ben gerichtet, an dem sie sich schnaufend vorbeidrängte. Proballa zog Ben zur Seite und machte somit den Weg für die anderen frei.
»Ihren Ausweis«, bat er, als sie um die Ecke des U-Bahn-Eingangs neben einem Trafokasten standen; beäugt von zahlreichen Passanten, von denen die meisten in die Abendvorstellung des Alhambra-Kinos an der Ecke gegenüber wollten. Einige filmten sogar per Handy.
Das hat mir gerade noch gefehlt.
Ben versuchte, sich so klein wie möglich zu machen, und fragte: »Kann ich nicht einfach sechzig Euro zahlen, und gut ist?« Ihm fiel ein, dass er ja gar kein Geld mehr hatte, aber vielleicht spuckte der EC-Automat neben dem Kino noch was aus.
Auf gar keinen Fall würde er einem unterbezahlten Security-Mann, der vermutlich hauptsächlich von Kopfprämien lebte, seinen Namen verraten.
Auch wenn er nicht der einzige AchtNächter war, wie er eben auf www.AchtNacht.online erfahren hatte. Im Grun-

de war er nur der Zusatzkandidat. Bei dem allerersten »Spiel« wollten die Betreiber wohl auf Nummer sicher gehen für den Fall, dass sich ein Kandidat zu gut versteckte. Zuerst nominiert war Arezu Herzsprung, eine vierundzwanzigjährige Psychologiestudentin. Die perversen Spielregeln besagten, dass es darauf ankam, wer von ihnen beiden als Erstes erwischt wurde. Die »Jagdprämie« von zehn Millionen gab es laut der Website nur für den ersten »Fang«. Mit dem ersten Tod wäre die AchtNacht beendet und der zweite AchtNächter automatisch gerettet.

»Das Erschleichen von Beförderungsleistungen ist eine Straftat«, leierte der Kontrolleur seinen auswendig gelernten Text herunter. »Die BVG sieht im Erstfall von einer Anzeige ab, aber ohne Ihren Namen kann ich nicht überprüfen, ob es sich um einen Erstfall handelt. Also, zeigen Sie mir jetzt Ihren Ausweis?«

»Was, wenn nicht?«

»Dann muss ich die Polizei holen.«

Ben dachte nach.

Sollte er das Risiko eingehen?

Die Polizei war in seiner Lage vielleicht wirklich der Freund und Helfer. Jeder andere, dessen Name auf einer Internet-Abschussliste stand, hätte vermutlich sofort die 110 gewählt.

Aber da war ja nicht nur das Problem, dass sie ihn wegen seiner offenen Mietschulden einkassieren würden. Wenn er sich in die Obhut der Polizei begab, würden sie ihn vermutlich auf dem Revier festsetzen. Oder vielleicht sogar in U-Haft nehmen, zu seinem eigenen Schutz. Und wie sicher war jemand, auf dessen Kopf ein Sterbegeld in Höhe von zehn Millionen Euro ausgesetzt ist, in einer Umgebung von

Verbrechern, die von Männern mit Schusswaffen bewacht wurden?
»Sie wollen tatsächlich, dass ich die Behörden verständige?«, fragte Proballa, jetzt hörbar verärgert. Sein Feierabend wäre damit wohl in weite Ferne gerückt.
Ben zuckte mit den Achseln, nicht, weil es ihm gleichgültig war, sondern weil er noch keine Entscheidung getroffen hatte.
Würde er in einer Einzelzelle landen?
Sicher, die können sich ja keinen Todesfall im Knast leisten.
Aber waren die Berliner Gefängnisse nicht hoffnungslos überfüllt? Wie lange dauerte es, bis er einen Anwalt sprechen konnte? Brauchte er einen? Konnte sein Schutz garantiert werden?
Ben hatte keine Ahnung. Nur Fragezeichen im Kopf. Und keine Wahl. Denn an Wegrennen war angesichts seiner Kondition nicht zu denken. An eine körperliche Auseinandersetzung mit dem Hünen noch viel weniger. Schließlich, und das war das Wichtigste, musste er Jule zur Seite stehen und durfte sich nicht wegen so einer Lappalie aus dem Verkehr ziehen lassen.
Er hatte sich gerade dazu entschieden, seinen Ausweis zu ziehen, als der Kontrolleur plötzlich gegen ihn rempelte.
»Hey«, rief Ben, der im ersten Moment dachte, der Kerl hätte den Verstand verloren und wollte ihn angreifen. Dann erst begriff er, weshalb das Kraftpaket so unvermittelt das Gleichgewicht verloren hatte.
»Probleme?«, sagte jemand mit knarzig näselnder Stimme hinter ihnen. Sie gehörte einem jungen Mann, der so aussah, als wollte er zu einem klassischen Konzert in die Philharmonie. Er trug einen schwarzen Anzug ohne Krawatte,

dafür mit weißem Manschettenhemd und weinrotem Einstecktuch. Die schwarzen Lackschuhe glänzten wie sein perfekt gescheiteltes Haar. Das vollmundige Lächeln passte zwar zu seinen gleichmäßigen, freundlichen Gesichtszügen, zu den Lachfalten um die eisblauen Augen und dem neckischen Grübchen am Kinn. Es passte jedoch weder zu seinem verschlagenen Tonfall noch zu der Tatsache, dass er sich gerade von hinten an den Security-Mann herangeschlichen und diesen ohne Vorwarnung in den Rücken gestoßen hatte.

»Haben Sie mich geschubst?«, wollte Proballa wissen. Bei der Höflichkeitsanrede hatte er etwas gezögert. Der Anzugträger war deutlich kleiner, jünger und schwächer als Proballa, aber seine kerzengerade Haltung und die Art, wie er beinahe tänzelnd sein Gewicht von einem Fuß auf den anderen verlagerte, hatten etwas Irritierendes. Er wirkte dabei keineswegs unnatürlich, so wie die Rausschmeißer am Stutti, die in ihren Anzügen wie kostümierte Bodybuilder aussahen. Zu diesem Typen hier passte die maßgeschneiderte Abendgarderobe. Sie verlieh ihm allerdings nichts Festliches, sondern eher eine gefährliche Aura. So als wäre der Anzug eine Uniform und die Lackschuhe die Soldatenstiefel, mit denen er am Wochenende in die Schlacht zog.

»Ob ich dich geschubst habe?«, wollte der Kerl wissen und drehte sich lachend zu einer Gruppe junger Männer um, die Ben bis eben für Gaffer gehalten hatte. Zufällig anwesende Zuschauer, die eigentlich ins Kino hatten gehen wollen und ihnen nun sensationslüsterne Blicke zuwarfen.

An der vertrauten Art aber, wie sie das Lachen des Anzugträgers erwiderten, erkannte Ben, dass die Gruppe zu seinem Gefolge zählte. Eine bunte Mischung aus Arabern, Türken und deutschen Proleten. Eindeutig eine Gang, mit hochgeschnürten Boxerstiefeln und knielangen Everlast-Sporthosen, angeführt von dem verstörenden Mischwesen aus Gentleman und Schläger.

»Ob ich dich geschubst habe? Das fragst du mich? Wer schubst denn hier wen herum?«

Er zeigte auf Ben, der fieberhaft überlegte, wie er die Situation entspannen konnte.

»Hey, alles gut, alles okay«, sagte er, doch der Mann mit dem Aussehen eines Models fuhr sich nur lächelnd durch die gegelten Haare. Seine silbern funkelnden Manschettenknöpfe waren mit einer Hummer-Gravur verziert. Ein winziges Detail, das in diesem Augenblick so unwichtig war und sich dennoch in Bens Kopf festsetzte, eben weil es so zu dem Mann passte: ein Mann, der seinen Anzug trug wie der Hummer seinen Panzer und der sehr bald seine Scheren ausfahren und benutzen würde.

»*Dein* Job ist es doch, rechtschaffene Mitbürger zu belästigen!«

»In unserem Revier!«, brüllte ein Schatten hinter dem Anführer.

Aufgeschreckt vom Lachen der sich jetzt nähernden Gangmitglieder, griff der Kontrolleur nach seinem Funkgerät, vermutlich, um seinen Kollegen an den anderen Eingängen Bescheid zu geben. Und dann machte er einen gewaltigen Fehler. Er versuchte, an die Vernunft zu appellieren, und verpasste damit die Chance, den ersten Treffer zu landen.

»Okay, das war's. Sie hauen jetzt besser ab, oder …«

»Oder was?«, brüllte der Anzugträger und drosch Proballa die Handkante gegen den Kehlkopf.

Der Hüne sackte auf die Knie, wie von einem Gewicht nach unten gezogen. Packte sich an den Hals. Versuchte vergeblich, Luft in seine Lungen zu pumpen.
Der Angreifer, eindeutig im Straßen- oder Käfigkampf erfahren, verpasste Proballa mit seinen Lackschuhen einen Kickbox-Tritt gegen den Kopf. Und damit hatte der Exzess erst begonnen.
Eine Weile umkreisten die insgesamt sechs Schläger ihr ohnehin schon halb bewusstloses Opfer wie Geier, die nicht wussten, aus welcher Stelle des Körpers sie zuerst das Fleisch reißen sollten. Dann, mit einem indianergleichen Kriegsgeheul, stießen sie gleichzeitig zu.
Eine Choreographie des Schmerzes.
Ben konnte hören, wie unter ihren Tritten Knochen brachen, Gelenke auskugelten. Haut aufplatzte.
Und er konnte es sehen, als der Anzugträger ihm im Todestanz den Hinterkopf zuwandte: die Acht. Wie eine Kriegsbemalung, eingebrannt in den ausrasierten Nacken des Anführers.
Ben sah sich hilfesuchend um. Aber die Passanten, die vorhin noch geglotzt hatten, blickten jetzt in alle anderen Richtungen, nur nicht in die des Schwarms, der enthemmt immer härter auf den am Boden liegenden Wachmann eintrat.
Ben wusste nur eine Lösung.
Er schrie. So laut, wie er noch nie in seinem Leben geschrien hatte. Nicht um Hilfe. Und nicht »Feuer«, wie ihm seine Mutter beigebracht hatte, weil sie mal gehört hatte, dass Unbeteiligte darauf eher reagierten.
Ben brüllte seinen eigenen Namen.
Einmal, zweimal. Bis der Verrückte mit der Acht am Hin-

terkopf tatsächlich aus seinem Blutrausch gerissen wurde und irritiert zu ihm herübersah.

»Ich bin Benjamin Rühmann«, wiederholte Ben noch einmal. Die Kehle rauh vom Schreien. »Der AchtNächter. Auf meinen Tod sind zehn Millionen Euro ausgesetzt.«

Der Anzugträger legte den Kopf schief. Blut tropfte von seinen Schuhen auf den Bürgersteig. Sein Scheitel hing ihm in die verschwitzte Stirn.

»Alter, das stimmt«, sagte einer seiner Jungs, die nun alle von dem leblosen Kontrolleur abgelassen hatten. »Der sieht echt so aus wie …«

Ben wartete nicht ab, bis der Satz vollendet war.

Er rannte los.

Und der Schwarm, der ein neues Opfer gefunden hatte, folgte ihm johlend die Treppe hinunter, zurück zu den Bahnsteigen.

13.

Nikolai Vanderbildt. 20.55 Uhr.
Noch elf Stunden und fünf Minuten
bis zum Ende der AchtNacht

Er würde ihn bekommen. Gar keine Frage.
Der Penner hatte nicht genügend Ausdauer, keuchte ja jetzt schon wie eine Zwanzig-Euro-Hure beim vorgetäuschten Orgasmus.
Nikolai musste sich und seine Jungs geradezu zurückhalten, damit sie ihn nicht schon vor den Bahnsteigen einholten.
Was für ein Loser.
Nikolai spürte jeden Stoß seiner Schritte auf dem harten Betonboden des U-Bahnhofs durch seine dünnen Ledersohlen hindurch. Er liebte das Gefühl, auf der Jagd zu sein. Aber er hasste leichte Beute.
Obwohl, eins musste Nikolai ihm lassen. Der Kerl hatte Eier. Die meisten hätten wohl die Gunst der Sekunde genutzt und wären abgehauen, solange er und seine Jungs den Wachmann etwas herumschubsten.
Aber der Typ wollte den Helden spielen. Gut, konnte er haben.
Nikolai sprang, mehrere Stufen auf einmal nehmend, nach unten.
Am Fußende hatte er ihn eingeholt und stieß den AchtNächter beim Laufen in den Rücken.
Der strauchelte, knallte hin und rappelte sich wieder auf.

Es wär ein Leichtes gewesen, ihn mit ein, zwei Kicks am Boden zu halten.
Aber Nikolai drehte sich um und streckte seinen Jungs, die hinter ihm die anderen Fahrgäste wegstoßend die Treppe hinunterrannten, die Hand entgegen.
»Halt«, befahl er.
Engin, sein allerbester Freund schon seit Grundschulzeiten, blieb verwundert stehen. Der Deutschtürke mit dem irreführend verträumten Schlafzimmerblick trainierte gemeinsam mit ihm viermal die Woche Mixed-Martial-Arts und Krav Maga. Sie waren Seelenverwandte, nur dass Engin keinen Geschmack hatte, was die Auswahl seiner Garderobe anging.
»Was hast du?«, fragte er und zeigte auf den flüchtenden Ben in Nikolais Rücken. Der AchtNächter spurtete wie ein Besessener über den Bahnsteig zum Südausgang.
Auch die anderen Jungs waren verblüfft, gehorchten aber Nikolais Befehl und sahen ihn abwartend an. Keiner von ihnen war außer Atem, bis auf Sammy vielleicht, dem Jüngsten. Nikolai würde sich überlegen müssen, ob er ihn bei sich behielt oder durch einen Stärkeren ersetzte.
»Mann, er entkommt uns«, schimpfte Engin.
»Das soll er auch«, sagte Nikolai und winkte seinen Freund zu sich.
Der spuckte auf die Stufen der Treppe, die nun von niemandem mehr benutzt wurde. So war das häufig, wenn sie ihren Spaß hatten. Ob in einer Disco, auf dem Parkplatz eines Supermarkts oder in der U-Bahn. Sie waren sehr schnell alleine.
»Das verstehe ich nicht.« Engin schüttelte den Kopf.
Nikolai lächelte. »Schau mal hier.«

Er wedelte mit einer schwarzen Brieftasche vor Engins Nase, die er gerade eben vom Boden aufgehoben hatte. Ohne eine weitere Erklärung abzugeben, spurtete Nikolai mit seinen Jungs im Schlepptau nach oben zum Ausgang. Engin schloss zu ihm auf. Als sie oben gegenüber vom Alhambra angekommen waren und wieder die Abgase der Seestraße einatmeten, hörten sie die Sirenen der Kranken- und Polizeiwagen.

Nikolai stürmte mit seinen Jungs auf die Straße. Die Straßenbahn in der Mitte des Damms fuhr gerade ein. Es war die M13, Richtung Bornholmer Straße, aber das war Nikolai gerade egal, auch wenn er jetzt in die andere Hälfte der Stadt wollte. Hauptsache weg von hier.

»Toll, eine Brieftasche«, höhnte Engin, als er sich neben Nikolai auf die Bank fallen ließ. Sie waren fast allein im Abteil und konnten zwei Reihen für sich belegen, ohne wie üblich jemanden aufscheuchen zu müssen.

»Die hat unser Freund gerade verloren.«

Der Zug fuhr an, und Nikolai beobachtete durch die zerkratzten Fensterscheiben, wie ein weiterer Krankenwagen an der Ecke hielt. Polizei, Feuerwehr, Notarzt. Immer mehr Einsatzfahrzeuge schossen ihr blau-rotes Feuerwerk in den Himmel. Zum Glück saßen er und seine Jungs schon in der Bahn, hinter ihnen wurde gerade die Kreuzung Müller- Ecke Seestraße abgesperrt.

»Was wollen wir denn mit seiner Brieftasche, Alter? Das war der AchtNächter! In dem Ding sind ja wohl kaum die zehn Millionen drin.«

Nikolai rollte mit den Augen und musste an sich halten, Engin nicht mit der flachen Hand gegen die Stirn zu klatschen. *Mann, Mann, Mann.*

Engin war sein bester Freund. Aber nicht die hellste Kerze am Baum. Der Schwachkopf ging doch tatsächlich davon aus, dass diese AchtNacht-Seite real war. Nikolai überlegte kurz, ob er es ihm erklären sollte. Dass sie heute Nacht gerne ihren Spaß mit dem Idioten haben könnten, was aber keinen Unterschied auf ihrem Konto machen würde. Niemand würde ihnen Geld für die Kopie von Benjamin Rühmanns Totenschein überweisen. Das war eine Internet-Ente. Dafür sprach bereits, dass beide AchtNächter aus Berlin stammten, also ganz bestimmt nicht zufällig gezogen worden waren.

Das einzig Gute an dem Gerücht, das sich seit Monaten wie eine Grippeepidemie im Netz verbreitete, war allein die Tatsache, dass die Polizei am Ende der AchtNacht Hunderttausende potenzielle Verdächtige hatte, wenn sie einen Mord an diesem Wichser untersuchen mussten. Noch nie war es so einfach gewesen, mit einer Tat davonzukommen wie heute. Und jetzt hatte ihnen das Schicksal den Penner sogar frei Haus geliefert. Sie durften sich nur nicht besonders bescheuert anstellen.

Und völlig bescheuert wäre es gewesen, dem Idioten in die Kamerazone auf den Bahnsteig hinterherzulaufen, solange die Bullen den Kontrolletti noch nicht vom Bürgersteig gekratzt hatten.

All das wollte Nikolai seinem besten Freund erklären, doch dann zuckte er nur mit den Achseln und dachte sich: *Was soll's?*

Sein gesamtes Schulleben lang hatte er versucht, ihm von einer Klasse in die nächste zu helfen. Am Ende hatte Nikolai das Abitur gemacht und Engin in der neunten abgehen müssen. Nachhilfe war bei ihm vergebliche Liebesmüh.

Deshalb beschränkte Nikolai sich darauf, seinem Kumpel das leere Geldfach von Benjamins Portemonnaie zu zeigen.
»Nein, die Millionen sind da natürlich nicht drin.«
»Sondern?«
Nikolai zog ein auf Kreditkartengröße gefaltetes Blatt Papier hervor.
»Was wollen wir mit einer Parkberechtigung?«, fragte Engin, als Nikolai den Computerausdruck mit dem Charité-Logo entfaltet hatte. Das Blatt war von seinem Besitzer schon so oft vorgezeigt worden, dass die Ränder brüchig waren.
»Damit kommt man kostenlos in das Parkhaus in der Seestraße.«
»Und?«
»So etwas bekommen nur Angehörige von Schwerst- oder Dauerpatienten. Die Mutter von Dash hatte das mal, als die Hools am Stutti ihm alle Knochen gebrochen haben, weißt du noch? Zwei Monate hat sie ihn täglich besucht.«
»Ich versteh immer noch nicht, wieso dich das so glücklich macht.«
»Mann, AchtNacht. Du hast doch auch das Jagd-Forum gelesen. Die Infos, die sie über die Opfer zusammengetragen haben. Was wissen wir über Benjamin Rühmanns Tochter?«
Engin wirkte weiterhin völlig ratlos. »Was interessiert uns denn die Behinderte?«
Eine berechtigte Frage für jemanden, der nicht weiter dachte als von der Wand bis zur Tapete.
»Sie liegt im Virchow«, sagte Nikolai, dem es heute Nacht längst nicht nur um eine weitere spaßige Schlägerei ging. Er hatte Größeres im Sinn.
Viel Größeres!

Nikolai schwenkte die Parkberechtigung. »Wir wissen jetzt, wo seine Tochter ist. Wir müssen nicht Gefahr laufen, den Bullen in die Arme zu rennen, weil wir dem Typen hinterherjagen. Wir sorgen einfach dafür, dass er uns in die Falle geht!«

14.

Arnim. 21.03 Uhr.
Noch zehn Stunden und 57 Minuten
bis zum Ende der AchtNacht

Ihr glaubt nicht, wen ich eben gefahren habe!!!

Arnim Strochow nahm den letzten Zug aus seiner Feierabendzigarette, drückte sie im Aschenbecher aus und zog sich den Barhocker unter den Hintern.

Beim Anblick der Currywurst lief ihm schon das Wasser im Munde zusammen, aber noch besser waren die Pommes hier am York-Straßen-Imbiss. Er schnappte sich einen Stengel, zog ihn einmal durch die Mayonnaise, dann durch das Ketchup, und während er ihn sich in den Mund schob, drückte er auf »Senden«.

Und wartete auf die Nachfragen der Kollegen in seiner WhatsApp-Gruppe.

Früher, als sie sich noch über Taxifunk verständigt hatten, war es einfacher gewesen, miteinander zu kommunizieren. Die Sprechfunkmitteilungen waren verrauscht oder zerhackt und für die ungeübten Ohren der Fahrgäste nur selten verständlich gewesen. Dafür aber lebendig. Ein kleiner Flirt mit der Vermittlungstante oder ein Witz zur Mittagspause hatten den Betrieb aufgelockert. Heute, wo alles vollautomatisiert über GPS-Apps lief, vermissten immer mehr Fahrer den direkten Austausch und griffen so wie Arnim

zu Hilfsmitteln wie der einer privaten WhatsApp-Gruppe, wenn man in Kontakt bleiben wollte.
Die von Arnim bestand aus dreiundzwanzig weiteren Kollegen und hatte sich den Namen »Scorsese« gegeben, in Anlehnung an den Regisseur des Kultklassikers »Taxi Driver«.

Wenn du die Fischer meinst ... Helene hatte ich auch gestern am Flughafen. Micha.

Arnim grinste und antwortete seinem Freund mit dem Daumen-runter-Symbol.

Aber es war eine Frau.

Den Tipp gab er ihnen.

Völlig durchgeknallt. Dünn wie ein halber Zahnstocher. Ich will sie absetzen, da rüttelt sie panisch an der Tür und brüllt: Aufmachen, lassen Sie mich raus, aufmachen!!!

Arnim schickte eine Teilnachricht ab, dann tippte er weiter:

Die dachte wirklich, ich hätte sie eingesperrt oder so. Dabei war nur die Kindersicherung aktiv. Irre Ziege.

Klingt nach deiner Frau.

Das war Bob, ein guter Bekannter, mit dem er regelmäßig zum Scharmützelsee angeln fuhr.
Arschloch, antwortete Arnim mit einem Smiley. Dann ließ er die Katze aus dem Sack:

Arezu Herzsprung.

Quatsch.

Echt?

Sicher?

Arnim schluckte ein Stück Currywurst runter, spülte mit Bier nach und antwortete der sich jetzt überschlagenden Runde:

100 Pro! Sie hat mit MyCab bezahlt. Hab den Account überprüft.

Na, die hat ja Nerven!

Das war Tessa, die Älteste in der Runde und diejenige, die die Frauenquote hochhielt. Auf einundzwanzig Männer kamen nur drei Fahrerinnen.
Ein anderer Kollege wollte aufgeklärt werden und hatte offenbar weder etwas von AchtNacht noch von dieser Arezu gehört.
Arnim schickte ihm den Link von www.AchtNacht.online, dann las er die Frage von DashMan, der neu in der Runde war. Jedenfalls konnte er sich nur vage an sein Gesicht erinnern. Es war das erste Mal, dass er sich überhaupt zu Wort meldete, seitdem er ihn vor drei Wochen am Taxistand am Potsdamer Platz kennengelernt hatte. Sie waren ins Gespräch gekommen über neue Technik und Dashcams. Immer mehr Fahrer installierten diese kleinen Videokameras

auf ihrem Armaturenbrett, die während der Fahrt ununterbrochen die Straße filmten, um im Falle eines Falles den Unfallhergang beweisen zu können. Dash, der seinem Spitznamen alle Ehre machte, hatte sich sogar zwei von den kleinen Aufzeichnungsgeräten angeschafft; eine Cam hing bei ihm vorne unter dem Rückspiegel, und eine war nahezu unsichtbar für den hinteren Verkehr fest unter dem Kofferraumdeckel eingebaut.

Wo hast du sie denn abgesetzt?,

wollte DashMan von Arnim wissen, der kurz überlegte, ob er diese Information wirklich in dieser großen Runde streuen sollte.
Dann sagte er sich: *Was soll's, wir sind ja unter Kollegen,* tippte die stadtbekannte Adresse ein – und drückte auf »Senden«.

15.

Ben. 21.17 Uhr.
Noch zehn Stunden und 43 Minuten
bis zum Ende der AchtNacht

»Ben, wo bist du?«
Jennifer hörte sich an, als hätte sie im Werkzeugkasten ihres Körpers einen Vierkantschlüssel für ihre Stimmbänder gefunden und sie damit fester gezogen. Die Wörter klangen eine halbe Oktave höher, fast schrill, und das Zittern war da, das sich immer einstellte, wenn sie vergeblich versuchte, ihre Aufregung zu unterdrücken.
»Ich bin in Sicherheit«, versuchte Ben sie zu beruhigen und öffnete sein verschwitztes Oberhemd. Die Dachgeschosswohnung war neueren Baujahrs und gut isoliert. Gegen die dreißig Grad da draußen konnte die Dämmung allerdings nicht viel ausrichten.
»Ich hab mir solche Sorgen gemacht, Ben. Dein Handy war aus!«
»Ja.«
Ben hatte es wieder angeschaltet, kaum dass er die Wohnung seines Freundes erreicht und die Tür hinter sich verriegelt hatte. Nachdem er sämtliche Fenster kontrolliert und die Jalousien zugezogen hatte, wartete er noch eine Weile, bis er sich sicher war, die Gang und ihren Anzug tragenden Anführer abgeschüttelt zu haben.
Jetzt saß er erschöpft auf einem Klappstuhl im Schummerlicht einer Energiesparlampe, die ohne Schirm von der Kü-

chendecke baumelte (für einen Lichttechniker hatte Tobi seine Wohnung erstaunlich einfallslos eingerichtet), und fragte sich, ob es eine gute Idee gewesen war, Jenny anzurufen. Sie war zwar die Person, der er am meisten vertraute. Aber er hatte Skrupel, sie nach dem Drama mit Jule mit weiteren Schreckensnachrichten zu schockieren. Doch natürlich hatte sie von dem Wahnsinn, der um ihn herum ausgebrochen war, längst erfahren.

»Bist du bei der Polizei?«, fragte sie mit aufkeimender Hoffnung in der Stimme.

Er hörte die Anspannung in jedem einzelnen Wort. Ben konnte förmlich sehen, wie sie vor dem Wohnzimmerfenster in Köpenick auf und ab tigerte, das Telefon fest ans linke Ohr gepresst (mit dem anderen hörte sie seit einem fehlgeleiteten Silvesterböller nicht mehr so gut), die andere Hand im Nacken. Ihr Blick auf irgendein Ziel im Garten fixiert; vielleicht auf das Baumhaus, das er für Jule gebaut hatte und das schon seit Jahren vor sich hin moderte.

»Ich hüte Tobis neues Appartement, solange er auf Tour ist. Er hat es neu gemietet. Die Adresse kennt niemand von meinen …«

»Maxstraße«, unterbrach Jenny ihn und ergänzte den korrekten Bezirk samt Postleitzahl.

Ben griff sich ins Gesicht. Er fixierte den Messerblock auf der Küchenarbeitsplatte neben dem Herd und hatte auf einmal den unwiderstehlichen Wunsch, die schärfste und längste Klinge aus dem Holz zu ziehen.

»Woher weißt du das?«, fragte er.

»Woher weiß ich wohl überhaupt von dem Irrsinn?«, entgegnete sie schrill. »Das steht alles im Netz, Ben.«

»Auf AchtNacht.online?« Es juckte ihn in den Fingern,

nachzusehen, was alles im Internet über ihn verbreitet wurde, doch da er per Handy telefonierte, konnte er nicht gleichzeitig surfen.

»Nicht nur dort«, erklärte Jenny. »Überall schließen sich Verrückte zu sogenannten Jagdforen zusammen. Facebook, Twitter, Instagram. Himmel, die tauschen da Informationen aus, über dich und diese Frau.«

»Arezu Irgendwas?«

»Herzsprung, ja. Einige verabreden sich sogar, die Beute zu teilen, wenn …«

Sie ließ den Satz unvollendet.

»Das gibt's doch nicht.« Ben schluckte. »Woher kennen die meinen Aufenthaltsort? Tracken die mein Handy, oder was?«

Es raschelte, vermutlich weil Jenny heftig den Kopf schüttelte.

»Viel einfacher. Du warst mal Mitglied einer jetzt sehr, sehr bekannten Band. Und offensichtlich wohnt ein Fan von *Fast Forward* in deiner Nähe. Ein Er oder Sie namens Naughty2000 hat gepostet: ›*Der Typ wohnt bei mir direkt gegenüber. Seh ihn ständig auf der Straße.*‹«

Jenny hatte kaum noch Stimme. »Ben, die versuchen gerade, die Hausnummer und die Etage herauszufinden!«

Er öffnete den Mund, aber bevor ihm die Worte einfielen, die er sagen könnte, hörte Ben eine Stimme im Hintergrund.

»Gib ihn mir!«

»Wer war das?«

Ein erneutes, noch heftigeres Rascheln.

»Niemand«, log Jenny.

»Niemand klingt aber ganz schön männlich.«

Für einen Moment war die Leitung tot, offensichtlich hatte

Jenny auf stumm geschaltet. Oder aufgelegt, was sie allerdings noch nie getan hatte, egal, wie sehr sie sich stritten oder wie unangenehm das zu besprechende Thema war.
Ben sah auf sein Display, merkte, dass das Gespräch gehalten wurde, und hörte es in der Leitung knacken. Dann sagte Mr. Niemand: »Hi, ich bin Paul.«
Der Stimme nach wog der Unbekannte hundert Kilo und rauchte filterlose Zigaretten, bevor er in seiner Freizeit wilde Pferde einfing, aber das konnte täuschen. Bens Lieblingsradiomoderator beispielsweise hörte sich an wie Bruce Willis, und als er ihn einmal persönlich traf, dachte er, er stünde Danny de Vitos kleinem Bruder gegenüber.
»Pass auf, wir kennen uns nicht«, stellte Paul unnötigerweise fest. »Das ist ein Fehler. Ich hab Jen gesagt, sie hätte dir früher von uns erzählen sollen, aber das ist jetzt nicht mehr zu ändern. Ich bitte dich nur um einen Gefallen.«
Jen? Sie lässt sich von ihm ›Jen‹ nennen?
Ben war klar, dass er andere Sorgen haben sollte, kam aber dennoch nicht gegen seine Eifersucht an.
»Komm nicht hierher!«, bat Paul und verpasste ihm mit dem nächsten Satz einen weiteren verbalen Tritt zwischen die Beine: »Nicht in Jennys Zustand.«
Zustand?
»Was hat sie denn?«, fragte Ben und hatte sich noch nie so dumm und lächerlich gefühlt. Natürlich kannte er die Antwort. Und auf gar keinen Fall wollte er, dass Paul sie aussprach.
»Okay, das ist jetzt wirklich noch zu früh, Kumpel. Aber gerade deshalb, gerade weil wir es erst seit drei Wochen wissen, will ich nicht, dass irgendwas passiert, was das Baby gefährdet. Das verstehst du doch, oder? Wenn du hier auf-

kreuzt, und die Irren posten das im Netz, dann herrscht hier Ausnahmezustand. Und es ist ja nicht so, dass wir dir helfen könnten, oder?«

Ben sah zur Zimmerdecke.

Das Geräusch eines in Tegel landenden Flugzeugs erfüllte die Küche, und für einen Moment wünschte Ben, der Pilot könnte die Route ändern und die Maschine direkt in sein Dachgeschoss lenken. Das würde einiges erleichtern.

»Nein. Ihr könnt mir nicht helfen.«

Ben fühlte das innere Verlangen, durch die Leitung zu springen und Paul den Hörer in den Mund zu rammen.

»Ich lass euch in Ruhe, keine Sorge«, erklärte er.

»Gut.«

»Nur eine Sache, Paul.«

»Ja?«

Ben senkte die Stimme. »Ich bin nicht dein Kumpel. Und werde es auch niemals sein.«

16.

Ben legte auf. Er zitterte. Die schüttelfrostähnlichen Zuckungen erinnerten ihn daran, wie er einmal mit Hexenschuss auf dem Schlafzimmerboden gelegen und sich an Jennifers Arm geklammert hatte, weil er es vor Schmerzen alleine nicht mehr geschafft hatte aufzustehen. Auch da hatte er mit den Zähnen geklappert, obwohl in der Wohnung mindestens siebenundzwanzig Grad herrschten.

Nun, die Zeiten, in denen sie ihm eine helfende Hand gereicht hatte, waren wohl vorbei.

Ben bekam sich durch tiefe Atemzüge wieder etwas unter Kontrolle, und nachdem er sich eine Weile gesammelt hatte, schaltete er sein Handy in den Flugmodus.

Allein während er mit Jenny telefoniert hatte, waren drei Anrufe in Abwesenheit und sechs SMS eingegangen.

Da seine Nummer nicht im Telefonbuch stand, vermutete er, dass sie irgendwo gepostet worden war und jetzt jeder Irre mal sein Glück versuchte, wenigstens die Stimme des AchtNächters zu hören.

Die meisten Absender waren ihm fremd, bis auf den Anruf einer kurzen Affäre, von der er seit ihrer etwas unschönen Trennung nichts mehr gehört hatte, und einer SMS von Schmitti, mit dem er sich in der Gützelstraße einen Proberaum teilte: **»Alter, was geht denn bei dir ab?«,** fragte er wenig konstruktiv.

Ben scrollte durch seine Textnachrichten und fand mehrere

Anfragen von Fernseh- und Zeitungsredaktionen, die ihn unbedingt für ein Interview sprechen wollten. Und dann war da noch die dringende Bitte eines Anwalts, Christoph Marx, ihn umgehend anzurufen, weil er sich mit Mandanten auf der Flucht auskennen würde und ihm helfen könne.
Mit der Not ist es wie mit dem Erfolg. Beides verschafft dir falsche Freunde und echte Feinde, dachte Ben und ging ins Schlafzimmer, wo er nach kurzem Suchen Jules altes Handy fand. Ein Discounter-Smartphone mit einem Vertrag ohne Grundgebühr. Ben hatte es sich vor Wochen von seiner Tochter geborgt, als er dachte, er hätte sein eigenes verloren. Dabei hatte es sich nur mit leerem Akku zwischen den Sitzpolstern im Auto versteckt. Längst hatte er Jule das Telefon zurückgeben wollen. Jetzt war er froh über seine Unzuverlässigkeit, wegen der er nun quasi über eine Geheimnummer verfügte. Ben schaltete es ein und stellte zufrieden fest, dass sie offenbar noch keinem Dritten bekannt war. Zumindest hatte niemand versucht, ihn hierauf zu erreichen.
Er ging in die Küche zurück und öffnete den Kühlschrank, ohne etwas herauszunehmen. Er genoss den kalten Luftzug auf der verschwitzten Haut und schloss die Tür erst wieder, als der Alarm ihn dazu aufforderte.
Also dann …
Die Nummer, die er wählen wollte, kannte er nicht auswendig, weswegen er für diesen Anruf nun doch wieder sein Haupthandy aktivieren musste.
Hätte ihm gestern noch jemand gesagt, dass er ausgerechnet diesen Menschen um einen Gefallen bitten würde, hätte er ihn für geisteskrank gehalten.

17.

»Wer ist da?«

Schon die Begrüßung war typisch für ihn. Kein »Hallo?«, kein »Ja bitte?« oder gar der eigene Name. Stattdessen ein bellender Vorwurf, als wäre der Anrufer gerade, ohne anzuklopfen, in sein Arbeitszimmer gestürmt.

»Ich bin's«, sagte Ben.

»Hm«, quittierte der alte Mann und schaffte es allein mit diesem grunzartigen Laut, selbstzufrieden und überheblich zu klingen. Damit hatte Ben gerechnet. Nicht aber, dass er anfing zu lachen.

»Was ist so komisch?«

»Nichts«, kicherte der Alte weiter, dann wurde er schlagartig wieder ernst. »Nun komm, spuck's aus.«

»Bitte?« Ben hatte große Lust, wieder aufzulegen. Es war ein Fehler. Er hätte nicht anrufen sollen. Was dachte er sich dabei?

»Lass uns nicht um den heißen Brei herumreden«, bellte der Alte weiter, dessen Stimme in den letzten Jahren noch kehliger und keine Spur freundlicher geworden war. »Wir beide wissen, es kann nur einen Grund geben, weswegen du dich jetzt bei uns meldest.«

Bei uns.

Mama war schon seit drei Jahren tot, und doch sprach sein Vater immer noch so, als wäre sie nur einmal kurz einkaufen gefahren. Das letzte Mal hatten sie sich auf ihrer Beerdigung gesehen, auf dem Friedhof am Olympiastadion, wo vier Sargträger den Job erledigt hatten, für den es vermutlich nur zwei gebraucht hätte. Nach der letzten Chemo hatte Bens Mutter weniger gewogen als der Sarg, den sie dem Krebs zu verdanken hatte.

»Tut mir leid«, sagte Ben, ohne genau zu wissen, wofür er sich entschuldigte, und fasste sich an den Hals. Wenn er an seine Mutter dachte, hatte er sofort wieder ihren Geruch in der Nase. Diese Mischung aus pudrigem Parfum und Blumenerde, wenn sie lachend und mit dreckigen Händen aus dem Garten kam.

Er war froh, dass er sich daran besser erinnern konnte als an den kalten Schweiß und den abgestandenen Atem, der ihren letzten Abschiedskuss am Sterbebett begleitet hatte. Mit ihr hatte er endgültig die Verbindung zu seinem Vater verloren.

Ben machte sich gerne vor, dass der Tod der Ehefrau seinen Papa verbittert hatte, aber es war schon davor nicht einfach gewesen, ihn zu lieben. So war er im Unterschied zu seiner Mutter von Anfang an gegen die Beziehung zu Jennifer gewesen; zumindest gegen das Baby, das nicht geplant war, natürlich nicht. Mit neunzehn und zwanzig Jahren waren Jenny und er ja selbst kaum erwachsen.

»Frühes Kind, früh getrennt«, war einer von Papas Lieblingssprüchen, und Ben vermutete, dass er sich insgeheim gefreut hatte, als er mit seiner Prognose richtiggelegen hatte. Auch ein Grund, weshalb Ben seine Gegenwart mied. Aber nicht die Hauptursache.

»Du bist ein Feigling«, sagte sein Vater und klang so wie damals, bei ihrem letzten großen Streit nach jenem Unfall, der Jule beide Beine gekostet hatte. »Nicht zu Weihnachten, nicht zum Geburtstag, nicht einmal an ihrem Todestag meldest du dich ...«

»Ich hatte keine ...« ... *Zeit,* hatte Ben eigentlich sagen wollen, auch wenn das gelogen war, denn im Grunde konnte er auf genau solche Gespräche wie dieses gut verzichten.

»Ja, ja. Ich ich ich«, äffte sein Vater. »Und hatte hatte hatte.«

Ich leg auf. Das hat keinen Sinn.

»Ist das tatsächlich deine Ausrede? Dass du eigene Probleme hast?«, fragte der Mann, der ihm das Fahrradfahren und Weglaufen beigebracht hatte. Das Lieben und das Hassen.

»Ach Scheiße«, sagte sein Vater und klang mit einem Mal zutiefst erschöpft. »Ich hab mir vorgenommen, einfach den Hörer aufzuknallen, wenn es passiert. Ich wusste ja, dass du irgendwann am Arsch bist und dich meldest. Und jetzt sieh mich an. Stehe hier wie ein Heuchler und schaffe es nicht, das Gespräch zu beenden.«

Ich bin halt immer noch dein Sohn.

»Nur fürs Protokoll«, sagte Ben. »*Du* hast mich rausgeschmissen, Papa.«

»Memme«, bellte sein Vater zurück.

»Wie bitte? Meine Tochter verliert ihre Beine, und anstatt mich zu trösten, anstatt mir zu helfen, hältst du mir einen Vortrag, einen Tag nach ihrem Unfall ...«

»Nach *deinem* Unfall.«

»Siehst du, du gibst immer noch mir die Schuld daran!«

»Nein!« Das Wort knallte wie ein Peitschenschlag durch die Leitung. »Ich gebe dir die Verantwortung dafür. Nicht die Schuld. Das ist etwas völlig anderes.«

»Jule ...«

»... ist meine Enkeltochter und musste ihren Traum vom Ballett begraben. Und deine Verantwortung als Unfallverursacher *und* als Vater bedeutet, dass du dich kümmern musst.«

»Ich kümmere mich mehr …«

Sein Vater unterbrach ihn halb hustend, halb sprechend. Es war eine Ironie des Schicksals, dass Bens Mutter an Lungenkrebs gestorben war, während ihr Mann weiterhin Kette rauchte.

»Einen Dreck tust du. Jule musste ihr Leben aufgeben. Was hast du für sie geändert? Du lebst immer noch in den Tag hinein und träumst von Ruhm und Auftritten in der Waldbühne. Verantwortung heißt, den Tatsachen ins Auge zu sehen. Stellung zu beziehen. Sich einen richtigen Job zu suchen, wie Jenny. Geld zu verdienen, regelmäßig. Deswegen rufst du doch an, oder? Weil du pleite, verschuldet und am Ende bist, richtig? Deswegen meldest du dich bei dem einzigen Schweinepriester auf der Welt, der keine Angst hat, das Kind beim Namen zu nennen und dir die Wahrheit ins Gesicht zu sagen: Du bist ein verantwortungsloser Versager.«

»Das sagtest du bereits vor vier Jahren.«

Am Tag nach dem Unfall. Damals ergänzt durch die Drohung: *»Wenn du dich nicht änderst, müssen wir uns ändern, Ben. Dann bist du nicht mehr unser Sohn. Und das ist nicht mehr dein Haus!«*

»Und du bist so feige, dass du nicht einmal widersprochen hast. Hast den Schwanz eingekniffen und den Kontakt abgebrochen.«

»Zu dir«, wollte Ben sagen, denn Mama hatte er bis zu ihrem Tod gesehen, aber die Verachtung in der Stimme seines Vaters brachte ihn auf einen Gedanken, der so ungeheuerlich war, dass er ihn aussprechen musste: »Hast du mich nominiert?«

»Was?«

»Hast du meinen Namen für die AchtNacht vorgeschlagen?«

»Wovon redest du, Junge?«

Sein Vater klang ehrlich verwirrt, und Ben fragte sich, wie er so dumm sein konnte, für einen Moment wirklich zu glauben, sein Vater hätte ihn auf die Liste gesetzt. Gregor Rühmann hatte sich zu seiner Zeit als Kriminalhauptkommissar erfolgreich gegen jede technische Neuerung gewehrt und alle Protokolle bis zum Schluss mit der Schreibmaschine getippt. Sein einziges Zugeständnis an die Moderne war ein Handy. Ansonsten hatte er keinen Computer, kein Internet, und statt Zeitungen las er lieber Biographien und Sachbücher. *»In denen steht nicht so viel sensationsgeiler Mist«,* war sein Credo. Solange also niemand ein Buch über sein Leben schrieb, würde Bens Vater nur durch Zufall von AchtNacht erfahren.

»Wieso rufst du an?«

»Ich brauche Polizeischutz. Papa, ich hab Angst. Ich weiß nicht, wohin.«

»Was hast du wieder angestellt?«

»Nichts, ich schwöre. Ich …«

Ben öffnete erneut den Kühlschrank, aber diesmal war die Kälte nur noch unangenehm und nicht mehr erfrischend, und das, obwohl er glaubte stärker zu schwitzen als noch zu Beginn des Telefonats.

Es fiel ihm schwer, seinen Vater um Hilfe zu bitten.

Unendlich schwer.

»Du hast doch noch Kontakte. Ich weiß, du verachtest mich. Aber ich kenne sonst niemanden bei der Polizei. Und ich brauche eine Person, der ich vertrauen kann.«

»Ist einer hinter dir her?«
»Nicht einer. Tausende.«
»Wie das?« Seinem Vater gelang das Kunststück, noch verwirrter als vor einer Minute zu klingen.
Ben schüttelte den Kopf. »Ich kann dir das jetzt nicht auf die Schnelle erklären. Schalt dein Radio an. Kannst du mir nicht einen vorbeischicken? Jemanden, den du von früher kennst? Ich will nicht in eine Zelle oder so. Aber jemand, der vor der Tür steht, wäre prima.«
Pause. Ben wusste, dass sein Vater nicht mehr auflegen würde. Jetzt arbeitete sein berufliches Gehirn. Und wie es sich für einen guten, wenn auch pensionierten Polizeibeamten gehörte, schaffte Gregor es, seine Emotionen für den Moment zu unterdrücken.
»Okay, lass mich nachdenken. Wo bist du jetzt?«
»Bei Tobi.«
Ben wollte ihm die genaue Adresse durchgeben, als das schnurlose Telefon in der Ladestation neben der Mikrowelle zu schnarren begann.
»Ben? Alles okay, Ben?«
»Ja, warte kurz.«
Ben hypnotisierte den blinkenden Handknochen, bis der Anrufbeantworter ansprang.
»Anschluss von Tobi Meyer, Lichttechnik. Beim nächsten Ton ist es genau die Zeit für Ihre Nachrichten.«
PIEP.
»Ähm, ja hallo, also … Hier spricht Schwester Linda, das Virchow-Klinikum, neurologische Intensivstation, ich habe eigentlich eine Nachricht für Benjamin Rühmann …«
»Ja … ja.«
Ben war zum Telefon gehastet und hatte das Gespräch an-

genommen. Seinen Vater hatte er vor Aufregung am anderen Apparat weggedrückt. Das war jetzt wichtiger.
»Ich bin dran, ich bin dran«, sagte er. Hoffungsvoll und ängstlich zugleich, denn der Anruf des Krankenhauses konnte nur zwei Gründe haben.
Gut *oder* schlecht.
Schwarz *oder* weiß.
Wach *oder* ....
Ben hatte auf der Station die Festnetznummer für den Notfall hinterlegt, falls man ihn auf seinem Handy nicht erreichte.
Die Schwester atmete schwer aus, als müsse sie sich erst sammeln, dann sagte sie: »Es tut mir sehr leid, Herr Rühmann. Aber der Zustand Ihrer Tochter hat sich drastisch verschlech...«
Ben ließ den Hörer fallen und rannte zur Tür.

18.

Sinneseindrücke, die eine Neunzehnjährige erleben sollte:

- einen Tinnitus nach einer durchtanzten Club-Nacht
- die Stiche der Nadel, während man sich mit seiner besten Freundin in Barcelona das gleiche kitschige Freundschaftstattoo stechen lässt
- das Gefühl, sich eine Erkältung zu holen, und dennoch jede Sekunde im Regen zu genießen, die man die Hand seiner großen Liebe noch länger halten darf

Empfindungen, die man als Neunzehnjährige nicht kennen sollte:

- spastische Zuckungen infolge eines erhöhten Hirndrucks
- nasse Bettlaken zwischen den Beinen, wenn infolge der Krampfanfälle der Katheter rausgerissen wurde
- einen irreversiblen Atemstillstand

Ben sah die Nulllinie. Hörte den Sinuston des Herzmonitors. Wartete vergeblich, dass sich die Pumpe der Beatmungsmaschine wieder hob und senkte. Alles in seinen Gedanken.
Bei jedem Schritt, den er rannte. Die gesamten eins Komma acht Kilometer von der Maxstraße bis zur Mittelallee des Virchow-Klinikums.
Für einen trainierten Menschen eine lächerliche Strecke.

Für jemanden, der an diesem Tag schon einmal Schläge eingesteckt hatte und von einer Straßengang gejagt wurde, eine große Herausforderung.
Aber Ben meisterte sie.
Er rannte. Rannte und rannte schneller als je zuvor die Seestraße hinunter. Ohne auf Ampeln, Fahrradfahrer oder Fußgänger zu achten. Ohne sich zu fragen, ob er gerade beobachtet oder gar verfolgt wurde von einem Teil jener anonymen Masse, die sich gegen ihn formiert hatte. Unsichtbar und dennoch tödlich, wie radioaktiver Abfall, der sich in rasender Geschwindigkeit im Netz verbreitete.
Dabei war seine größte Sorge, in ein leeres Krankenzimmer zu kommen.
Die Glastüren aufzustoßen, das Treppenhaus hochzujagen und eine Ewigkeit vor der geschlossenen Stationspforte zu warten, bis jemand auf sein Klingeln reagierte.
Ein übermüdeter Arzt, eine unterbezahlte Schwester, die ihn mit traurigem Blick, aber wortlos empfingen und ihm den Vortritt ließen in ein Zimmer, aus dem sie Jules Bett schon herausgerollt hatten, weil sie es für einen anderen Notfall brauchten.
Für jemanden, der noch lebte.
»Was ist mit ihr?«, fragte Ben, und es war keine Schwester und kein Arzt, sondern der Besucher eines anderen Patienten, der wohl seinen Schatten hinter den Milchglasscheiben der Stationstür gesehen und ihm geöffnet hatte.
Ben ließ den verwundert dreinblickenden älteren Mann stehen, der ihm natürlich keine Antwort geben konnte.
Er rannte weiter.
Ignorierte das brennende Seitenstechen und den Desinfektionsspender an der Wand, den man als Besucher zwingend

benutzen sollte. Rannte den gewohnten Gang hinunter. Zu dem gewohnten Zimmer hinten links. An ungewohnt misstrauisch dreinblickenden Augen des Personals vorbei, das die Köpfe aus dem Schwesternzimmer steckte.
»Jule«, wollte Ben rufen, als er das Einzelzimmer der Intensivstation aufriss, das Jule bekommen hatte, weil bei ihr die Gefahr einer Infektion höher war als bei nicht behinderten Komapatienten.
»Entschuldigen Sie mal bitte«, hörte er eine Frauenstimme hinter sich, die nicht so klang, als würde sie selbst irgendetwas entschuldigen wollen.
»Süße!«, schluchzte Ben und trat ans Bett. Hielt sich an dem Geländer fest, dort, wo am Klemmbrett für ihn unverständlich ausgefüllte Krankenformulare befestigt waren. Das Einzige, was ihm etwas sagte, war der Name in der Spalte rechts oben:

Jule Winter

Jennifer hatte bei der Heirat ihren Familiennamen behalten, und jetzt dachten alle, sie wären längst wieder geschieden, dabei waren sie dem Gesetz nach noch verheiratet.
»Herr Rühmann?« Die Frauenstimme im Rücken hatte das Kunststück fertiggebracht, lauter und dennoch einfühlsamer zu klingen. Offenbar hatte die Schwester (Ben sah aus den Augenwinkeln ein Paar Crocs und weiße Jeans) erkannt, wer er war.
»Was ist mit ihr?«, fragte Ben, ohne sich zu der Person umzudrehen, die ihm jetzt eine Hand auf die Schulter legte.
»Was meinen Sie?«, fragte die Frau irritiert, und das lag ganz sicher nicht nur an Bens Anblick.

Er war verschwitzt, die Haare klebten ihm nass am Kopf. Und sein schwarzes Auftrittshemd stand immer noch offen. Eigentlich hätte er darin gerade an den Drums sitzen und »It's raining men« in der Hotelbar spielen müssen. Nun war er hier bei Jule und hatte ein Requiem im Ohr. Ben zeigte auf seine Tochter, die zum Glück noch vor ihm lag. Zum Glück noch beatmet wurde. Zum Glück noch existierte!

Er ging um das Bett herum, trat ans Kopfende. Ließ seine Hand vor ihrem blassen Gesicht schweben.

Eine Träne tropfte auf ihr geschlossenes Augenlid.

Sie zuckte.

Das war doch ein gutes Zeichen. Reflexe. Oder nicht?

Er drehte sich zu der Schwester um, die wohl doch eine Ärztin war.

Ihm fiel ein, dass sie sich ihm während einer früheren Visite als Dr. Ziegler vorgestellt hatte. Ben erinnerte sich an die abgekauten Fingernägel und ihre viel zu straffe Haut im Gesicht, als wäre sie geliftet worden. Aber vielleicht hatte sie auch einfach gute Gene. Ihr Hals, sonst ein trügerisches Zeichen, war ebenfalls so glatt wie ein Kinderpopo. Nur ihre tiefe, leicht brüchige Stimme konnte nicht darüber hinwegtäuschen, dass sie schon viele erschöpfende Arbeitsjahre hinter sich hatte.

»Schwester Linda sagte mir, ihr Zustand hätte sich verschlechtert.«

»Nein.« Die Ärztin schüttelte den Kopf.

»Nein?«

»Er ist unverändert. Und …«

Ben schloss die Augen.

Unverändert.

Nie hätte er gedacht, sich über solch eine traurige Diagnose einmal so sehr freuen zu können.
»Und *was?*«, fragte er nach.
Dr. Ziegler räusperte sich, als wäre das Nachfolgende ihr peinlich: »Auf unserer Station arbeitet keine Schwester Linda.«

19.

Die Zeit fror ein und schenkte Ben einen Moment der Stille, in dem sein Kopf völlig leer war. Er fühlte sich unfähig, aber auch unwillig, an irgendetwas zu denken.
In diesem Augenblick, allein mit der Ärztin und seiner Tochter im Krankenzimmer auf der Intensivstation, verspürte er eine seltsame Ruhe. Dann, als hätte jemand mit einer Nadel in einen Ballon gestochen, war der Augenblick vorbei. Die Zeitblase platzte. Gedanken wirbelten in seinem Kopf durcheinander wie vom Wind erfasstes Herbstlaub.
Es gibt keine Linda.
Jule geht es nicht schlechter.
Jemand hat angerufen.
Warum?
Keine Linda.
Ich sollte kommen.
Nicht wegen Jule.
Ihr Zustand ist unverändert.
Und Linda hat nicht angerufen.
Sondern?
Weil ich herkommen sollte.
Wieso?
»AchtNacht!«
»AchtNacht?«, wiederholte die Ärztin. Ihr Gesicht zeigte eine Reaktion, die Ben in seiner Aufregung nicht zu deuten

wusste. Hatte sie ihn erkannt? Wusste sie, wer er war? Oder wunderte sie sich nur über sein merkwürdiges Verhalten? So oder so, er brauchte Zeit zum Überlegen, und er durfte es nicht darauf ankommen lassen. In beiden Fällen war es besser, er war allein.

»Gehen Sie«, befahl er Dr. Ziegler.

Ich wurde hierhergelockt. Aus der Wohnung.

»Bitte?«

»Lassen Sie mich allein.«

Aber woher kennen sie die Festnetznummer von Tobi?

»Ich …«

»GEHEN SIE!« Er brüllte jetzt, und das reichte aus. Notfalls hätte er die Ärztin gepackt, geschubst, ihr etwas von einer Waffe vorgelogen, die er bei sich trüge. Aber das war nicht nötig. Sie verließ den Raum.

Vermutlich würde sie Hilfe holen. Pfleger, einen weiteren Arzt, den Sicherheitsdienst, falls es so etwas hier überhaupt gab.

Ben griff in seine Hosentasche, zog einen kleinen Metallkeil heraus, den er an Auftrittstagen immer bei sich trug und mit dem er normalerweise verhinderte, dass seine Bassdrum während des Spiels auf der Bühne verrutschte. Er klemmte ihn unter die Tür des Krankenzimmers. Simpel, aber effektiv.

Solange hier niemand reinkommt, bin ich sicher.

Ben sprach diesen Gedanken sogar laut aus, dabei fiel sein Blick auf das Badezimmer, dessen Zweck für intensivmedizinisch betreute Menschen sich ihm noch nie erschlossen hatte, aber vielleicht war der Trakt dieser Station nicht schon seit jeher für bewegungsunfähige Schwerstverletzte konzipiert gewesen.

Mit pochendem Herzen öffnete er die Tür. Niemand hielt sich im Bad versteckt. Kein Jäger, der sich die AchtNacht-Prämie verdienen wollte.
Ben trat den Keil unter der Tür noch einmal fester zwischen Schwelle und Kante, ging zu Jule zurück, griff nach ihrer Hand und versuchte, das Gedankenlaub auf einen ordentlichen Haufen zu kehren.
Jemand, der sich als Linda ausgibt, hat mich angelogen. Hierhergelockt.
Eine Frau.
Wieso ist sie nicht in die Maxstraße gekommen?
Denn wenn sie die Nummer hat …
Nein, sie hat nicht die Adresse. Nicht automatisch.
Aber woher hat sie die Nummer?
Ich hab sie hinterlegt.
Wo?
Sie hängt aus. Im Schwesternzimmer.
ABGELESEN!
Die Person, die die größte seiner Ängste ausgenutzt hatte, um ihn aus seiner Wohnung zu locken, musste hier in diesem Krankenhaus gewesen sein. Vielleicht sogar in diesem Zimmer.
Ben nahm eine Bewegung unter der Zimmerdecke wahr und musste beinahe lächeln, als er merkte, dass er sich über den laufenden Fernseher erschreckt hatte.
Er hatte zugestimmt, dass er hin und wieder am Tag eingeschaltet wurde und Jule die Kopfhörer aufgesetzt wurden, damit sie auch anderen akustischen Reizen ausgesetzt war als dem monotonen Kliniklärm.
Dabei hatte er allerdings mehr an Musikvideos oder Naturdokumentationen mit einfühlsamen, sonoren Hinter-

grundsprechern gedacht. Nicht an eine Talkshow, die vermutlich als Sondersendung ins Programm genommen worden war. Ausgerechnet zum Thema »AchtNacht«, was Ben unschwer auch ohne Ton erkennen konnte, denn im Hintergrund der Talkshowrunde prangte erneut sein Gesicht, diesmal neben dem einer ihm unbekannten, unglaublich dünnen Frau, die vermutlich Arezu Herzsprung war. Wie er hatte auch sie eine Acht auf der Stirn, eine grafische Bearbeitung der Redaktion.

Ben strich Jule übers Haar, gab ihr einen sanften Kuss auf die Stirn und löste vorsichtig die Kopfhörer, um sie sich selbst aufzusetzen, während er auf der Bettkante Platz nahm.

Die Talkrunde wurde von einer attraktiven Braunhaarigen in einem grauen Businesskostüm geleitet. Rechts und links von ihr saßen jeweils zwei Gäste.

Gerade hatte ein Mann das Wort, der wie ein kleiner Buddha auf seinem ledernen Drehsessel thronte und der so klein war, dass seine dicht behaarten Beine kaum den Boden des Fernsehstudios berührten. Er trug Flip-Flops und kurze Hosen, was zu seinem grellbunten Hawaiihemd passte, nicht aber zu dem eingeblendeten Hinweis zu seiner Person am unteren Bildschirmrand: »Christoph Marx, Staranwalt«.

Das ist der Typ, der mir die SMS geschickt hat?

»... natürlich ist diese AchtNacht so legal wie Koks im Kindergarten«, sagte der Strafverteidiger, der ganz eindeutig eine Schwäche für eine plastische Bildersprache hatte. »Unser Rechtsstaat lässt eine solche Mordlotterie niemals zu, unter gar keinen Umständen. Eher wird der Islamische Staat Hauptsponsor von Amnesty International.«

Christoph Marx suchte den direkten Blick in die Kamera. »Und an alle Zuschauer gerichtet, die auch nur eine Sekunde überlegen, ob sie in die Jagd mit einsteigen sollen, lassen Sie es mich klipp und klar sagen: Das ist kein Scherz. Hier hat ein Verrückter zwei Menschen auf eine illegale Todesliste gesetzt. Zwei Berliner übrigens, was dafür spricht, dass diese beiden Menschen ganz bewusst und nicht per Los ausgesucht wurden, wie die Website behauptet. Machen Sie sich nicht zum Werkzeug in einem persönlichen Rachefeldzug eines Psychopathen. Und denken Sie nicht, das wäre gerechtfertigt.
Ein Bundespräsident, der so etwas tolerieren und eine Begnadigung auch nur in Erwägung ziehen sollte, würde schneller des Amtes enthoben, als Sie einen gelben Müllsack zerreißen können.«
Ein Klackern riss Bens Blick vom Fernseher zur Tür. Die Klinke bewegte sich. Jemand versuchte, gegen den Keil anzukommen.
»Höre ich hier ein Aber?«, fragte die Moderatorin, und Ben sah wieder zum Bildschirm.
»Ja, leider gibt es das. Denn in unserer völlig überkommunizierten Welt, in der jeder Idiot jede Schlagzeile ungeprüft weiterleitet und kommentiert, haben selbst angeblich seriöse Medien bereits das lächerliche Gerücht gestreut, die AchtNacht könne unter ganz gewissen Umständen doch legal sein.«
»Und das bedeutet?«
»Das bedeutet, dass es genug Bekloppte in unserem Land gibt, die hinterher sagen werden: ›Ich hab doch auf Snapchat gelesen, dass es okay ist. Ich dachte, ich durfte Ben Rühmann die Birne wegpusten.‹«

»Ändert das etwas an der Strafbarkeit?«, wollte die Moderatorin wissen, die offenbar ihre anderen Gäste komplett vergessen hatte.

»Sehr viel. Denn mit einem guten Anwalt …« Marx grinste und machte eine Pause, um keinen Zweifel zu lassen, wen er damit meinte, »… könnte sich der Täter am Ende auf eine fahrlässige Tötung rausreden. Sie müssen sich das so vorstellen, als ob Sie nach Hause kommen und im Dunkeln einen Einbrecher erschießen. Dann schalten Sie das Licht an und stellen fest: ›Ups, das war ja mein Ehemann, der etwas früher von seiner Dienstreise kam, um mich zu überraschen.‹«

Das Klappern der Klinke wurde heftiger, das Türblatt erzitterte, aber jetzt hatte Ben keine Augen dafür.

»Sie wollten einen Menschen töten, und Sie dachten, das sei durch Notwehr gerechtfertigt«, erklärte Marx der Moderatorin und dem Publikum. »So wie der AchtNacht-Jäger. Er will töten und denkt, er darf es auch. Wenn er diesen Irrtum glaubhaft beweisen kann, hat er juristisch gesehen nur eine fahrlässige Tötung begangen.«

»Und die wird nicht so empfindlich bestraft?«

Marx zuckte mit den Achseln. »Mit etwas Glück könnte der Täter sogar auf Bewährung freikommen. Und das ist leider eine Aussicht, die viele für zehn Millionen Euro gerne in Kauf nehmen.«

»Hört auf!«, schrie Ben den Fernseher an.

Er sprang auf, riss sich den Kopfhörer ab und warf ihn zu Boden.

Na wunderbar. Ihm drohte der Tod und seinem Mörder ein halbes Jahr Sozialdienst?

Er sah zur Tür, deren Klinke sich nicht mehr bewegte.

Fühlte die Anspannung, die Menschen wohl meinten, wenn sie von der Ruhe vor dem Sturm sprachen.
Ben trat dicht an Jules Bett, ohne zu wissen, was er tun sollte. Am besten war wohl, er wartete hier darauf, dass die Polizei kam, was vermutlich sehr bald der Fall sein würde, wenn er sich weiterhin verbarrikadierte.
»Tut mir leid, dass ich dich da mit reinziehe«, flüsterte er und streichelte Jules Hand.
Dieser Anwaltskauz hatte recht. Irgendwo hatte Ben einmal gelesen, dass es statistisch gesehen fünf Prozent Idioten in jeder Gesellschaft gab. Also vier Millionen allein in Deutschland. Geistig Minderbemittelte, die glaubten, von Außerirdischen regiert zu werden, die sich mit Silikon aus dem Baumarkt selbst die Brüste vergrößerten oder ihre Kinder mit Crystal Meth spielen ließen. Diese Freaks wurden durch den jetzt ausgelösten Medienrummel doch erst auf den Trichter gebracht. Dann waren da noch die Typen, die ohnehin jedes Wochenende auf Krawall aus waren. Straßengangs, Besoffene oder Hooligans, für die die AchtNacht in der Bundesligaspielpause gerade recht kam. Nicht zu vergessen all die Irren, die nach Aufmerksamkeit strebten. Selbst wenn es am Ende kein Geld war, das den ersten AchtNacht-Killer erwartete. Die Schlagzeilen waren ihm sicher. Es gab nicht mehr viel, womit man weltweit über Nacht berühmt werden konnte. Ihn zu töten stand seit heute Abend, 20.08 Uhr, ganz oben auf der Liste.
»Es tut mir leid«, flüsterte er und stieß beim Streicheln von Jules Hand auf etwas Ungewohntes.
Erst dachte er an ein Feuerzeug (aber warum sollte Jule ein Zippo in der Hand halten?), dann erkannte er, was es wirklich war, als er ihre Finger langsam von dem schwarzen,

kantigen Gegenstand löste – und das ergab noch sehr viel weniger Sinn.
Ein Autoschlüssel?
Ben zuckte zusammen. Jemand hatte sich mit voller Wucht gegen die Tür geworfen, gerade in dem Moment, als er mit dem elektronischen Autoschlüssel an das Zimmerfenster getreten und auf das Öffnen-Symbol gedrückt hatte.
Ein Stockwerk unter ihm, etwa vierzig Meter Luftlinie entfernt, leuchtete die Warnblinkanlage eines silbergrauen BMW auf dem Besucherstellplatz an der Mittelallee auf.

20.

Die Falle, nichts anderes konnte es wohl sein, stand etwa drei Meter vom Eingang des Gebäudes entfernt, vor dem gerade ein Taxi vorfuhr.
Ben überlegte, ob er das Fenster öffnen und den Sprung wagen sollte.
Einerseits war dieses Taxi vielleicht ein Wink des Schicksals. Andererseits war es höchst fraglich, ob der Fahrer jemanden als Fahrgast akzeptieren würde, der sich nach einem Hechtsprung aus dem ersten Stock der Intensivstation mit verstauchtem Knöchel zu seinem Fahrzeug schleppte.
Was zudem dagegen sprach, war der humorlose Gesichtsausdruck des Fahrers, der gerade ausstieg und sich vermutlich nach dem Patienten umsah, der ihn bestellt hatte.
Er wirkte grimmig mit seinen herabhängenden Mundwinkeln in einem ansonsten eher flachen Gesicht, aber das konnte von hier oben betrachtet täuschen. Außerdem schien er etwas exzentrisch zu sein, denn er trug einen langen hellbraunen Mantel, der zwar aus dünnem Trenchcoat-Stoff geschneidert war, unter dem er bei diesen Temperaturen aber dennoch heftig schwitzen musste.
Vielleicht wundert er sich nicht einmal, wenn ich ihm in der Einfahrt vor die Füße falle?
Die meisten Fahrer, die er kannte, waren völlig schmerzfrei nach allem, was sie mit ihren Gästen schon erlebt hatten.
Ben schüttelte den Kopf und entschied sich für den ver-

nünftigeren Weg, zumal er sich nicht sicher war, ob er Geld und Portemonnaie in Tobis Wohnung vergessen oder beim Rennen verloren hatte. In seiner Gesäßtasche, wo es sich normalerweise befand, steckte es zumindest nicht mehr.
Ben, der jetzt andere Sorgen hatte, drehte sich um und gab Jule einen Kuss auf die Wange. Dann wählte er mit seinem Handy die Nummer seines Vaters, während er den Keil von der Tür entfernte und zurücktrat.
Gerade noch rechtzeitig, bevor sie ihm unter der Last des gegen sie anlaufenden Pflegers gegen die Stirn knallen konnte.

21.

Wo bist du?«

»Haben Sie den Verstand verloren?«

»Sag mir, wo ich dich finde!«

»Wieso haben Sie sich eingeschlossen?«

Die aufgeregten Fragen seines Vaters flogen ihm durch das Telefon ins eine, die des entsetzten Pflegers ins andere Ohr; jeweils untermalt vom gnadenlosen Zischen und Stampfen des Beatmungsgeräts.

Das einzig Gute an der Situation war, dass Jule von dem ganzen Chaos um sie herum nichts mitbekam.

Hoffentlich.

Ihre Herzfrequenz war stabil, Blutdruck und Sauerstoffsättigung lagen im normalen Bereich.

Ben wartete ab, bis beide Männer sich etwas beruhigt hatten. Dann antwortete er zunächst seinem Vater; nicht nur, weil das wichtiger war, sondern auch, weil er keine Ahnung hatte, was er dem dunkelhäutigen Krankenpfleger im grünen Einwegoverall sagen sollte. Etwa:

»Tut mir leid, ich hatte Angst vor einer Schwester Linda, die es nicht gibt, die mich aber angerufen hat und die vermutlich eine AchtNacht-Jägerin ist.«

»Ich bin im Virchow bei Jule, Papa.«

»Mit wem sprechen Sie?«, wollte der Pfleger wissen, als ob das Wort »Papa« irgendwelche Zweifel offenließ. Augenscheinlich war der kräftige, aber sanftmütig wirkende Mann ebenso aufgeregt wie Ben selbst. Seine Lippen bebten, in seinen dunklen Augen blitzte ein gesundes Maß an Vorsicht und Angst, die jeder vernünftige Mensch in dieser Situation verspüren musste. Nur Idioten stürzten sich ohne Furcht in einen Raum, in dem ein Vater sich mit seiner komatösen Tochter verbarrikadiert gehalten hatte.

»Herr Rühmann, können wir die Angelegenheit bitte wie zivilisierte Menschen regeln?«, sagte Frau Dr. Ziegler, die sich ebenfalls wieder in den Raum stahl. Dann, an den Pfleger gerichtet: »Danke, Rasheed.«

Was sie als Nächstes sagte, konnte Ben nur bruchstückhaft verstehen, da sein Vater wieder seine gesamte Aufmerksamkeit verlangte.

»Okay, Junge. Bleib, wo du bist. Und leg ja nicht wieder auf. Ich hab mich über AchtNacht informiert. Ich weiß jetzt, in welchen Schwierigkeiten du steckst, und ich schick dir einen Kollegen«, bellte er ins Telefon. »Sein Name ist Martin Schwartz. Er war mal Einsatzeiter beim SEK, hat jahrelang als verdeckter Ermittler gearbeitet. Schwartz ist vielleicht nicht ganz herkömmlich im Kopf strukturiert, aber der Beste für solche Ausnahmesituationen.«

»... hören Sie mir überhaupt zu?«

Ben bat seinen Vater, kurz zu warten, und schüttelte den Kopf als Antwort auf den Teil des Satzes der Ärztin, den er mit halbem Ohr gerade noch so verstanden hatte. Angst und Verwirrung förderten nicht gerade seine Multitasking-Fähigkeiten.

»Ich sagte, wir verlassen jetzt das Zimmer. Ihre Tochter muss versorgt werden. Bitte, Herr Rühmann.«

Ben nickte.

Nicht auszudenken, wenn in der Hektik Jule etwas zustoßen sollte. Und sei es auch nur, weil irgendjemand dachte, den Helden spielen und ihn überwältigen zu müssen, und dabei versehentlich einen Zugang aus ihrem Körper riss.
»Du bist ein verantwortungsloser Versager!«, hörte er die Stimme seines Vaters, diesmal nicht aus dem Telefon, denn das hatte er noch nicht wieder am Ohr.
Und tatsächlich, hier in Panik zu geraten und das medizinische Personal von seiner Tochter auszuschließen war wieder einmal unverantwortlich egoistisch gewesen.
»Tut mir leid«, sagte er an die Ärztin gerichtet.
Widerstandslos ließ Ben sich von Rasheed am Arm fassen und mit sanftem Druck aus dem Raum führen.
Im Gang wurde er von einem guten Dutzend misstrauischer Augenpaare verfolgt. Schwestern, Pfleger, Angehörige und Ärzte. Einige hielten ein Handy am Ohr, was Ben auf seinem Weg Richtung Ausgang an sein eigenes Gespräch erinnerte.
»Papa, ich kann jetzt nicht weitersprechen.«
»Wieso nicht? Was ist los bei dir?«
»Ich, ich weiß nicht …«
Ben fragte die Ärztin, die einen Schritt vorausgegangen war, wohin sie ihn brachten.
»Erst einmal nach draußen, in den Aufenthaltsraum.«
Sie drückte auf einen Taster an der Wand, und die Milchglastüren zum Stationsausgang schwangen auf.
»Dann sehen wir weiter.«
Rasheed hielt ihn noch immer am Oberarm und deutete mit der freien Hand auf eine Sitzecke neben den Fahrstühlen, von denen einer sich gerade öffnete.
»Papa, ich …«

Sein Vater ließ ihn nicht zu Wort kommen: »Du gehst jetzt nirgendwohin, Ben, hörst du? Warte auf Martin Schwartz! Ich hab ihm gerade die Adresse gesimst, damit er dich abholt, um dich in Sicherheit zu bringen.«

»Ich fürchte, dafür kommt er etwas zu spät«, entgegnete Ben.

Sein Vater schnalzte mit der Zunge. »Was sagst du da, Junge?«

»Zu spät. Sein Kollege steigt gerade aus dem Lift. Danke, Papa. Ich melde mich.«

Ben legte auf und trat instinktiv einen Schritt zurück, als sich der blau uniformierte Polizist zur Begrüßung an seine Schirmmütze fasste.

»Was ist hier los?«, fragte er die Ärztin, die verständlicherweise den Notruf gewählt haben musste.

Das Auffälligste im Gesicht des Beamten war seine Nase, die sowohl zur Seite als auch etwas nach oben gebogen war, was ihn so aussehen ließ, als würde ihm jemand von hinten den Kopf gegen eine Glasscheibe pressen.

»Ist das hier der Unruhestifter?«

Dr. Ziegler nickte und warf Ben einen fast entschuldigenden »Was sollte ich denn machen?«-Blick zu. Dann gab sie Rasheed ein Zeichen, ihn endlich loszulassen.

Hinter ihnen schlossen sich die elektrischen Stationstüren wieder. Während Rasheed sich etwas verlegen am Kinn kratzte und zu überlegen schien, ob seine Hilfe hier noch vonnöten war, zeigte der Beamte Ben unaufgefordert seinen Dienstausweis. Eine grüne, personalausweisgroße Plastikkarte mit passendem Foto.

Dienstnummer 5672011, Hans-Jürgen Lauterbach.

Ben warf einen raschen Blick darauf, verglich das Lichtbild

mit der Person, die vor ihm stand, und plötzlich wurde ihm schwindelig.

Bens Puls zog an, sein Herz pumpte wie die Double Bassdrum der schnellsten Heavy-Metal-Band der Welt.

»Ist was?«, wollte der Polizist wissen, der die Veränderung zu bemerken schien. Vielleicht war sie auch für jeden sichtbar, immerhin trat Ben frischer Schweiß auf die Stirn.

»Darf ich ihn noch mal sehen?«, fragte er.

Der Polizist rollte etwas genervt mit den Augen, reichte ihm aber die Karte. Und gab Ben damit den entscheidenden Hinweis, der ihm noch gefehlt hatte.

Bis zu diesem Moment war er sich nicht sicher gewesen. Dafür gab es zu viele Menschen mit langgezogenen Gesichtern und herabfallenden Mundwinkeln, die einen aus der Ferne betrachtet eher grimmig wirken ließen.

Aber als Sohn eines Kriminalhauptkommissars a.D. wusste Ben eine einzige Sache todsicher: Kein Beamter gab seinen Ausweis aus der Hand! Niemals, zu keiner Zeit, unter gar keinen Umständen!

»Hatten Sie nicht eben noch einen Trenchcoat an?«, fragte Ben den Taxifahrer.

Dann brach die Hölle los.

22.

Das Gehirn ist ein Lügner. Der vielleicht beste und überzeugendste der Welt.
Mit Sicherheit aber der ungeduldigste.
Das Auge wirft ihm ein-, zweihunderttausend Sinneseindrücke zu, und das Gehirn schmeißt seinen Synapsenmotor an, um die fehlenden Informationen zu ergänzen.
Anstatt abzuwarten, bis sich das ganze Bild zeigt, gaukelt es einem eine virtuelle Wirklichkeit mit Hilfe der Wahrscheinlichkeitsrechnung vor.

Ud läst enen Dnge shn di gr nhct da snd!

Ben hatte die Bewegung nur geahnt. Gespürt, wie die Hand des falschen Polizisten zu einer echten Waffe am Gürtel wanderte, und schon hatte sein hellsichtiges Gehirn den stechenden Schmerz vorweggenommen.
Erst hatte Ben die Kugel im Bauch gespürt, dann im Rücken, nachdem er Rasheed zur Seite gestoßen und zwischen Dr. Ziegler und Mr. Wer-auch-immer hindurchgerannt war. Natürlich ignorierte er den Fahrstuhl, auch wenn sich dessen Türen noch nicht wieder geschlossen hatten.
Ein abgeschlossener Raum wirkte momentan auf ihn wie eine Falle. Die Treppe ging schneller und war sicherer; vorausgesetzt, er erreichte sie, bevor auf ihn geschossen wurde.

Etwas, was ein Polizist nie tun wird!
Aber dieser Mann *war* kein Polizist.
Sondern?
Ben hatte keine Lust, es herauszufinden.
Aber er hatte auch keinen Plan, was er als Nächstes tun sollte.
Bei der Flucht durch ein fensterloses Treppenhaus blieben ihm nur wenige Optionen. Er konnte versuchen, schneller zu sein als sein Verfolger. Mehrere Stufen auf einmal nehmen. Aufpassen, im Zwischengeschoss nicht auszurutschen; versuchen, über das Geländer abzukürzen … Und er konnte …
Den Knopf drücken!
Ben sah ihn erst, als er schon an ihm vorbei war, doch er ging das Risiko ein. Machte kehrt, lief in die falsche Richtung, den stampfenden Schritten entgegen, und schlug die kleine Scheibe ein.
Der Feueralarm war leiser als erwartet, dafür nervenaufreibend schrill. Sein Echo hallte aus mehreren Stockwerken wider und begleitete Ben durchs Treppenhaus, hinaus in das Atrium, an den Kaffee- und Snackautomaten vorbei bis zur Einfahrt.
Und jetzt?
Ben sah in alle Richtungen.
Hörte aufgeregte Stimmen, die er nicht zuordnen konnte. Sie kamen von überall. Hinter ihm, gegenüber, rechts und links. Die meisten, die wie er nach draußen geeilt waren, beachteten ihn nicht.
So wie erhofft.
Sie redeten, bildeten Gruppen, stützten Patienten, schoben Liegen und Rollstühle ins Freie und warteten auf jeman-

den, der Ordnung in das Chaos brachte. Jemand, der hoffentlich nicht so schnell kam. Allerdings sah er vom Pförtnereingang aus schon mehrere Menschen mit Warnwesten die Mittelallee hinunterrennen.

»Stell dich!«, sagte die Stimme der Vernunft.

»Hau ab!«, schrie der stärkste aller Triebe, und Ben, der eine blaue Uniform hinter der Glasscheibe des Klinikeingangs auftauchen sah, hörte auf seinen Selbsterhaltungstrieb.

Zuerst rannte er zum nächstgelegenen Fahrzeug, zum Taxi. Rüttelte an der Tür.

Abgeschlossen, *natürlich.*

Dann wanderte sein Blick die Mittelallee hinab. Blieb an dem BMW hängen.

An der Falle!

Was blieb ihm übrig?

Hinter ihm schrie jemand: »Da ist er!«, und das setzte Ben wieder in Gang.

Während eines kurzen Spurts tastete er seine Hosentaschen ab und fand den Autoschlüssel in seiner linken, wo er ihn unbewusst hineingesteckt haben musste.

Soll das ein schlechter Scherz sein?

Auf dem Heck des BMW pappte ein Aufkleber, der an den Schriftzug des Horrorfilms »The Sixth Sense« erinnerte. »Ich kann tote Menschen sehen«, stand auf ihm. Ergänzt durch die Unterzeile: »Ich bin Pathologe!«

Er wollte die Tür aufreißen und einsteigen, aber so lebensmüde war er dann doch nicht. Er musste sich erst vergewissern und auf die Rückbank sehen.

Doch da war niemand.

Wie vorne auf dem Fahrer- oder Beifahrersitz hielt sich auch hinten keiner versteckt; weder auf den Sitzen noch im

Fußraum. Niemand, der ihn mit einer Waffe in der Hand zum Einsteigen zwang.
Und Ben tat es dennoch. Nicht freiwillig, sondern mangels Alternativen, die er spätestens jetzt nicht mehr zu haben glaubte, als er den falschen Polizisten schreien hörte. Laut und ungeniert: »AchtNacht!«
Ben sah sich um. Verlor kostbare Zeit damit, sich zu wundern, wie es sein konnte, dass diesem Irren niemand Einhalt gebot.
Der Kerl stieß einen älteren Patienten aus dem Weg, und es klang beinahe so, als würde er einen Schlachtruf singen: »AchtNahaaahaaahaanacht!«
Er rannte nicht, sondern lief fast gemächlich. Arrogant und selbstsicher, wie Ronaldo beim Freistoß. Dabei lächelte er und hielt etwas in der ausgestreckten Hand, das Ben nicht genau erkannte, aber seinem Gehirn reichte der Eindruck, um den Fluchtreflex noch einmal zu verstärken.
Ben zog die Fahrertür auf, schmiss sich regelrecht in den Sitz und suchte panisch nach dem Zündschloss, bis ihm klarwurde, dass bei diesem Wagen nur der Gang eingelegt und das Gaspedal heruntergedrückt werden musste.
PENG!
Die flache Hand des falschen Polizisten knallte neben seinem Kopf auf die Seitenscheibe.
Ben schrie auf. Startete durch und knallte dem parkenden Vordermann erst in die Rückseite, dann noch einmal in den Radkasten, als er, ohne zurückzusetzen, nach links aus der Parklücke zog.
»AachtNahahaaanacht!«, hörte er den Uniformierten hinter sich weitersingen. Gedämpft. Immer leiser, je weiter er sich von ihm entfernte.

Ben jagte nach rechts, von der Mittelallee zum Ausgang Seestraße. Sämtliche Absperrbalken der Aus- und Einfahrt beim Pförtnerhäuschen waren hochgezogen, vermutlich für die Feuerwehr, die jetzt erwartet wurde.
Er zog einmal quer über die Seestraße und bog dann ab Richtung A 100. Schoss fast doppelt so schnell wie erlaubt den Beschleunigungsstreifen hoch.
Erst auf der Stadtautobahn beruhigte er sich wieder und passte sich dem Verkehr an.
»Verdammt, das war knapp«, sagte er, ohne genau zu wissen, wem er gerade entkommen war, als er hinter sich eine Bewegung im Rückspiegel wahrnahm.

23.

Dash. 22.04 Uhr.
Noch neun Stunden und 56 Minuten
bis zum Ende der AchtNacht

Sechs Minuten später stand Dash wieder dort, wo ihn niemand vermutet hätte. Drei Straßenecken weiter, direkt am Augustenberger Platz, als Letzter in der Reihe des Taxistands unmittelbar vor dem bahnhofsähnlichen Haupteingang des Virchow-Klinikums.

Nicht, dass ihn überhaupt jemand gesucht hätte. Der Idiot hatte ihm mit dem Feueralarm einen Gefallen getan.

Jeder war nur mit sich selbst, seinen Angehörigen oder damit beschäftigt gewesen, sich an den Notfallplan zu erinnern, den die Krankenhausverwaltung für diese Situation ausgearbeitet hatte.

Einige hatten sich womöglich gewundert, weshalb der Polizist so schrie, während er den BMW verfolgte. Aber in diesem Mega-Krankenhaus, das so groß war wie eine Kleinstadt, in unmittelbarer Reichweite der größten Problembezirke der Hauptstadt gelegen, waren Streit und Aggressionen an der Tagesordnung.

Die Notaufnahme war gerade jetzt am Wochenende überfüllt mit Hitzköpfen, die in einer Schlägerei den Kürzeren gezogen hatten. Proleten, die nach einem Saufgelage dem Namen Kopfsteinpflaster eine völlig neue Bedeutung gaben, und Frauen, die mit furchtsamem Blick in Richtung Ehemann dem Arzt beteuerten, sie wären tatsächlich nur

die Treppe hinuntergefallen. An Uniformen und Streifenwagen hatte man sich auf dem Klinikgelände längst gewöhnt. Oft genug brachte die Polizei neue Patienten oder wurde vom überforderten Personal um Hilfe gerufen.
Erst letzte Woche war der Chefarzt der Neonatologie auf dem Hof zusammengeschlagen worden, weil ein verzweifelter Vater einen Schuldigen für den Tod seines Frühchens gesucht hatte.
Kein Wunder also, dass man einem Polizisten kaum noch Beachtung schenkte, selbst wenn dieser »AchtNacht« brüllend einem Auto hinterherlief.
Eine Zeitlang hatte Dash noch so getan, als würde er einen Flüchtigen verfolgen, dann war er in das Nachbargebäude zur Augenklinik gegangen.
Hier hatte er mit einem Fünfcentstück die Kabine der Herrentoilette aufgeschlossen, in der er vorhin seinen Trenchcoat deponiert hatte und den er jetzt wieder über seine Uniform zog.
Nur zwei Minuten später saß er in seinem Taxi und freute sich beim Verlassen des Klinikgeländes über den erfolgreichen Verlauf des bisherigen Abends.
Der Zufall hatte ihm über die WhatsApp-Gruppe der Kollegen den Aufenthaltsort der AchtNächterin beschert. Er hatte Arezu Herzsprung vor Ort erwartet, aber dieser Benjamin Rühmann hatte sich am Ende als das viel größere Mädchen entpuppt.
Dash stellte den Motor aus, winkte seinem Vordermann am Taxistand zum Gruß und öffnete das Seitenfenster.
Über Berlin zog sich eine graue Wolkendecke wie ein dreckiges Handtuch. Es kribbelte in seiner Nase, ein untrügliches Zeichen, dass sich ein Unwetter zusammenbraute.

Auch wenn es sich noch nicht abgekühlt hatte, drückte die schwere Luft bereits die Pollen zu Boden.
Dash unterdrückte ein Niesen und steckte sein Handy an das Aufladekabel in der Mittelkonsole. Er öffnete das Videoalbum, und sein Mund wurde trocken. Jetzt kribbelte es nicht mehr nur in der Nase, sondern auch zwischen seinen Beinen.
Allein der Gedanke daran, die Videos seines Streifzugs zu sichten, elektrisierte ihn. Anders als jede Droge, die er in seinem Leben ausprobiert hatte, verlor das Filmen nie seinen Reiz. Der erste Blick auf das neue Material war eine erotische Erfahrung. Als würde er einer wunderschönen Frau aus dem BH helfen. Später dann die Bildbearbeitung, die ersten Schnitte, die er setzte, waren das Vorspiel. Das Hochladen im Netz der eigentliche Akt.
Und sobald die ersten positiven Kommentare kamen, war dies besser als jeder Orgasmus.
Ahh ...
Dash schloss voller Vorfreude die Augen. Lobte sich selbst für seinen nahezu mustergültigen Einsatz.
Der Idiot hatte erst gedacht, er würde verhaftet werden. Dann, dass er ihn erschießen könnte. Er hatte die Angst in seinen Augen gelesen, kurz bevor er wegrannte. Dabei hatte Dash nie eine Waffe, sondern immer nur eine Kamera in der Hand gehalten. Zusätzlich zu der, die er am Körper trug. Die Leute standen auf Perspektivwechsel, obwohl das hier auch mit einer beschissenen Handycam funktionieren würde.
Dash spulte das Video nach vorne und stoppte exakt in dem Moment, als Ben Rühmann ihn fragte: *»Hatten Sie nicht eben noch einen Trenchcoat an?«* Und dann tat der Penner ihm doch tatsächlich den Gefallen und rannte los.

Wie geil!
Dash lachte und schlug mit der flachen Hand vor Freude auf sein Lenkrad.
Nichts kam momentan so gut an wie Videos von Verfolgungsjagden, wobei der Geschmack seiner Kunden ständig wechselte.
Seit drei Jahren schon sammelte er Filmmaterial, das er auf seinem Portal dash-xtreme hochlud.
Angefangen hatte alles mit einer zufällig gefilmten Schlägerei vor einer Hellersdorfer Pizzeria. Der Tritt des anonymen Angreifers gegen den wehrlos am Boden liegenden Italiener hatte diesen ein Auge gekostet. Und ihm auf einen Schlag dreitausend Abonnenten eingebracht, die ihrerseits wieder Filmchen hochluden. Schlägereien, Sex in der Öffentlichkeit, Betrunkene, die versuchten, über eine befahrene Straße zu kriechen.
Anfangs baute Dash noch auf den Zufall, zur richtigen Zeit am richtigen Ort zu sein. Wie in jener Glatteisnacht, als eine alte Frau versuchte, die Lietzenburger Höhe Uhlandstraße zu überqueren, ausrutschte und von einem Laster überrollt wurde. Und er hatte mit dem Handy im Taxi alles gefilmt.
Mann, eigentlich hatte es nur so lustig ausgesehen, wie die Alte ihren Krückentanz auf dem vereisten Asphalt aufführte. Doch als sie plötzlich wie eine Plastiktüte am Kühlergrill hing … *Jesus!* Das Video brach alle Rekorde. Es lief sogar noch besser als das von dem Obdachlosen, dem ein Abonnent hundert Euro geboten hatte, damit er sich vor laufender Kamera mit der Kneifzange einen Schneidezahn zog.
Die Oma unter dem Lkw war der Klickhit. Und die Geburtsstunde von dash-xtreme.

Von da an überließ Dash nichts mehr dem Zufall. Er verkabelte sein Auto, besorgte sich Weitwinkel-Dashcams, die vorne, hinten, seitlich in den Türschwellern und sogar oben im Taxischild auf dem Dach angebracht die gesamte Straßenumgebung filmten. Und dennoch waren die eigenen Aufnahmen rasch nur noch Abfallprodukte für die Portokasse. Das meiste Geld machte er lange Zeit mit Filmen, die ihm »Fans« freiwillig zum Hochladen schickten.

Gäste nahm er nur noch hin und wieder zur Tarnung in seinem Taxi mit, während die Abonnentenzahl wuchs und wuchs. Neben Deutschland hatte er Kunden aus Japan, Venezuela, den USA, Russland und sogar Indien, die sich für 9,99 Euro pro Monat die neuesten Unfälle, Schlägereien und Vergewaltigungen ansehen wollten. Dash achtete penibel darauf, dass nichts davon gestellt war. Die User wollten das reale Leben, keinen Fake. Und sie erkannten, ob die Studentin nur so tat, als ob sie betrunken war, und ob die Jungs, die sie vergewaltigten, ihr davor wirklich K.-o.-Tropfen verabreicht hatten.

Als dash-xtreme die Hunderttausender-Grenze überschritt und die Wachstumsrate zahlungswilliger Abonnenten etwas stockte, war es Zeit, das Geschäftsmodell auszubauen. Die Abonnenten standen auf »reale Interaktion«, Auge in Auge mit dem Opfer. Sie wollten die Angst sehen, die Panik in den Pupillen, wenn die Auserwählten wussten, dass ihnen etwas Schlimmes bevorstand.

Das Problem für Dash war, dass er dafür nicht nur sein Auto verkabeln musste, sondern auch sich selbst. Die Sicherheit des eigenen, abschließbaren Wagens aufzugeben schmeckte ihm gar nicht. Im Krieg war er der Stratege, der die Drohnen steuerte, nicht der Typ für den Bodeneinsatz.

Eine Zeitlang hatte er dennoch experimentiert, sich Hemden mit eingebauten Miniaturkameras im Knopfloch geschneidert und Uniformen zur Tarnung besorgt. Verkleidete sich als Müllmann, Postbote, Soldat. Oder, wie heute, als Polizist. Doch auf diese Art persönlich in der Öffentlichkeit zu agieren war gefährlich.
Eigentlich hatte er sich nicht mehr selbst die Hände dreckig machen wollen. Aber heute, am Tag der AchtNacht, hatte er angesichts dieser einmaligen Gelegenheit eine Ausnahme gemacht. Zumal sein Hauptlieferant für »reale Interaktionsfilme« kein zuverlässiger Geschäftspartner mehr war, seitdem der sich so dusselig angestellt hatte, dass er jetzt unter polizeilicher Beobachtung stand und seine Filme deshalb viel zu heiße Ware darstellten.
Also musste er selbst wieder ran, und zum Glück hatte er schnell improvisiert und Bens Klick-Blick im Kasten.
Dash nannte das so, einerseits, weil er förmlich sehen konnte, wie es »Klick« machte, wenn die Opfer erkannten, dass sie dem Schrecken machtlos ausgeliefert waren. Andererseits, weil so ein Blick die Klick-Raten in schwindelerregende Höhen trieb.
Und dieser Ben Rühmann hatte den Klick-Blick. Dash hatte ihn in Großaufnahme eingefangen, und er bekam fast eine Erektion, als er jetzt das Video stoppte. Exakt in dem Moment, als er gegen die Scheibe schlug und der AchtNächter so aussah, als würde er nach seiner Mama brüllen. Er schrie wie ein Mädchen. *Mann, da sind sogar die Amalgamfüllungen zu erkennen, wie geil ist das denn?*

Ach ja, die AchtNacht. Was für eine grandiose Idee. Leider nicht von ihm, aber dennoch ein Geschenk für sein Portal.

Die zehn Millionen waren natürlich Schwachsinn. Niemand würde die je auszahlen, und nur Grenzdebile glaubten wirklich, dass es legal war, die AchtNächter zu killen. Aber ein Video allein von der Jagd würde die Abonnentenzahlen steigern und war auf lange Sicht auch ein Vermögen wert.
Zu blöd nur, dass er die schmutzige Arbeit ganz ohne Hilfe erledigen musste.
Dash hörte die ersten Tropfen auf die Windschutzscheibe prasseln und konnte einen Platz vorrücken.
Widerwillig legte er für einen Moment das Handy aus der Hand. Er konnte es gar nicht erwarten, den ersten Acht-Nacht-Zusammenschnitt hochzuladen.
Der Auftakt war ihm schon mal gelungen.
Bald ging es weiter.
Jetzt musste nur noch der GPS-Sender mitspielen, den er vorhin an den BMW gepappt hatte, mit dem Ben Rühmann geflüchtet war.

24.

Ben. 22.07 Uhr.
Noch neun Stunden und 53 Minuten
bis zum Ende der AchtNacht

Ben ahnte, weshalb so viele Menschen davon träumten, eine Insel zu besitzen. Die Welt, in der sie lebten, war so groß und unerklärlich, so willkürlich und grausam, dass sie sich nach einem Platz sehnten, der beherrschbar war. Ein Ort, an dem – anders als bei einem Grundstück – kein Fremder am Gartenzaun wartete, sondern die Weite des Ozeans. Mit all seinen Wassermassen, die sich schützend zwischen dem Menschen und dem Rest der Welt stauten.
Doch weil die meisten sich keine eigene Insel leisten konnten, kauften sie sich einen anderen beherrschbaren Raum, der den Rest der furchteinflößenden Welt aussparte. Eine zentralverriegelte Schutzhülle, die es einem ermöglichte, die Außenwelt durch eine Windschutzscheibe zu betrachten.
Sie kletterten dafür in einen tausend Kilo schweren Stahlkokon, der einen notfalls sogar aus der Gefahrenzone fahren konnte. Nicht anders war zu erklären, weshalb die Menschen so unvernünftig viel Geld für ihr Auto ausgaben; Zehntausende für einen Wagen, der über dreiundzwanzig Stunden am Tag in einer Parklücke stand.
Doch in der kurzen Zeit, die man ihn benutzte, war man privilegiert. Man atmete nicht die Keime ein, die andere in überfüllten U-Bahnen aushusteten. Man wurde nicht von

einer Überwachungskamera aufgezeichnet, während einem Hooligans auf dem Kopf herumsprangen. Und man fühlte nicht den Regen wie die, denen der Bus vor der Nase weggefahren war.

Im Inneren des Fahrzeugs war man auf seiner eigenen, sicheren Insel.

Das Geld für ein Auto war eine gute Investition. Vorausgesetzt, man hatte keinen blinden Passagier an Bord, der mitten auf der Stadtautobahn plötzlich auf der Rückbank hochschnellte und einem durch die Streben der Kopfstütze hindurch eine Waffe in den Nacken drückte.

»Hah ....!«

Ben schrie auf und zuckte zusammen. Vor Schreck schlug sein Knie von unten gegen das Armaturenbrett, und er verzog die Spur.

»Aufpassen!«, mahnte die Frau, als wäre sie eine Fahrlehrerin und keine lebensgefährliche Bedrohung. Sie musste zierlich, schlank und sehr beweglich sein. Nur so war zu erklären, dass sie es in wenigen Sekunden durch die Mittelsitzklappe vom Kofferraum auf die Rückbank geschafft hatte. Und sie war wahrscheinlich Linkshänderin, zumindest hielt sie ihre Pistole mit dieser Hand, während sie sich nach vorne beugte und mit der rechten seinen Gurt kurz über dem Verschluss mit einem Messer durchschnitt.

»Damit du nicht auf dumme Gedanken kommst und absichtlich irgendwo gegen fährst«, erklärte sie ihm.

Und damit es nicht piept, wenn ich nicht mehr angeschnallt bin. Clever, musste Ben zugeben und wusste nicht, ob es ihm Angst oder Hoffnung machen sollte, dass Arezu Herzsprung seine Entführung offenbar gut durchdacht hatte.

Ben, der mehr in den Rückspiegel als auf die Straße sah,

hatte sie sofort erkannt. Trotz ihrer fehlenden Haare. Auf dem Foto auf der AchtNacht-Seite hatte Arezu langes schwarzes Haar gehabt. Jetzt trug sie es bis auf wenige Millimeter abrasiert. Wenn das ein Tarnungsversuch gewesen sein sollte, funktionierte er nicht besonders gut. Dafür hatte Arezu zu markante Gesichtszüge mit außergewöhnlich großen, melancholisch dunklen Augen, von denen man sich nur schwer losreißen konnte, selbst wenn einem ein Pistolenlauf gegen die Halswirbel drückte.

»Was wollen Sie von mir?«, fragte Ben, obwohl das auf der Hand lag.

»Ich will es beenden!«, sagte sie wie erwartet.

»Das kann nicht Ihr Ernst sein!«

Er schlug seinen Hinterkopf gegen die Stütze, presste ihn stärker gegen den Lauf ihrer Waffe.

»*Das* ist Ihr Plan?«

Natürlich. Was sonst?

Die Regeln besagten, dass die Jagd mit dem ersten Todesopfer aufhörte.

Arezu war entweder wahnsinnig vor Angst, oder sie handelte im Grunde nur logisch. Vielleicht handelte sie auch wie eine klassische Psychopathin. Emotionslos, kühl und berechnend. Auf jeden Fall bildete sie sich ein, die Lösung gefunden zu haben, um den Internetmob ruhigzustellen. Wenn sie die Regeln befolgte, wenn Arezu ihn ausschaltete, wäre die AchtNacht beendet. Und sie in Sicherheit.

»Hören Sie, das ist Wahnsinn«, versuchte er zu ihr durchzudringen.

Sie unterfuhren die Spandauer-Damm-Brücke. Der Stadtring war nur mäßig befahren. Ben hielt sich auf Arezus Anweisung hin auf der rechten Spur und ließ sich von Autos und Lkw überholen, deren Fahrer nur Augen für die Straße oder für das Handy hatten, in das sie gerade eine Nachricht tippten.

»Wir sitzen im selben Boot. Lassen Sie nicht zu, dass die Irren uns gegeneinander ausspielen.«

»Wovon zum Teufel redest du?«, fragte Arezu.

»Davon, dass Sie mich nicht töten sollen.«

»Wer sagt, dass ich das will?«

»Die Pistole in Ihrer Hand?«

Er versuchte sich zu ihr umzudrehen, doch sie befahl ihm, nach vorne zu sehen.

Ohne Gurt fühlte er sich eigenartig verloren in dem Ledersitz, was eine seltsame Wahrnehmung war angesichts der Tatsache, dass hinter ihm eine mit Messern und Schusswaffen ausgerüstete Frau an seinem raschen Tod interessiert war.

»Wohin fahren wir überhaupt?«, wollte er von ihr wissen.

Wieder gab sie ihm eine Antwort, mit der er nicht gerechnet hatte. »Das weißt du doch am besten.«

Sie hatte den Satz kaum vollendet, als auf der Instrumententafel ein rotes Lämpchen aufblinkte.

»Ich weiß gar nichts«, sagte er und zeigte auf das Armaturenbrett. »Nur, dass Sie die Karre vor Ihrer Geiselnahme vielleicht mal hätten volltanken sollen.«

Arezu hinter ihm schüttelte den Kopf. »Das ist nicht mein Auto.«

»Wessen dann?«

»Keine Ahnung. Der Schlüssel lag im Schwesternzimmer.«

Na, das wird ja immer besser.

Sie hat den BMW genauso gefunden wie ich.

Mit der Fernbedienung, mit der sie den Wagen entsperrte.

Dann drückte sie den Schlüssel Jule in die Hand und kletterte in den Kofferraum.
Ben half die Absurdität der Unterhaltung, seine Aufregung in den Griff zu bekommen. Er nickte. »Okay, ich fasse mal zusammen: Wir fahren in einem geklauten Wagen, auf uns sind zehn Millionen Kopfgeld ausgesetzt, und Sie bedrohen mich mit einer Waffe, aber wollen mich nicht töten?«
»Nein.«
»Was dann?«
Ein Motorradfahrer schoss auf der mittleren Spur an ihnen vorbei, und Ben hatte den Eindruck, dass Arezu sich ebenso erschreckt hatte wie er.
»Hör auf damit«, sagte sie mit einem leichten Vibrato in ihrer ohnehin schon dünnen Stimme.
»Womit?«, fragte er und hätte beinahe gelacht. »Mit der AchtNacht? Glauben Sie mir, wenn ich einen Weg wüsste, den Irrsinn zu stoppen, dann …«
Arezu fiel ihm ins Wort und drückte ihm die Waffe fester in den Nacken. »Hör endlich auf so zu tun, als würden wir uns nicht kennen!«
»Wir?«
Die ist irre.
Kein Zweifel. Sie ist genauso durchgeknallt wie die Verrückten, die die AchtNacht für eine legale Maßnahme der Bundesregierung halten.
»Hör auf zu lügen, Oz.«
»ICH LÜGE NICHT …«
Seine Stimme brach mitten im Schrei.
Wer zum Teufel ist …
»Oz?«, fragte er, jetzt endgültig sicher, es mit einer entlaufenen Verrückten zu tun zu haben.

Das gibt es doch nicht. Die Irren, die für die AchtNacht verantwortlich waren, hatten zielsicher eine Bekloppte für die erste Runde ausgewählt.

Ben, der nicht mehr daran glaubte, Arezu mit vernünftigen Argumenten zur Einsicht zu bringen, versuchte es dennoch. »Ich fürchte, Sie verwechseln mich. Ich bin nicht …«

Arezu schüttelte den Kopf und unterbrach ihn erneut. »Hör auf!«, schrie sie. Die Schlagader an ihrem Hals wurde dick und pochte. Ihre Augen sprühten Funken wie ein Streichholz auf der Reibefläche. »Bring mich in dein Büro! Zu deinem Computer. Oder, bei Gott, ich schwöre, ich jage dir am Ende doch noch eine Kugel in deinen verdammten Schädel.«

25.

Büro?
Computer?

Ben hatte keins von beidem, es sei denn, man zählte den versifften Übungsraum am Tempelhofer Damm als Büro und die Drummaschine darin als Computer.
Für die wenigen E-Mails und Überweisungen reichte ihm sein Smartphone, und wenn es etwas Aufwendigeres gab, ging er in ein Internetcafé, was als Anlaufstelle logischerweise momentan nicht in Frage kam.
Der einzige private Computer, den er hin und wieder für längere Ausdrucke nutzte, stand bei Jennifer. Zu ihr zu fahren war erst recht keine Option. Auch ohne die Ansage von »Wir kennen uns nicht«-Paul, jenem Lackaffen, der anscheinend ihr neuer Freund war, hätte er Jenny niemals in Gefahr gebracht, indem er eine gewaltbereite Verrückte in ihr Haus schleppte.
Den Tank leer zu fahren und auf der Autobahn liegen zu bleiben erschien ihm kurz als die beste Option, aber bei diesem Modell blinkte die Reserveleuchte bestimmt schon ab siebzig Kilometer Reststrecke; und Ben bezweifelte, dass Arezu sich eine Stunde lang im Kreis fahren lassen würde, ohne seinen Plan zu durchschauen.
»Langsamer!«, befahl sie und klang, als wüsste sie genau, dass er nur deshalb mit hundertdreißig Sachen über die Autobahn raste, um von der Polizei angehalten zu werden.

Tatsächlich war ihm vor Aufregung gar nicht aufgefallen, dass er den Tacho völlig aus den Augen verloren hatte.
»Hör mal. Ich hab keinen Computer«, versuchte er es noch einmal mit der Wahrheit.
»Und ich hab langsam keine Geduld mehr mit dir«, bellte sie zurück. In seiner Einbildung glaubte Ben die Entsicherung der Waffe klicken zu hören, dabei war das Blödsinn. Soweit er es erkennen konnte, hielt sie keinen Revolver, bei dem man einen Hahn spannen musste. Und wenn sie wusste, wie man mit einer Pistole umging, würde sie mit der Entsicherung nicht bis kurz vorm Schuss warten.
Okay, sie ist komplett durchgeknallt. Sie denkt, dass wir uns kennen, nennt mich Oz und will in mein Büro. Und ich habe keine andere Wahl, als auf ihre Forderungen einzugehen, so bizarr sie auch sind.
Ben, der wieder stärker schwitzte, stellte die Düse der Klimaanlage so, dass ihm der kalte Luftzug direkt ins Gesicht blies. Normalerweise half ihm Kälte dabei, den Kopf klar zu bekommen.
Aber das hier war alles andere als eine normale Situation.
Ich brauche einen Ort, an dem mich niemand sucht.
Wo ich mich vor den AchtNacht-Jägern verstecken und Arezu überwältigen kann. An dem ich niemand anderen gefährde. Und wo ein Computer steht.
Auf einmal hatte er eine Eingebung.
Der Ort, der ihm als Anlaufstelle in den Sinn kam, erfüllte zwar nicht alle Kriterien perfekt. Aber er war nah dran.
Ben sah das Ausfahrtschild Kurfürstendamm und setzte den Blinker.
Zweihundert Meter weiter fuhr er kurz vor dem Rathenau-Platz an seinem eigenen Gesicht vorbei. Die *Bild*-Zeitung

hatte ein digitales Großflächenplakat gebucht, um die morgige Ausgabe zu bewerben, die es ab sofort bei den Straßenhändlern im Verkauf gab.
Unter der Schlagzeile »BITTE NICHT TÖTEN!« sah man erst Arezus Foto, dann wechselte die Animation, und Ben starrte in Überlebensgröße auf sich selbst.
Es war 22.19 Uhr.
Er hatte keine Ahnung, wie lange die Reise durch den Wahnsinn noch andauern würde, bevor er in Sicherheit war. Und er wusste nicht, ob es ein gutes oder ein schlechtes Omen war, dass er dort, wo er jetzt mit Arezu hinfuhr, schon einmal weinend einer Frau beim Sterben zugesehen hatte.

26.

22.35 Uhr.
Noch neun Stunden und 25 Minuten
bis zum Ende der AchtNacht

Hier wohnst du?«, fragte Arezu ungläubig. Ihre Augen brauchten eine Weile, um sich an die Dunkelheit zu gewöhnen. Ben hatte beim Betreten das Deckenlicht anschalten wollen, aber sie hatte es ihm verboten.

»Nein, natürlich nicht.«

Er fragte, ob sie endlich ihre Waffe wegstecken könnte, aber sie schüttelte nur den Kopf und befahl ihm, die Haustür von innen doppelt zu verriegeln.

»Darf ich wenigstens die Stehlampe anschalten? Man kann ohnehin nicht reinsehen.«

Die Fenster waren mit Außenjalousien gesichert, eine vernünftige Vorsichtsmaßnahme im Erdgeschoss und ein weiterer Grund dafür, weshalb Arezu wie ein Scherenschnitt wirkte, der sich mit ihm unterhalten wollte. Passend zur Atmosphäre flüsterte sie, obwohl es dafür keinen Grund gab.

»Okay«, gestattete Arezu, nachdem sie sich vergewissert hatte, dass alle Rollos unten waren.

Die dimmbare Bogenlampe, die zwischen einer Couch und einem Beistelltisch stand, war auf eine sehr niedrige Leuchtstufe eingestellt und spendete kaum Licht, als Ben auf den Schalter an der Wand drückte.

In Jules Appartement gab es keine Fußtaster. Alles war in Hüfthöhe an der Wand angebracht.

»Lass es bitte so«, sagte Arezu, als er am Schalter heller drehen wollte. Er zuckte mit den Achseln, und jetzt, da Arezu zum ersten Mal direkt vor ihm stand, fiel ihm auf, wie krank sie war.

Im Schummerlicht wirkte sie geradezu gespenstisch dünn, das konnten die weiten schwarzen Stoffe, in die sie sich hüllte, nicht kaschieren. Dort, wo ihre Haut zu sehen war – im Gesicht, am Hals, am Schlüsselbein und an den Händen –, wirkte sie wie eine eng anliegende wächserne Hülle, die jemand wie Frischhaltefolie über ihre Knochen gezogen hatte. Der einzige Farbtupfer an ihrem Äußeren war der blassrote Rucksack aus Lkw-Plane, der auf ihren schmalen Schultern wie ein viel zu schwerer Fremdkörper aussah.

Arezu wollte ihn nicht ablegen, obwohl ihre Kräfte sichtbar schwanden.

Die Waffe in ihrer Hand zitterte. Schon ein starker Mann hätte über kurz oder lang Probleme gehabt, die Pistole zielgenau auszurichten. Für jemanden wie Arezu, die ganz offensichtlich an einer Essstörung litt, musste sie am ausgestreckten Arm mittlerweile das Gewicht einer Betonhantel angenommen haben.

»Wollen wir uns setzen?«, fragte Ben und zeigte auf das Sofa. Er war sich sicher, sie früher oder später überwältigen zu können, hatte aber viel zu großen Respekt vor einem Schuss, der sich bei dem Versuch lösen könnte.

»Nein.«

Das langärmelige Shirt, das bei Jule eng angelegen hätte, schlackerte ihr ums Handgelenk und war nach oben gerutscht. Über etwas, das wie eine aufgekratzte Wunde aussah.

»Wo ist dein Schreibtisch?«

Ben öffnete den Mund, wollte ihr erneut erklären, dass sie ihn verwechseln musste, wenn sie ernsthaft dachte, er oder sein Computer wären die Lösung ihrer Probleme. Doch da er befürchtete, dass sachliche Argumente zu nichts führen würden, zeigte er auf Jules Lieblingsarbeitsplatz in der Küche.

»Das Notebook liegt in der Schublade«, versprach er, und das war nicht einmal gelogen, er selbst hatte es vor wenigen Stunden erst dort verstaut.

Aber das Gerät war komplett nutzlos. Jennifer und er hatten gar nicht erst versucht, sich mit wilden Kombinationsversuchen die Zähne an Jules Passwort auszubeißen, um so an ihren elektronischen Kalender oder ein digitales Tagebuch zu kommen und damit vielleicht an Informationen, die die Suizid-Theorie der Ärzte bekräftigten oder widerlegten. Jule hatte ihnen selbst erklärt, dass es einem Dieb nicht einmal mit dem richtigen Codewort möglich wäre, das Notebook zu entsperren, so gut hatte sie es gesichert. Sie hatte eine neuartige Sicherungssoftware installiert, die den Schreibrhythmus des Nutzers analysierte. Die wenigsten wussten, dass jeder Mensch allein durch die Art und Weise, wie er seine Computertastatur benutzte, einen unverwechselbaren digitalen Fingerabdruck hinterließ. Ein Erkennungsmerkmal, das sich Datenkraken wie Google zunutze machten, um allein am Takt des Tippenden zu erkennen, mit welchem User sie es zu tun hatten, selbst wenn er unter Pseudonym surfte.

»Glaubst du das, was die im Radio sagen?«, versuchte Ben Zeit zu gewinnen, während er in die Küche ging.

Auf der Fahrt zur Studi-City hatten sie das Radio eingeschaltet. Es war kurz nach halb elf, viele Sender brachten

um diese Zeit ohnehin Talkshows, und bis auf wenige Ausnahmen wurde in ihnen über die AchtNacht gesprochen.
»Ich kann mir nicht helfen, aber das ist doch ein Promo-Gag«, hatte eine Anruferin aus Marzahn einem Moderator von 101Punkt5 gesagt, der sich Diesel nannte und dort wohl Chefredakteur war, für die AchtNacht-Sondersendung aber die Moderation übernommen hatte.
»Du meinst, morgen früh, wenn der Spuk vorbei ist, werden wir auf www.AchtNacht.online Werbung für ein neues Handy oder einen Energydrink finden?«
»Ja. Oder für Tampons, mit denen man auch schwierige Tage übersteht«, lachte die Frau.
Schön wär's, hatte Ben gedacht, während er den BMW auf die Clayallee lenkte, an einer weiteren Werbung der *Bild*-Zeitung vorbei.
Wenn das ein PR-Gag war, dann einer, in den man ihn nicht eingeweiht hatte.
Der nächste Anrufer hatte eine erschreckendere Theorie gehabt.
»Was, wenn die Regierung das wirklich ernst meint?«, fragte er allen Ernstes, und Diesel widersprach ihm zum Glück sofort.
»Na klar. Und als Nächstes sehen wir Live-Hinrichtungen im Fernsehen, oder was?«
»Nein, mal ehrlich. Ich meine, nicht offiziell natürlich. Also, die unterstützen das nicht. Aber die tun auch nichts dagegen. Die AchtNächter bekommen garantiert keine Hilfe von der Polizei oder so. Die sollen gejagt werden.«
»Und wieso?«
»Na, überleg doch mal. Um mitzumachen, musste man zehn Euro an irgendeine dubiose nigerianische Bank über-

weisen. Dann durfte man den Namen einer Person nennen, die man aus der Welt schaffen will.«

»Und?«, hatte Diesel nachgehakt.

»Was, wenn es dem Staat nicht ums Geld geht, sondern um die Namen? Also um meinen und den von dem, den ich umbringen will?«

»Dann hoffe ich, dass sie dich in Zukunft mal etwas genauer im Blick haben.« Der Moderator lachte nicht. Er klang eher, als meinte er es ernst. Offenbar war ihm der Anrufer nicht geheuer.

»Genau das will ich doch sagen, Mann. Diese AchtNacht ist eine riesige Fahndungserleichterung für die Bullen. Alle potenziellen Mörder haben sich selbst geoutet. Wenn in Zukunft ein Max Mustermann eines unnatürlichen Todes stirbt, brauchen die nur noch in die Datenbank zu schauen, wer Max Mustermann für die AchtNacht nominiert hat, und Bingo!«

»Es heißt, die Anmeldungen sind anonym!«

»Ja klar, und die Renten sind sicher, Mann.«

Wow.

Ben hatte konsterniert den Kopf geschüttelt.

So abstrus der Gedanke auch war, so gefährlich war seine scheinbare Logik. Während Ben das Auto unter einer kaputten Straßenlampe parkte, hatte er es bildhaft gesehen, wie einige leichtgläubige Verschwörungstheoretiker mit offenen Mündern staunend vor ihrem Radio saßen und andere einen Mitschnitt bereits auf Facebook posteten, zusammen mit der Überschrift: »Klingt plausibel. Die Wahrheit hinter AchtNacht.«

Die Warnung der *Bild*-Zeitung, sie nicht zu töten, würde da wenig helfen. Im Gegenteil. Vernünftige Menschen brauchten keinen derartigen Hinweis. Die Schlagzeile sorgte einzig und allein dafür, dass nun auch noch der letzte Irre von der AchtNacht wusste und die Gesichter der Millionen einbringenden Jagdopfer kannte.

»Ich glaube niemandem«, sagte Arezu, die Ben in die Küche gefolgt war. »Nicht den Medien, nicht dem Internet, und schon gar nicht anonymen Idioten, die Gerüchte über mich verbreiten.«

»Aber du glaubst, dass ich dir helfen kann?«

»Uns«, antwortete Arezu.

»Und wie soll das gehen?«

»Hör auf mit den Spielchen und fahr deinen Computer hoch.«

»Wie du willst.«

Ben öffnete die Schreibtischschublade und tastete nach Jules Notebook. Das fahle Licht der Stehlampe reichte nicht bis in die Küche. Es war nicht stockdunkel, dafür sorgten mehrere Standby-Lichter der Küchengeräte und die grünliche Digitalanzeige des Kühlschrankthermometers.

Ben klappte das Notebook auf. Sofort wurde es heller, als auf dem Bildschirm die Eingabemaske für den Benutzernamen und das Passwort erschien.

»Scheiße«, sagte er.

»Was?«

»Wir sind aufgeflogen!«

»Wie meinst du das?«

»Keine Ahnung. Aber sieh doch. AchtNacht hat meine Webcam gehackt. Die sehen uns gerade zu. Die wissen, wo wir sind.«

»Waaas?«, rief Arezu außer sich und drehte das Notebook zu sich. In dem Moment riss Ben den Arm hoch und drückte auf die Spraydose. Gleichzeitig drehte er den Kopf zur Seite, hielt die Luft an und schloss die Augen. Um auf gar keinen Fall etwas von Jules Pfefferspray abzubekommen, das er aus der Schublade genommen hatte und das er Arezu nun direkt ins Gesicht hielt.

Aber die Vorsichtsmaßnahme wäre nicht nötig gewesen.

Denn das Spray war noch unbenutzt. Die Kindersicherung nicht gelöst. Und folglich gab es kein Zischen. Keinen Reizstoff, der entwich, um ihre Schleimhäute zu verätzen.

Es gab nur einen Knall.

Ohrenbetäubend, laut. Schmerzhaft.

Arezu hatte ihre Pistole aus einem Abstand von weniger als einem Meter auf ihn abgefeuert.

27.

Die Ladung der Pistole schoss mit siebenfacher Schallgeschwindigkeit durch die Küche, mühelos in der Lage, Haut, Weichteilgewebe und Knochen zu durchdringen. Vorausgesetzt, der Lauf wurde direkt auf den Körper aufgesetzt. Und der Besitzer der Gaspistole war nicht so ungeübt und nervös wie Arezu.

Nicht nur, dass sie den Schuss verzog und Bens Kopf um eine Armlänge verfehlte. Sie ließ zudem vor Panik die Schreckschusspistole fallen.

Ben wähnte sich dennoch getroffen. Seine Ohren schmerzten, als hätte ihn ein Insekt direkt ins Trommelfell gestochen; sein Herz schien die Rippen von innen durchbrechen zu wollen. Dass er keine Ein- oder Austrittswunde spürte, weder in Brust noch Rücken, lag seiner Meinung nach nur an dem gewaltigen Adrenalinstrom, der seine Gefäße flutete.

Als er über den Küchentisch sprang, wusste er noch nicht, dass seine Entführerin keine echte Waffe gehabt hatte. Er wollte den schmerzfreien Zustand so lange wie möglich ausnutzen. Arezu überwältigen und sich in Sicherheit bringen, bevor er unweigerlich wegen zu hohen Blutverlusts das Bewusstsein verlieren würde.

Ihr ungleicher Kampf dauerte nur wenige Sekunden.

Ben hatte noch nie zuvor eine Frau geschlagen. Und er hatte auch kein Verständnis für Männer, denen hin und wieder mal »die Hand ausrutschte«. Er verachtete seine Geschlechtsgenossen, die sich und ihre Aggressionen nicht im Griff hatten. Und ab sofort, das wusste er noch in dem Moment, in dem seine Faust auf Arezus Schläfe traf, würde er auch sich selbst verachten. Weil er in der Aufregung nicht nach einem anderen Weg gesucht hatte. Weil er Arezu nicht einfach nur an den Armen gepackt und zu Boden gerissen, sondern zugeschlagen hatte.

Hart. Schonungslos.

Sie verlor das Bewusstsein und kippte nach hinten.

Noch während Ben nach ihrem Puls tastete, packte ihn der Ekel vor sich selbst. Und nachdem er sie zur Couch getragen hatte und sie in ihrer Ohnmacht leise wimmern hörte, hätte er am liebsten geduscht, so dreckig fühlte er sich.

Was für ein ungleicher Kampf!

Er, ein fünfundachtzig Kilo schwerer Mann, gegen ein magersüchtiges Mädchen, das sich an einer japanischen Seidenpapierwand den Kopf einrennen würde.

Eine Zeitlang starrte er auf die bewusstlose Arezu, und langsam wurde ihm klar, dass sie ihm keine Schusswunde beigebracht hatte. Weder blutete er, noch spürte er irgendwo einen dumpf-stechenden Schmerz.

Er ging zurück in die Küche und griff sich die Waffe vom Boden. Sie war viel leichter, als er es erwartet hatte.

Erst jetzt realisierte er, wie wenig er nachgedacht hatte. Natürlich war es nicht sehr wahrscheinlich, dass eine vierundzwanzigjährige Psychologiestudentin an eine echte Pistole kam. Und sehr viel naheliegender, dass sie sich mit einer Schreckschusspistole bewaffnete.

Ben vergewisserte sich, dass Arezu noch immer bewusstlos

war, und öffnete ihren Rucksack, den er ihr vom Rücken genommen hatte, bevor er sie auf die Couch legte.
Falls Arezu vorgehabt hätte, einen Tag in der Wildnis zu überleben, war sie bestens ausgerüstet. Ben stieß auf ein Jagdmesser, eine Halogen-Taschenlampe, Ersatzgaspatronen, Seile, Kabelbinder, Dosenöffner und sogar zwei winzige Raviolidosen. Seine Entführerin hatte auch an ein Erste-Hilfe-Set gedacht, wie es in jedem Kfz Pflicht ist.
Ben wechselte die Gaspatrone der Pistole, dann zog er seine beiden Handys aus den jeweiligen Hosentaschen seiner Jeans.
Zuerst fuhr er sein eigenes Smartphone hoch, das unglaubliche 668 Anrufe und 146 Nachrichten in Abwesenheit zeigte.
Ben ignorierte sie alle und ging sofort auf die AchtNacht.online-Seite.
Hier klickte er Arezus Foto an, das zu einer Zeit geschossen worden sein musste, als sie noch nicht ganz so ausgemergelt ausgesehen hatte wie heute.
Mit zwei weiteren Klicks war er zu der Info-Seite über Arezu Herzsprung im Jagd-Forum der Homepage vorgedrungen.
Unfassbar.
Wenn die Zahl stimmte, waren aktuell fast eine Million Menschen online. Achtzehntausend von ihnen hatten einen Info-Kommentar über Arezu gelikt, vierhundertachtundvierzig einen Kommentar gepostet.
FredFarwell23 hatte sich die Mühe gemacht, einen eigenen Thread zu eröffnen, in dem er alle Fakten über Arezu zusammentrug. Untergliedert nach A) Angaben zur Person und B) Angaben zum gegenwärtigen Aufenthaltsort.

Ben las die ersten Einträge zu A), und ihm wurde schlecht.

Crazy Bitch. Kenn sie aus der Uni. Wiegt 41 Kilo auf 1,70 Meter.

Kind reicher Eltern. In Charlottenburg aufgewachsen. Später Umzug nach Lichtenrade.

Oft Schule gewechselt.

Vater Diplom-Chemiker, Mutter Biologin.

Gegenwärtige Adresse: Barnetstraße 66. War da, keiner zu Hause.

Ben folgte dem Unterlink zum gegenwärtigen Aufenthaltsort, doch hier erging man sich in Spekulationen.
Moonshadow77 meinte sie an der Kasse der Pizzeria am Zoo gesehen zu haben. Zwei andere waren sich sicher, sie habe die Stadt mit dem 21.30-Uhr-Zug am Ostbahnhof nach Hamburg verlassen.
Ben sprang zurück zu den persönlichen Angaben und erfuhr, dass Arezu ein Einser-Abi gemacht hatte, früher einmal sehr dick gewesen war und eine Narbe auf der rechten Kniescheibe hatte (gepostet von jemandem, der sich ernsthaft »Art.olf_Hitler« nannte und angeblich bei derselben Krankengymnastin gewesen war wie sie).
Sie war Atheistin, liebte Tiere und hatte laut »Clash-Test-Dummy« keine Freunde. »Die mogelt sich immer an unseren Mensatisch und lacht bei Gesprächen an Stellen, die nicht komisch sind. Keiner kann die leiden.«

Einer der jüngsten Einträge, angeblich von einer früheren Freundin namens JackyOh!, die mit ihren »Stimmungsdowns« einfach nicht mehr klargekommen war, ließ Ben aufhorchen.
Er bezog sich auf ein körperliches Merkmal, das viel über Arezus Psyche verriet und dessen Existenz er auf der Stelle kontrollieren konnte.
Ben schaltete sein Handy wieder in den Flugmodus und kniete sich neben das Sofa. Er nahm Arezus schlaffe Hand und fühlte, wie sich ihre Finger in seinen bewegten, als wären sie auf der Suche nach etwas Halt, aber viel zu schwach, um ihn zu finden.
Sachte schob er den Ärmel ihres Shirts hoch und nickte. JackyOh! hatte nicht gelogen, als sie schrieb:

Ritzerin!!! Ständig muss sie sich verbinden oder tapen, damit sie nicht verblutet. Manchmal schneidet sie sich sogar Wörter in den Arm.

Und tatsächlich, Arezus Arm war ein einziges Narbengeflecht. Dünne, wie von einem scharfen Skalpell gezogene Linien skizzierten auf ihrer Haut eine Landkarte des Schmerzes.
Sie zogen sich von einer breit verschorften Stelle an den Pulsadern über den Unterarm bis in die Armbeuge und vermutlich noch sehr viel höher.
Einige der Narben waren wulstartig, andere entzündet, die meisten aber verheilt. So wie die Striche auf den Finger-Innenseiten ihrer linken Hand. Vom Zeigefinger bis zum kleinen Finger formten einzeln eingeritzte Buchstaben das Wort »PAIN«.

Sachte zeichnete Ben mit dem Zeigefinger die Buchstaben nach.
Arezu wachte auf. Erstaunt weiteten sich ihre Augen, aber sie zog die Hand nicht zurück.
»Bitte, hör auf damit«, sagte sie sanft, und Ben war für eine Sekunde verwirrt, weil sie ihn nicht losließ. Dann sah er, wie sich ihre Augen mit Tränen füllten und glitzerten wie ein dunkler See in einer sternenklaren Nacht.
»Stopp die AchtNacht«, sagte sie und verzog den Mund, als sie die Stelle an der Schläfe abtastete, die seine Faust getroffen hatte. »Beende sie, bitte. Heute und für alle Zeiten. Du bist der Einzige, der das kann.«

28.

Ich?«

»Ja. Bitte, hör endlich auf damit.«

Ben stand neben dem Sofa, Arezus frisch geladene Schreckschusswaffe zwar in der Hand, aber nicht auf sie gerichtet, und tippte sich mit der freien Hand an den Kopf.

»Wie stellst du dir das vor? Ich kann dem Internet nicht den Stecker ziehen. Für wen hältst du mich, für Mark Zuckerberg oder Captain Google oder was?«

»Du bist Oz«, sagte sie und zog auf dem Sofa die Beine an, die so dünn waren, dass die Nylonleggings sogar am Oberschenkel Falten warfen. Ihr Kopf schien heftig zu schmerzen, beim Blinzeln presste sie die Lider lange und mit starkem Druck zusammen.

»Ach ja, richtig«, lachte Ben tonlos. »Oz. Und wer soll das sein?«

»Du musst Oz sein, bitte. Du *musst* es sein.«

In Arezus Augen lag eine solche Verzweiflung, dass er ihrem Blick kaum standhalten konnte.

»Wer ist das? Was hat Oz denn getan?«

»Du, also … er hat es programmiert.«

»Die Website?«

Sie nickte kaum merklich. »Nicht nur die. Das ganze Programm. Den Algorithmus. Die Geldwäsche, wie die Überweisungen über Scheinfirmen und Nummernkonten versi-

ckern. Die Auswahl des AchtNächters. Völlig hackersicher, so dass uns niemand enttarnt.«
Ben ahnte, was sie mit Algorithmus, Geldwäsche und Nummernkonten meinte, aber am meisten beunruhigte ihn an dieser kryptischen Antwort ein anderes Wort:
»Uns?«
Arezu nickte erneut und setzte sich auf. Dabei hielt sie die Augen geschlossen, vermutlich, weil sie die Bewegung schmerzte.
»Es war vor zwei Jahren. Ich hatte die Idee schon länger, aber vor dreiundzwanzig Monaten traf ich auf dich, also auf Oz. Ohne ihn hätte ich meine Idee nicht verwirklichen können.«
»Was für eine Idee? Menschen zu töten?«
Ben hielt einen Schritt Abstand, auch wenn Arezu zwischen Jules Polstern so erschöpft wirkte, als würde sie gleich wieder ohnmächtig werden. Doch das konnte auch geschauspielert sein.
»Nein, nein, nein. So war es nicht.« Sie öffnete wieder die Augen. »Ich studiere Psychologie.«
»Ich glaube, das weiß mittlerweile die halbe Nation«, sagte Ben und zeigte auf den Fernseher hinter sich. Er war ausgeschaltet, aber Ben ging jede Wette ein, dass sie auf zwei von drei Kanälen die Breaking News waren.
»Mein Schwerpunkt ist die forensische Kriminalpsychologie«, erklärte Arezu weiter.
»Ach, und um später mal Täter zu begutachten, dachtest du dir, du wirst selbst erst mal zu einem?«
Jetzt schüttelte sie schon heftiger den Kopf. »Nein. Ich wollte das nicht. Ich wollte nie, dass das hier passiert.«
»Was wolltest du dann?«

Sie seufzte, ballte die Hand mit den P.A.I.N.-Fingern zur Faust und sagte mit einem Tonfall, als würde sie um Verzeihung bitten: »Ich schreibe meine Masterarbeit über sozialpsychologische Viren.«

»Verstehe ich nicht.«

Sie räusperte sich. Ihre Gesichtszüge entspannten sich ein wenig, offenbar war sie auf sicherem Terrain. »Biologische Viren sind, anders als Bakterien, keine Lebewesen. Sie brauchen einen Wirt, den sie infizieren. Und es ist der Wirt, zum Beispiel der Mensch, der das Herpesvirus beim Küssen weitergibt. Oder die Grippe per Tröpfcheninfektionen. Sozialpsychologische Viren verhalten sich ähnlich.«

Ben fragte sich, ob Arezu in den nächsten Minuten noch etwas sagen würde, was ihm den Irrsinn verständlich machte, in dem er sich befand.

»Du findest sozialpsychologische Viren im Internet, zum Beispiel in den Kommentarspalten der sozialen Netzwerke. Oder unter Zeitungsartikeln, die mit verleumderischen Hasskommentaren anonymer Trolls versehen werden. Dort treffen sie auf ihren Wirt, den Leser oder Betrachter des YouTube-Videos, der die Erreger nicht durch Niesen oder Husten, sondern digital per Mausklick weitergibt.«

»Schön und gut, aber …«

Arezu hob die Hand und sprach weiter. »Eine Lüge, ein Gerücht, die sensationelle Falschmeldung. All das verbreitet sich wie eine Epidemie, steckt die Menschen an und springt von Empfänger zu Empfänger. Mit dem entscheidenden Unterschied, dass die Erkrankten, deren Seelen infiziert sind, ihre Krankheit nur selten wahrnehmen. Aber der Like unter dem peinlichen Kinderfoto, mit dem der Klassennerd gemobbt wird, kann noch tödlicher sein als

Ebola. Wenn auch nicht für den, der sich von dem Hass im Netz anstecken lässt. Aber für den, der die Zielscheibe ist.«
Ben, der gerade noch überlegt hatte, wie er den Redeschwall von Arezu stoppen und sie für den Rest der AchtNacht ruhigstellen konnte, ließ sich kraftlos in den Sessel ihr gegenüber fallen.
»Moment mal«, sagte er, die Waffe nun doch auf Arezu gerichtet, allerdings unbewusst und ohne die Absicht, sie zu benutzen. »Du willst doch nicht etwa sagen, dass die AchtNacht ein aus dem Ruder gelaufenes sozialpsychologisches Experiment ist?«
Arezu zuckte entschuldigend mit den Schultern. »Doch. Erinnerst du dich an die elfjährige Lena, die man 2012 in Emden ermordet in einem Parkhaus fand? Und wie die Polizei einen Siebzehnjährigen verhaftete? Sein Bild in Handschellen reichte aus, dass Altersgenossen auf Facebook seinen Tod forderten. Sie fanden seinen Namen heraus, veröffentlichten seine Adresse. Und in der Nacht zum achtundzwanzigsten März zog ein Mob vor den Eingang des Polizeireviers und verlangte die Herausgabe des vermeintlichen Mörders, um ihn zu lynchen. Aber der Siebzehnjährige war es nicht. Ein anderer hatte sich schon gestellt. Als ich davon hörte, kam mir die Idee.«
Eine Idee?
»Mein Leben zu zerstören?«
»Ich wollte erforschen, wie sich sozialpsychologische Viren in den Netzwerken verbreiten. Kann man die Menschen glauben machen, sie dürften ungestraft töten? Und wie viele würden sich an einem solchen Aufruf beteiligen, ihn unterstützen, ihn teilen?«
Ben beugte sich nach vorne und hielt sich eine Hand hin-

ters Ohr, als habe er sie akustisch nicht richtig verstanden.
»Soll das heißen, ich bin ein Versuchskaninchen?«
Arezu fuhr sich nervös über den rasierten Schädel. »Nicht du. Die Teilnehmer der AchtNacht. In meiner Masterarbeit wollte ich über Ansteckung, Ausbreitung und Verlauf des AchtNacht-Virus schreiben. Und aufdecken, wie viele dieses lächerliche Hirngespinst tatsächlich so ernst nehmen, dass sie sogar Geld überweisen.«
»Aber dann bist du doch am Hebel!«
Ben sprang auf, wie elektrisiert von seinem Gedanken. »*Du* hast AchtNacht erschaffen. *Du* kannst den Zauber beenden.«
»Nein, kann ich nicht!«
Arezu hörte gar nicht mehr auf, den Kopf zu schütteln. Gleichzeitig kratzte sie sich die Narben auf dem Unterarm.
»Und wieso?«, fragte Ben.
»Weil ich keine Ahnung von Computern habe. Ich sagte doch. Oz hat das alles programmiert.«
Ben schlug sich wütend mit der Faust gegen den eigenen Kopf. »Zum letzten Mal«, schrie er so laut wie damals sein cholerischer Vater, wenn er wütend auf ihn war, weil er sein Zimmer nicht aufgeräumt, eine schlechte Zensur nach Hause gebracht hatte oder von einer Party zu spät nach Hause gekommen war. »WER IST OZ?«
»Eine Legende«, sagte Arezu so leise, dass er sie kaum verstand. »Niemand hat ihn je gesehen. Er ist ein Zauberer, bekannt in den einschlägigen Hacker-Foren, in denen er mir empfohlen wurde. Ich hatte nur telefonisch Kontakt zu ihm. Ich weiß weder, wo er wohnt, noch, wie er aussieht. Er hat mir versprochen, die Seite rechtzeitig wieder vom Netz zu nehmen und keinen Namen auszuwählen, aber …«

»Aber?«, hakte Ben nach, ahnend, dass die ganze Wahrheit noch nicht auf dem Tisch war.
»*Aber* es haben wohl zu viele mitgemacht«, ergänzte Arezu. »Es kam unglaublich viel Geld zusammen, in dem einen Jahr, seit AchtNacht online gegangen ist.«
»Wie viel?«
»Das weiß ich nicht. Ich sehe die Kontobewegungen nicht. Oz sagte einmal etwas von mehr als zweihunderttausend Mitspielern.«
»Zwei*hundert…?*«
Ben rechnete im Kopf die Summe der eingegangenen Zahlungen derer hoch, die auf das Gerücht hereingefallen waren, während Arezu erklärte: »Du darfst nicht vergessen, AchtNacht verbreitet sich weltweit. Auch wenn bislang nur Deutsche vorgeschlagen werden können, so gibt es dennoch genügend Wahnsinnige in anderen Ländern, die an der Jagd teilnehmen wollen.«
»Er hat über zwei Millionen eingenommen?«
Sie nickte. »Und das war der Stand vor einem halben Jahr. Da war der Hype noch am Anfang. Das eigentliche Geschäft beginnt erst jetzt.«
Ben schwirrte der Kopf. Er fühlte sich wie ein Hund, den man mit anderen im Rudel über ein Minenfeld jagt. Um ihn herum explodierten bereits die ersten Sprengsätze, und es war nur eine Frage der Zeit, bis er den falschen Schritt machte und zerfetzt wurde.
»Wie das? Unsere Namen sind doch gezogen.«
»Ja. Und ab jetzt sprudeln die Einnahmen für die Jagdscheine. Um mitmachen zu können …«
Um uns zu töten …
»… muss man sich eine Zulassung freischalten lassen. Die

kostet zwar nur einen Euro. Aber wie viele machen das aus Spaß? Genau darum geht es Oz. Er will die Antwort haben, um zu sehen, wie kaputt die Welt ist, die er selbst so verachtet.«

So viel Hass. So viele Menschen, die töten würden, wenn sie es dürften.

Ben wurde schlecht. Vor Wut und Erschöpfung.

»Ich habe ihn angefleht, die Seite abzuschalten. Doch Oz hat nicht mit sich reden lassen. Er sagte, das Experiment könne man nicht kurz vor dem Höhepunkt abbrechen. Nannte es einen wissenschaftlichen Coitus interruptus.«

Sie lachte ein Lachen, dem jede Hoffnung fehlte.

»Dann habe ich ihn bekniet, wenigstens unsere eigenen Namen auszuwählen, wenn er den Versuch schon nicht stoppt und die Seite online lässt. Und meinen hat er daraufhin, wie du weißt, auf die Liste gesetzt.«

»Aber was ist mit mir?« Bens Stimme flatterte. »Wieso hat er mich gezogen? Das ist doch kein Zufall.«

Arezu hob beide Hände, als wollte sie einen Ball fangen, den Ben ihr zugeschleudert hatte.

»Genau das dachte ich auch. Das ist kein Zufall. Und deswegen hab ich nach dir gesucht!«, sagte sie und hob die Stimme. »Hab die Fakten durchkämmt, die in den Internetforen über dich und deine kranke Tochter verbreitet werden. Hab mich ins Schwesternzimmer geschlichen und die Nummer gewählt, die da aushing. Aber es reichte nicht, dich ins Krankenhaus zu locken. Ich musste mit dir ungestört sein. In deinem Büro.«

Ben lachte hysterisch auf. »Weswegen du den Wagen irgendeines Arztes gestohlen hast, um mich zu entführen.«

Arezu schlang sich die Arme um den Körper, als wäre es

von einer Sekunde auf die andere plötzlich kälter geworden. Beim Sprechen wiegte sie sich vor und zurück.

»Das war improvisiert. Ansonsten hab ich mich auf diesen Tag gut vorbereitet.«

Sie zeigte auf den Rucksack zu Bens Füßen. »Hab mir Waffen und andere Ausrüstung besorgt. Ich wollte handlungsfähig sein, sobald die AchtNacht startet. Und Oz finden, in der Hoffnung, dass er nicht nur meinen, sondern auch seinen eigenen Namen auf die Liste gesetzt hat. Um live bei der Jagd dabei sein zu können. Du weißt doch sicher, dass die Seite offenlässt, wie der Todesbeweis zu erbringen ist.«

»Und?«

»Und ich dachte, das liegt vielleicht daran, dass es gar keines Beweises bedarf. Weil Oz eben die ganze Zeit live dabei ist.«

Ein Zittern fuhr wie ein Stromschlag durch Arezus Körper, und jetzt konnte sie die Tränen nicht mehr zurückhalten. »Ich hatte so gehofft, er würde seinen eigenen Namen auf die Liste setzen. Ich hoffte wirklich, du wärst Oz.«

Ihre Stimme brach. Sie konnte vor Weinen nicht mehr weiterreden, weswegen Ben ergänzte: »Dann hättest du ihn dazu zwingen können, die Seite abzuschalten und zu posten, dass das alles nur ein Fake war. Und dass er sich das Geld selbst in die Tasche steckt.«

Sie schluchzte, und nach einer Weile sagte sie kopfschüttelnd: »Nein, ich glaube, darum geht es ihm nicht. Oz hat kein Interesse an Geld. Ihm geht es um die Macht.«

Ben tippte sich an die Stirn und stand von seinem Sessel auf. »Moment mal. Du denkst, er will die zehn Millionen wirklich auszahlen?«

Sie zog die Nase hoch und hustete in ihre hohle Hand. Etwas gefasster sagte sie dann: »Ob so viel am Ende zusammenkommt, kann ich nicht sagen. Ich weiß nur, dass Oz es nicht behalten wird. Er hat mir gesagt, er habe alles so eingerichtet, dass im Falle des Falles der Gewinner nicht von den Behörden belangt werden kann. Sämtliche Einzahlungen, Überweisungen und Abbuchungen der Mitspieler werden sofort nach dem Eingang auf ein nigerianisches Konto über zahlreiche dubiose andere Bankbewegungen am Ende auf ein Nummernkonto auf den Cayman Islands geschleust. Der erfolgreiche und bestätigte AchtNacht-Jäger erhält beim Nachweis des Todes seines Jagdopfers eine verschlüsselte E-Mail mit der Nummer und den Codes zum Abheben des Geldes.«

»Das ist ein Scherz.«

»Ich fürchte, nicht«, widersprach ihm Arezu. »Für mich war das alles nur ein Gedankenexperiment. Aber Oz hat es real werden lassen.«

»Und jetzt?«, fragte Ben und hätte Arezu am liebsten gepackt und durchgeschüttelt. »Was machen wir jetzt mit dem Feuer, das du unter unseren Füßen angezündet hast?«

»Jetzt habe ich keinen Plan mehr«, gestand Arezu offen. »Ich weiß nicht, wie wir die AchtNacht überleben können«, fügte sie leise hinzu.

Kaum hörbar bei dem Krach, den die Faust erzeugte, die ohne Vorwarnung mit voller Wucht immer und immer wieder von außen gegen die Eingangstür hämmerte.

29.

»Das ging schnell«, flüsterte Arezu ohne den geringsten Anflug von Erstaunen. Als wäre es völlig logisch, dass man sie hier in Jules Wohnung aufspürte, obwohl Ben bis vor kurzem selbst noch nicht gewusst hatte, dass er sich hierher zurückziehen würde.

Sie stand auf und zeigte erst auf die Waffe in Bens Händen, dann auf ihren Rucksack. »Gib mir etwas, womit ich mich verteidigen kann.«

»Quatsch.«

Ben schaffte die Tasche mit dem Fuß außer ihrer Reichweite.

»Hier drinnen sind wir sicher.«

Er zeigte auf die Fenster mit den Außenjalousien, die man ohne Fernbedienung nicht aufhebeln konnte. Und auf die Tür, die einem SEK-Rammbock standhalten würde, so massiv war sie gefertigt.

»Solange wir nicht rausgehen, wird uns nichts passieren.«

Seine Stimme war voller Selbstvertrauen, dennoch zuckte er zusammen, als die Faust erneut gegen die Tür schlug.

Ben griff zu dem Zweithandy, das er sich von Jule ausgeliehen hatte, und deaktivierte den Flugmodus.

»Was hast du vor?«, wollte Arezu wissen. Sie sah ihn an, als würde er sich vor ihren Augen nackt ausziehen.

»Was wohl? Ich ruf die Polizei!«

»Nein, tu das nicht!«

»Weshalb?«
»Oz … Ich bin mir nicht sicher«, flüsterte Arezu jetzt noch leiser, mit Blick auf die Tür. »Er wusste alles über mich. Ich meine, nicht nur meinen Namen, Adresse und Steuernummer. Er hat mir Fotos von öffentlichen Überwachungskameras geschickt, die mich aufgenommen haben. Und einmal löschte er einen Strafzettel für mich.«
»Du hast gesagt, er ist ein Hacker.«
»Oder er hat Zugang zum Polizeicomputer, weil er selbst ein Polizist ist.«
Ben musste an den falschen Beamten denken, vor dem er aus der Klinik geflohen war.
Und als hätte sich der Gedanke vor der Haustür materialisiert, hörte er einen Mann im Treppenhaus brüllen: »Aufmachen, Polizei!«
Ben erstarrte kurz, dann schlich er am Sofa vorbei zum Eingang. Dabei drückte er an seinem Handy zweimal hintereinander auf die Taste mit dem grünen Telefonhörer, woraufhin die letzte Nummer gewählt wurde. Sein Vater hob beim ersten Klingeln ab.
»Na endlich!«
»Hast du jemanden zu mir geschickt?«, fragte Ben.
»Hallo? Ist da wer?«, rief der Mann von draußen. Es klang, als wäre er dicht an das Türblatt herangetreten, um sein Ohr an das metallverkleidete, einbruchsichere Holz zu pressen.
»*Ich* pflege meine Versprechen zu halten«, sagte Gregor. »Martin Schwartz dürfte jetzt jeden Moment bei dir eintreffen.«
Ben nahm den Hörer vom Ohr und fragte »Wie heißen Sie?« durch die geschlossene Wohnungstür hindurch.

Der Mann im Hausflur bestätigte den Namen, den sein Vater ihm eben genannt hatte. »Martin Schwartz.«
»Woher weiß er, wo wir sind?«, flüsterte Arezu, die sich zu Ben gesellt hatte.
Vielleicht hatte Gregor sie gehört, vielleicht antwortete sein Vater aber auch nur zufällig, als er sagte: »Martin wäre schon sehr viel früher bei dir gewesen, wenn du mich angerufen hättest, statt ein Auto zu klauen. Himmel, Junge. Was machst du nur? Weißt du, wem ich jetzt alles ein Essen schulde, um das unter den Tisch zu kehren? Zum Glück hat BMW uns die Tracking-Daten der Diebstahlsicherung zur Verfügung gestellt.«
Okay, das ergab Sinn: Der Eigentümer des von Arezu gestohlenen Wagens hatte sein Fahrzeug via GPS geortet und die Polizei informiert. Sein Vater hatte von dem Fahndungsaufruf nach seinem Sohn Wind bekommen und sich dafür eingesetzt, dass ein Polizist seines Vertrauens zu Bens Schutz abgestellt wurde. Und dennoch war er noch immer nicht überzeugt.
»Wieso haben Sie nicht geklingelt?«, wollte er von dem Mann im Flur wissen.
»Hab ich versucht.«
Ben hörte, wie draußen in wildem Stakkato auf einen Plastikknopf gedrückt wurde.
»Die Klingel ist defekt.«
»Hm, das passiert hier hin und wieder«, erinnerte sich Ben. Ein Wackelkontakt, den der Hausmeister zusammen mit dem Lichtproblem in der Küche in Ordnung bringen wollte.
»Was wollen Sie hier?«
»Hören Sie«, antwortete Schwartz, »ich tue hier Ihrem Va-

ter einen Gefallen. Ich hab einen Sohn zu Hause, mit dem ich morgen zelten fahren will. Ein Wort von Ihnen, und ich hau ab und pack meine Campingtasche.«

»Lass ihn rein«, sagte sein Vater durchs Telefon.

»Lass ihn gehen«, beschwor ihn Arezu neben ihm.

Lass mich bitte keinen Fehler machen, dachte Ben.

Und öffnete die Haustür.

30.

Dash. 23.14 Uhr.
Noch acht Stunden und 46 Minuten
bis zum Ende der AchtNacht

So eine blöde Schlampe.
Dash rollte mit Tempo zwanzig gemächlich durch die Garystraße und tat so, als suche er aus seinem Taxi heraus nach einer Hausnummer, dabei war er an seinem Ziel längst vorbeigefahren.
Was geht denn hier ab?
Er hatte sich schon gedacht, dass der BMW nicht Ben gehörte, die Karre passte nicht zu dem Loser. Hatte er ihn etwa geklaut?
Verdammter Mist!
Im Rückspiegel sah Dash, wie zwei Polizisten um das Auto herumliefen, als wäre es das neueste Teslamodell. Vermutlich warteten sie auf den Eigentümer oder auf die Spurensicherung, falls das nötig war, um den Diebstahl für einen späteren Prozess zu dokumentieren. Was kannte er sich mit solchem Kinderkram aus.
Scheiße!
Dash rammte wütend den Ellbogen in die Mittelkonsole und fuhr rechts in die Einfahrt eines Mietshauses, in dessen Untergeschoss ein Friseur und ein Vietnam-Imbiss untergebracht waren. Zu der Zeit, als er hier noch BWL studiert hatte, war die gesamte Ladenfläche von einer Buchhandlung belegt gewesen, aber die analogen Papierzeiten waren

wohl vorbei. Nichts, was der moderne Student von heute sich nicht online beschaffen konnte.
Zum Glück für ihn. *Sonst würde auch mein Geschäftsmodell nicht funktionieren,* dachte er.
Obwohl er heute wohl eher nicht den erhofften Klick-Umsatz machen würde.
Schön, das Fluchtvideo von Ben aus der Charité war nicht schlecht. Aber nichts im Vergleich zu dem, was er sich in Gedanken schon so herrlich ausgemalt hatte: Massen, die den AchtNächtern den Weg abschnitten. Molotowcocktails, die Scheiben durchschlugen. Schreie. Und Hände, die nach Bens Gesicht griffen oder die Beine der Frau auseinanderdrückten, während sich die Ersten schon johlend die Hosen herunterließen.
Und nun würde er nicht einmal mehr den Mob vor die Linse bekommen, der nach Blut geiernd vor ihrem Zufluchtsort herumlungerte und in Sprechchören nach den Opfern verlangte. Unter Garantie hatte es sich schon ein Bulle in der Wohnung der Behinderten gemütlich gemacht und sorgte dafür, dass seine Schützlinge keine Dummheiten mehr begingen.
»Sind Sie noch frei?«
Dash, der den unerwarteten Fahrgast von seiner Seite aus nicht hatte kommen sehen, drehte sich nach hinten und traute seinen Augen kaum.
»Raus hier!«, sagte er und schnallte sich ab, während der Mann in dem maßgeschneiderten Anzug sich in den Sitz fallen ließ.
»Hey, wieso so unfreundlich«, lachte sein ehemaliger Geschäftspartner, und mit knarziger Stimme fügte er hinzu: »Ich komme in Frieden.«

»Einen Dreck tust du.«
Dash tastete nach dem Klappmesser im Seitenfach.
»Tz, tz, tz«, spöttelte Nikolai Vanderbildt und fuhr sich durch die gegelten Haare.
»Was willst du?«, fragte Dash genervt.
»Dir ein Geschäft anbieten.«
»Seit wann machen wir wieder Deals?«
Es gab eine Zeit, da hatten Dash und Nikolai sich den Realfilm-Markt aufgeteilt. Wobei Dash schon immer der Stratege gewesen war, der sich um den Ausbau des Geschäftsmodells kümmerte und eher mit List denn mit Fäusten bei der Beschaffung seines Bildmaterials agierte, während Niko, dieser Vollwahnsinnige in Festtagsgarderobe, meistens ohne Plan drauflosjagte, um die besten Motive vor die Linse zu bekommen.
Dash hatte Niko vorhersagt, dass er irgendwann einmal über sein hitziges Temperament stolpern würde, und vor zwei Jahren war es dann so weit gewesen. Ein einziger schlecht geschnittener Post mit seinem Spiegelbild in der Brille des Prügelopfers – und die Polizei war ihm auf die Schliche gekommen. Das Beweismaterial war zu dürftig gewesen und der Anwalt zu teuer, um zu verlieren, doch auch wenn Nikolai noch immer nicht vorbestraft war, so galt er in der Szene als mit einem Makel behaftet. Hin und wieder lieferte er brauchbares Material, aber das Risiko, seinetwegen Ärger zu bekommen, wurde durch den Nutzen seiner Filme meist nicht aufgewogen.
»So wie ich sehe, stehen wir vor demselben Problem«, behauptete er jetzt. »Wir beide haben es geschafft, den Aufenthaltsort unserer Turteltäubchen zu lokalisieren, aber jetzt macht uns die Polizei einen Strich durch die Rechnung.«

»Wie hast du die AchtNächter gefunden?«, wollte Dash wissen. »Die Adresse der Tochter steht in keinem öffentlichen Verzeichnis.«
»Aber in den Krankenakten der Charité. Du weißt doch, ich bin gut vernetzt. Ich muss keinen GPS-Sender an fremde Autos pappen. Ein Anruf bei einem Pflegerkumpel, und ich wusste Bescheid. War noch vor allen anderen hier. Wollte mir die Bude mal von innen ansehen. Doch gerade als ich die Klingel vom Strom nahm, um zu checken, ob die Tür alarmgesichert ist, sind die beiden Turteltäubchen aufgekreuzt.«
Dash grunzte. »Du *warst* einmal gut vernetzt.«
Tatsächlich hatte es eine Zeit gegeben, in der Nikolais Kontakte legendär waren, was er nicht zuletzt seinem guten Elternhaus und den damit verbundenen finanziellen Mitteln zu verdanken hatte.
Aufgewachsen im Herzen Zehlendorfs, als Sohn einer alteingesessenen Steuerberatungsfamilie, hatte schon sein Kindertaschengeld ausgereicht, um Personen zu schmieren, von denen er sich Vorteile versprach: Mitschüler, die für ihn Referate ausarbeiteten; Lehrer, die seine Versetzung nicht gefährdeten; sogar Postboten, damit sie seine blauen Briefe wegschmissen, bevor die Eltern sie zu sehen bekamen.
Nach dem Abi begann er ein Volontariat bei einer Boulevardzeitung und nutzte hier sein Geld, um sich ein Netzwerk an Informanten aufzubauen, nach dem sich so mancher Polizeireporter die Finger geleckt hätte. Sein galantes Auftreten und sein harmlos-attraktives »Schwiegermutters Liebling«-Gesicht prädestinierten ihn geradezu zum »Witwenschüttler«. Im Gegensatz zu den meisten anderen Kol-

legen hatte Nikolai sogar Spaß daran, sich auf die moralisch verwerflichste Stufe der journalistischen Arbeit zu stellen; eben Witwen zu schütteln. Also kurz nach einem tragischen Unfall bei den Hinterbliebenen aufzukreuzen, um bei den noch unter Schock und Trauer Stehenden ein Statement für die Zeitung und ein Foto des Verstorbenen zu erbitten.

Schnell begriff Nikolai, wie groß das öffentliche Interesse am Elend der Mitmenschen war. Und dass ein Bild eines toten Kindes mehr Klicks brachte als das eines im Rollstuhl verhungerten Rentners.

Leider lernte er auch seinen jetzigen Dealer kennen, mit dessen Hilfe er sich nicht nur seine Nasenschleimhäute, sondern am Ende auch den Verstand ruinierte.

Nikolais Eltern dachten, das Kokain habe das Wesen ihres Sohns verändert und aus ihrem liebevollen Jungen einen brutalen Straßenschläger gemacht. Dash hingegen glaubte, dass der Schläger in ihm schon sein ganzes Leben lang darauf gewartet hatte auszubrechen. Das Kokain hatte nur den Faden gelöst, mit dem das innere Biest in Nikolai lose festgebunden gewesen war.

»Schön. Dann hast du also einen Krankenpfleger auf deiner Payroll, Niko. Das ändert nichts daran, dass ich mit Junkies keine Geschäfte mehr mache. Such dir einen anderen Dummen. Ich hab kein Interesse an deinen Filmen.«

»Auch nicht an so was hier?«

Nikolai beugte sich nach vorne und hielt ihm sein Handy vor die Nase.

Rasch griff Dash nach dem Smartphone, aber Nikolai zog es lachend zurück.

»Ist das live?«, fragte Dash aufgeregt.

Nikolai grinste selbstzufrieden.
»Wie bist du da rangekommen?«, wollte er wissen.
»Fahr uns einmal um den Block«, sagte Nikolai lächelnd. »Dabei erklär ich dir meinen Plan.«

31.

Ben. 23.20 Uhr.
Noch acht Stunden und 40 Minuten
bis zum Ende der AchtNacht

Es gibt zwei Arten von Selbstvertrauen. Jenes, das auf zufälligen Erfolgen aufbaut, die sich sein breitbeinig durchs Leben schreitender Besitzer oftmals selbst nicht erklären kann. Und dann gibt es das Selbstvertrauen, das man sich nur durch harte Niederlagen erarbeitet. Verluste, Tiefschläge und Katastrophen, die einem häufig irreparable Schäden an Körper und Seele zufügen, aber eben auch jene Gewissheit, aus der sich die Kraft zum Weiterleben schöpfen lässt: Wie tief das Loch auch war, in das man fiel, man hat noch immer einen Weg gefunden, aus ihm herauszukriechen.

Das Selbstvertrauen von Martin Schwartz war fraglos von der letzteren Sorte. Ohne jede Spur von Arroganz und Großspurigkeit strahlte der kräftige dunkelhaarige Mann eine Verlässlichkeit aus, die nahezu mit Händen zu greifen war, kaum dass er die Wohnung betreten hatte. Für diese Wirkung brauchte er keine Uniform, keine Waffe, keine markigen Sprüche.

Er löste einen zerschlissenen Seesack von den Schultern, stellte ihn auf die Schlüsselablage neben der Tür und sagte beinahe emotionslos: »Ich bin Martin Schwartz. Sie stehen heute Nacht unter meinem Schutz.« Seine innere Ruhe schien sich sofort auf Ben zu übertragen. Ohne zu zögern,

gab er Schwartz die Gaspistole, als dieser danach verlangte, und beobachtete erstaunt, wie er sie entlud.
Arezu hingegen hielt noch gebührenden Abstand, während sie ihm gemeinsam mit Ben quer durch die Wohnung folgte.
Schwartz kontrollierte Raum für Raum. Angefangen bei den Fenstern im Wohnzimmer, deren Verschlüsse er einzeln prüfte, über das Bad bis zum danebenliegenden Schlafzimmer, das zum Fahrradhof hinausführte und dessen Jalousien ebenfalls heruntergelassen waren. Er sah unters Bett, in die halbleere Abstellkammer und öffnete den Kühlschrank, bevor er zufrieden ins Wohnzimmer zurückging, wo er Ben und Arezu bat, auf der Couch Platz zu nehmen.
»Diese Situation muss für Sie beide sehr beängstigend sein.« Er setzte sich auf einen Stuhl, den er sich vom Esstisch mitgenommen hatte. »Und ich wäre ein Lügner, wenn ich Ihnen versprechen würde, dass Ihre Furcht unbegründet ist. Das ist eine verrückte Welt da draußen, und ein Teil dieser Welt will zu Ihnen vordringen und Sie zerstören. Nur haben sich die Chancen, dass Sie diese Nacht hier schadlos überstehen werden, um einiges gebessert, seitdem Sie mir die Tür aufgemacht haben. Nicht, weil ich Superman bin und jeden Feind von Ihnen abhalten kann. Aber ich habe jahrelang SEK-Einsätze geleitet, und wenn ich nicht verdeckt direkt im Brennpunkt tätig war, habe ich im Zeugen- und Opferschutz gearbeitet. Noch nie habe ich eine Zielperson in einem sicheren Haus verloren, und ich verspreche Ihnen, dass es nicht meine Absicht ist, meine Bilanz in dieser Nacht zu verschlechtern.«
Während seines kurzen Vortrags hatte er eine dünne Regenjacke ausgezogen (draußen nieselte es anscheinend) und

Arezu um ein Taschentuch gebeten, mit dem er sich jetzt Wassertropfen von Stirn und der ungewöhnlich großen Nase wischte.
Schwartz war weder Schönling noch hässlich. Im Grunde genommen der ideale Frontman einer Rockband, dachte Ben. Verlebt, aber nicht verwahrlost, kräftig, aber nicht durchtrainiert, mit einer Melancholie in den Augen, die bei einer gewissen Sorte weiblicher Fans einen Helferkomplex und gleichzeitig das Verlangen auslösen würde, ihm das T-Shirt vom Leib zu reißen, unter dem sie einen vernarbten Oberkörper vermuteten.
»Als Nächstes geben Sie mir jetzt bitte Ihre Handys«, sagte Schwartz. Trotz der Höflichkeitsfloskel klang es wie ein Befehl.
»Wieso?« Arezu reckte trotzig das Kinn.
»Sie haben sicher Familie, Freunde, Bekannte. Menschen, die sich Sorgen machen. Denen Sie vielleicht eine Nachricht zukommen lassen werden. Was ich nicht zulassen kann.«
»Das heißt, Sie verhängen eine Kontaktsperre?«, hakte sie nach.
Schwartz lächelte milde und ging nicht direkt auf den unterschwellig aggressiven Vorwurf der Studentin ein.
»Noch weiß niemand im Netz, wo Sie sind, Frau Herzsprung. Das soll auch so bleiben.«
»Wir würden doch niemandem die Adresse verraten!«, sagte Ben.
»Das haben Sie schon«, wiedersprach Schwartz. »Google, Amazon, Netflix, eBay wissen ganz genau, wo Sie sind, vielleicht sogar Niantic und Nintendo, falls Sie noch für PokemonGo angemeldet sind und die Ortungsdienste in Ihrem Handy nicht abgeschaltet haben. Ich bin kein Inter-

netexperte, aber ich weiß, dass viele von den Irren da draußen welche sind.«
Er stand auf und holte sich seinen Seesack.
»Sehen Sie, meine Strategie, die Nacht zu überleben, ist ganz simpel, aber sie funktioniert nur, wenn Sie sich daran halten. Sie lautet: drinnen bleiben.«
Er ging zu ihnen zurück und streckte bittend die Hand aus.
»Sie dürfen diese Wohnung nicht verlassen. Weder körperlich noch digital. Wenn Sie sich an diese einfache Regel halten, wird das hier heute Nacht angenehmer als eine Kreuzfahrt, so viel kann ich Ihnen versprechen.«
Ben verstand die Argumentation des Polizisten, und dennoch fühlte er sich nicht wohl dabei, die einzige Verbindung, die er zum Beispiel zu Jennifer hatte, zu kappen.
»Ich muss für Jule erreichbar sein!«, sagte er, als Schwartz auf das Handy deutete, das seine vordere Hosentasche ausbeulte.
»Das sind Sie. Über mich!«
Einem Impuls folgend gab Ben dem Polizisten nur sein eigenes Handy. Jules Zweittelefon ließ er in seiner rechten, hinteren Hosentasche stecken.
Auch Arezu zögerte, bis sie widerwillig der Aufforderung Folge leistete.
»Was haben Sie noch für Waffen?«, fragte Schwartz, nachdem die Handys in seinem Seesack verschwunden waren.
Ben zeigte ihm Arezus Rucksack und holte das Pfefferspray aus der Küche.
»Wieso dürfen wir das nicht behalten?«, fragte Arezu.
»Zu Ihrer und meiner Sicherheit.« Schwartz lächelte das erste Mal seit seiner Ankunft. Ben fiel auf, dass einer seiner Schneidezähne eine etwas hellere Farbe hatte als die anderen.

»Ich will nicht, dass Sie irgendwelche Dummheiten machen, sollte hier etwas passieren. Um ehrlich zu sein: Ich befürchte nicht, dass hier jemand eindringt. Neben mir sind noch zwei Streifenpolizisten vor dem Komplex postiert. Aber möglicherweise bekommen Sie es mit der Angst zu tun, wenn ein Irrer versucht, die Scheiben einzuschlagen, oder einen Brandsatz gegen die Tür wirft. Und dann will ich kein Reizgas einatmen, wenn Sie verstehen, was ich meine.«

»Okay, aber wären wir auf einem Polizeirevier nicht besser aufgehoben?«, wollte Arezu wissen.

»Nein. Zum einen müsste ich Sie hier rausschaffen, und ein Transport ist immer mit Risiken behaftet. Zum anderen ist ein Revier ein öffentliches Gebäude; viel schwerer zu kontrollieren als diese relativ gut gesicherte Neubauwohnung. Oder wollen Sie in eine Zelle?« Er sprach jetzt zu Ben: »Ich kann Ihnen nicht garantieren, dass Sie dort alleine säßen. Ein paar der Untersuchungshäftlinge sind vielleicht etwas leichtgläubiger als ich und denken, die Gerüchte um Ihre Neigungen entsprechen der Wahrheit. Für einige meiner Kollegen würde ich da im Übrigen auch nicht die Hand ins Feuer legen.«

Ben blickte überrascht auf. »Was denn für Neigungen?«

Der Polizist seufzte. »Ich will ganz ehrlich zu Ihnen sein, Herr Rühmann. Als Ihr Vater mich bat, Ihren Fall anzunehmen, wollte ich erst absagen.«

»Zu gefährlich?«

»Zu suspekt.«

Ben nickte. »Das verstehe ich. Seitdem ich das erste Mal auf der AchtNacht-Seite war, fühle ich mich wie in einem surrealen Alptraum gefangen.«

Schwartz biss sich auf die Unterlippe und schüttelte den Kopf. »Sie missverstehen mich. Ich meinte, *Sie* sind mir suspekt, Herr Rühmann. Ich bin ein Familienvater. Ich kenne mich mit Missbrauch aus. Meinem eigenen Sohn wurden schreckliche Dinge angetan. Aber Ihr Vater überzeugte mich davon, dass ich den Lügen im Netz nicht trauen darf.«

»Was wollen Sie mir damit unterstellen?«, sagte Ben, geschockt über die Ungeheuerlichkeit, die ihm der Polizist vorwarf. Seine Hand begann zu zittern. Gleichzeitig spürte er, wie ihm die Schamesröte ins Gesicht trat. Er sah nach rechts zu Arezu, die seinem Blick auswich, als wäre es ihr auf einmal unangenehm, neben ihm zu sitzen. Immerhin stand sie nicht auf.

Schwartz wirkte ehrlich verblüfft.

»Kennen Sie das jüngste Video gar nicht?«, fragte er mit krausgezogener Stirn.

Ben schüttelte energisch den Kopf. »Welches Video?«

Ein weiterer Griff in seinen Seesack und der Polizist holte einen Tablet-Computer heraus. An seiner Seite steckte ein USB-Stick mit dem Logo der Polizei auf dem Gehäuse.

»Keine Sorge, die Verbindung ist sicher«, sagte er und ergänzte lakonisch: »Jedenfalls nach Maßstäben des Berliner Senats.«

Schwartz stand auf, und Ben folgte ihm zum Esstisch, wo er seinen Computer auf den Tisch legte.

Während der Polizist über die Bildschirmoberfläche wischte, bis sich die AchtNacht-Seite zeigte, überkam Ben eine Déjà-vu-artige Beklemmung. Er hatte das Gefühl, als würde er nicht Schwartz, sondern sich selbst dabei zusehen, wie er diese Seite öffnete. Auch der Anblick des blutroten

Menüs auf dem schwarzen Hintergrund kam ihm auf einmal so vertraut vor, als hätte er es bereits vor dem heutigen Tag gesehen. Er wusste nur nicht, wo.

Bens Beklemmung steigerte sich noch einmal, als ein bierdeckelgroßes Videofenster aufploppte und er im fixierten Startbild ein Gesicht wiedererkannte, das er vor vier Jahren ein einziges Mal und danach nie wieder gesehen hatte. Und dennoch war ihm der Anblick dieser etwa fünfzigjährigen, grauhaarigen Frau entsetzlich vertraut. Sie hatte ihn über die Jahre hinweg seit dem Autounfall, bei dem Jule ihre Beine verlor, in zahlreichen Alpträumen verfolgt.

»Woher haben die das?«, fragte Ben, der wusste, was jetzt kommen würde. Aus den Augenwinkeln nahm er wahr, wie Arezu hinter ihn trat und ihm über die Schulter sah.

»Wie haben die nur diese Lügnerin aufgetrieben?«

Schwartz zuckte mit den Achseln. »Ich hab keine Ahnung. Aber der Schwarm, der gerade auf Sie beide Jagd macht, hat bereits eine Fülle von Informationen zusammengetragen. Die meisten davon sind langweilig, aber einige sind sehr pikant. So wie dieses Video hier, das gerade viral geht. Sie finden es nicht länger nur im AchtNacht-Forum, sondern in nahezu allen sozialen Netzwerken. Und seit wenigen Minuten steht es auch auf den Startseiten der angeblich seriösen Nachrichtenmagazine und Fernsehsender.«

Schwartz drückte auf »Play«, und das Standbild setzte sich in Bewegung.

Die Frau, deren Name (Dagmar Hehnrich) unten eingeblendet war, strich sich nervös eine Strähne aus dem Gesicht. Das Bildmaterial hatte die typische Webcam-Qualität, die man von Videochats oder Selfie-Videos kannte. Der Anfang war weggeschnitten. Es begann mitten im Satz.

»… und das war so. Seine Tochter, also Jule, sagte den behandelnden Ärzten: ›Er hat mich angefasst.‹ Deswegen wurden wir vom Jugendamt ja damals aktiv. Also, wenn Sie mich fragen, ich arbeite da ja nicht mehr …«

»Weil du von Familien Geld verlangt hast, damit du ihnen die Kinder nicht wegnimmst!«, rief Ben erregt dazwischen und überbrüllte die ehemalige Sozialarbeiterin auf dem Bildschirm, weswegen man den Anschluss des Satzes nicht hören konnte.

»… für mich klar schuldig. Seine Anzeige damals gegen den Manager hat er nur zum Schein erhoben, um sich rauszureden. Er musste sie sogar zurückziehen!«

Weil Jule ihn darum gebeten hatte. Sie hatte nicht die Kraft für einen Prozess, in dem am Ende Aussage gegen Aussage stand.

»Ben Rühmann hat seiner Tochter im Auto etwas angetan und dabei die Kontrolle über sein Fahrzeug verloren«, log diese widerliche Person weiter. *»Deswegen ist sie jetzt schwerstbehindert. Weil Benjamin Rühmann, dieser Kinderschänder, sie betatscht hat. Es war unverantwortlich, sie damals bei ihm in der Familie zu lassen.«*

»Das ist alles völlig verdreht!«, schrie Ben, als würde es etwas nutzen, den Computer anzubrüllen. Die Lügnerin auf dem Bildschirm brachte es fertig, beinahe zu schluchzen:

»Ihr seht ja selbst, wohin das geführt hat. Das arme Mädchen hat versucht, sich das Leben zu nehmen.«

Hier endete die Aufnahme.

»Oh, Gott.«

Ben drehte sich zu Arezu, die noch farbloser im Gesicht war. Immerhin wich sie seinem Blick nicht aus, aber ihre Augen waren voller Sorge und Zweifel.

»Jule hat es gesagt, das stimmt«, gestand Ben. Er schwitzte und hätte in diesem Moment alles für einen Drink gegeben. »Aber ich war das nicht!« Er wandte sich an Schwartz. »Das war John-John, also mein Manager. Ich wollte ihn schlagen und …«

Ben schloss die Augen. Das hatte alles keinen Sinn. Was auch immer er sagte, der Zweifel war gesät. Wie sollte er es ihnen verübeln. Selbst Jennifer hatte Zeit gebraucht, ihm zu glauben, und im Grunde war er sich nicht einmal sicher, ob dieser eine Satz *»Er hat mich angefasst«* am Ende nicht doch für ihre Trennung ursächlich gewesen war.

Ben schlurfte zum Sofa zurück und ließ sich in die Polster fallen. »Scheiße. Damit wäre ja wohl geklärt, auf wen sie es mehr abgesehen haben«, sagte er zu sich selbst, aber so laut, dass Arezu und Schwartz ihn hören mussten.

»Da draußen sind jetzt nicht nur Irre, die sich zehn Millionen verdienen wollen. Die halten mich auch noch für einen Päderasten, der den Tod verdient hat.«

32.

Als Ben zwölf Jahre alt war, war er beim Diebstahl von Süßigkeiten erwischt worden. In einem Tante-Emma-Laden in der Nähe der Reichsstraße, den es heute erstaunlicherweise noch gab; im Gegensatz zu vielen Produkten, die Ben in seiner Kindheit dort erstanden hatte – wie Peng-Chips, Banjo-Schokoriegel oder jene Tüte Treets, die er sich unter Beobachtung der Ladeninhaberin in seine Sporttasche geschoben hatte.
In jenem Herbst vor fast drei Jahrzehnten hatte er seinen letzten Stubenarrest antreten müssen. Bis heute. Und dabei war der, den Martin Schwartz über ihn und Arezu verhängt hatte, noch um einiges schärfer als die damalige Disziplinarmaßnahme seiner Eltern. Die hatten ihm zumindest eine halbe Stunde Fernsehen am Tag gestattet.
Schwartz hingegen hatte Angst, dass Jules internetfähiges TV-Gerät unbemerkt Daten übertrug. Aus diesem Grund hatte er auch die Stecker sämtlicher elektronischer Geräte mit Ausnahme der Lampen gezogen.
»Das mag in Ihren Augen etwas übertrieben wirken«, erklärte er, während er die Steckdosen daraufhin untersuchte, ob in ihnen etwa ein WLAN-Verstärker steckte, nachdem er den Router bereits in der Abstellkammer gefunden und vom Netz genommen hatte. »Aber bei uns gilt: lieber paranoid als tot.«
»Danke. Das lass ich mir auf ein T-Shirt drucken, sollte ich

nach dieser Nacht nicht in die Klapse eingewiesen werden«, sagte Ben. Es hatte wie ein lockerer Witz klingen sollen, aber er klang einfach nur verbittert. Arezu lachte dennoch, wenn auch nicht sehr fröhlich.
Seitdem Schwartz da war, war sie mehr und mehr in sich gekehrt und schien kaum noch ihren Gesprächen zu folgen, geschweige denn, dass sie sich selbst daran beteiligte. Dafür hatte sie wieder damit begonnen, ihre Narben auf den Unterarmen zu kratzen.
»Kopf hoch«, sagte Schwartz und nahm im Eingangsbereich das portable Festnetztelefon aus der Ladestation, vermutlich um den Akku zu entfernen, als ein schriller Klingelton sie alle zusammenfahren ließ.
Arezu entwich ein leiser Schrei, wohingegen Schwartz kaum eine Miene verzog.
»Unbekannter Teilnehmer«, sagte er und beobachtete das klingelnde Telefon in seiner Hand.
Er griff an seinen Gürtel, löste ein Funkgerät von seiner Cargo-Hose und drückte auf die breite Sprechertaste an der Seite: »Irgendwas Neues bei euch da draußen?«
Die Antwort seines Kollegen kam prompt: »Keine ungewöhnlichen Vorkommnisse.«
»Okay, danke.«
Schwartz marschierte mit dem Telefon ins Wohnzimmer. Ein Teil von Ben wünschte sich, er würde endlich drangehen, das nervenzerfetzende Geräusch beenden und seine Neugierde befriedigen, wer am anderen Ende der Leitung hing. Die Stimme der Vernunft hingegen flehte, den unbekannten Teilnehmer zu ignorieren.
Schwartz wartete zwei weitere Klingelintervalle ab, dann nahm er ab. »Hallo?«

Sein Gesicht blieb ein Pokerface. Ben suchte nach einem Zeichen, einem Blinzeln, einem kleinen Zucken um den Mund oder in den Augenwinkeln, aber da war nichts.
»Okay, verstehe.«
Auch sein Tonfall ließ keinen Rückschluss zu, ob Schwartz mit einem psychopathischen AchtNacht-Jäger sprach oder mit einer von Jules Kommilitoninnen.
Ben rechnete damit, dass Schwartz ihnen jeden Moment ein Zeichen geben würde, ruhig zu sein (was sie ohnehin waren), etwas sagte, um den Anrufer für eine Fangschaltung in der Leitung zu halten (die vermutlich gar nicht eingerichtet war), oder aufzulegen, um sich etwaige Drohtiraden nicht länger anhören zu müssen.
Womit er überhaupt nicht gerechnet hatte, war, dass der Polizist lächelte und ihm den Hörer reichte. »Für Sie.«
»Für mich?«
»Ihre Frau, Jennifer. Ihr Vater hat sie informiert. Sie will Sie sprechen.«
Ben schloss für einen Moment erleichtert die Augen.
Er drehte Schwartz und Arezu den Rücken zu und lächelte, als er den Hörer annahm.
»Hi Jenny«, sagte er. »Schön, dich zu hören.«
Kurz danach starb etwas in ihm.
»Sagen Sie jetzt nichts, Herr Rühmann«, flüsterte eine Stimme, die dadurch noch sehr viel bedrohlicher klang, als wenn der Mann am anderen Ende ihn angeschrien hätte.
»Machen Sie keine Dummheiten, Benjamin. Tun Sie alles, was ich von Ihnen verlange, sonst wird Ihre Familie sehr bald um ein Mitglied ärmer sein. Sagen Sie jetzt: ›Okay.‹«
Ben tat, wie ihm befohlen. Mechanisch. Mit einem schmerzhaften Druck auf den Ohren.

»Okay.«
»Sehr gut«, lobte ihn die näselnde Stimme, die ihm vage bekannt vorkam. Wegen des Zischflüsterns konnte er sie aber nicht identifizieren. »Jetzt verziehen Sie die Lippen zu einem Lächeln und sagen: ›Keine Sorge, ich bin in guten Händen.‹«
Ben versuchte den Anweisungen zu folgen, wiederholte auch diesen Satz und erntete ein zustimmendes Grunzen.
Er drehte sich um und wagte einen Blick zu Schwartz, der am Esstisch vor seinem Tablet saß. Arezu starrte vom Sofa aus den leeren Fernsehbildschirm an und kratzte sich die Handgelenke.
Keiner von beiden beobachtete ihn. Niemandem fiel auf, dass er in einer Notlage steckte.
»Und jetzt gehen Sie aufs Klo und rufen mich in spätestens drei Minuten wieder von Ihrem Handy aus an.« Der Mann nannte ihm eine Nummer, die Ben sich in seiner Aufregung kaum merken konnte. Nachdem der Erpresser sie noch einmal wiederholt hatte, sagte er: »Keine Fehler. Keine Dummheiten. Reden Sie mit niemandem. Nicht mit Ihrem Wachhund. Und auch nicht mit Ihrer weiblichen Begleitung. Gehen Sie einfach auf die Toilette. Schließen Sie sich ein und rufen Sie mich zurück. Glauben Sie mir, Sie wollen nicht wissen, was passiert, wenn Sie es nicht tun. Wenn Sie das alles verstanden haben, dann sagen Sie jetzt: ›Ja, mach ich, Jenny. Ich pass auf mich auf.‹«
Ben nickte, und ihm wurde schlecht, als er sich erneut dem Befehl des Unbekannten fügte. Ganz besonders bei den letzten sieben Worten, die der Mann zusätzlich von ihm verlangte. Ben sagte: »Danke. Du bist sehr lieb zu mir«, legte auf und hätte sich am liebsten übergeben.

33.

»Was haben Sie mit Jenny gemacht?«

»Nichts. Ich kenne Ihre Frau nicht«, sagte der Mann, den er wie befohlen zurückgerufen hatte. Das Badezimmer war doppelt so groß wie das in seiner gegenwärtigen Übergangswohnung, mit einer stufenlosen Duschtrasse und reichlich Platz zum Rangieren für Rollstuhlfahrer. Im Augenblick hielt Ben sich an den Stützstangen neben dem WC fest, um nicht das Gleichgewicht zu verlieren. Sein durchgeschwitztes T-Shirt klebte ihm am Körper so wie seine Zunge am Gaumen.

»Ich weiß nicht, wo Ihre Frau gerade ist, und sie interessiert mich auch nicht.«

Bens Blick wanderte zur Badewanne. Sie war mit Haltegriffen an den Seiten und über dem Kopf ausgestattet sowie mit einer Flügeltür, die sich wie bei einem teuren Sportwagen nach oben öffnen ließ, um Rollstuhlfahrern den leichteren Einstieg zu ermöglichen. Am liebsten hätte er sich hineingelegt und das Wasser über den Kopf steigen lassen, bis er die Welt und die Stimme des Erpressers darin nicht mehr hören konnte.

»Ich glaube Ihnen nicht. Mit wem hat der Polizist gerade gesprochen?«

»Mit einer Passantin, die sich fünfzig Euro verdient hat, um bei einem Junggesellen-Abschiedsstreich zu helfen.«

Ben sackte erschöpft auf den Toilettensitz. *Ein Streich?*

Anscheinend betrachteten zahlreiche Menschen sein Leben als ein morbides Spiel und ihn als eine Figur, die man zur allgemeinen Belustigung von einem Schrecken in den nächsten jagen durfte.
»Was wollen Sie von mir?«, fragte er und hatte Angst vor der Antwort.
»Keine Sorge. Nicht Ihren Tod, wie Sie vielleicht denken.«
»Was dann?«
»Verlassen Sie die Wohnung.«
»Nein.« Ben schüttelte den Kopf und stand auf. Er trat an das höhenverstellbare Waschbecken und stützte sich mit einer Hand am Rand ab. Im Spiegel zeigte sich ihm ein kranker, übernächtigter Mann mit Hitzeflecken im Gesicht.
»Falsche Antwort«, sagte der Erpresser. »Sie verlassen jetzt sofort die Wohnung. Ohne den Polizisten. Aber mit Arezu.«
»Und wenn nicht?«
Ben hörte das elektronische Signal einer eingehenden SMS.
»Öffnen Sie den Link, den ich Ihnen gerade geschickt habe.«
Nach diesem Satz war die Leitung tot.

34.

Ben nahm das Handy vom Ohr. Die Textnachricht war ohne Absenderkennung. Er klickte auf die durchgängig unterstrichene blaue Buchstabenzeile, und der Bildschirm des Smartphones färbte sich erst schwarz, dann grün, bis er schließlich ein Krankenhauszimmer zeigte.

»Jule!«

Ben wollte schreien und verhinderte es nur, indem er sich in die Hand biss.

»Alles okay?«, hörte Ben den Polizisten von draußen rufen, der sich wohl langsam darüber wunderte, weshalb sein Schützling im Bad so lange brauchte.

»Ja«, krächzte Ben.

Nein, gar nichts ist okay.

»Sie hören sich aber nicht gut an!«

Er schloss die Augen. Wischte sich den Schweiß von der Stirn.

»Sorry, die Ereignisse sind mir wohl auf den Magen geschlagen«, presste Ben hervor, und anscheinend gab sich Schwartz damit zufrieden. Es entsprach ja auch der Wahrheit. In diesem Augenblick, während Ben seine Tochter betrachtete, die reglos an die lebenserhaltenden Geräte in ihrem Klinikzimmer angeschlossen war, wollte sich sein Magen von innen nach außen stülpen.

Er musste würgen, als ihm klarwurde, dass diese Aufnahme live war, denn die Auflösung der offenbar im oder am

Fernseher montierten Überwachungskamera war so gut, dass er die Uhrzeit auf dem Monitor neben Jules Bett sehen konnte.
Sie stimmte exakt mit der auf dem Handy überein.
Das auf Vibrationsalarm gestellte Smartphone summte in seiner Hand, gleichzeitig verschwand der Livestream seiner im Koma liegenden Tochter.
Ben presste die »Abnehmen«-Taste so fest, als wollte er sie durch das Telefon drücken.
»Lassen Sie Jule zufrieden«, zischte er.
»Ich fürchte, das geht nicht mehr.«
Ben formte mit der freien Hand einen Trichter, der sich um das Mikrophon legte, dann sagte er, so laut es ihm möglich war, ohne weitere Aufmerksamkeit von Schwartz vor der Tür zu erregen: »Ich lege jetzt auf und informiere die Polizei und das Krankenhaus.«
»Wenn Sie das tun, ist Jule tot.«
»Sie lassen die Finger von ihr.«
»Zu spät.«
Ben sah in den Spiegel. Der Mann darin war noch einmal älter geworden.
»Was haben Sie getan?«
Leder knautschte, als würde der Fremde am Telefon auf einem Sessel herumrutschen, gleichzeitig meinte Ben Straßengeräusche zu hören. Ein vorbeifahrender Wagen, eine leise Hupe im Hintergrund. Eine viel zu alltägliche Geräuschkulisse für das Grauen, das ihn bei den Worten des Erpressers überkam: »Ihrer Tochter wurde ein hochwirksames Gift verabreicht. Es führt zum Tod, aber nicht sofort. Die ersten Symptome setzen in den nächsten Stunden ein. Und selbst dann sind sie noch nicht lebensbedrohlich.

Es gibt nämlich ein sehr gutes Gegengift. Nur, lieber Benjamin, sollten Sie die Polizei, das Krankenhaus oder irgendjemand anderen informieren, werde ich das erfahren. Wie Sie merken, haben wir die TV-Kamera gehackt und können Jule rund um die Uhr beobachten. Sobald sie verlegt wird, sobald ihr der Magen ausgepumpt wird, ihr Aktivkohle verabreicht wird, was im Übrigen nichts bringt, sobald ihr irgendetwas von den Ärzten gegeben wird, das von der üblichen Routine abweicht, packe ich meine Koffer, und Sie werden nie wieder von mir hören. Und das bedeutet: Sie werden nie erfahren, was genau wir Ihrer lieben Jule verabreicht haben.«

Gift?, schrie es in Bens Kopf.

Sie ist doch in einem Krankenhaus. Sollte der Verrückte die Wahrheit sagen, konnte ihr nirgendwo schneller geholfen werden als in dieser hochspezialisierten Uniklinik.

»Ich weiß, was Sie jetzt denken«, sagte der Namenlose mit der unangenehm vertrauten nasalen Knarzstimme. »Aber glauben Sie mir, die Ärzte im Virchow haben kaum eine Chance, in der kurzen Zeit herauszufinden, was sich in Jules Blutbahn befindet. Es ist spät. Wochenende. Das Labor kaum besetzt. Eine Analyse dauert Stunden, und es gibt so viele Gifte. So wenig Zeit. Vielleicht schaffen die Mediziner es trotzdem. Kann sein. Aber die Wahrscheinlichkeit, dass sie im Dunkeln tappen und die falschen Maßnahmen einleiten, die am Ende alles verschlimmern, nun …« Der Erpresser schnalzte mit der Zunge. »Das ist Ihre Entscheidung.«

»Sie bluffen.«

»Möglich. Aber was, wenn nicht?«

Ben wollte nicht daran denken. Jules Leben hing ohnehin an dünnen Schläuchen. Er konnte nicht zulassen, dass ir-

gendetwas diese fragile Verbindung beschädigte oder gar durchtrennte. Andererseits pflegten Erpresser in den seltensten Fällen ihren Teil der Abmachung einzuhalten.
»Vorausgesetzt, Sie sagen die Wahrheit. Was garantiert mir, dass Sie Ihr Wort halten und mir am Ende das Gegengift verraten?«
»Nichts«, gab der Unbekannte offen zu. »Ich kann Ihnen nur garantieren, dass Sie Jules Leben aufs Spiel setzen, sollten Sie jetzt auflegen. Sind Sie ein Spieler, Herr Rühmann?«
Nein. Nicht, wenn es um Wetten ging. Frauen, Alkohol, weiche Drogen. Er hatte viele Laster, aber Glücksspiel zählte nicht dazu. Schon gar nicht, wenn der Einsatz das Leben seiner Tochter war.
»Ich spiele Drums«, zischte Ben wütend. »Ich schlage gerne auf etwas ein.«
Der Mann am anderen Ende lachte, und damit war die Entscheidung gefallen. Sehr wahrscheinlich hatte Ben es mit einem technisch versierten Lügner zu tun. Vermutlich war Jule gar nicht vergiftet. Aber wenn er jetzt auflegte, würde er nie wissen, was Sache war. Allein um herauszufinden, wer ihn erpresste, musste er die Verbindung aufrechterhalten. Nur so hatte er eine Chance, den Mann zu finden und dafür zu sorgen, dass er nie, nie wieder die Familie eines anderen bedrohen konnte.
»Was soll ich tun?«, fragte Ben also.
»Wie ich schon sagte: Verlassen Sie die Wohnung.«
»Aber weshalb?«
»Ganz einfach: weil ich will, dass Sie weiter im Rennen sind.«
Ben kam ein verstörender Gedanke. »Sind Sie Oz?«
»Bitte?« Der Mann klang verwirrt. »Nein. Aber wenn Sie

mir einen Namen geben wollen, dürfen Sie mich gerne so nennen.«

»Haben Sie sich die AchtNacht ausgedacht?«

»Für diesen Geniestreich darf ich leider nicht die Lorbeeren beanspruchen. Aber lassen Sie es mich so formulieren: Ich kümmere mich darum, dass die Fehler, die die AchtNacht-Erfinder gemacht haben, korrigiert werden. Wo ist denn der Spaß, wenn die Beute unter Polizeischutz steht?«

»Was haben Sie davon?«

»Geht Sie nichts an. Also noch mal: Sie verlassen die Wohnung. Nehmen Sie Arezu und das Handy mit. Warten Sie auf weitere Anweisungen. Wenn Sie die AchtNacht überleben, sage ich Ihnen morgen früh exakt um acht Uhr, womit wir Jule infiziert haben und was das Gegengift ist.«

»Ich bin hier eingeschlossen«, protestierte Ben. »Wir werden bewacht!«

Wie aufs Stichwort klopfte Schwartz wieder an die Badezimmertür und rief: »Ist wirklich alles okay dadrinnen?«

»Ja, ja.« Ben drehte den Wasserhahn auf.

»Von einem Polizisten«, flüsterte er.

»Gut, dass Sie es ansprechen. Sollten Sie auf die Idee kommen, den Mann einzuweihen, werde ich es erfahren. Ein Polizist hält sich an seine Spielregeln. Er wird das Krankenhaus informieren. Die Ärzte werden nach Jule sehen. Ich bekomme es mit und verschwinde aus Ihrem Leben. Ich sehe auch, wenn die Polizei Ihnen folgt, was sie tun wird, wenn Sie sie einweihen. Also überlegen Sie sich gut, was Sie wem sagen. Und stellen Sie sich eine Frage.«

»Welche?«

»Was, wenn ich direkt in Ihrer Nähe bin. Im Garten. Im Hausflur. In der Wohnung über Ihnen?«

Ben schaute instinktiv an die Badezimmerdecke.
»Was, wenn ich jedes Wort höre, das Sie mit Ihrer Freundin oder Ihrem Aufpasser besprechen?«
»Was, wenn Sie schon wieder bluffen?«, konterte Ben.
»Sie meinen, wie mit der kaputten Klingel an Ihrer Tür? In der jetzt ein Wandmikrophon steckt, mit dem ich sogar hören kann, wenn Sie im Wohnzimmer einen Furz lassen. Ist das auch ein Bluff?«
Ben schwirrte der Kopf. Das Gespräch fühlte sich wie eine Unterhaltung im Traum an, nur dass er leider nicht jeden Moment mit klopfendem Herzen in seinem Bett aufwachen würde.
»Sorgen Sie dafür, dass Ihr Bewacher abzieht, gemeinsam mit den beiden Polizisten auf der Straße. Die sollen gehen, und zwar vor Ihnen. Sie haben fünf Minuten.«
Fünf Minuten?
»Das ist ein Profi-SEK-Mann. Wie soll ich den so schnell loswerden?«
»Das ist Ihr Problem«, lachte der Psychopath am anderen Ende. »Aber denken Sie nicht zu kompliziert.« Mit einem Kichern legte er auf.

35.

Ben starrte in das Waschbecken und beobachtete den Wasserstrahl, der Tropfen schlagend auf dem Edelstahlstöpsel aufschlug, um kurz darauf gluckernd im Abfluss zu verschwinden. Er wünschte sich, er könnte es ihm gleichtun. Sich verflüssigen, den Schrecken hinter sich lassen. Aus der Wohnung, am besten aus seinem Leben verschwinden. Selbst die Kanalisation erschien ihm in diesem Moment ein besserer Ort zu sein als dieses Badezimmer hier.

Was soll ich tun? Was soll ich nur tun?

Die Sorge um Jule raubte ihm schier den Verstand. Der Gedanke an seine Tochter mahnte ihn aber auch, sich zusammenzureißen.

War sie wirklich vergiftet worden? Es konnte eine Lüge sein, um ihn in die Falle zu locken. Andererseits – wer es schaffte, ein Klinikzimmer zu verkabeln, konnte ihr auch problemlos eine Spritze gesetzt haben. Das Risiko war zu groß, es darauf ankommen zu lassen.

Aber wie soll ich es denn anstellen?

Die Wohnung verlassen? Gegen den Willen des Aufpassers?

Unmöglich!

Schwartz war stärker und kampferprobt. Eine körperliche Auseinandersetzung kam nicht in Frage, und die Waffen hatte er ihnen abgenommen.

Ich habe nur mein Zweithandy!

Ben überlegte, ob er es wagen durfte, seinem Vater eine SMS zu schicken, aber auch wenn er dessen Nummer heute schon einmal gewählt hatte, konnte er sich nicht mehr an sie erinnern, und in Jules Telefon war sie nicht abgespeichert. Die einzige Nummer, die er auswendig kannte, war seine eigene.

In einem Anflug schierer Verzweiflung schickte er sich selbst eine SMS, und während draußen der Polizist seinen Namen rief, hatte Ben plötzlich eine ebenso lächerliche wie verrückte Idee, aber immerhin war es eine Idee.

Er öffnete die seitlich neben dem Waschbecken angebrachten Schubkästen und suchte zwischen Kajalstiften, Nagellackentferner, Wattepads und Rouge nach dem Katadolon, das Jule hin und wieder nahm, wenn sie Muskelschmerzen hatte.

Und von dem sie immer so müde wurde.

Unabhängig davon, dass er es nicht fand (ihre Medikamente schien Jule nicht im Bad aufzubewahren), war Ben sich nicht sicher, wie er es schaffen sollte, es Schwartz in einer einschläfernden Dosis zu verabreichen. Der Polizist war bestens vorbereitet für derartige Einsätze und hatte bestimmt seinen eigenen Proviant im Seesack dabei. Er würde sich wohl kaum dazu überreden lassen, ganz allein einen halben Liter bitteren Kaffee zu trinken.

Schwachsinn!

Ben knallte die Schublade mit den Schminkartikeln wieder zu.

»Denken Sie nicht zu kompliziert!«, hörte er die Stimme des Erpressers als Erinnerungsecho.

Ein Messer in der Küche? Den heißen Wasserkocher als Waffe? Nie im Leben würde er einen Unschuldigen verlet-

zen oder sogar verbrühen. Das mit Arezu war im Affekt und aus Notwehr geschehen.
Ein Spurt aus der Wohnung?
»Wenn Sie nicht rauskommen, öffne ich jetzt die Tür!«, rief Schwartz von außen. Nicht verärgert, aber entschlossen.
Nein. Für einen Wettlauf, zumal mit Arezu im Schlepptau, war er nicht schnell genug. Und draußen warteten die Kollegen von Schwartz.
Es sei denn …
Ben kam eine schockierend einfache Lösung in den Sinn, und er konnte keinen Fehler in seinem Gedankengang finden.
Er öffnete die Schublade erneut. Griff sich einen Kajalstift. Erledigte Punkt eins seines Plans.
»Bei drei schieße ich die Tür auf …«, hörte er den Polizisten warnen. Er achtete nicht auf ihn.
Konnte es wirklich so einfach sein?
»Eins …«
Ben aktivierte auf seinem Zweithandy die Videofunktion.
Ist es das, was der Erpresser gemeint hat?

Denken Sie nicht zu kompliziert.

»Zwei …«
Ben hatte keine Ahnung, aber auch keine Alternative.
»Drei!«
In der Hoffnung, nicht den dümmsten Fehler seines Lebens zu begehen, öffnete er die Badezimmertür.

36.

Schwartz war Profi genug, um keine rhetorischen Fragen zu stellen wie *»Woher haben Sie das Handy?«* oder *»Was haben Sie dadrinnen gemacht?«*. Er blieb seiner direkten, klaren Linie treu und fragte nur: »Was wollen Sie?«

»Rausgehen«, antwortete ihm Ben ebenso schnörkellos.

Arezu, die aus der Küche zu ihnen in den Flur getreten war, sah ihn mit weit aufgerissenen Augen an. Sie öffnete den Mund, blieb aber stumm. In der Hand hielt sie ein Glas Wasser, und etwas störte Ben an diesem Bild, aber im Moment hatte er weder die Zeit noch den Nerv, die Ursache für dieses seltsame Gefühl zu hinterfragen. Er musste alle Energie darauf verwenden, seinen Selbstmordauftrag zu erfüllen.

»Und wieso richten Sie das Telefon auf mich?«, wollte Schwartz von ihm wissen.

»Ich habe Angst, dass Sie mich nicht gehen lassen.«

Schwartz zuckte mit den Achseln.

»Zu Ihrem eigenen Schutz!« Der Polizist zeigte rechts den Gang entlang zur Haustür und sagte nun doch etwas, was sich von selbst verstand: »Da draußen kann ich Ihnen nicht mehr helfen.«

»Ich weiß. Aber ich bin erwachsen und ein freier Mann. Ich kann selbst entscheiden, ob ich Hilfe will oder nicht. Sie dürfen mich nicht gegen meinen Willen festhalten. Sonst machen Sie sich der Freiheitsberaubung strafbar.«

Das war die Idee. Simpel, einfach. Kein Kampf, keine List,

keine Flucht. Einfach zur Vordertür hinaus. Völlig unkompliziert.

»Das ist korrekt. Ich kann Sie nicht aufhalten, wenn Sie gehen wollen«, stimmte Schwartz ihm zu. Er zeigte auf das Handy in Bens Hand. »Ich nehme an, Sie streamen das gerade zum Beweis?«

»Ja, auf Facebook«, log Ben. In Wahrheit wusste er gar nicht, wie er so schnell einen Livestream einrichten konnte. Aber der Bluff funktionierte.

»Gut. Wie Sie wollen.«

Wieder sparte Schwartz sich sinnlose Worte wie: *»Sie machen einen Fehler«* oder *»Kommen Sie doch zur Besinnung«*. Er schien zu wissen, wann eine weitere Argumentation noch Sinn ergab und wann die Entscheidung unumstößlich gefallen war.

»Wie sieht es mit Ihnen aus?«, fragte er Arezu. Ben hatte gedacht, die Verwirrung habe ihr die Sprache geraubt, doch dann fragte sie ihn mit erstaunlich klarer und fester Stimme:

»Was ist da drin passiert?« Mit dem Kinn machte sie eine Andeutung Richtung Badezimmer. »Wer setzt dich so unter Druck?«

»Niemand«, wollte Ben erst lügen. Aber dann brachte Arezus Frage ihn auf eine Idee.

»Oz.«

»Oz?«, fragten Schwartz und Arezu wie aus einem Mund. Der Polizist alarmiert. Die Studentin so aufgeregt, dass ihr das Glas aus der Hand fiel. Ohne zu zerbrechen, landete es auf dem Parkett, und der Inhalt spritzte an ihren Hosenbeinen hoch.

»Ja«, bestätigte Ben. »Oz.«

Bislang hatte er noch nicht gewusst, wie er es schaffen sollte, den zweiten Teil des Befehls zu erfüllen und Arezu dazu zu bewegen, sich ihm anzuschließen, wenn er aus dem sicheren Haus floh. Mit dieser weiteren Lüge war auch das ein Kinderspiel.
Er sah Arezu fest in die Augen und sagte: »Oz hat Kontakt aufgenommen. Er will uns sehen.«

37.

Die Verabschiedung verlief unspektakulär. Ben hätte mit mehr Widerstand gerechnet, aber Schwartz hatte sich nur seinen Seesack gegriffen und sich zum Abschied an die Stirn getippt.

Eine kleine Irritation gab es, als Ben ihm an der Tür die Hand reichte und Schwartz erst nach einem kurzen Zögern zugriff.

Dann sagte er »Viel Glück« und verschwand mit seinem Seesack im Treppenhaus.

Arezu und Ben warteten noch zwei Minuten, bevor sie sich ebenfalls nach draußen wagten.

Zwei Minuten, in denen sie das Netz nach neuen Angaben über ihren Aufenthaltsort durchforsteten. Dabei hatte Ben lernen müssen, dass eine Horde selbsternannter »Jäger« sowohl seine letzte Wohnung als auch seinen Schlafplatz bei Tobias im Wedding ausfindig gemacht hatte. Eine Gruppe größtenteils Vermummter hatte Selfie-Fotos vor den Haustüren und im Innenhof geschossen, einige mit selbstgestalteten AchtNacht-T-Shirts. Vor Arezus Wohnung in Lichtenrade sah es nicht besser aus. Ein halbes Dutzend hatte sich am S-Bahnhof Schichauweg versammelt und war Fotos und Videos postend zu dem Mietshaus in der Barnetstraße gezogen. Sowohl auf der AchtNacht-Seite als auch auf Facebook gab es eine interaktive Karte, die mit roten Fähnchen gespickt war, wo immer Jäger die AchtNächter vermuteten. Sie steckten am Potsdamer Platz, am Flughafen Schönefeld, in Erkner, Spandau, Tegel und Marzahn. Nicht jedoch in der Studi-City. Und in der Tat lauerte ihnen niemand auf, als sie die Dahlemer Garystraße Richtung Campus liefen. Auch nicht die beiden Polizisten, die Schwartz noch aus der Wohnung heraus via Funk über den Abbruch des Einsatzes informiert hatte. Rechtzeitig vor Ablauf des Fünf-Minuten-Ultimatums.

»Wo soll der Wagen stehen?«, fragte Arezu. Es nieselte leicht, und die Tropfen wirbelten den Geruch frisch gemähten Grases von den Vorgärten auf.

Ben öffnete noch einmal die SMS, die ihm der Erpresser vor wenigen Minuten geschickt hatte.

Gehen Sie zu dem Auto, das ich Ihnen bereitstelle.

»Vor einem Café«, sagte er.

»Das müsste das an der Ecke sein«, sagte Arezu und beschleunigte ihren Schritt. Der Wind zerrte an ihren weiten Hosenbeinen. Sie schirmte das Gesicht mit der Hand gegen den Regen ab. Im Schein der Straßenlaterne wirkte sie von hinten wie ein schwarz gekleideter, kahlrasierter Mönch, der es mit seinem Fastengelübde übertrieben hatte.

Und ich sehe wahrscheinlich aus wie der Tod, der ihr auf den Fersen ist.

Ben schloss zu ihr auf.

Tatsächlich stand ein elfenbeinfarbener Mercedes direkt vor einem französischen Café an der Ecke Gary- und Ihnestraße. Irritiert darüber, dass es ein Taxi war, näherte Ben sich dem Wagen und spürte die Wärme des Motorblocks, als er direkt vor ihm stand.

Die Tür war unverschlossen, der Schlüssel steckte im Zündschloss.
»Und jetzt?«
Ben und Arezu sahen sich kurz an, dann ging Ben einmal um den Wagen herum. Er wollte nicht den gleichen Fehler noch einmal machen, daher öffnete er diesmal auch den Kofferraum, in dem aber nur ein Kindersitz, ein Starthilfekabel und zwei Warnwesten lagen.
Als er den Deckel schloss, war Arezu bereits auf der Beifahrerseite eingestiegen.
»Das solltest du dir ansehen«, sagte sie.
Ben setzte sich neben sie und schloss die Fahrertür. Im Inneren roch es nach Glasreiniger und Leder.
»Oz spielt mit uns«, sagte sie und reichte ihm ein Post-it. »Das hat auf dem Armaturenbrett geklebt.«
»In der Armlehne finden Sie, was Sie jetzt am dringendsten brauchen«, las Ben ab.
Misstrauisch öffnete er die Klappe der Mittelkonsole.
»Ein Netzteil?«, fragte Arezu, als er das Aufladekabel hervorzog; den einzigen Gegenstand, den er in dem Fach finden konnte.
»Offensichtlich will er mit uns in Kontakt bleiben«, sagte er. Das Kabel steckte er in den Zigarettenanzünder. An seinem anderen Ende baumelte ein Universal-Adapter für fast jeden gängigen Handytyp. Auch für das Telefon, das Ben jetzt anschloss.
»Und dazu soll uns nicht der Saft ausgehen.«
Kaum hatte Ben den Stecker in die Buchse gesteckt, ging eine weitere SMS ein.
»Ist sie von ihm?«, fragte Arezu aufgeregt. Ihre Wangen schimmerten nicht mehr ganz so blass wie zuvor.

Ben nickte und las die Nachricht ab.
Danach war er sicher, dass er den Verfasser töten würde.
»Was ist?«, fragte Arezu, während er die Augenlider fest zusammengepresst hielt.
Bevor er das Handy an sie weiterreichte, beschloss Ben, sie einzuweihen, damit sie die Tragweite dieser Nachricht verstand. »Er hat meine Tochter in seiner Gewalt!«
»Entführt?« Arezu schüttelte den Kopf. »Nein, das sieht ihm nicht ähnlich. Oz ist ein Technikfreak. Er würde sich nie in die Öffentlichkeit wagen, um Menschen zu verschleppen. Und er hat auch keine Helfer, die das für ihn erledigen würden. Er arbeitet immer alleine. Du musst dich irren.« So energisch, wie sie für ihn eintrat, klang es beinahe, als wollte sie ihn verteidigen.
Ben musste sich ins Gedächtnis rufen, dass er sie ja angelogen und die SMS gar nicht von Oz erhalten hatte. Zumindest, wenn der Erpresser in diesem Punkt die Wahrheit sprach.
»Deshalb liegt Jule ja immer noch auf der Station«, führte Ben aus. »Irgendwie hat er es geschafft, dass sie vergiftet wurde.«
Er wiederholte, was der namenlose Erpresser ihm gesagt hatte: dass die ersten Symptome erst mit dem Ablauf der AchtNacht einsetzen würden und es ein Gegenmittel gab, vorausgesetzt, man wisse, welcher Giftstoff ihr injiziert worden war.
»Das klingt schon eher nach ihm«, bestätigte Arezu nachdenklich. Sie kratzte sich gedankenverloren den rasierten Hinterkopf. »Ich vermute, er hat die Computer manipuliert, die für die Berechnung der Medikamentendosen zuständig sind. Das geht doch heute alles vollautomatisch.«

Das dachte Ben nun kaum, aber er ließ Arezu allzu gerne in dem Glauben, wenn es ihm dabei half, die Forderung des Erpressers zu erfüllen.
»Wir sind also seine Marionetten«, schlussfolgerte sie. »Wenn wir nicht alles machen, was er von uns verlangt, dann …«
»… dann stirbt Jule«, ergänzte Ben. »Meine erste Aufgabe war es, Schwartz loszuwerden und in dieses Taxi zu steigen. Und die zweite …« Seine Stimme brach.
»Was?«
Er warf ihr das Handy in den Schoß. »Ich kann das nicht.«
»Was verlangt er denn von dir?«
Arezu griff sich das Telefon und las die jüngste SMS laut vor, die der Erpresser Ben geschickt hatte:

»Mein Name ist Benjamin Rühmann, aber meine Freunde dürfen mich Ben nennen. Meine ganz kleinen Freunde sogar Benny. Es ist wahr, was Frau Hehnrich vom Jugendamt gesagt hat. Ja, ich habe meine Tochter angefasst.«

Arezu schluckte. Die Nachricht ging noch weiter, aber den abscheulichen Rest las sie jetzt lautlos weiter. Schließlich sah sie wieder zu ihm auf. Mit Tränen in den Augen. »Ist das wahr?«
»Nein, natürlich nicht.«
Ein dicker Regentropfen fiel mitten auf die Windschutzscheibe und zerplatzte wie ein Insekt bei schneller Fahrt.
»Wieso tut er das?«, flüsterte Arezu.
»Keine Ahnung. Vielleicht ist es etwas Persönliches, wobei ich nicht wüsste, wen ich mir derart zum Feind gemacht haben sollte. Sehr wahrscheinlich ist er ein irrer Sadist.

Dann will er uns einfach nur leiden sehen. Und dazu würde passen, dass er die AchtNacht spannender gestalten will. Deshalb hat er uns aus dem Bau gelockt und stellt uns Aufgaben, die wir lösen müssen. Aufgaben, die die Meute auf unsere Spur bringen.«

Ben schlug auf das Lederlenkrad. Nur mit der Faust, obwohl er am liebsten seinen Schädel darauf gehämmert hätte.

»Und?«, fragte Arezu.

»Und was?«

»Willst du diesen Dreck wirklich in deinem Namen veröffentlichen?«

»Hab ich eine Wahl?«, fragte Ben.

Die Anweisungen am Ende der SMS waren eindeutig. Arezu sollte Ben filmen, wie er den verlangten Text einsprach.

»Und dann soll ich es auf einem YouTube-Account hochladen, den der Irre unter meinem Namen eröffnet hat.«

»Von wo aus es sich in Windeseile verbreiten wird«, sagte Arezu.

»Dieser Account dürfte sicher jetzt schon von Tausenden abonniert sein, die das Netz nach allem durchforsten, was es über dich, mich und die AchtNacht zu erfahren gibt.«

»248312, um ganz genau zu sein«, sagte Ben, der gerade eben nachgesehen hatte. Das Spiel machte weltweit Schlagzeilen.

Er griff nach Arezus Hand. Hielt sie fest, bis sich das Zittern seiner Finger auf ihre übertragen hatte und sie im Gleichklang vibrierten.

»Ich kann das nicht«, flüsterte er kraftlos.

»Du musst das nicht.«

»Wir werden eine andere Lösung finden«, beschworen sie einander gegenseitig.

Zehn Minuten später kapitulierten sie.
Und während sich der erste Wolkenbruch der Nacht über Berlin-Dahlem ergoss, der Regen Straßen und Bürgersteige flutete und Laub, Plastikflaschen und anderen Müll den Rinnstein entlangspülte, konzentrierte sich Ben auf die Linse seiner Handykamera, die Arezu ihm entgegenstreckte.
»Mein Name ist Benjamin Rühmann«, begann er stockend. Er hoffte, aufmerksame Beobachter würden die Angst in seinen Augen sehen. Vermuten, dass er dazu gezwungen wurde, diese Lügen zu erzählen. Andererseits – waren aufmerksame Beobachter und YouTube nicht ein Widerspruch in sich?
»Aber meine Freunde dürfen mich Ben nennen«, fuhr er fort. »Meine ganz kleinen Freunde sogar Benny. Ja, es ist wahr, was Frau Hehnrich vom Jugendamt gesagt hat. Ja, ich habe meine Tochter angefasst. Sorry, tötet mich doch. Ach so, das wollt ihr ja.«
Er schluckte schwer.
»Na, dann will ich mal etwas Schwung in die AchtNacht bringen, sonst kriegt ihr mich ja nie. Ich habe Lust. Lust auf junge Mädchen. Und wo in Berlin gibt's den besten Babystrich?«
Ben wollte schreien, als er mit den Worten schloss: »Wir sehen uns dort in einer halben Stunde!«

38.

Nikolai. 00.29 Uhr.
Noch sieben Stunden und 31 Minuten
bis zum Ende der AchtNacht

Wehe, die machen mir eine Delle in mein Auto«, knurrte Dash und stellte das Notebook schräg vor sich auf dem Lenkrad ab.

Nikolai rollte mit den Augen und fragte sich, ob der Idiot das ernst meinte.

Dieses Riesenbaby verdankte einen großen Teil seines Wohlstands Verkehrsunfällen – machte der Vollpfosten sich wirklich Gedanken um einen Blechschaden an seinem bescheuerten Taxi? Ganz zu schweigen von der Tatsache, dass er sich einen ganzen Fuhrpark neuer S-Klassen würde zulegen können, wenn das hier weiterhin wie am Schnürchen lief.

»Mann, das ist kein Auto, das ist eine Eierfeile«, meckerte Dash weiter. Sie saßen auf dem Studentenparkplatz vor der juristischen Fakultät in der Boltzmannstraße in Nikolais Fiat 500. Der Regen knallte wie Murmeln auf das dünne Blechdach, und sie mussten lauter sprechen, wenn sie sich unterhalten wollten.

»Das ist ein Abarth«, protestierte Nikolai. »Der hat einen Ferrari-Motor!«

»Trotzdem kann ich mir in der Hutschachtel mit den Knien die Ohren zuhalten«, beschwerte sich Dash, ohne den Blick vom Computer zu nehmen.

Der rechte Teil des Splitscreens zeigte den GPS-Tracker des Taxis auf einer Google-Maps-Karte. Auf dem linken Teil konnten sie die Bilder sehen, die die Dashcams einfingen. Gerade fuhren Ben und Arezu über die Clayallee an der alten amerikanischen Botschaft vorbei, Richtung Hohenzollerndamm.

»Wollen wir die beiden online schalten?«, fragte Nikolai und ärgerte sich über den Blick, den er sich von Dash einfing. Das schiefgesichtige Großmaul spielte sich immer mehr als Oberbefehlshaber auf, dabei war *er* es gewesen, der den genialen Plan gehabt hatte.

Er hatte es mit seinen Jungs geschafft, die im TV eingebaute Webcam auf der Krankenstation von Jule zu hacken, so dass sie jetzt jederzeit live und in Farbe dem Koma-Krüppel beim Schlafsabbern zusehen konnten.

Er hatte sein Netzwerk aktiviert und für zweitausend Euro den Asipfleger dazu bekommen, Jule das Toxin zu spritzen.

Er hatte die Idee gehabt, Ben und Arezu Prüfungen zu unterziehen, bei denen sie sich der Öffentlichkeit stellen mussten. Nur dank seiner Genialität war aus einem Versteckspiel eine interaktive Jagd geworden.

Verdammt, er hatte sogar die aufgetakelte Sekretärin angesprochen, die auf ihren High Heels gerade auf die Ü-40-Party in der Eierschale stöckeln wollte, damit sie sich am Telefon gegenüber dem Bullen als Jennifer ausgab. Und nun tat Dash, dieser selbstgerechte, neureiche Vollpfosten, der noch nicht einmal die Erpresseranrufe hatte übernehmen wollen, so, als würde er alle Strippen ziehen.

»Einen verdammten Dreck werden wir tun«, sagte Dash. »Wir zerstören doch nicht das Spiel.«

»Ich dachte, wir wollten gute Aufnahmen?«

Von randalierenden Jägern. Von den AchtNächtern auf der Flucht. Eingekesselt von der Menschenmenge. Blutend auf dem Bürgersteig.

»Was, wenn die Jäger den Babystrich nicht finden? Ich meine, es ist ja nicht so, dass Berlin nur einen davon hat.«

Dash lachte ihn aus. »Keine Sorge. Die meisten sind nicht so blöd wie du, Nick. Außerdem will ich, dass einige an der falschen Stelle nach den beiden suchen. Das macht das Ganze doch viel authentischer.«

»Wenn du meinst.«

»Ja, meine ich.«

Schwachkopf.

Nikolai sah wütend aus dem Seitenfenster und malte ein Hakenkreuz auf die von seinem Atem beschlagene Fensterscheibe. Wäre er nicht auf Dash als Abnahmequelle für seine Filme angewiesen, würde er sich dessen überhebliches Gequatsche keine Sekunde lang gefallen lassen. Zum Glück hatte der Feigling keine gesteigerte Lust, sich die Hände dreckig zu machen, auch wenn er sich bei besonderen Gelegenheiten hin und wieder selbst verkleidete. Dafür war Dash viel zu sehr Geschäftsmann. Das immerhin musste Nikolai ihm lassen: Wenn Dash fette Beute witterte, sprang er über seinen Schatten. Wenn es dann allerdings richtig gefährlich wurde, griff er gerne auf andere zurück. So gesehen war das heute Abend seine beste Chance, wieder mit Dash ins Geschäft zu kommen. Kein anderer hatte mehr Abonnenten und zahlte besser für gute Ware.

»Auf jeden Fall stimmt die Richtung«, hörte er Dash sagen. Er zeigte auf dem Monitor auf einen pulsierenden Punkt Höhe Roseneck. Mit der letzten SMS hatte Dash Ben und Arezu nach Schöneberg in die Kurfürstenstraße geschickt,

wo sie bei dem gegenwärtigen Verkehr in einer guten Viertelstunde eintreffen müssten.
»Was sagt das Netz?«, wollte Dash wissen, und Nikolai checkte mit seinem Handy die jüngsten Kommentare unter dem YouTube-Video, das Ben wie befohlen hochgeladen hatte.
Jeder Trottel konnte sehen, dass der arme Idiot seine Botschaft ablas und dabei so glücklich wirkte wie eine Flatrate-Nutte beim Anblick eines 200-Kilo-Freiers. Aber offenbar rangierten die meisten User unter dem IQ einer Topfpflanze.
»Über fünfzigtausend haben schon auf Daumen runter geklickt«, freute sich Nikolai. »Die ersten zweihundert Kommentare wünschen ihm den Tod oder lebenslange Qualen.«
»Läuft doch«, grinste Dash.
»Läuft«, bestätigte Nikolai und griff nach seinem Gurt.
Dash sah ihn fragend an. »Was wird das?«
»Wollen wir nicht los?«
»Wohin?«
»Zu der Adresse, die du ihm geschickt hast. Hast du keine Angst, zu spät zu kommen?«
Dash schüttelte den Kopf. »Nein. Ich mach mir über etwas ganz anderes viel mehr Sorgen.«
»Was?«
»Ich bin mir nicht sicher, ob wir bei der ersten Aufgabe nicht doch einen Fehler gemacht haben.«
»Zu leicht?«, fragte Nikolai, und wieder schüttelte Dash den Kopf.
»Zu schwer.« Er sah ernstlich besorgt aus. »Ich fürchte, unser Mann wird diese Prüfung kaum überleben.«

39.

Martin Schwartz. 00.41 Uhr.
Noch sieben Stunden und 19 Minuten
bis zum Ende der AchtNacht

»Was soll das heißen, Sie sind *gegangen?*«
Schwartz senkte nun schon zum dritten Mal die Lautstärke mit Hilfe seiner Lenkradfernbedienung, aber der Alte bellte ihn mit jedem Satz lauter an. Gregor Rühmann war schon fast heiser vor Erregung.
»Sie können meinen Sohn doch nicht einfach seinem Schicksal überlassen.«
»Ich muss es sogar. Alles andere wäre Freiheitsberaubung, und das wissen Sie genauso gut wie ich.«
Martin fuhr mit dem Pick-up in die Einfahrt seines Teltower Fertighauses. Hatte es in Berlin schon geregnet, so war es hier noch trocken, aber es war nur eine Frage der Zeit, bis das Gewitter die Landesgrenze passierte und die teilweise noch unbefestigten Straßen der Neubausiedlung überflutete.
Bevor sein Sohn wieder zu ihm gezogen war, hatte Schwartz sich nach etwas Ruhigem im Grünen umgesehen. Im Grunde hasste er diese künstlichen Anlagen, in denen es aussah wie in einem Musterhauswohnpark, aber Tim gefiel es hier. Sein Sohn hatte dem schlichten Flachdachbau sogar den Vorzug vor einer Altbauwohnung im Simon-Dach-Kiez gegeben. Ungewöhnlich für einen Sechzehnjährigen, aber offenbar stand ihm mehr der Sinn nach Ruhe und Natur als nach Straßenpartys und Szenekneipen im Prenzlberg.

»Könnten Sie meinen Sohn nicht wenigstens beschatten?«, fragte Benjamins Vater.

»Sie meinen, ich soll mich an seine Hacken hängen? So wie tausend andere auch?« Schwartz schüttelte den Kopf. »Keine Chance!«

Er stellte den Motor ab.

Der Nachbar zu seiner Rechten, dessen Namen Schwartz sich einfach nicht merken konnte, brachte gerade im Schlafanzug den Müll raus und winkte ihm im Schein der Gartenlampe freundlich über die Hecke zu.

Es war eine idyllische Szene, so wie sie in dem Prospekt beschrieben war, den ihm der Immobilienfritze von der Wohnungsbaugesellschaft bei den Kaufverhandlungen in die Hand gedrückt hatte. *»Hier im Teltow-Park ist die Welt noch in Ordnung«*, hatte er behauptet, und Martin hatte es auf der Zunge gelegen, ihm zu erklären, dass seiner Erfahrung nach die Welt gerade dort, wo Hochglanzprospekte lächelnde Menschen zeigten, oft am grausamsten war. Man sah es allerdings meist erst auf den zweiten Blick, wenn man hinter die Scheinweltfassade blickte. Schwartz wusste, statistisch gesehen schlug mindestens einer seiner Nachbarn seine Frau, tauschte Nacktfotos seiner eigenen Kinder auf illegalen Börsen im Darknet, legte mit Gift und Nägeln gespickte Hundeköder auf Spielplätzen aus oder benutzte einen Zigarettenanzünder, um das quengelnde Baby zu bestrafen.

Wissen. Das war seine Berufskrankheit. Martin wusste zu viel, um verdrängen zu können. Und er hatte zu viel erlebt, um sinnlose Kämpfe zu kämpfen.

»Ihr Sohn ist so stur wie Sie, wenn ich mir die Bemerkung erlauben darf, Herr Rühmann. Aus irgendeinem Grund hat er sich in den Kopf gesetzt, die Nacht alleine mit seiner neuen Freundin verbringen zu wollen, und ich habe weder das Recht noch die Lust, meinen Hintern für jemanden zu riskieren, der meine Hilfe ablehnt.«

»Er wird erpresst«, sagte Gregor.

»Möglich.«

»Garantiert!«, widersprach ihm der Alte. »Glauben Sie, er veröffentlicht freiwillig ein Video von sich mit der Nachricht, dass man ihn auf dem Babystrich treffen kann?«

Schwartz, der gerade aussteigen wollte, pfiff durch die Zähne und blieb erst mal noch im Wagen sitzen.

»Das hat er gepostet?«

»Ja. Und dabei wirkt er so, als würde jemand mit einer Pumpgun direkt hinter der Kamera stehen. Hat er sich Ihnen denn nicht anvertraut, bevor er gegangen ist?«

»Deswegen versuche ich seit einer Viertelstunde, zu Ihnen durchzukommen«, antwortete Schwartz. Seitdem er den Einsatz abgebrochen hatte, war bei Benjamins Vater dauerbesetzt gewesen.

»Ich hatte meine aufgelöste Schwiegertochter am Apparat. Also, raus mit der Sprache. Was hat mein Junge Ihnen gesagt?«

»Gesagt nichts. Aber der Abschied war seltsam. Er hat mir die Hand gegeben.«

»Und dabei einen Zettel überreicht?«, hörte er den Vater hoffnungsvoll fragen.

»Ja, sicher. Das hatte ich doch glatt vergessen zu erwähnen.«

»Tut mir leid«, sagte Gregor erschöpft, und nun tat es Schwartz leid, dass er so zynisch reagiert hatte.

»Ich sag Ihnen, was ich merkwürdig fand. Ist Ihr Sohn am Handgelenk tätowiert?«

»Keine Ahnung. Nicht, dass ich wüsste, wieso fragen Sie das?«
»Nun, bevor er mir die Rechte gab, hob er die Linke zum Abschiedsgruß. Erst dachte ich, es wäre eine Verlegenheitsgeste. Dass er nicht wusste, ob er mir nur winken oder die Hand reichen sollte. Aber dann sah ich die schwarzen Zahlen auf seinem Handgelenk.«
»Zahlen?«, fragte Gregor.
»Ich hielt es erst für ein Tattoo oder so einen Stempel, wie man ihn in Diskotheken bekommt.«
»Da waren Zahlen auf seinem Handgelenk?«
»1013 oder 0130, war schwer zu sehen, außerdem standen die Ziffern aus meiner Perspektive quasi auf dem Kopf.«
»13.10.?«, fragte Gregor. »Das wäre sein Geburtsdatum.«
Schwarz zuckte mit den Achseln. *Möglich wär's.*
»Tja, entweder Ihr Sohn hat ein verdammt schlechtes Gedächtnis, oder er wollte mir etwas mit auf den Weg geben. Aber was?«
Es wurde stickig im Auto, und Schwartz ließ die Scheibe herunter. Seine Nase kribbelte, wie immer, wenn der Luftdruck sich veränderte und der auffrischende Gewitterwind die am Boden liegenden Pollen aufwirbelte.
»Okay, lassen Sie uns logisch vorgehen«, hörte er Gregor Rühmann sagen. »Mein Sohn wird erpresst. Von einer Frau, die sich als meine Schwiegertochter ausgegeben hat.«
»Das könnte auch eine Komplizin gewesen sein.«
»Stimmt. Also gut. Er, sie oder mehrere haben Ben gezwungen, aufs Klo zu gehen, um von dort aus zu telefonieren.«
»Mit einem zweiten Handy, von dem ich nichts wusste. Er war kein Beschuldigter, ich habe ihn nicht gefilzt.«

»Schon gut. Sie müssen sich nicht rechtfertigen. Also irgendwer hat irgendwas gegen ihn in der Hand, das ihn dazu bringt, sich dem Internetmob zu opfern und mindestens seinen guten Ruf, wahrscheinlich aber sein Leben zu zerstören. Was kann das sein?«

Gregor sah zu dem Zimmer seines Sohnes unter dem Dach; dem einzigen im Haus, in dem Licht brannte.

»Meiner eigenen Erfahrung nach handelt ein Vater nur in einem Fall so irrational.«

»Wenn die Dreckskerle seinem Kind etwas antun wollen.«

Schwartz nickte. »Korrekt.«

»Okay, aber in diesem Fall muss es noch etwas anderes sein. Wie gesagt, ich habe eben lange mit Jennifer telefoniert. Sie ist gerade bei Jule in der Klinik eingetroffen. Ihr geht es gut, sie liegt in ihrem Zimmer, und ihre Vitalfunktionen werden von zahlreichen Maschinen überwacht.«

Schwartz griff sich in den Nacken. Er spürte eine Migräne im Anmarsch, nicht so heftig wie die, die ihn in seinem letzten Einsatz mehrmals bis zur Ohnmacht getrieben hatte. Aber auch keine harmlose Wetterfühligkeit.

»Schön. Dann gibt es vielleicht doch ein anderes Druckmittel als die Tochter Ihres Sohnes. Und nehmen wir spaßeshalber einfach mal an, Benjamin wollte mir mit den Zahlen am Handgelenk wirklich einen Hinweis darauf geben, womit er erpresst wird.«

»Ich sehe nicht, was sein Geburtsdatum uns sagen soll?«, stöhnte Gregor.

»Wozu benutzt man Geburtsdaten?«, überlegte Schwartz.

»Um Formulare im Internet auszufüllen. Seinen Altersnachweis zu erbringen? Was weiß ich denn? Hat Ben Ihnen nicht doch noch etwas anderes übergeben?«

»Nein, das heißt …« Schwartz sah auf den Beifahrersitz zu seinem Seesack.
»Was?«
»Er hat mir nichts *gegeben*. Er hat mir etwas *gelassen*.« Schwartz griff sich die Tasche und öffnete den Reißverschluss. Mit wenigen Handgriffen hatte er gefunden, wonach er suchte.
»Sein Handy«, sagte er zu Gregor. »Er hat es nicht von mir zurückverlangt.«
»Weil er noch ein anderes hat.«
»Oder weil ich es benutzen soll.«
Diesmal pfiff Gregor Rühmann anerkennend durch die Zähne.
»Sie meinen, er hat mit seinem Zweithandy eine Nachricht an sein eigenes Telefon geschickt, das Sie ihm abgenommen haben?«
Ohne auf eine Antwort zu warten, baute Gregor seinen Gedankengang noch weiter aus. »Natürlich. So wird es sein. Wir sollen diese Nachricht lesen. Und was braucht man, um ein Mobiltelefon zu entsperren?«
In einiger Entfernung zuckte ein Blitz über die Felder.
»Einen Pincode«, bestätigte Schwartz Gregors Gedankengang.
Einen, den sich sein Benutzer leicht merken kann. Weswegen eine der am häufigsten gewählten Zahlenkombinationen das eigene Geburtsdatum ist.
Es dauerte keine zehn Sekunden, und Schwartz hatte das Telefon freigeschaltet. Doch die Begeisterung, die jeder Ermittler spürt, wenn sich ein Verdacht erhärtet, hielt nicht lange. Die Ernüchterung folgte auf dem Fuße.
»So etwas habe ich ja noch nie gesehen«, berichtete er

Gregor, während er durch die unzähligen Textnachrichten scrollte. »Ich wusste gar nicht, dass das geht!«
»Was?«, hakte der Vater ungeduldig nach.
»Die Mailboxen! Sie sind voll. Sowohl Sprach- als auch Textspeicher. Kein Platz mehr. Die letzte Nachricht kam von der Telefongesellschaft, und zwar bereits vor anderthalb Stunden. Also bevor Ben mir den Code gezeigt hat. Hier steht: *»Bitte löschen Sie alle ihre Mailbox-Inhalte. Aktuell werden keine neuen Nachrichten mehr angenommen.«*
»Bens Nummer steht im Internet.« Gregor klang erschöpft und kraftlos. »Schon auf der Startseite von AchtNacht.online. Jeder dieser Irren probiert sie gerade aus.«
»Tja, und das hat zur Folge, dass wir jetzt genauso schlau sind wie zuvor.« Mit einem gewaltigen Donner entlud sich der Himmel über der Teltower Siedlung. Und während die Windschutzscheibe unter dem Starkregen undurchsichtig wurde, fügte Schwartz hinzu: »Was immer Ihr Sohn uns als Nachricht auf seinem Handy hinterlassen hat, ich fürchte, wir werden es so bald nicht erfahren!«

40.

Ben. 00.51 Uhr.
Noch sieben Stunden und neun Minuten
bis zum Ende der AchtNacht

Als Ben fünf Jahre alt war, hatte er Angst vor Regenzombies gehabt. Durchsichtige Untote, die sich mit hochgezogenen Schultern und leerem Blick durch ein Unwetter kämpften, auf der Suche nach kleinen Kindern, die sie in den Pfützen ertränken und auffressen konnten. Der große Bruder eines Schulfreundes hatte ihnen derartige Gruselgeschichten auf dem Nachhauseweg vom Schwimmunterricht erzählt und es wohl lustig gefunden, leichtgläubigen Kitaknirpsen Schauermärchen aufzutischen.

Heute, Jahrzehnte später, musste Ben feststellen, dass die Monster aus seinen Alpträumen offenbar eine reale Vorlage hatten.

Er zählte allein vier Zombies auf der Straße, zwei auf dem Bürgersteig und einen an dem Auto in der zweiten Reihe der Frobenstraße, die er im Schritttempo entlangrollte. Mädchen mit leeren Augen warteten gleichgültig auf Kundschaft; zu schwach, um den vorbeifahrenden Freiern zuzuwinken. Zu jung, um alle Schrecken zu kennen, die sie noch erleben würden. Zu alt, um noch Hoffnung zu haben, dem Schicksal entkommen zu können.

»Wie alt mögen die sein?«, fragte Arezu.

»Fünfzehn, sechzehn. Einige jünger, einige vielleicht auch volljährig«, mutmaßte Ben. Angesichts der Krankheiten,

die manche bereits zeichneten, laut den Medien vorwiegend Hepatitis C, war das schwer zu bestimmen.
»Aber das muss doch verboten sein«, keuchte die Studentin.
»Der Sex mit minderjährigen Prostituierten?«, fragte Ben. »Selbstverständlich. Aber es ist nicht strafbar, wenn eine Fünfzehnjährige zu einem Erwachsenen ins Auto steigt. Hier ist die Polizei machtlos.«
Ben fand eine Lücke zwischen einem VW-Bus und einem Smart und parkte das Taxi am Straßenrand, direkt neben einem Plakat für Haarshampoo.
In hundert Metern Entfernung sah er eine Gruppe junger Menschen mit Baseballkappen und Kapuzenpullis am Eingang zum U-Bahnhof Kurfürstenstraße stehen. Es konnten AchtNacht-Jäger sein, die nach ihnen Ausschau hielten. Oder einfach neugierige Berlin-Touristen, die am Wochenende die Elendsviertel begafften.
»Wo ist es genau?«, wollte Arezu wissen.
Ben trommelte mit seinen beiden Zeigefingern einen Triolenwirbel auf das Lenkrad, dann zeigte er auf ein graffitibeschmiertes Metalltor auf der gegenüberliegenden Straßenseite, das so einladend wirkte wie ein Gullydeckel.
»Hausnummer 57. Der Kellerzugang rechts daneben.«
»Und was ist da?«
Ben zuckte mit den Achseln. »Keine Ahnung. In der SMS stand nur, ich solle dreimal klingeln und nach Walther Rehn fragen. Also los.«
Er schnallte sich ab. »Gehen wir.«
»Nein.«
Er sah in ihre angstgeweiteten Augen.
»Steht in der SMS, dass ich mitgehen muss?«

»Nicht ausdrücklich.«
Der Erpresser hatte nur verlangt, sie nicht alleine in Jules Wohnung zurückzulassen und sie im Auto mitzunehmen. Konkretere Anweisungen hatte er nicht.
»Dann bleibe ich im Wagen«, beschloss Arezu.
Bens Blick verdunkelte sich, und er zeigte auf die Gruppe, die weiterhin am U-Bahnhof-Eingang stand und zu diskutieren schien. Wenn er sich nicht täuschte, schauten einige der Wartenden hin und wieder in ihre Richtung.
»Hier bist du nicht sicher.«
»Ach, und dort, wo der Erpresser dich hinkommandiert, schon?« Hätte sie noch Haare auf dem Kopf gehabt, wären sie ihr wild ins Gesicht geflogen, so heftig schüttelte sie ihn. »Nein, nein, nein. Hier kann ich wenigstens die Türen verriegeln.«
Ben seufzte. Einerseits hatte er Skrupel, sie zurückzulassen, andererseits konnte er verstehen, dass sie nicht blindlings in die Höhle des Löwen tappen wollte. Die meisten Menschen zogen das bekannte Problem der unsicheren Lösung vor.
»Na schön. Aber sollte irgendetwas schieflaufen, sollte ich in einer halben Stunde nicht wieder bei dir sein, dann ruf die Polizei. Okay?«
Sie nickte.
»Mach die Zentralverriegelung runter. Lass keinen rein. Solltest du angegriffen werden, starte den Motor und überfahr die Penner.«
Er gab ihr sein Handy.
»Ich hab mein eigenes«, sagte sie. Im Unterschied zu Ben hatte sie sich ihres von Schwartz zurückgeben lassen.
»Ich weiß, aber in meinen Anweisungen stand ausdrücklich, ich dürfte kein Mobiltelefon mit Kamera in das Ge-

bäude mitnehmen. Und du bist dir wirklich sicher, dass ich dich alleine lassen soll?«

»Ja.«

Er drückte ihre Hand fest um das Telefon, das er ihr gegeben hatte, und sah ihr in die traurig müden Augen. Als sie nach einer Weile noch einmal zur Bestätigung nickte, stieg er aus.

Die erste Gewitterwelle war vorbei.

Ben sah kurz hoch in den dunklen, wolkenverhangenen Himmel, der so schmutzig aussah wie die Straße, die er überquerte.

Er hörte einen Pfiff. Sah zu der Gruppe am U-Bahnhof, die nicht mehr stand, sondern sich ebenfalls in Bewegung gesetzt hatte.

»Da ist er!«, schrie jemand. Zehn Meter entfernt warf ihm die ihm am nächsten stehende Prostituierte einen desinteressierten Blick zu.

Ben stand unterdessen vor dem Graffititor. Den Anweisungen der letzten Erpresser-SMS folgend eilte er zu dem Seiteneingang des Mietshauses, das unbewohnt wirkte. Nirgendwo brannte Licht. Auch nicht über dem kurzen Kellerabgang, den Ben sich nach unten tastete.

Vor vielen Jahren einmal waren hier vermutlich die Briketts vom Kohlenträger angeliefert worden. Heute hatte Ben große Mühe, eine Klingel zu finden, und musste deshalb mit den Händen gegen die Holztür schlagen.

»Hier entlang«, rief die Stimme, die er vorhin schon gehört hatte, nur dass sie jetzt sehr viel näher war.

Ben hämmerte noch einmal, fester diesmal.

In der Tür öffnete sich eine buchdeckelgroße Klappe.

»Ja?«

Verwundert, in das Gesicht einer rothaarigen Frau zu blicken, genauer gesagt, einer äußerst geschmackvoll geschminkten, etwa sechzig Jahre alten Dame mit aufwendiger Hochsteckfrisur, verhaspelte sich Ben beinahe, als er sagte: »Ich will zu Walther Rehn.«

Die Rothaarige musterte ihn und nahm einen langen Zug aus einer E-Zigarette. Mit dem farblosen Rauch wehte ein Parfum mit Holznote durch das Guckloch. Sie schien ihn nicht zu erkennen, was nicht weiter verwunderlich war. Die meisten Menschen mussten ein Gesicht mehrere Male in den Medien sehen, bevor sie es wiedererkannten. Und vielleicht hatte sie die Berichterstattung über die Acht-Nacht auch nicht verfolgt. Noch schien sie unschlüssig, ob sie ihm Einlass gewähren sollte.

»Er ist weg!«, rief jemand oben von der Straße. Ein junges Mädchen. Aufgeregt, als wäre sie gerade mitten in einer spannenden Schnitzeljagd.

Das Gesicht im Guckloch schien sie nicht gehört zu haben.

»Wer schickt Sie?«, fragte sie ihn mit einer rasselnden Stimme, die den Verdacht nahelegte, dass sie etwas zu spät auf nikotinfreie Ersatzzigaretten umgestiegen war.

Auf diese Frage war Ben vorbereitet. Sein Erpresser hatte ihm einen Codenamen genannt.

»Dash«, sagte er, und die Miene der Frau hellte sich auf. Kurz darauf hörte er, wie ein Riegel umgelegt wurde, und die Tür schwang nach außen auf. Er trat einen Schritt zurück, um dann auf ein Handzeichen der Frau hineinzugehen. Gerade noch rechtzeitig, denn ihm war, als habe er hinter sich Schritte gehört.

»Sie kennen die Hausordnung?«, fragte die Frau, während sie die Tür hinter ihm wieder schloss.

»Ja«, sagte Ben und atmete tief durch. Mit dem Gefühl, von einer Gefahr in eine noch viel größere gestolpert zu sein, sah er sich um und hatte einen Moment Mühe, sich an das warme, wenn auch spärliche Licht zu gewöhnen. Sie standen auf einem Absatz, hinter ihnen führten Stufen ein holzgetäfeltes Treppenhaus hinab.

»Handys, Waffen?«, fragte sie.

»Nein.«

»Wenn Sie gestatten?«

Ben breitete auf eine Handbewegung von ihr beide Arme aus und stellte sich breitbeinig vor sie hin. Routiniert tastete sie ihn ab.

»Haben Sie den Einsatz dabei?«, wollte sie wissen.

»Ja«, log er.

Er hatte keine Ahnung, wovon die Frau sprach, aber das konnte er ihr schlecht anvertrauen. Offenbar zufrieden mit dem Untersuchungsergebnis und seiner Antwort bat sie ihn, ihm zu folgen.

Sie war genauso groß wie er und trug ein Kostüm aus fliederfarbener, grober Seide, das für die Jahreszeit zu warm wirkte. Hier unten aber war es passend. Mit jedem Schritt hinab wurde es kühler, und Ben, von dem Regenschauer durchnässt, fröstelte, als sie unten vor einer schweren Feuerschutztür stehen blieben.

»Haben Sie so etwas schon einmal gemacht?«, erkundigte sich die Frau und nahm einen weiteren Zug aus der E-Zigarette. Ben musste an eine Kolumne im *Stern* denken, in der diese elektronischen Ungetüme mit Auspuffrohren verglichen wurden, die man sich freiwillig in den Mund steckte, und gab dem Verfasser recht.

»Nein, das ist das erste Mal für mich«, entschied er sich, die

Wahrheit zu sagen. Er versuchte, die Nummer zu erspähen, die die Frau in das Tastenfeld des elektronischen Türschlosses tippte, aber sie verdeckte ihm die Sicht.

Diesmal öffnete sich die Tür nach innen, und die Rothaarige schritt voran. Ben zuckte zusammen, als er ihre Berührung spürte. Sanft, fast zärtlich, hatte sie ihn an die Hand genommen und führte ihn jetzt in einen weiß getünchten, grob gemauerten Gewölbekeller.

Die Dame blickte auf ihre Uhr am Handgelenk, eine Rolex Daytona Männeruhr, die ein kleines Vermögen gekostet haben musste, und lächelte, als habe Ben sie ihr gerade geschenkt. »Da sind Sie aber buchstäblich in der letzten Minute gekommen, es ist fast eins«, flüsterte sie ihm zu, dann sagte sie laut, mit dem Stolz der perfekten Gastgeberin in der Stimme: »Ich heiße Sie herzlich willkommen!«

Sie führte Ben zu dem einzigen Möbelstück, das fast den gesamten Raum einnahm: eine massive rechteckige Eichenholztafel, etwa vier Meter lang und anderthalb Meter breit, an der zwölf Gäste bequem Platz finden konnten.

Ben zählte elf.

Allesamt Männer. Allesamt gut gekleidet, die meisten in Anzügen oder mit Jackett, zwei steckten sogar im Smoking. Keiner machte sich die Mühe aufzustehen oder ihn zu begrüßen. Sie blieben an der Tafel sitzen, die mit einem großen weißen Leinentuch bedeckt war, das aus dem gleichen Stoff gefertigt schien wie das Kostüm der Frau.

Sechs mussten sich zu ihm umdrehen, fünf saßen auf der anderen Seite der Tafel, so dass sie ihn bequem in dem Licht in Augenschein nehmen konnten, das ein gewaltiger Kristallleuchter spendete.

Sie waren alle älter, wohlgenährter und gepflegter als er und besahen ihn vielleicht aus diesem Grund mit der gleichen Mischung aus Interesse und Misstrauen wie die Hausherrin, bevor sie sich entschieden hatte, ihm die Tür zu öffnen. Mit einem knappen Handzeichen wies sie Ben den letzten freien Platz zu, zwischen einem übergewichtigen grauhaarigen Mann und einem nicht minder beleibten Glatzkopf mit einem Frettchengrinsen im Gesicht. Der Mann trug braune Hosenträger über einem hellblauen Anzughemd.

»Wen bringen Sie uns denn da, Lady Nana?«, fragte das Frettchen und kicherte.

Ben setzte sich auf den ihm zugewiesenen kantigen Holzstuhl. Erst jetzt fiel ihm auf, was ihn an dem Anblick des Tisches störte.

Er war nicht gedeckt!

Weder Besteck noch Teller oder Tassen. Auf ihm befand sich einzig und allein die frisch gestärkte weiße Tischdecke.

»Meine Herren ....«, sagte die Frau, die Nana genannt wurde. Sie ließ ihren Blick über die Anwesenden am Tisch schweifen, während sie sich hinter Ben stellte und ihm sanft die Schultern massierte. »Das wird sehr aufregend heute Nacht. Wir haben einen neuen Mitspieler in unserer Runde.«

41.

Arezu. 01.01 Uhr.
Noch sechs Stunden und 59 Minuten
bis zum Ende der AchtNacht

Eene Meene Arezu –
und tot bist du!«

Sie kamen näher. Sie konnte sie nicht sehen, wie auch? Zusammengekauert im Fußraum der Rückbank. Hierhin hatte sie sich verkrochen in der aberwitzigen Hoffnung, dass niemand in der Gruppe eine Taschenlampe bei sich trug.

Und keine Handys, ja klar. Du dumme Gans.

Hätte ich doch auf ihn gehört.

Wie hatte sie nur ernsthaft denken können, eine Zentralverriegelung würde ihr mehr Schutz bieten als Ben an ihrer Seite?

Insgeheim hatte sie wohl gehofft, sie würden sich auf Ben konzentrieren, wenn sie ihn auf der Straße sahen. Dabei war sie ja das unbewegliche Ziel!

Sie waren die Straße heruntermarschiert, sofort nachdem Ben ausgestiegen war. Jugendliche oder junge Erwachsene, die meisten Männer mit Basecaps, Sneakern und Dreiviertelhosen. Mindestens zwei Mädchen waren unter den etwa zehn bis zwölf Gestalten. Eine trug ein helles T-Shirt, auf dem eine Acht stand. Ihre Gesichter waren im Halbschatten der Straßenlaternen nicht zu erkennen. Bei einer Gegenüberstellung würde sie niemanden identifizieren können.

Die Männer und Frauen hatten gelacht, als hätten sie den Spaß ihres Lebens. Einer hatte auf das Haus gezeigt, in dem Ben verschwunden war. *»Da ist er«*, hatte sie gehört, so nah standen sie, auf der gegenüberliegenden Straßenseite, ohne Blick für die parkenden Autos. Ein anderer ging nachschauen; ein gedrungener Typ mit Vollbart und wiegendem Gang. Er hielt ein Handy, garantiert im Aufnahmemodus. Das alles hatte sie sehen können, weil sie sich von der Beifahrerseite aus über die Fahrerseite ans Fenster beugte, die Hände zwischen Kopf und Scheibe zu einem Guckrohr geformt.

Sie hatte gesehen, wie der Bärtige achselzuckend die Treppe zum Kellereingang wieder heraufkam. Was er zu den anderen sagte, hatte sie nicht mehr hören können. Ein Donner hatte die Nachtluft zerrissen, und sie war vor Schreck abgerutscht. Mit dem Ellbogen auf das Lenkrad.

Das Dröhnen eines Nebelhorns hätte sie nicht stärker in Panik versetzen können als die Hupe, die sie so ungeschickt ausgelöst hatte.

»Eene Meene Arezu –
und tot bist du!«

Von da ab fühlte sie sich wieder wie früher.

Im Auto. Auf der Rückbank, zu der sie kletterte. Im Fußraum, in den sie hinabgesunken war.

Arezu kannte dieses Gefühl. Diesen Zustand. Sie nannte ihn *Angstkrampf.* Wenn sich die Furcht wie ein Angelhaken fest im Bewusstsein verhakt hatte und man besser jede ruckartige Bewegung vermied, um ihn nicht noch tiefer hineinzutreiben.

Sie hatte derartig lähmende Angstkrämpfe schon öfter erlebt, als es ihr lieb war. Den ersten, als sie noch keine vierzehn Jahre alt war, in der siebten Klasse des Charlottenburger Wald-Gymnasiums.

»Eene Meene Arezu –
und tot bist du!«

Der Gesang ihrer Klassenkameraden, die damals, nach dem tragischen Unfall ihres Freundes, den Abzählreim auf sie gemünzt hatten, klang ihr noch heute im Ohr. Meistens wachte sie mit den hämischen Stimmen auf, nach einem Alptraum, in dem sie alles noch einmal erleben musste: den Kuss am Theodor-Heuss-Platz. Nils, wie er sich ein letztes Mal umdreht. Das scheue Lächeln, bevor er bei den Treppen zum U-Bahnhof verschwindet. Dann der Besuch der Polizei. Der traurige Blick, die schrecklichen Worte.

Die Klasse, die ihr die Schuld gibt!

Dabei hatte sie nichts dafür gekonnt. Sie war noch nicht einmal in seiner Nähe gewesen, als Nils auf die Gleise stolperte und von der Bahn erfasst wurde. Aber heute, jetzt, in dieser Sekunde, war sie es wirklich: schuldig. In jeder Hinsicht.

Verdammt, verdammt, verdammt. Wie blöd kann man sein?

Sie hatte das Experiment gestartet. Und sie hatte ihren eigenen Jägern soeben eine akustische Einladung geschickt.

»Huhu, hier bin ich. Im Taxi! Fangt mich doch …«

Geldgierigen Verrückten, die sich mittlerweile im Recht fühlten, auf sie Jagd zu machen.

Als angehende Psychologin wusste Arezu, dass das Video der ehemaligen Sozialarbeiterin, das Schwartz ihnen vorhin gezeigt hatte, exakt den Wendepunkt markierte, über den sie hatte forschen wollen. Damit war die Schwelle überschritten, an der aus einer Ansammlung von Individuen ein aggressiver Mob wurde.

Früher waren die meisten Psychologen davon ausgegangen, dass der Mensch grundsätzlich gewaltbereit sei und in der anonymen Masse einen evolutionären Rückschritt vollziehe, der es ihm erlaubt, seine moralische Erziehung zu vergessen und nur noch den archaischen Urinstinkten zu folgen.

Neuere Forschungserkenntnisse zeigten jedoch, dass es einer emotionalen, identitätsstiftenden Verbindung bedarf, durch die sich die einzelnen Individuen erst als Teil der Gruppe begreifen. Und durch die sie vom Mitläufer zum Täter mutieren.

Die meisten Demonstranten etwa werden erst dann militant, wenn sie miterleben, dass die Polizei mit ungerechtfertigter Härte gegen Unbeteiligte vorgeht. Auf einmal sehen sich selbst sonst friedliebende Bürger gerechtfertigt, Steine zu werfen.

Und auch die Anschuldigung gegen Ben, seine eigene Tochter erst begrabscht, dann schwer verletzt und schließlich in einen Selbstmordversuch getrieben zu haben, lieferte den Menschen eine gefühlte Rechtfertigung: Einen Kinderschänder zu jagen war der gemeinsame emotionale Nenner, auf den sich der Lynchmob problemlos einigen konnte. Kein Wunder, dass die erste Gruppe bereits auf dem Babystrich in Schöneberg aufgetaucht war. Und es würde nicht die letzte bleiben. Je länger Ben fortblieb – das war so sicher wie die Tatsache, dass sie selbst diesen Abend nicht ohne Schaden überstehen würde –, umso mehr Menschen würden sich hier einfinden. Geködert mit Falschmeldungen und der Aussicht auf unermesslichen Reichtum; motiviert durch Hass und Rachegefühle.

Und wer weiß, was im Netz gerade über mich für Dreck verbreitet wird?

Arezu klammerte sich an Bens Telefon in ihrer Hand und hatte auf einmal Angst, dass es klingeln würde, was der Horde da draußen ein weiteres Zeichen gäbe, dass sie sich hier im Taxi versteckt hielt. Mit den Knien auf der Fußmatte, so lächerlich wie ein Kind, das sich die Augen zuhält in der Annahme, selbst nicht gesehen zu werden.

So ein Schwachsinn.

Sie war zwar klein, dünn und trug schwarze Sachen, aber die Jäger waren ja nicht blind. *Leuchtete da schon der erste mit seinem Telefon in den Innenraum?*

Arezu meinte, einen Schatten gesehen zu haben, und tatsächlich sagte ein Mann: »Ist das eine Tasche, oder … nein, da liegt jemand!«

Die aufgeregte, helle Männerstimme kratzte in ihrem Ohr wie Fingernägel auf einer Tafel.

Sie sind da!

Direkt am Wagen. Und sahen unter Garantie so zu ihr hinein, wie sie vorhin nach draußen gestarrt hatte. Hände am Fenster, das Gesicht dicht an die Scheibe gepresst.

»Ist das die Psycho-Tante?«, hörte Arezu eine Frau fragen. Dann zischte jemand, und es wurde leise. Abgesehen von dem Regen, der auf das Dach knallte und ihr das Gefühl gab, unter einem Eimer zu sitzen, der mit Steinen beworfen wurde.

Was mache ich, wenn sie die Scheibe einschlagen?

Arezu fand die Kraft, nach ihrem Rucksack zu tasten, und ihr Herzklopfen wurde schlimmer. Er war nutzlos, die Gaspistole war nicht mehr darin. Schwartz hatte sie einbehalten, weil sie den kleinen Waffenschein nicht hatte vorweisen können, den man angeblich für diese Pistole brauchte. Darauf hatte der Polizist bestanden, vielleicht aus Rache dafür, dass Ben ihn so unter Druck gesetzt hatte. Vielleicht aber hatte Schwartz ihnen auch nur noch einmal klarmachen wollen, dass sie komplett schutzlos waren, wenn sie nicht bei ihm blieben. Jedenfalls hatte er die Pistole samt Munition, das Jagdmesser und sogar das Pfefferspray bei sich behalten.

Und sie war jetzt wehrlos einer derzeit schweigenden Gruppe ausgeliefert; nur getrennt durch wenige Millimeter dünnes Blech und zerbrechliche Scheiben.

Auf einmal begann alles zu wanken.

Der Boden, der Wagen, sie selbst.

Arezu hörte auf zu atmen, versuchte, sich noch kleiner zu machen. Für einen kurzen Moment war sie wieder dreizehn Jahre alt und kauerte hinter der Turnhalle, zu der ihre Klassenkameraden sie getrieben hatten.

Eene Meene Arezu –

und tot bist du!

Wieder hockte sie mit hochgezogenen Schultern und Katzenbuckel, in Erwartung von Tritten und Schlägen neben der Metallmülltonne; am Ende blutend und weinend oder sogar bewusstlos.

Damals, in der siebten Klasse, waren sie auf ihr herumgetrampelt. Heute sprangen sie auf dem Wagen herum. Offenbar nutzten sie ihn als Wippe. Einige vorne auf der Motorhaube, andere hinten auf dem Kofferraum.

Der Tanz der Teufel!

»Hey, mach auf!«, hörte sie eine heisere Männerstimme. In ihrer Vorstellung gehörte sie dem Bärtigen mit dem Seemannsgang.

Arezu zitterte, aber das war auch die einzige Bewegung, zu der sie fähig war. Der Angstkrampf lähmte leider nur ihre

Gliedmaßen, aber weder ihre Gefühle noch die inneren Organe.
Sie hatte Sodbrennen. Der Geschmack von Säure überschwemmte ihre Zunge, und heftiges Schlucken machte alles nur noch schlimmer. Ihre Kopfhaut juckte, als hätte sie ihre nicht mehr vorhandenen Haare zwei Wochen lang nicht gewaschen. Das Kribbeln zog sich von ihrem Nacken aus bis zu den Schultern. Und ihr Magen war wie ein Dudelsack, der sich unregelmäßig zusammenzog und eine unheimliche Melodie spielte, die nur sie in ihrem Kopf hörte,
»Eene Meene Arezu –
und tot bist du!«
Zehn Stunden! *Gefühlt!*
So lange war Ben jetzt fort, wenn nicht länger, zumindest kam es Arezu so vor. Und sie war sich nicht sicher, ob sie weitere zehn Sekunden alleine aushalten konnte.
Hier, in einem Wagen, der ihnen nicht gehörte. Womit nicht sicher war, ob nicht jede Sekunde die Zentralverriegelung aufsprang.
Was, wenn der Besitzer des Taxis, der sie hierhergelockt hatte, sein Auto per Fernsteuerung öffnete, um den Mob hineinzulassen?
Oder, um selbst einzusteigen?
Vielleicht wartete er längst da draußen? Hier, in der traurigsten Straße von Westberlin, die schon mehr Elend und Verzweiflung gesehen hatte als so mancher Arzt in der Notaufnahme. Und die heute Abend noch Schauplatz eines Mordes werden würde, wenn sie nichts unternahm.
Aber was?
Allein, ohne Hilfe, ohne …

Ben!?

Noch vor kurzem hatte sie gedacht, er wäre für die Gefahr, in der sie steckte, mitverantwortlich. Und noch immer war sie sich nicht sicher, ob er sie in die Irre führte und in Wahrheit nicht doch »Oz« war. Dennoch sehnte sie sich danach, dass er zurückkam.

Er war genauso wenig wie sie darin erfahren, mit Gewalt umzugehen, aber mit ihm fühlte sie sich sicherer.

Nur, was sollte er machen?

Sich alleine gegen das wütende Dutzend stellen?

Arezu zwang sich, die Augen zu öffnen, und auf einmal hörte das Schwanken auf. Vielleicht hatte es auch schon zuvor aufgehört, sie wusste es nicht.

Sie hob den Kopf und wagte einen Blick auf die Straße.

Allein!

Arezu richtete sich auf, weiterhin zitternd und mit dem Gefühl, dass sie sich täuschen musste. Aber wohin sie auch blickte, sie konnte niemanden mehr sehen. Die Horde war fort, der Mob hatte sich aufgelöst. Lag es am Wetter?

Der Regen hatte wieder eingesetzt und die drogensüchtigen Stricherinnen von der Straße getrieben. Aber nur, weil bei diesem Unwetter kein Freier nach einem Stück Freiwild Ausschau hielt, das er für zwanzig Euro benutzen und wegwerfen konnte.

Freiwild.

Genau das waren Ben und sie jetzt, und das war in erster Linie ihre Schuld. Auch wenn es einen Grund gab, dass sie das Experiment gestartet hatte. Sie war es, die das Angstvirus freigesetzt hatte, in der selbstüberschätzenden Annahme, die Folgen beherrschen zu können. Dabei konnte sie noch nicht einmal sich selbst kontrollieren.

Vielleicht sind sie nur an Ben interessiert? Nicht an mir? Plötzlich blitzte es, diesmal nicht am Himmel, sondern unmittelbar vor ihren Augen im Wagen.

Sie stieß einen spitzen Schrei aus und ließ das Handy fallen. Der Bordcomputer im Mittelteil des Armaturenbretts hatte sich angeschaltet. Der Bildschirm, der so groß war wie ein Tablet-Monitor, zeigte ein weißes Rauschen, eine digitale Schneelandschaft, die sich rasch zu einer Straße formierte.

Arezu brauchte eine Weile, bis sie begriff, dass das Taxi mit einer Nachtsichtkamera ausgestattet sein musste, die die gesamte Umgebung einfing. Offenbar war sie auf dem Dach montiert, möglicherweise im Taxi-Schild, offenbar um dreihundertsechzig Grad schwenkbar, denn sie hatte eine grau- und grünstichige, aber perfekte Rundumsicht über die Frobenstraße. Und das, was sie sah, machte ihr noch mehr Angst als die Tatsache, die ferngesteuerte Marionette eines Unbekannten zu sein.

Menschen. Viele Menschen. Viel zu viele Menschen, die sich von den jeweiligen Straßenenden wie Demonstrationszüge auf einen einzigen Punkt zubewegten. Ihr Taxi.

Die erste Gruppe war nicht weggegangen.

Sie war nur die Vorhut gewesen.

Jetzt kam die Verstärkung.

Es piepte im Fußraum, und Arezu angelte sich das verlorene Handy. Der Irre, der sie als Spielball benutzte, bestätigte ihre schlimmsten Befürchtungen:

Polizei? Zu spät! Wegrennen?
Draußen hast du keine Chance.

Eine weitere SMS ging ein. Ein einziges Wort:

Handschuhfach!

Die Jäger waren keine zehn Meter mehr entfernt, aus den Schattenwänden waren einzelne Individuen geworden, als sie nach vorne kletterte.

Sie öffnete das Handschuhfach.

Hörte so etwas wie Kriegsgeheul. Johlen, Lachen, Kreischen. Hörte Schritte.

Und schlug verzweifelt die Hände vors Gesicht.

42.

Ben. 01.11 Uhr.
Noch sechs Stunden und 49 Minuten
bis zum Ende der AchtNacht

Ihr erstes Mal?«, fragte das Frettchen flüsternd und leckte sich die Lippen. Ben, der nicht die geringste Lust auf eine Konversation mit seinem etwas beschwipst wirkenden Tischnachbarn hatte, nickte nur.

Nana hatte den Gewölbekeller verlassen. Etwas von ihrer Autorität war jedoch im Raum verblieben wie ein unsichtbarer Schatten. Es war, als wäre Ben in eine Klasse mit eingeschüchterten Schülern gesetzt worden, die auf die Ankunft des Direktors warteten. Niemand wagte es, laut zu reden oder gar aufzustehen. Die meisten sahen auf das gestärkte Tischtuch oder an die Decke; jeder vermied Augenkontakt. Nur das Frettchen war gesprächig.

»Komisch«, flüsterte er, und Ben ahnte, was jetzt kam. »Irgendwie kommen Sie mir bekannt vor.«

Die Tür, durch die er eben getreten war, öffnete sich, und Lady Nana betrat erneut das Gewölbe. In der Hand hielt sie etwas, das Ben im ersten Moment fälschlicherweise für eine Peitsche hielt.

In Wahrheit war es eine Hundeleine. Und an ihr hing das bedauernswerteste Geschöpf, das Ben je persönlich zu Gesicht bekommen hatte.

Das nackte Mädchen war allerhöchstens siebzehn, wobei ihr Alter schlecht zu bestimmen war angesichts all der Bluter-

güsse, die ihren Körper überzogen. Der größte über ihrem rechten Auge, das völlig zugeschwollen war. Er leuchtete in einer rotvioletten Farbe, die in perversem Zusammenspiel mit den zum Teil lila gefärbten Strähnchen ihrer kinnlangen Haare harmonierte.
Sie war klein und etwas mollig, doch das leichte Übergewicht passte zu ihrem vollen Mund, mit dem sie sicher einmal glücklich gelächelt hatte, bevor das Reisebüro namens Schicksal ihr ein One-Way-Ticket in die Hölle ausgestellt hatte.
Bizarrerweise trug sie einen kleinen, zerschlissenen Lederrucksack auf dem Rücken. Abgesehen von dem Nietenhalsband für die Hundeleine war er das Einzige, was sie am Körper hatte.
Das Mädchen krabbelte auf allen vieren und verlor dennoch das Gleichgewicht, als die Frau an der Leine zog. Sie wollte sich an der Tischkante festhalten, doch Nana schlug ihr mit dem Leinenende auf die Finger.
»Aus«, befahl sie.
Ein Raunen ging durch die Gruppe am Tisch. Ben las vieles in den Augen seiner Tischnachbarn: Aufregung, Nervosität, Vorfreude, Spannung, Erwartung, Erregung.
Aber kein Mitleid. Bei niemandem.
»Das ist Lenka«, sagte Nana. »Sie kommt aus Trokavec, einem Dorf in der Nähe von Pilsen.«
Sie löste den Rucksack von dem nackten Mädchen und kam ohne weitere Vorrede zur Sache: »Meine Herren. Ihre Einsätze bitte.«
»Fünftausend«, sagte der Mann, der Nana am nächsten saß. Er hatte eine dunkle Stimme, die wie Rauch durch das Gewölbe waberte. Der Mann war etwa Ende fünfzig, mit zu-

rückgegelten, pechschwarzen Haaren, die unter dem Kerzenleuchter ölig schimmerten.
Neben ihm saß ein jüngerer Mann in kerzengerader Haltung, der nervös an einer weißen Einkerbung an seinem Ringfinger spielte, wo vermutlich bis vor kurzem sein Ehering gesteckt hatte. Er erhöhte den Einsatz auf sechstausend. Lady Nana nickte zufrieden, während Ben fieberhaft überlegte, was die Männer mit diesen Summen erkaufen wollten.
Wenn der Betrag in Euro geleistet werden sollte, wovon er ausging, konnte es nicht allein um Sex gehen, dafür war das Ganze, selbst wenn das Mädchen noch minderjährig sein sollte, zu teuer. Zudem hatte Nana von einem Spiel gesprochen, was allerdings ein Synonym für alles Widerwärtige sein konnte, was Männer Frauen antun konnten: Vergewaltigung, Misshandlung, Folter, Demütigung.
Tod?
Vom Schreck wie betäubt, suchte er die dunklen Gemäuer nach einer Kamera ab – und tatsächlich. Das, was er im ersten Moment für einen Rauchmelder gehalten hatte, schien ein Fischaugen-Objektiv zu sein, mit dem die ganze gruselige Szenerie festgehalten wurde.
Sollte er etwa Zeuge einer Ermordung werden?
Hatte ihn der Unbekannte, an dessen unsichtbaren Fäden er hing, hierhergelockt, damit er dem Mob noch einen weiteren Grund lieferte, gejagt zu werden?
Ben hatte noch keine Antworten auf all diese unerträglichen Fragen gefunden, als er an der Reihe war und seinen Einsatz nennen sollte. Wie das Frettchen zuvor sagte er: »Viertausendfünfhundert«, denn offenbar ging es bei dem »Spiel« nicht darum, die anderen zu überbieten.

»Nun denn«, lachte Nana und klatschte in die Hände, ohne die Leine loszulassen. »Da wir einen Neuen unter uns haben, noch einmal die Regeln: Eine Runde dauert fünfzehn Minuten. Niemandem ist es gestattet, aufzustehen oder die Hände zu benutzen. Es gilt das, was Ihnen schon Ihre Mutter beibrachte: Finger über der Decke.«
Die meisten Anwesenden stimmten in ihr Lachen ein. Lenka begann zu schluchzen, womit sie sich einen kurzen Schlag mit dem Leinenende einfing.
»Am Tisch wird nicht gesprochen. Es sei denn, ich stelle der Person eine Frage. So weit alles klar?«
Alle nickten. Bis auf Ben.
Er fixierte das Mädchen, konnte sich von ihrem geschundenen Anblick nicht abwenden und merkte erst nach einer Weile, dass auch Lenka ihn ansah. Aus großen, dunklen Augen, so schwarz wie der tiefste See der Welt. Flehend wie ein zum Tode Verurteilter, der unter den Zeugen seiner Hinrichtung jemanden sucht, der an seine Unschuld glaubt.
»Hopp«, sagte Lady Nana und gab ihr einen Tritt. Lenka wimmerte, schwankte, verlor erneut das Gleichwicht, tat dann aber wie ihr befohlen, kurz nachdem die Frau ihr die Leine von dem Lederband um den Hals gelöst und an den Griff der Ausgangstür gehängt hatte.
Entsetzt sah Ben zu, wie Lenka unter den Tisch krabbelte. Auf einen Schlag änderte sich die Stimmung unter den Anwesenden. Sie rutschten auf ihren Stühlen herum und ließen die Blicke kreisen. Auf einmal sah man sich in die Augen. Nickte sich zu.
»Beginnen wir mit einfachen Fragen zur Auflockerung«, sagte Lady Nana. Sie öffnete den Rucksack, der eben noch auf dem Rücken des Mädchens gehangen hatte, und zog ein

dickes Bündel postkartengroßer gelber Karteikarten hervor.

Mit ihnen stellte sie sich an das Kopfende des Tisches und wirkte wie der Moderator einer Talkshow, als sie von der ersten Karteikarte eine Frage ablas:

»Das Spiel, das wir hier spielen, heißt a) Harte Welt, b) Harter Mann oder c) Hartes Gesicht?«

Lady Nana ließ ihren Blick kreisen und stoppte bei Ben. Ausgerechnet er bekam die erste Frage.

Ihm wurde übel. Nicht, weil er jetzt auffliegen würde. Sondern im Gegenteil. Weil er die Antwort kannte.

Hartes Gesicht!

Er hatte davon gelesen und es als Mythos abgetan. Angeblich hatten russische Zuhälter damit angefangen, mit diesem Ritual neue Prostituierte gefügig zu machen. Bei diesem grausamen »Spiel« mussten die verschleppten Frauen, die man mit der Aussicht auf einen lukrativen Job in der Gastronomie nach Deutschland geködert hatte, unter den Tisch einer Herrenrunde kriechen. Wenn sie nicht zu Tode geprügelt werden wollten, mussten sie sich dann einen Mann aussuchen, den sie oral befriedigten. Der »Auserwählte« jedoch musste ein »hartes Gesicht« machen. Er durfte selbst beim Orgasmus keine Miene verziehen. Schaffte er es, von seinen Tischnachbarn unentdeckt zu bleiben, gewann er die Summe des Einsatzes, die er genannt hatte. Oder er verlor den Betrag an den Ersten, der ihn enttarnte.

»C«, gab Ben seine Antwort an Lady Nana, die das »Harte Gesicht« offenbar zu einem perversen Gruppenspiel notgeiler und zahlungskräftiger Säcke abgewandelt hatte. Um es für den Auserwählten schwieriger zu gestalten, ein

»hartes Gesicht« zu machen, stellte sie den »Mitspielern« ganz offensichtlich Quizfragen.

»C, so ist es«, bestätigte Lady Nana zufrieden Bens korrekte Antwort und wandte sich wieder an die ganze Runde. »Haben Sie gehört? Seine Stimme hat gezittert. War es die Nervosität? Oder hat es schon einen anderen Grund?« Sie lächelte diabolisch. »Bitte vergessen Sie nicht, dass Sie Ihren Einsatz verlieren, sollten Sie einen Herrn zu Unrecht des harten Gesichts beschuldigen. Sie sollten sich also sicher sein und nicht zu früh den Arm heben.«

Alle am Tisch nickten. Mit Ausnahme von Ben, der gerade spürte, wie eine Hand unter dem Tisch seinen Oberschenkel berührte.

43.

Arezu. 01.12 Uhr.
Noch sechs Stunden und 48 Minuten
bis zum Ende der AchtNacht

Die Scheibe splitterte an mehreren Stellen gleichzeitig, bevor Stiefel sie aus dem Rahmen ins Fahrzeug traten. Vom Gewitter abgekühlte Luft wehte in den Mercedes, zusammen mit dem unverständlichen Geschrei der Randalierer. Arezu wurde von einer Hand gepackt, dann von einer zweiten. Sie konnte nicht sagen, ob sie zu ein und derselben Person gehörten.

Sie wusste noch nicht einmal, ob es eine Frau oder ein Mann war, der nach ihr griff. Sie sah keine Gesichter, nur Plastiktüten. In dem Versuch, sich zu tarnen, hatte die Gruppe zu einer einfachen, schnell herzustellenden Verkleidung gegriffen. Alle Köpfe, die sie in der Dunkelheit ausmachen konnten, steckten unter grauschwarzen Plastikmülltüten, in die Schlitze für Augen und Mund geschnitten waren.

Verdammt, nein!

Arezu verfluchte sich erneut, nicht mit Ben mitgegangen zu sein. Und dafür, dass sie so feige war.

Sie brachte es nicht fertig, mit dem Taxi durch die Menge zu pflügen, so wie Ben es ihr geraten hatte. Unter der Horde, die wie ein Schwarm Schmeißfliegen das Auto belagerte, waren bestimmt auch viele Gaffer und Neugierige, die man nicht einfach totfuhr, *oder doch?*

Es gab einen lauten Knall hinter ihr, und mit der Heck-

scheibe fiel ein Pflasterstein auf die Rückbank, von der Arezu längst wieder nach vorne geklettert war.
Sie schlug mit den Ellbogen nach rechts, traf etwas Hartes und hörte ein dumpfes Stöhnen. Eine Lücke tat sich im Seitenfenster auf, die aber sofort durch einen Nachrücker geschlossen wurde. Ein weiterer Mülltütenkopf griff mit regennassen Händen durch das zerschlagene Fenster. Unbeirrt davon, dass Arezu wieder und wieder auf den behaarten Handrücken eindrosch, öffnete er die Tür. Und damit war es so weit.
Sie konnte nicht länger darauf vertrauen, dass Ben bald einen Weg zurückfand, um sie aus dieser wild gewordenen Menge zu befreien. Sie durfte auch nicht darauf hoffen, dass der 110-Notruf, den sie mit dem Handy abgesetzt hatte, rechtzeitig bearbeitet wurde.
Die einzige Möglichkeit, sich etwas Zeit zu verschaffen *(noch etwas länger am Leben zu bleiben!)*, bestand tatsächlich einzig und allein darin, den Inhalt des Handschuhfachs zu benutzen.
Die Neun-Millimeter-Handfeuerwaffe!
Keine Gas-, sondern eine echte Pistole. Tödlich, nicht nur, wenn man sie dem Opfer direkt auf den Körper setzte. Sondern mit jedem gezielten Treffer.
Arezu spürte, wie sich Finger in ihr T-Shirt krallten. Sie an den Ohren und Schultern packten. Wie sie rücklings vom Beifahrersitz nach draußen gezogen wurde.
Sie spürte, wie ihr Kopf hart auf dem Asphalt aufschlug. Schmeckte Blut, als sie sich auf die Zunge biss, und Feuchtigkeit, weil sie ganz offensichtlich in einer Pfütze lag, die sehr bald von ihrem Blut getränkt sein würde. Sobald die Klinge auf sie heruntersauste. Die Klinge des gezackten

Brotmessers, die der Mann, der auf ihr kniete, mit beiden Händen hielt. Wie einen Dolch.

»AUFHÖREN!«, schrie Arezu und riss die Hand hoch, mit der sie die ganze Zeit die Pistole gehalten hatte. Sie dachte, allein ihr Anblick würde ausreichen, dass die Angreifer von ihr abließen; dass sie im Bewusstsein der eigenen Sterblichkeit rechtzeitig zur Besinnung kamen; eine Gasse bildeten, sie gehen ließen.

Sie dachte nicht, dass es nötig sein würde, wirklich zu schießen. Sie glaubte noch nicht einmal, dazu fähig zu sein. Vorhin, als Ben vor ihr stand, hatte sie mit Absicht verzogen. Sie konnte keine Schmerzen ertragen, kein Blut sehen. Weder bei sich noch bei anderen.

Aus diesem Grund war sie selbst darüber erschrocken, als sich der Schuss löste. Aus Versehen. Ohne, dass sie gezielt hatte.

Der Kopf des Mannes über ihr verschwand in einem roten Nebel. Sie war sich sicher, dass die Plastiktüte mitsamt seinem Schädel explodiert war, doch es war das Blut, das aus der Eintrittswunde im Hals auf ihre Augen getropft war. Kurz bevor der Angreifer mit einem gurgelnden Geräusch seitlich von ihr wegrollte und auf die Straße fiel.

44.

Ben. 01.12 Uhr.
Noch sechs Stunden und 48 Minuten
bis zum Ende der AchtNacht

Es konnte keinen Zweifel daran geben, was Ben tun musste: aufstehen, bevor die Hand des Mädchens seinen Schritt berührte. Verhindern, dass er zum Werkzeug wurde, mit dem sie vergewaltigt wurde.

Aber dann?

Im besten Fall würden sie ihn hochkant rauswerfen. Wahrscheinlicher war es, dass er in einem Hinterzimmer zusammengeschlagen wurde; von einem Zuhälter, der Lady Nana unter Garantie irgendwo wartend zur Seite stand und dem es gar nicht schmeckte, dass Ben nicht in der Lage war, den versprochenen »Spiel«-Einsatz von viertausendfünfhundert Euro zu bezahlen.

Aber selbst ein paar gebrochene Rippen und ausgeschlagene Zähne wären nicht das Schlimmste, wenn er sich jetzt zu erkennen gab. Auch nicht das Video, das seine Teilnahme bei diesem menschenverachtenden »Spiel« dokumentierte und das unter Garantie seinen Weg in die sozialen Netzwerke finden würde, so sicher wie die Tatsache, dass er damit endgültig als Perverser gebrandmarkt wäre. Das allein war doch der Grund, weshalb der Erpresser ihn hierhergelockt hatte. Mit Adresse und Codewort, mitten in den innersten Kreis menschlichen Abschaums hinein.

Nein, das schreckliche, unlösbare Problem bestand darin,

dass er nicht so einfach gehen und das arme Mädchen alleine unter dem Tisch lassen konnte.
Vielleicht hätte er es geschafft, wenn er ihr vorhin nicht in die Augen geschaut hätte. Aber jetzt fühlte er sich nicht nur moralisch verpflichtet, sondern emotional gebunden. Zwischen ihm und Lenka bestand eine Verbindung, geknüpft in der Sekunde, als sie den kurzen, aber intensiven Blickkontakt hatten.
Ben fühlte die Hand zu seinem Reißverschluss hinauf- und eine Schweißperle seine Wirbelsäule hinabgleiten.
Was jetzt?
Am liebsten hätte er unter den Tisch gegriffen und sie von sich weggezogen. Aber das hätte ihn ebenso enttarnt wie etwa hektische Abwehrbewegungen mit den Beinen, die ganz sicher das Frettchen oder der Nachbar zu seiner Linken mitbekommen würden.
Ben verstand: Die Schwierigkeit des abartigen Spiels lag nicht darin, ein hartes Gesicht zu machen. Sondern es wie ein weiches, ganz normales aussehen zu lassen. Ruhig zu atmen, wenn man am liebsten hyperventilieren wollte. Die Schultern hängen zu lassen, wenn jeder Muskel des Körpers sich anspannte. Zu lächeln, wenn einem zum Weinen war.
Während Ben fieberhaft nach einem Ausweg aus der hoffnungslosen Lage suchte, setzte Lady Nana ihr bizarres Quiz fort. Die nächste Frage richtete sie an den Ältesten aus der Runde. Ein Mann mit schlecht sitzendem Scheiteltoupet, aber perfekt weißen dritten Zähnen. Er hatte die Ellbogen auf dem Tisch abgestellt, und sein Kinn ruhte auf den zum Tablett verschränkten Händen, als wäre ihm sein Kopf zu schwer geworden.

»Der heutige Code-Name ›Walther Rehn‹ ist eine Anspielung auf a) das Ren-Tier, b) den Sänger Walther von der Vogelweide oder c) das Schmerzmittel Voltaren?«

»Die Antwort lautet C, Voltaren«, sagte der Alte mit überkorrekter Betonung. Er freute sich über das Lob der Gastgeberin für die richtige Beantwortung, und Ben verschwand für einen Moment aus der Blicklinie der anderen. Einige der Anwesenden fragten sich sichtlich, ob die genaue Aussprache den Mann verdächtig machte oder ob er sich regelmäßig anhörte wie ein Richter bei der Verlesung der Urteilsbegründung.

Noch war es zu früh, um den Einsatz zu riskieren.

Jedenfalls für die »Spieler«.

Nicht für Ben. Für ihn war es zu spät. Jetzt, da Lenka den Reißverschluss öffnete und kurz davorstand, ihm in den Schritt zu greifen.

Ohne nachzudenken, jedoch auch ohne eine andere Wahl zu haben, sprang Ben auf und schrie: »Habt ihr denn alle den Verstand verloren?«

Mehrere Münder öffneten sich. Augenpaare, weit aufgerissen, glotzten ihn perplex an. Selbst Lady Nana war für einen Moment in der Bewegung erstarrt, wie bei einem Kinderspiel, bei dem man sich nicht mehr rühren darf, sobald die Musik ausgeht.

Aber das war kein Spiel, selbst wenn die Perversen es hier so nannten. Das war bitterer Ernst.

»Was seid ihr? Tiere?«

In Gedanken korrigierte Ben sich sogleich, denn Tiere wären zu einem derart widerlichen Verhalten nicht einmal im Ansatz fähig, doch wie erwartet kam er gar nicht dazu, auch nur ein weiteres Wort zu sagen.

Die Tür hinter Lady Nana schlug auf, und ein Mann stürmte herein.
Sein Schädel war so kahl wie eine Bowlingkugel. Er wirkte weder groß noch stark, und Ben hätte ihn in einem Zweikampf sicher besiegt, wäre da nicht die Schusswaffe in seiner Hand gewesen sowie der wutverzerrte, irre Blick eines Mannes, der den Abzug sicher schon mehrmals in seinem Leben betätigt hatte. Und der kein Problem damit haben dürfte, es heute erneut zu tun.
Ben tat das Einzige, was ihm noch zu tun übrigblieb. Er packte den Tisch und riss ihn hoch, um ihn als Schutzschild zu verwenden. Womit er nicht gerechnet hatte war, dass das so einfach ging. Davon ausgehend, dass die Holztafel massiv war, hatte er seine gesamte Kraft in den Ruck gesteckt, in der Hoffnung, die Tischkante wenigstens um sechzig Grad zu kippen. Nun aber drehte er den Tisch einmal komplett um die eigene Achse und warf ihn auf die ihm gegenüber Sitzenden.
Ausgerechnet der ältere Herr mit dem Toupet war geistesgegenwärtig noch hochgesprungen, alle anderen wurden von der Tafel begraben. Der Tumult, der daraufhin einsetzte, war ohrenbetäubend. Die Schreie der Perversen, die sich den Ablauf des Spiels in ihrer Phantasie ganz anders ausgemalt hatten, hallten vom Gewölbe wider und mischten sich mit dem Schuss, der sich aus der Pistole von Lady Nanas Glatzkopf gelöst hatte. Unfreiwillig in dem Moment, in dem der Toupet-Opa gegen ihn gestolpert war.
Alle brüllten und fluchten durcheinander, bis auf eine. Lady Nana. Sie lag am Boden, getroffen von einem Querschläger. Niedergestreckt von dem Mann, der zu ihrer Verstärkung gekommen war.

Ben registrierte das nur aus den Augenwinkeln. Er packte Lenka, die mit über dem Kopf verschränkten Armen auf den Knien hockte, zog sie unsanft an den Haaren hoch.

»Hey, du Arschloch …«, hörte Ben das Frettchen sagen, bevor er ihm den Ellbogen ins Gesicht rammte. Mit dem nackten Mädchen im Schlepptau bahnte er sich den Weg zur Tür, die nicht länger bewacht war, jetzt, da der Pistolenmann neben Lady Nana kniete und beide Hände auf ihre Wunde im Rücken drückte.

»Ahhh«, schrie jemand dicht neben ihm, und es dauerte einen Moment, bis er registrierte, dass es Lenka war, die hysterisch weinte.

Er zog sie weiter durch die Tür, die Treppe hinauf. Rechnete damit, jeden Moment einen weiteren Schuss zu hören. Den Eintritt des Projektils zu spüren. Irgendwo zwischen seinen Wirbeln, im Lenden-, Schulter- oder Nackenbereich.

Dann bekomme ich endlich, was ich verdiene, Jule, dachte Ben. *Dann sitze ich dort, wo ich hingehöre. Im Rollstuhl.*

Aber der Schuss blieb aus, und die Tür am Ende der Treppe war auch wider Erwarten nicht verriegelt.

Nur Lenka sträubte sich immer mehr, als wollte sie gar nicht gerettet werden. Doch darauf konnte und durfte er keine Rücksicht nehmen.

Es gab schon so vieles im Leben, was er sich nicht verzieh. Ein minderjähriges Mädchen ihrem Schicksal als Zwangsprostituierte zu überlassen würde nicht noch hinzukommen. Er zerrte sie nach draußen, wo sie dichter, schwerer Regen empfing.

Ben stolperte über die Straße, Lenka hinter sich herziehend, und stoppte abrupt, als er etwa auf der Mitte angelangt war.

Was zum Teufel …

Das Taxi!

Es stand noch dort, wo er es abgestellt hatte, aber es war kaum wiederzuerkennen. Alle Scheiben eingeschmissen. Die Beifahrertür aufgerissen, Motorhaube und Kofferraum völlig verbeult. Das Taxischild auf dem Dach abgeschlagen. Es lag auf dem Asphalt in einer Pfütze. Direkt neben einer … *einer Leiche?*

»Arezu!«, schrie Ben, obwohl die reglose Gestalt mit der Plastiktüte über dem Kopf nicht die Studentin sein konnte. Dafür war der Körper des Toten zu schwer, zu groß und zu männlich.

Lenka hatte die Leiche natürlich auch gesehen und schrie jetzt noch lauter. Ben konnte es ihr nicht verübeln.

Wohin hatte er sie gebracht? Aus einem Gewölbe voller Perverser mitten in ein Schlachtfeld?

»Arezu!«, brüllte er und sah sich um. Die Menschenmassen, die für diesen Exzess verantwortlich gewesen sein mussten, waren nicht mehr zu sehen. Verschwunden im Regen wie die Prostituierten, die hier sonst ihre traurigen Dienste anboten. Und wie Arezu, die auch nicht im Wagen lag, wovon er sich mühelos überzeugen konnte, als er mit Lenka im Schlepptau auf die Rückbank blickte und in den Kofferraum, der sich allein durch einen Tritt gegen das Heck öffnen ließ.

»Arezu«, schrie er ein letztes Mal.

In einiger Entfernung hörte er Sirenen und überlegte, was er jetzt tun sollte. Arezu war fort und mit ihr sein Handy. Er konnte keine neuen Anweisungen des Unbekannten erhalten, was einerseits gut war, weil dieser ihn nicht länger in derartig ausweglose Lagen manövrieren konnte. Andererseits hatte er damit womöglich das Todesurteil für Jule unterschrieben, sollte sie tatsächlich vergiftet worden und die Ärzte auf Hinweise des Täters angewiesen sein.

Sollte er auf das Eintreffen der Polizei warten? Oder gemeinsam mit den »Mitspielern«, die nach und nach aus dem Kellereingang flüchteten, in Richtung Bülowstraße rennen?

Die Entscheidung wurde Ben abgenommen.

Denn nicht nur die Sirenen wurden lauter. Auch die Randalierer kamen wieder zurück! Eine Gruppe Menschen schälte sich aus der dunklen Regenwand. Ihre Gesichter unkenntlich gemacht mit dunklen Mülltüten, die nur für den Mund und die Augen eine Aussparung ließen.

Lenka hörte auf zu schreien, als sie die Phalanx sah, die sich auf sie zubewegte.

Ben war sich nicht sicher, wer die größere Gefahr darstellte: die Vermummten oder Lady Nanas Beschützer, der im Kellereingang auftauchte. Mit Blutspritzern im Gesicht stand der Glatzkopf auf dem Bürgersteig und richtete seine Waffe in Bens und Lenkas Richtung.

Gleich mit dem ersten Schuss sackte das Mädchen in seinen Armen zusammen. Ben zögerte nicht, legte sich ihren Körper, der zum Glück nicht allzu groß und schwer war, über die Schulter und rannte los. In die einzige Richtung, die ihm nicht versperrt war. Nach Süden, weg von den Verfolgern mit den Mülltüten über dem Kopf. Die im Übrigen der Grund waren, weshalb er vorerst keinen weiteren Schuss hörte.

»Der gehört uns!«, kreischte eine Frau. Ein rascher Blick über die Schulter sagte Ben, dass der Mob den Bodyguard umkreiste. Und tatsächlich mit dem Schießwütigen verhandelte, wer das Recht hatte, ihn zur Strecke zu bringen. Lady Nanas Scherge musste sich gegen die Gruppe verteidigen – und das war das Glück im Unglück, das Ben im Augenblick weiterhalf. Er schlug sich nach rechts in eine Seitenstraße. Die Arme so schwer wie seine Beine, die nicht mehr weiterlaufen wollten. Nicht mehr konnten.

Wohin? Wohin? Wohin nur???

Am Ende der schmalen Straße schien ein Park zu sein. Gab es dort einen Unterschlupf?

Ben warf einen raschen Blick über die Schulter. Sah die Verfolgerwand um die Ecke biegen.

Er lief noch zwei Schritte weiter, Lenka fest an sich gepresst. Er konnte kein Leben, keine Atmung spüren. Wusste nicht, wie viel Blut sie durch den Schuss verloren hatte. Es fühlte sich nach mehreren Litern an, so leicht und nass, wie sie war, aber Letzteres rührte vielleicht auch nur vom Regen.

Hoffentlich.

Müde war er, und durstig.

Ben strauchelte weiter Richtung Park, der gar keiner war, sondern nur ein großer Platz, und plötzlich stand die Antwort, wohin er flüchten sollte, direkt vor ihm. Wie ein Ausrufezeichen ragte sie in den windbewegten Nachthimmel der Hauptstadt.

Es sprach Bände, wie sehr er den Glauben an das Gute im Leben schon aufgegeben hatte, dass er an dieses so naheliegende Versteck nicht schon sehr viel früher gedacht hatte.

45.

Als am dreiundzwanzigsten Oktober des Jahres 1871 der Grundstein der Zwölf-Apostel-Kirche gelegt wurde, hatten ihre Erbauer nicht ahnen können, dass das monumentale rote Klinkerbauwerk einst wie der sprichwörtliche Fels in der Brandung aus einem Problemviertel herausragen würde. Den mächtigen Turm mit den Bleiglasfenstern zum Straßenstrich ausgerichtet. Im Rücken des Kirchenschiffs den bunten Regenbogenkiez, dessen lebhafte Homosexuellenszene zwar bunt und friedlich war, aber deshalb nicht ohne Probleme. HIV-Prävention war hier ein ebenso großes Thema wie die latente Schwulenfeindlichkeit einer Stadt, die nicht immer so weltoffen war, wie sie gerne gesehen werden wollte.

Prostituierte, Drogensüchtige, Obdachlose und Opfer intoleranter Gewalt hatte es natürlich immer schon gegeben. Doch erst seit den neunziger Jahren des letzten Jahrhunderts hatte man den Dienst an ihnen zu einem Schwerpunkt der Kirchenarbeit erkoren. Gegen einigen Widerstand konservativer Kräfte wurde das Verteilen von Kondomen, Spritzen und warmen Decken zu einem festen Bestandteil der Seelsorge. Und die Zwölf-Apostel-Gemeinde zu einem zuverlässigen Anlaufpunkt derer, die sonst niemanden hatten, dem sie vertrauen konnten.

Der derzeit amtierende Pfarrer hielt die Politik der offenen Tür für jedermann, jede Frau und auch für Individuen, die sich ihres Geschlechts nicht sicher waren, für eine Selbstverständlichkeit.

Zudem hatte er über die Jahre gelernt, dass die Not sich nicht an die Zeiten offizieller Gottesdienste hielt, sondern dass die Probleme gerade dann am schlimmsten wurden, wenn andere Gemeinden ihre Pforten längst verschlossen hatten. Weswegen die Kirchenleitung seit einiger Zeit jedes Wochenende einen 24-Stunden-Bereitschaftsdienst mit Freiwilligen organisierte. Eine Maßnahme, die Ben vorerst das Leben rettete, als er mit Lenka über der Schulter in den Kirchensaal stolperte, an einem Schwarzen vorbei, der ihm nach wilden Fußtritten gegen das Tor endlich geöffnet hatte.

Von der Größe und der muskulösen Statur hätte der etwa vierzig Jahre alte Mann auch gut als sein Verfolger durchgehen können, nur dass er keine Plastiktüte, sondern eine Wollmütze mit den jamaikanischen Nationalfarben auf dem Kopf trug. Seine Füße steckten in nietenverzierten Motorradstiefeln, in denen eine eng anliegende Lederhose verschwand. Dazu trug er ein T-Shirt mit der Aufschrift: »Nicht schießen, Officer. Ich bin eine weiße Lady.«

Zu einem anderen Zeitpunkt hätte Ben darüber gelacht.

Jetzt sagte er nur: »Bitte helfen Sie uns«, und legte Lenka auf eine der Kirchenbänke.

Der Mann, von dem er nicht wusste, wer er war, nur dass er in diesem Aufzug wohl kaum der Pfarrer sein dürfte, verriegelte das große Flügeltor mit einem Querriegel, dann trat er zu Ben und dem reglosen Mädchen.

»Ich bin Pfarrer Baha Tamosa«, sagte er in völlig akzentfreiem Deutsch. »Willkommen in meiner Kirche.«

So viel zum Thema Menschenkenntnis, dachte Ben.

»Was ist mit ihr?«
»Ich weiß nicht. Auf uns wurde gescho…« Die Luft reichte Ben weder zum Sprechen noch zum Atmen.
Er wischte sich Regenwasser von der Stirn und hätte sich vor Erschöpfung am liebsten hingelegt. Der Gedanke an Arezu, die noch irgendwo da draußen steckte, schnürte ihm zusätzlich die Kehle zu.
»Geschossen?«, hakte der Pfarrer nach. Er kniete sich neben die Bank und legte zwei Finger an Lenkas Halsschlagader.
»Sie lebt«, stellte er zufrieden fest. Er zog eines ihrer Augenlider nach oben und leuchtete mit der Taschenlampenfunktion seines Handys, das er sich aus der Lederhose gezogen hatte, direkt in ihre Pupillen.
»Reflexe wirken normal.« Er tastete sie ab, ohne übertriebene Scham, aber mit spürbarem Respekt. Dann bat er Ben, sie kurz in der sitzenden Haltung zu stützen, schließlich schloss er seine Untersuchung mit den beruhigenden Worten: »Blut oder eine Eintrittswunde kann ich auch nirgends erkennen.« Der Pfarrer stand wieder auf. »Wenn wir Glück haben, ist sie nur ohnmächtig geworden. Der Schreck war wohl zu viel für sie. Warten Sie.«
Es dauerte keine dreißig Sekunden, da war Baha Tamosa mit einem Kopfkissen, Handtüchern und einer warmen Decke zurück.
»Sie ist eine Prostituierte«, sagte der Pfarrer. Es war eine Feststellung, keine Frage. Er schien sich weder über ihr Alter noch über ihren nackten Zustand zu wundern.
»Ich hab sie aus einem Bordell befreit. Oder so etwas Ähnlichem«, bestätigte Ben.
»Meine Güte, was ist nur heute Abend los?«, fragte Baha,

während er das nackte Mädchen mit den Tüchern abtrocknete, bevor er ihr das Kissen unter den Kopf schob.

»Ich bin …«

»Ich weiß, wer Sie sind.«

Der Pfarrer breitete die warme Decke über Lenka aus und wandte sich wieder zu Ben.

»Sie heißen Benjamin Rühmann. Der AchtNächter.«

Ben nickte erschöpft und machte eine hilflose Geste, als wollte er sagen: *»Ich kann dich nicht davon abhalten.«*

»Wenn Sie sich das Kopfgeld verdienen wollen, machen Sie es bitte schnell.«

Der Pfarrer schnalzte missbilligend mit der Zunge. »Glauben Sie wirklich, ein Mann Gottes begeht einen Raubmord?«

»Ich fürchte, einige Ihrer Kollegen haben schon vor sehr viel größeren Verbrechen nicht zurückgeschreckt.«

Zu Bens Verwunderung begann der Pfarrer schallend zu lachen.

»Womit Sie zweifelsfrei recht haben. Und dennoch.« Er zeigte zum Altar mit der Figur des gekreuzigten Jesus Christus darüber. »Wer unter dem Schirm des Höchsten sitzt und unter dem Schatten des Allmächtigen bleibt, der spricht zu dem Herrn: Meine Zuversicht und meine Burg, mein Gott, auf den ich hoffe«, zitierte Baha einen Psalm, den Ben als Atheist nicht kannte. »Denn er errettet dich vom Strick des Jägers und von der schädlichen Pestilenz.«

Jäger. Pestilenz, also eine Seuche, die sich ähnlich wie ein Virus verbreitete.

Das Zitat passte in mehrfacher Hinsicht, verfehlte jedoch seine beruhigende Wirkung, falls diese beabsichtigt gewesen war.

»Ich glaube nicht an Gott. Und ich habe auch leider keine Zuversicht«, widersprach Ben.
Baha nickte, als hätte er mit dieser Widerrede gerechnet. Er vergewisserte sich noch einmal, dass Lenka ruhig atmete, dann sagte er: »Und dennoch sind Sie hier vor dem Pöbel sicher, Benjamin. Nur vor sich selbst können Sie sich hier leider nicht verstecken.«
Ben, der natürlich wusste, worauf der Pfarrer anspielte, sagte: »Glauben Sie nicht, was Sie über mich gelesen oder gehört haben. Ich habe meiner Tochter nichts angetan.«
»Das geht mich nichts an. Aber wenn Sie darüber reden wollen, über den Unfall damals oder Ihren Überfall heute, schenke ich Ihnen jederzeit ein offenes Ohr.«
Er nahm sein Handy, vermutlich, um die Polizei zu rufen. Oder die 112, was ebenso naheliegend war. Lenka war vielleicht nicht tödlich verletzt, brauchte aber ganz sicher medizinische Hilfe.
»Von was für einem Überfall sprechen Sie?«, fragte Ben, und der Pfarrer hielt inne.
»Den am Omnibusbahnhof. Wo Sie heute Nachmittag die Frau misshandelt haben.«
»Ich habe *was?*« Ben schüttelte den Kopf. Hörte dieser Irrsinn aus Drohung, Erpressung und Falschbeschuldigung denn nie auf?
»So ist es jedenfalls im Internet zu sehen. Warten Sie.«
Statt seinen Anruf zu tätigen, schien der Pfarrer nach etwas zu suchen. Er reichte Ben nach einer Weile sein Telefon, auf dem er ein YouTube-Video gestartet hatte.
»Er kam einfach auf uns zugerannt und fing an, auf mich einzuschlagen. Der ist so was von psycho. Zum Glück hat mein Freund alles gefilmt.«

Ben erkannte die Pornodarstellerin, deren Dreh er am Nachmittag gestört hatte. Der Zusammenschnitt, der erst ihn selbst zeigte, wie er wie ein tollwütiges Tier über den Parkplatz rannte, und der dann die vor Angst weinende Frau einfing, der eine körperlose Hand eine Acht auf die Stirn malte, war geschickt bearbeitet.

Man bekam tatsächlich den Eindruck, Ben und nur Ben allein sei für die Misshandlung der Frau verantwortlich. So wie die Frauenstimme im Off es auch zusammenfasste. Sie gehörte nicht dem Opfer, dafür war sie viel zu jung und piepsig.

Irgendjemand hatte sich ein paar Euros verdient und rasch die Anschuldigungen eingesprochen, aber das konnte ja keiner der Zuschauer wissen.

»Das war ich nicht«, sagte Ben, und der Pfarrer zuckte mit den Achseln, als er das Telefon wieder an sich nahm.

»Ich bin nicht Gott. Ich richte nicht über Sie. Die Menschen, vor denen Sie gerade geflohen sind, sehen das anders. Für die sind Sie ein Kinder und Frauen misshandelnder Irrer, der eben gerade ein nacktes Mädchen aus einem Babystrich-Bordell entführt hat.«

»Ich hab es *befreit!*«, schrie Ben. Seine Stimme hallte durch den Kirchensaal.

Baha hob die Hand. »Das glaube ich Ihnen. Oder halt, nein: Ich *will* es Ihnen glauben, Benjamin. Weil Sie für mich so etwas wie ein Hoffnungsschimmer sind, dass die Welt zwar verrückt geworden, aber nicht verloren ist. Und dass Gott den Unschuldigen selbst in der schlimmsten Not einen Ausweg weist. Und das hat er doch getan, indem er Sie drei zu mir führte, oder?«

Moment mal …

»Drei?«, fragte Ben verblüfft.
Der Pfarrer nickte, zeigte auf Lenka und bat ihn, mit anzufassen.
»Kommen Sie, wir tragen sie in die Sakristei. Ihre Freundin wartet dort bereits auf Sie.«

46.

Nikolai. 01.31 Uhr.
Noch sechs Stunden und 29 Minuten
bis zum Ende der AchtNacht

»Ich bring ihn um.«

»Bleib mal locker.«

»Locker? Ich locker gleich bei dir was, du Idiot. Siehst du das?«

Dash pochte mit dem Zeigefinger so grob auf den Bildschirm, dass Nikolai befürchtete, er könnte den Monitor des Notebooks durchstoßen. »Das ist mein Taxi. Verdammt. Das *war* mein Taxi.«

Der Bildschirm war in vier Video-Kacheln aufgeteilt. Die linke obere zeigte die Innenansicht eines Fahrzeugs, dessen Fensterscheiben fehlten und deren Überreste auf den Sitzen verstreut lagen. Im diametral gegenüberliegenden Fenster war eine Motorhaube zu sehen, die so aussah, als hätte ein Elefant darauf ein Nickerchen gemacht. Die beiden anderen Kacheln waren schwarz, weil die dazugehörigen Dashcams von den Randalierern herausgerissen oder zertreten worden waren.

»Musste das Arschloch direkt davor parken?«, brüllte Dash, und Nikolai hatte Sorge, dass sein Fiat gleich dasselbe Schicksal wie das Taxi ereilen würde, sollte Dash vollends die Beherrschung verlieren.

»Mach dir bitte nicht ins Hemd. Du hast das Auto doch vorhin als gestohlen gemeldet, oder?«

»Ja.«
»Gut, dann wird man dir nichts anhängen.«
»Mann, darum geht es doch gar nicht. Das Auto war mein Baby.«
Sie standen noch immer vor dem Hörsaal der juristischen Fakultät auf dem Studentenparkplatz. Mittlerweile war es wegen des Platzregens kühler geworden, und die Scheiben waren von innen beschlagen.
»Hätte ich bloß nicht auf dich und deine bescheuerte Idee gehört, Nick. Weißt du, wie lange es gedauert hat, bis die Karre so perfekt verkabelt war? Mit Fernsteuerung, Nachtsicht und allem Pipapo?«
Nikolai spielte an dem Manschettenknopf seines Hemdes.
Meint der Idiot das ernst?
»Alter, manchmal frag ich mich, wer von uns beiden wegen seiner Aggressionsschübe zu Sozialarbeit verdonnert wurde!« Nikolai zeigte auf den Computer. »Hast du auch nur eine Vorstellung davon, was diese Aufnahmen wert sind? Ein Mob, der die AchtNächterin aus dem Wagen zerrt? Mal abgesehen von den neuen Abos, die du damit für dashxtreme sammelst. Wenn wir das auf YouTube hochladen, kannst du dir alleine von den Pre-Rolls eine neue Karre kaufen.«
Das mit den Pre-Rolls, also vorgeschalteter Werbung, war nicht wirklich ernst gemeint. Obwohl die meisten Firmen keine Skrupel hätten, ihre Waschmittel-, Computer- oder Urlaubsspots vor den Sequenzen zu plazieren, in denen wild gewordene Randalierer auf der Motorhaube eines Taxis herumtrampelten. Offiziell hieß es von den Konzernleitungen natürlich, dass man keinen Einfluss darauf habe, was vor welchem Video ausgestrahlt wurde. Das erledige

ein Programm, das nach dem Zufallsprinzip die Werbung vor die beliebtesten Videos im Netz setze. Tatsächlich aber klatschte man sich in der Marketingabteilung gegenseitig ab, wenn etwa ein Spot für Alarmanlagen ausgerechnet vor dem verwackelten Handyvideo eines Anwohners lief, der brutale Ausschreitungen in seinem Wohngebiet gefilmt hatte. Pre-Rolls konnten Hunderttausende in die Kassen spülen, und dennoch waren sie für Nikolai allenfalls dritte Wahl. Arezus Überlebenskampf, aus mehreren Perspektiven gefilmt, *das* hatte absoluten Nachrichtenwert.

»ARD, ZDF, RTL, CNN. Wir sollten ein paar Anrufe tätigen und sehen, an welche Buchstabenkombi wir es meistbietend verticken.«

»Nein«, sagte Dash.

»Nein?«

»Noch nicht.«

Er schien sich etwas beruhigt zu haben. Seine Oberschenkel wippten nicht mehr, als hätte jemand ein Stromkabel daran angeschlossen.

»Wann denn dann?«, fragte Nikolai. »Wir haben erstklassiges Material. Aus erster Hand sozusagen. Aber Alter, wenn wir zu lange warten, ist der Markt geflutet mit den Clips der Plastiktüten-Heinis. Die Hälfte davon hat doch nur dabeigestanden und gefilmt.«

Dash nickte. »Mag sein. Aber für uns ist es noch zu früh.«

»Zu früh? Wir haben schon eine Leiche. Und deine Außenkamera hat die Magersüchtige dabei gefilmt, wie sie dem Penner in den Hals schoss! Worauf willst du denn noch warten?«

Dash drehte sich zum Seitenfenster und malte eine Acht auf die beschlagene Scheibe. Sein Handy klingelte. Er nahm ab, ohne seinen Namen zu sagen. Wenige Sekunden später quittierte er das einseitige Gespräch mit einem »Hm« und legte wieder auf.

»Probleme?«, fragte Nikolai, als er sah, dass Dashs Oberschenkel wieder zuckten. Außerdem traten seine Kieferknochen hervor, als versuchte er gerade einen Stein zu zerkauen.

»Lady Nana«, sagte er.

»Was ist mit ihr?«

»Das Schwein hat sie kaltgemacht.«

»Im Ernst?«

Nikolai fragte sich, wie Ben das gelungen sein sollte. Sicher war er doch am Eingang auf Waffen untersucht worden? Viel interessanter war natürlich die Frage, ob er dabei gefilmt worden war, wovon Nikolai ausging. Das war schließlich das Geschäftsmodell von Lady Nana. Von der »Hartes Gesicht«-Reihe gab es mittlerweile achtzehn Teile. Die einen zahlten, um die Pornos zu sehen, inklusive »Spiel« und anschließender Gruppenvergewaltigung der Prostituierten. Die anderen zahlten dafür, dass ihre Gesichter ausgepixelt wurden, bevor das Videofile in den Handel ging.

Das Allerbeste an der Entwicklung war, dass sein Plan noch weit besser aufgegangen war, als er es sich hätte träumen lassen. Bald würde die Presse und dann die ganze Nation wissen, dass Ben bei Lady Nana einen perversen »Spielkreis« besucht hatte. Ab sofort war er nicht nur ein potenzieller Killer, sondern auch ein Mädchen quälender Kinderschänder. Wenn es unter den Verrückten da draußen noch jemanden gab, der Skrupel hatte, Ben bis zum bitteren Ende zu jagen, dann hatte er denen diese Bedenken gerade genommen.

»Scheiße, ich weiß, ihr wart Freunde«, sagte Nikolai zu Dash, obwohl er einen Dreck wusste. Lady Nana hatte Dash hin und wieder mit kleinen Filmchen versorgt. Abfallmaterial ihrer Produktionen. Nutten, die beim Spiel ohnmächtig wurden oder eine Überdosis hatten. Nichts für Lady Nanas Profifilme, aber gerade richtig für die User von dash-xtreme, die teilweise so kaputt waren, dass sie sich selbst bei Live-Hinrichtungen aus dem Iran einen runterholten.

»Okay, Mann, das ist tragisch. Aber nicht zu ändern. Lass uns das Material jetzt zu Gold machen und …«

»Ich sagte später!«, brüllte Dash.

Nikolai hob beschwichtigend beide Hände. »Okay, okay. Ich bin ja nicht taub. Wie viel später schwebt dir denn vor?«

»Wenn sie tot sind.«

»Wie war das?«

»Ben und Arezu. Ich will sie sterben sehen. Live on tape!«

Okay. Das hörte sich wiederum ganz gut an.

»Also stellst du ihnen noch eine Aufgabe?«, vermutete Nikolai.

Dash lächelte diabolisch und nickte, während er den Motor startete.

»Endlich!«, kommentierte Nikolai Dashs Rückwärtsfahrt über den Parkplatz. Es war sein Auto, aber er wusste, Dash empfand einen Beifahrerstatus als unter seiner Würde, und jetzt war noch nicht der Moment gekommen, ihm klarzumachen, wer hier das Sagen hatte.

Der Klügere gibt nie nach. Er wartet nur auf den passenden Moment, um zuzuschlagen.

»Diesmal sehen wir es uns also aus der Nähe an?«

Dash fuhr Richtung Unter den Eichen und damit zur Stadt-

autobahn: »Logisch. Wir haben ja keine Kameras mehr vor Ort. Mein Wagen ist hinüber.«
»Ja, ja, ist gut. Ich hab's verstanden.« Nikolai rollte mit den Augen. »Hast du dir schon eine neue Aufgabe überlegt?«
»Eine ganz einfache«, sagte Dash grinsend, während er absichtlich durch eine Pfütze fuhr. »Die sie unmöglich überleben können.«

47.

Ben. 01.32 Uhr.
Noch sechs Stunden und 28 Minuten
bis zum Ende der AchtNacht

Arezu?«
Keine Reaktion. Sie sah durch ihn hindurch, als wäre Ben das Schaufenster zu einer apokalyptischen Welt und die Sakristei, in der sie an einem schlichten, weißen Holztisch saß, das Wartezimmer der Verdammten.
Ihre Augen waren leer, das Gesicht verschmiert wie bei einem Soldaten im Feldeinsatz; nur dass es garantiert Blut und keine Tarnfarbe war, was sich da einmal quer von ihrer Wange bis hoch über die Stirn zog.
»So ist sie, seitdem sie hier angekommen ist«, sagte der Pfarrer. Er sprach gedämpft, als wollte er Arezu nicht aus ihrem Wachtraum lösen, oder was immer es war, das sie so abwesend wirken ließ. Vielleicht wollte er aber auch nur Lenka nicht stören.
Ben sah zu dem misshandelten Mädchen, das im Gegensatz zu Arezu beinahe friedlich wirkte. Sie atmete regelmäßig mit tiefen, ruhigen Atemzügen und lag in ihre Decke gewickelt auf einer zerschlissenen, aber bequem aussehenden Ledercouch.
»Wann kommt die Polizei?«, fragte Ben, der nun ebenfalls flüsterte. Der Pfarrer hatte kurz telefoniert, und er ging davon aus, dass er die Beamten verständigt hatte, doch Baha sah ihn an, als habe Ben sich einen dummen Scherz erlaubt.

»Die Polizei? In meiner Kirche?« Er schüttelte den Kopf. »Ich habe die Erfahrung gemacht, dass die meisten Hilfesuchenden nicht die Einmischung der Behörden wünschen, egal, in welchem Zustand sie hier aufkreuzen. Aber Sie können beruhigt sein, Hilfe ist unterwegs. Ich habe eine gute Freundin verständigt, sie ist Ärztin und leitet ein Frauenhaus. Vermutlich die ideale Kombination für beide Opfer in diesem Raum.«

Er zeigte erst auf Lenka, dann auf Arezu. »Ich will ja nichts sagen, aber Sie machen es einem nicht gerade leicht, Sie für unschuldig zu halten, Benjamin. Ich meine, die Frauen, die mit Ihnen heute Abend unterwegs waren, sind nicht in der besten Verfassung, finden Sie nicht?«

Ben ging nicht auf diese Bemerkung ein; zumal er ihr wenig entgegenzusetzen hatte. Es war zwar nicht so, wie es aussah. Aber so, wie es wirklich war, würde er es keinem begreiflich machen können.

»Arezu, kannst du mich hören?«

Er trat an den Tisch und griff nach ihrer Hand. Sie zog sie nicht zurück, drückte sie sogar ein wenig. Immerhin ein erstes Zeichen, dass sie ihre Umgebung wahrnahm.

»Sie kommt zurück«, stellte auch der Pfarrer fest. Er ging zu einem bauchnabelhohen, altertümlichen Schrank unter dem Fenster der Sakristei, öffnete ihn und holte eine Flasche Wein heraus, die hier vermutlich für die Messe gelagert wurde.

Die Schranktür hatte laut geknarzt, und das Geräusch musste für Arezu so unangenehm gewesen sein, dass sie darauf reagierte. Erst mit einem beinahe spastischen Zucken ihrer Mundwinkel, dann schüttelte sie sich wie ein Hund, der aus dem Regen kam.

»Arezu?«, fragte Ben und drückte erneut ihre Finger. Sie öffnete den Mund, und ihr Blick wurde klarer.
»Wo …?«, fragte sie, dann zuckte sie zusammen, als der Pfarrer an den Tisch trat und knackend den Schraubverschluss der Weinflasche öffnete.
»Na, wieder unter den Lebenden?«, fragte er und goss ihr ein Wasserglas, das bereits auf dem Tisch gestanden hatte, halb voll.
Ben war froh, dass der Pfarrer ihm nichts anbot. In seinem Zustand hätte er direkt aus der Flasche gesoffen.
Gemeinsam sahen sie Arezu zu, wie sie ihr Glas leerte, sachte und vorsichtig, als würde sie ein heißes Getränk kosten.
»Besser?«, fragte der Pfarrer.
Arezu nickte beschämt. Offensichtlich war ihr die Lage sehr unangenehm. »Ja, besser. Es tut mir leid«, sagte sie und musste sich räuspern.
»Schon okay, schon okay«, versuchte Ben sie zu beschwichtigen, sehr viel ungeduldiger als beabsichtigt. Die einzigen Erfahrungen mit Menschen, die ein psychologisches Trauma verarbeiten mussten, hatte er an sich selbst gewonnen, und daher ahnte er, dass es besser war, Arezu nicht zu drängen. Andererseits lief ihm die Zeit davon, und er befürchtete, dass allein in den letzten dreißig Minuten so viel geschehen war, dass er einen ganzen Tag brauchen würde, um die Ereignisse zu verstehen.
»Was ist passiert?«, fragte er deshalb ganz direkt.
Er meinte das zerstörte Taxi und die Leiche davor, aber Arezu verstand ihn falsch und bezog die Frage auf ihren apathischen Zustand, in dem sie gerade noch gefangen gewesen war.

»Ich kann kein Blut sehen. Da raste ich aus«, sagte sie.
»Sie meinen, Sie kriegen einen Nervenzusammenbruch oder so etwas?«, fragte der Pfarrer.
Arezu nickte. »Ganz schlimm ist es, wenn ich mein eigenes Blut rieche oder schmecke, dann bin ich oft für Stunden in einem Angstkrampf gefangen.«
»Eine Phobie?«, hakte Baha nach.
»Eher eine Psychose. Ich wurde als Teenie von meinen Mitschülern gequält, und die einzige Möglichkeit, die ich hatte, war, mich in mich selbst zurückzuziehen, wenn die Schläge zu schlimm wurden.«
Ihre Augen flatterten, Ben befürchtete schon, sie würde wieder ohnmächtig werden, aber dann ging ein Ruck durch Arezus Körper. Sie schüttelte sich, und ihr Blick war wieder klarer.
»Oz?«, fragte sie.
Offenbar hatte sie sich daran erinnert, weswegen sie die Obhut von Schwartz verlassen und zum Babystrich gefahren waren. »Hast du ihn getroffen?«
»Nein«, sagte Ben. »Er ist nicht gekommen.«
Er fragte sie nach seinem Handy.
Bitte sag jetzt nicht, es liegt im Auto!
Arezu blinzelte kurz, dann nickte sie. »Moment.«
Gott sei Dank!
Sie zog es aus ihrer Jackentasche und reichte es Ben. Enttäuscht sah er aufs Display. Keine neuen Sprach- oder Textnachrichten.
Schwartz hatte sich nicht gemeldet. Hatte er den Hinweis mit dem Pincode nicht verstanden? Oder hatte er die Zahlen nicht lesen können, die er sich im Bad mit dem Kajal auf die Pulsadern gekritzelt hatte? Er hatte gehofft, der Polizist

würde damit das Handy freischalten, das er ihm überlassen hatte, und dadurch auf die Nachricht stoßen, die er ihm geschrieben hatte, kurz bevor sie der Erpresser aus der sicheren Wohnung lockte.

»Meine Tochter wurde vergiftet. Sie wird videoüberwacht. Darf nicht verlegt werden. Bitte machen Sie keinen Fehler, aber lassen Sie sich zusammen mit meinem Vater etwas einfallen. Ich versuche, den Erpresser zu finden.«

Und auch der hatte sich nicht gemeldet. In seinem Telefon war keine einzige Nachricht von dem Puppenspieler eingegangen, an dessen Fäden er hing.

Und jetzt?

Er musste es wagen und direkt Kontakt zu seinem Vater aufnehmen, auch wenn die Gefahr bestand, dass der als alter, gesetzestreuer Beamter nach Schema F handeln und damit Jules Leben in Gefahr bringen würde. Andererseits hatte er bereits unorthodox agiert und ihm Schwartz vermittelt. Vorhin, in der Aufregung in Jules Wohnung, hatte er kaum klar denken können, jetzt musste er einfach das Risiko eingehen, abgehört zu werden.

Bens noch viel größere Sorge war, dass der Erpresser sich überhaupt nicht mehr meldete, nachdem er bei Lady Nana ausgerastet war. Musste seine Tochter sterben, weil er deshalb nie erfahren würde, womit sie vergiftet worden war?

Bei dem Gedanken an Jule kam ihm der Link in den Sinn, den ihm der Unbekannte vorhin geschickt hatte. Mit ihm konnte er im wahrsten Sinne des Wortes nach Jule sehen, aber als er die Webcam in ihrem Krankenzimmer anklickte, wollte sich keine Verbindung aufbauen.

»Wir haben hier kein Netz«, sagte der Pfarrer, der Ben bei seinem erfolglosen Versuch, ins Internet zu gehen, beobachtet haben musste. »Nicht mal Edge. Handyempfang klappt allerdings, und da Sie vielleicht Verständnis dafür haben, dass ich Ihnen unser WLAN-Passwort nicht anvertraue, müssten Sie zum Surfen wohl wieder vor die Tür.« Den Nachsatz sagte er mit einer Betonung, die keinen Zweifel daran ließ, dass das für seine Besucher vermutlich keine Option darstellte.

Nach draußen? Zurück zu meinen Verfolgern?

Ben überlegte kurz, dann entschied er sich, dass es noch eine sehr viel wichtigere Person gab als seinen Vater, die er zuerst anrufen musste, und die Sorge um seine Tochter trieb ihn aus dem Raum.

48.

»Ich habe doch gesagt, Sie sollen uns in Ruhe lassen.«
Ben hatte Jennys Nummer gewählt, die Jule in ihrem Handy zum Glück gespeichert hatte, aber ihr neuer Freund war an ihr Telefon gegangen.

»Geben Sie mir meine Frau«, befahl Ben.

Er hatte die Sakristei verlassen, um ungestört reden zu können, und stand jetzt in einem breiten Flur zwischen Kirchensaal und seitlich gelegenen Räumen. Wenn er sich nicht irrte, sah er rechts von sich am Ende des Ganges eine Tür mit einem unbeleuchteten Exit-Schild.

»Hier ist die Hölle los«, sagte Jennys Freund aufgeregt und wütend zugleich. »Vor unserer Wohnung campieren Verrückte mit Plastiktüten auf dem Kopf und sprühen Achten auf Häuserwände und parkende Autos. Das haben wir Ihnen zu verdanken.«

Ben atmete tief durch, versuchte, nicht laut zu werden.

»Paul, richtig? Passen Sie auf. Ich habe ein Foto von Ihnen im Netz gefunden. Und ich weiß, wo Sie wohnen. Beides poste ich gemeinsam mit Ihrer privaten Telefonnummer und sage, dass Sie mich verstecken, wenn Sie mir nicht sofort Jennifer an den Apparat holen.«

Stille.

Bens aus der Luft gegriffene Drohung schien zu fruchten. Sie sickerte in Pauls Bewusstsein, brachte ihn anscheinend erst zum Nach-, dann zum Umdenken.

Es raschelte, dann hörte Ben ein Flüstern. Schließlich die Stimme seiner Frau.

»Ja?« Verunsichert. Ängstlich.

»Hör mir gut zu, Jenny. Es ist ganz wichtig, dass du jetzt nicht in Panik gerätst und einen Fehler machst.«

»Was hast du getan?« Jennifer klang nicht so, als wäre sie in der Lage, sich an Bens Ratschlag zu halten.

»*Ich* habe gar nichts getan.«

»Himmel, in den Nachrichten sagen Sie, du wärst in eine Schießerei verwickelt gewesen. Du hättest mehrere Menschen erschossen.«

Ben schüttelte verzweifelt den Kopf. »Das war ich nicht. Ich werde erpresst, bitte, Jenny. Ich sagte doch: Hör zu und bleib ruhig. Schaffst du das?«

Sie sagte: »Ja.« Aber es klang nicht einmal wie ein »Vielleicht«.

Ben überlegte, welche Worte er wählen konnte, ohne dass sie sofort anfing zu schreien, aber es gab keinen schonenden Weg.

»Jule wurde möglicherweise vergiftet.«

»Waaaas?« Vor seinem geistigen Auge ging Jenny gerade mit vor Entsetzen verzerrtem Gesicht in die Knie. Schlug Pauls Hand von sich fort. Vergrub den Kopf in den verschränkten Armen.

»Mein Erpresser behauptet, er habe ihr ein Gift gespritzt, das sehr schwer nachweisbar ist, für das es aber ein Gegenmittel gibt.«

»Was, wer … ich meine …«

»Ich weiß es nicht«, beantwortete Ben ihr Stottern. »Sie haben ihr etwas gespritzt.«

»Aber, aber … Ich war gerade erst bei ihr. Es geht ihr gut.«

Jenny zog die Nase hoch. Nach dem ersten Schockmoment war sie in die Phase des Zweifelns eingetreten.

»Die Symptome setzen angeblich erst in ein paar Stunden ein«, nahm Ben ihr den ersten Anflug von Hoffnung. Dabei hatte Jenny ja recht. Vielleicht war das alles ein Bluff, eine Lüge, und er hetzte grundlos im Auftrag eines Irren durch die Nacht, von einer Gefahr in die nächste.

Aber *»vielleicht«* war kein Fundament, auf das man das Leben seiner Tochter baute.

»Oh, Gott!« Jenny kam zur Besinnung. Schaltete in den Mutter-Modus. Traf Entscheidungen. »Sie muss sofort behandelt werden.«

»Nein!«

»Nein? Hast du den Verstand verloren?«

Ja. Nein. Vielleicht.

»Sie wird videoüberwacht. Die bekommen jeden Schritt mit, den wir unternehmen. Sobald etwas außer der Reihe geschieht, zum Beispiel wenn das Personal ausgetauscht oder der Urinbeutel geleert wird, obwohl er noch nicht voll ist, höre ich von den Verbrechern nie wieder.«

»Aber das wäre doch gut?«

»Nein, weil wir dann nicht das Gegenmittel erfahren.«

Jenny schwieg. Er konnte beinahe hören, wie es in ihrem Kopf ratterte.

»Aber das ist doch Wahnsinn. Wir können nicht einfach zusehen und abwarten, bis Jule Schaum vor den Mund bekommt oder innerlich verblutet oder …«

»Nein. Wir werden natürlich nicht abwarten. Ich habe bereits versucht, die Polizei einzuweihen. Das hat nicht geklappt. Deshalb musst du meinen Vater anrufen. Sag ihm, dass er gemeinsam mit Martin Schwartz …«

»Wer ist das?«

»Egal jetzt. Merk dir einfach seinen Namen und sag ihm, dass sie unter strengster Geheimhaltung einen Rettungsplan entwickeln müssen. Sie sollen Jule nicht aus dem Zimmer rollen, keine auffälligen Untersuchungen vornehmen. Aber sich überlegen, welche Gifte in Frage kommen. Welche wirken erst nach Stunden? Für welches spätschädigende, schwer nachweisbare Gift gibt es ein Antidot? Und, fast genauso wichtig: Kann man die Videoüberwachung manipulieren? Beim Internetbetreiber einen Netzausfall beantragen, aber nicht nur für das Krankenhaus, sondern für den ganzen Bezirk, damit es nicht auffällt, wenn die TV-Cam ausfällt?«

Er hörte am Rascheln, wie heftig sie den Kopf schüttelte. Ihre Stimme wurde von Wort zu Wort lauter und verzweifelter.

»Ben, wo hast du uns da reingezogen? Wo hast du deine Tochter reingezogen?«

»Ich bin nur der Spielball, Jenny. Ich mache hier nicht die Regeln.«

Ich sterbe nur nach ihnen.

Ben gab ihr noch einmal seine Anweisungen und ließ sie sich von Jenny wiederholen.

»Hast du es verstanden?«

»Ja.«

»Gut.

»Nein, nichts ist gut, Ben. Und das wird es auch nie wieder werden. Ich weiß, ich bin jetzt ungerecht. Aber das alles wäre nicht passiert, wenn du nicht dein ganzes Leben lang so feige gewesen wärst.«

Bitte?

»Feige? Jenny, indem ich gerade versuche, das Leben unserer Tochter zu retten, riskiere ich mein eigenes …«
»Ja. Du riskierst es. Das ist es, was du immer tust. Immer riskierst du, alles zu verlieren, was du hast. Indem du impulsiv lebst, von einem Tag zum nächsten. Ohne eigene Entscheidungen zu treffen. Ohne selbst Verantwortung zu übernehmen, lässt du dich zum Spielball machen. Deswegen passen wir nicht zusammen. Ich nehme die Dinge jetzt in die Hand und fahr ins Krankenhaus. Spiel du da draußen dein Spiel weiter.«
Klick.
Noch nie hatte Stille Ben so laut angebrüllt wie jetzt.
Nichts tat so weh wie die Wahrheit aus dem Mund eines geliebten Menschen.
Die Worte, die Ben so ähnlich heute schon einmal von seinem Vater gehört hatte, schnitten wie Rasierklingen in seinen Gehörgang. Ben hätte sich nicht gewundert, wenn seine Ohren angefangen hätten zu bluten. Ja, Jenny war unfair. Aber Ben wusste auch, dass sie verdammt noch mal recht damit hatte.
Doch was soll ich tun?
»Ich liebe dich, Jenny«, sagte er in den toten Hörer.
Dann checkte er noch einmal die eingegangenen Nachrichten, aber noch immer war nichts von dem Psychopathen dabei, an dessen elektronischer Leine er hing.
Er klickte den Webcam-Link an und fühlte einen weiteren Stich in seinem Herzen, als er Jule auf ihrem Krankenbett sah. Unverändert. Hilflos. Aber am Leben.
Ohne zu wissen, was er tun sollte, ging er zurück in die Sakristei.
Arezu schreckte an dem Tisch leicht zusammen, als er die

Tür öffnete, insgesamt aber schien es ihr etwas besser zu gehen. Immerhin unterhielt sie sich mit dem Pfarrer, der ihr gerade eine Frage stellte, auf die Ben selbst gerne eine Antwort gehabt hätte.

»Sie wollen mir nicht sagen, was genau da draußen geschehen ist?«

Ben nahm sich einen Stuhl. »Das will ich auch wissen. Was um Himmels willen ist beim Taxi passiert?«

»Ich habe keine Ahnung«, murmelte Arezu. »Nur, dass ich mit Blut in Kontakt gekommen sein muss.«

Sie sah zum Pfarrer. »Wissen Sie, das Mobbing in meiner Kindheit war schlimm. Noch heute löst der Geschmack und der Geruch von Blut bei mir eine Art Realitätsflucht aus. Ganz besonders, wenn ich mein eigenes schmecke. Ich kann mich zum Beispiel nicht erinnern, wie ich hierhergekommen bin. Ich fürchte nur, dass ich etwas Schlimmes getan habe.«

»Da lag eine Leiche«, sagte Ben schonungslos.

Er sah aus den Augenwinkeln, wie die Miene des Pfarrers erstarrte.

Arezu keuchte, als habe sie einen Schlag vor die Brust bekommen. Ihre Augen weiteten sich. »Was sagst du da?«

»Ein Mann. Erschossen.«

Ihre Augen füllten sich mit Tränen. Ihre Stimme brach. »Oh, Gott«, sagte sie verzweifelt. »Dann hab ich diesmal wirklich jemanden umgebracht.«

49.

Diesmal?«

Ben sah zu Baha, der der Unterhaltung mit konzentrierter Miene folgte. Wenn der Geistliche jetzt doch mit dem Gedanken spielte, die Polizei zu rufen, ließ er es sich zumindest nicht anmerken.

Arezu nickte und begann nach anfänglichem Zögern mit einer Art Monolog. Ihre gewählten Formulierungen ließen darauf schließen, dass sie sich nicht zum ersten Mal jemandem anvertraute, der wie der Pfarrer die Kunst des professionellen Zuhörens beherrschte.

»Ich war dreizehn und in der siebten Klasse, als ich zum ersten Mal starb. Denn das war es, was sie mir antaten: Sie töteten meine Seele. Schon vorher, in der Grundschule, war ich unbeliebt, aber im Gymnasium ging der Terror erst richtig los. Als sie mein Tagebuch fanden, in dem ich über Nils …« Arezu stockte. Sie wandte den Blick ab, zu einem Kreuz an der Wand, und blinzelte.

»Nils Oswald war das Gegenteil von mir. Gutaussehend, beliebt und ziemlich schlecht in der Schule. Der offene Schwarm aller hübschen Mädchen. Und der heimliche aller hässlichen, wie auch von mir.«

Sie zupfte sich nervös am Ohrläppchen und lächelte schief. »Ich wünschte mir einen Kuss von ihm. So sehr. Leider vertraute ich diesen Wunsch meinem Tagebuch an, das Patrick, der größte Idiot der Schule, mir aus meinem Rucksack klaute. In einer Freistunde las er es der gesamten Klasse vor. Was letztlich gar nicht das Problem war. Denn mitten unter all denen, die mich aus- und verlachten, gab es einen Jungen, der nur wütend den Kopf schüttelte.«

»Nils«, entfuhr es Ben, und Arezu nickte.

»Ja. Nach der Schule wartete er mit seinem Skateboard unter dem Arm auf mich bei den Fahrradständern und fragte mich, ob ich ihn zum U-Bahnhof begleiten würde. Ich dachte, er würde sich über mich lustig machen. Den gesamten Weg bis zum Theodor-Heuss-Platz rechnete ich damit, dass er ›reingelegt‹ rufen würde und seine Freunde hinter einem Baum oder parkenden Auto hervorspringen würden, um mich mit schweineblutgefüllten Wasserpistolen zu bespritzen, à la Carrie von Stephen King oder so. Aber das Gegenteil war der Fall.«

»Er küsste Sie«, nahm der Pfarrer die Pointe vorweg, und wieder nickte Arezu. Weitere Tränen traten ihr in die Augen.

»Beim Abschied, an der U-Bahn-Treppe. Es war ein kurzer, verschämter Kuss, aber er war echt. Nils sagte, er würde am Wochenende mit mir ins Kino gehen wollen. Ich war der glücklichste Mensch auf der Welt. Für genau vierundfünfzig Minuten. Dann kam der Anruf.«

Baha blieb stumm, und auch Ben wagte die Frage, die im Raum stand, nicht zu stellen: *Was ist passiert?* Arezu beantwortete sie ohnehin.

»Nils musste unglücklich auf seinem Skateboard gestolpert sein, als die U2 einfuhr. Er war sofort tot.«

Die Tränen liefen jetzt ungehindert, und Arezu fragte den Pfarrer, ob sie noch etwas Wasser trinken dürfe.

Während Baha zum Schrank ging, vollendete sie ihre tragische Schilderung: »Sie gaben mir die Schuld. Einige aus meiner Klasse hatten gesehen, wie wir gemeinsam die Schule verließen. Sie wussten, dass ich am U-Bahnhof gewesen war. Schnell machte das Gerücht die Runde, ich hätte ihn auf die Gleise gestoßen, aus Rache, weil er mir keinen Kuss geben wollte. Die Lüge verbreitete sich wie ein Virus und steckte jeden an, der sie hörte. Sie dichteten sogar einen makabren Abzählreim auf meine Kosten: Eene Meene Arezu – und tot bist du. Noch heute höre ich sie in meinen Alpträumen singen, während sie mich dabei schlagen oder ihre Zigaretten auf meiner Brust ausdrücken.«

»Hast du deshalb dieses Experiment gestartet?«, wollte Ben wissen. Die Antwort lag auf der Hand.

»Ja«, sagte Arezu nur und bedankte sich für das Glas, das Baha ihr mit der Entschuldigung vor die Nase gestellt hatte, dass nur Leitungswasser aus einer Karaffe darin wäre.

»Das Mobbing, das ich erleiden musste, hat in mir den Wunsch geweckt, die menschliche Seele zu studieren. Und die Lüge, die man über mich verbreitete, war der Anlass, dass ich AchtNacht erfand, um psychologische Viren zu erforschen.«

»Moment mal«, fragte der Pfarrer. »Sie haben sich diese Internet-Hetzjagd doch nicht etwa selbst ausgedacht?«

Arezu zuckte mit den Achseln. »Ich wünschte, ich hätte es nicht getan. Ich war zwar nicht allein. Oz hat mir geholfen, aber …«

»Wer ist denn schon wieder dieser Oz?«

»Ein Hacker, er hat die Seite programmiert. Wir sollten uns eigentlich hier mit ihm treffen …«

Arezu nahm einen Schluck, und als Ben sah, wie sie das Glas zu den Lippen führte, sprang er vom Tisch auf.

»Alles okay?«, fragte der Pfarrer.

Nein, nichts ist okay. Gar nichts.

Er streckte die Hand aus, zeigte auf Arezu.

Auf einmal wusste er, was ihn vorhin gestört hatte.

In Jules Wohnung.

Als er nach dem Telefonat mit dem Erpresser vom Klo gekommen war, um Schwartz zu erklären, dass er seinen Schutz nicht mehr wollte.

»Das Leitungswasser«, sagte er und zeigte auf Arezus Glas.

»Was ist damit?«

»Woher wusstest du es?«

Die Studentin sah ihn an, als spräche er in einer fremden Sprache. »Was meinst du?«

»Vorhin! Woher wusstest du, dass man erst die Dunstabzugshaube anschalten muss, wenn man den Hahn öffnen will?«

Sie schluckte trocken. Eine kleine Ader zuckte über ihrem rechten Augenlid. »Ich verstehe nicht …«

»Oh, doch, du verstehst sehr gut. Jeder neue Gast scheitert daran. Alle müssen nachfragen, weshalb es aus der Leitung nur tröpfelt, aber du bist mit einem vollen Wasserglas aus Jules Küche marschiert.«

Arezu protestierte müde. Viel zu leise und schwach für jemanden, der zu Unrecht verdächtigt wird. »Das war aus der Flasche!«

»Lüg mich nicht an!«, schrie Ben so laut, dass es Lenka auf der Couch in ihren Träumen mitzubekommen schien, jedenfalls wimmerte sie leise und drehte sich unter ihrer Decke. Baha kniete sich neben sie, um sie zu beruhigen.

»Ich weiß, was im Kühlschrank stand. Ich selbst hatte erst kurz vorher nachgesehen. Da war kein Wasser. Du hast es aus der Leitung genommen.«

»Und wenn es so wäre?«, fragte Arezu und schob trotzig die Unterlippe vor.
»Kann mich mal einer aufklären, worum es hier geht?« fragte der Pfarrer von der Couch her, aber Ben achtete nicht auf ihn.
»Das bedeutet, du wusstest, was du tun musstest, weil du nicht das erste Mal bei meiner Tochter gewesen bist.«
Ben schrie nicht mehr. Seine Worte knallten dennoch wie Schüsse durch die Sakristei.
»Du kennst Jule schon sehr viel länger, hab ich recht?«

50.

Ja.«
Schlicht und einfach.
Ein kurzes Geständnis mit der Wirkung eines Faustschlags.
Ben schnappte nach Luft, fühlte, wie ihm schwindelig wurde.
»Du verdammte Lügnerin!«
Er griff nach Arezus Wasserglas.
»Was soll das?«, fragte er sie. »Was führst du im Schilde?«
»Nichts, gar nichts.«
Er lachte hysterisch auf. »Du entführst mich, erzählst mir wilde Geschichten, dass du mich für Oz hältst und du das Programm nicht ohne meine Hilfe stoppen könntest.«
»Aber ich habe nicht gelogen!«
Er hieb das leere Glas auf den Tisch, und alle zuckten zusammen: Arezu, Baha. Selbst Lenka auf dem Sofa. Sie stöhnte und versuchte die Decke von ihrem Körper zu strampeln, was der Pfarrer mit beruhigenden Worten und sanftem Widerstand verhinderte.
Ben, davon kurz abgelenkt, wandte sich wieder an Arezu. Leiser. Drohend. »Du hast mir verschwiegen, dass du Jule kennst.«
»Ja, weil es genau das ist, was dich verdächtig macht, Ben.«
»Wie bitte?« Er kniff irritiert die Augen zusammen.
»Ich kenne Jule nicht nur«, erklärte sie ihm. »Ich bin mit ihr befreundet. Wir haben uns das erste Mal vor einem hal-

ben Jahr in der Handy-Klinik getroffen. Mein Display war zersplittert, und sie half mir in Rekordzeit.«

»Das soll ich dir abnehmen?«

Arezu bedachte ihn mit einem »Mir doch egal«-Blick.

»Wir kamen ins Gespräch, sie entdeckte auf meiner Playlist die Bands, die sie auch mochte, und wir haben uns zu einem Biffy-Clyro-Konzert verabredet. Davor trafen wir uns zum ersten Mal bei ihr zu Hause. Ja, schuldig im Sinne der Anklage.« Arezu tat so, als schwöre sie einen Eid auf eine imaginäre Bibel. »Okay, ich gestehe, ich hab es dir verschwiegen, aber aus gutem Grund. Als ich heute Abend auf der AchtNacht-Seite dein Bild sah, erinnerte ich mich an das Handyfoto, das Jule mir einmal gezeigt hatte, als *Fast Forward* im Radio lief. Sie sagte, das wäre einmal deine Band gewesen, und ich hatte wissen wollen, wie du aussiehst. Und als mir heute klarwurde, dass Oz ausgerechnet *dich* ausgewählt hat, war ich mir sicher, dass er damit sich selbst nominiert haben musste. Ich meine, *du,* der Vater meiner Freundin, das kann doch kein Zufall sein. Du bist der Spielleiter. Du willst unmittelbar dabei sein, wenn es mir an den Kragen geht.«

»Wohl kaum«, dachte Ben und sagte es auch laut.

»Ich glaube schon. Meine Theorie war, dass du dich verfolgt fühlst, weil ich Jule gebeten habe, mir bei der Suche nach Oz zu helfen.«

»Ich verfolge dich? Du hast sie doch nicht mehr alle.«

Er sah zu Baha, der die langsam zu sich kommende Tschechin behutsam streichelte.

Arezu beharrte auf ihrer Meinung. »Wie du weißt, hatte ich nur telefonisch Kontakt mit Oz. Er rief mich an, immer mit unterdrückter Nummer.«

»Und?«
»Und Jule erklärte mir eines Tages, dass sie in der Arbeit eine Möglichkeit habe, solche Nummern sichtbar zu machen. Die wenigsten wissen das, aber die Polizei und auch Telefongesellschaften und Callcenter sehen, von wem sie angerufen werden, selbst wenn du die Sichtbarkeit deiner Nummer ausschaltest. Also hab ich Jule mein Handy gegeben, um es auszulesen.«
»War sie erfolgreich?«
Ben spürte ein Kribbeln in den Fingern, ähnlich dem, wenn er zu lange Trommelwirbel geübt hatte.
»Ja und nein.«
»Was soll das heißen?«
Arezu seufzte ratlos.
»Sie hat eine Nummer herausgefunden, ja, und möglicherweise ist es die von Oz. Aber kein Gespräch geht durch. Es ist tot, belegt oder permanent besetzt, wann immer man anruft.« Sie pustete sich über die vorgestreckte Unterlippe Luft direkt in die Nase. Eine Angewohnheit, die darauf schließen ließ, dass sie sich die Haare erst kürzlich abgeschnitten und früher auf diese Art ihren Pony aus der Stirn gepustet hatte.
»Ich hab es so oft versucht, dass ich sie auswendig kenne.«
Ben nahm sein Handy, öffnete die Kontaktfunktion und speicherte die Nummer ab, die sie ihm nannte. Später würde er sie überprüfen. Vorausgesetzt, es gab überhaupt noch ein Später für ihn, in dem man ihn einen Anruf tätigen ließ.
»Wann war das?«, fragte er.
»Was meinst du?«
»Wann genau hat Jule dir diese Nummer gegeben?«
»Vor zehn Tagen. Kurz bevor …«

Arezu presste sich erschrocken die Hand vor den Mund. Manchmal sind es die offensichtlichsten Zusammenhänge, vor denen man die Augen verschließt.

Jule wollte ihrer Freundin dabei helfen, einen mysteriösen Hacker ausfindig zu machen. Kurz nachdem sie seine Telefonnummer enttarnt, stürzt sie vom Dach.

»Wieso sollte Oz ihr etwas angetan haben?«, fragte sie leise.

»Aus dem gleichen Grund, weshalb er uns nominiert hat. Wir sind ihm zu nahegekommen.«

Ben rieb sich die müden Augen und meinte, das Piepen einer eingehenden SMS zu hören, aber sein Telefondisplay blieb dunkel.

Oh, Gott, ist das etwa der Zusammenhang?

Oz lief Gefahr, dass er enttarnt und die AchtNacht damit verhindert wurde. Deshalb hatte er versucht, Jule zu töten, bevor sie weiter im Netz nach ihm fahndete. Arezu nominierte er, damit der Mob sie ausschaltete. Und Ben war auf die Jagdliste gekommen, weil er sich nicht mit dem angeblichen Selbstmordversuch seiner Tochter hatte abfinden wollen, sondern anfing, Fragen zu stellen, deren Antworten ihn früher oder später auf die Schliche von Oz gebracht hätten.

»Möglich wäre es«, sagte Ben.

Der Pfarrer ging aus der Hocke und trat zu ihnen an den Tisch.

»Okay, okay. Ich gebe zu, ich habe nicht einmal die Hälfte von dem verstanden, was Sie beide sich da gerade erzählt haben.« Baha räusperte sich. »Aber meine Menschenkenntnis sagt mir, dass Sie keine bösen Menschen sind. Sondern Flüchtende, die in ihrer Not falsche Entscheidungen getroffen haben, so wie ich es selbst früher einmal getan habe.

Deswegen werde ich Sie jetzt nicht festhalten. Nur bitte ich Sie hier und jetzt, sofort eine weitere Entscheidung zu fällen.«

»Was?«

Er zeigte ihnen sein Handy.

»Meine Freundin, die Ärztin, ist da. Sie hat mir gerade eine SMS geschickt, dass sie am Vordereingang steht. Um die Ecke soll die Hölle los sein. Es wird nach Ihnen gesucht. Wenn meine Freundin das Mädchen und Sie hier beide zusammen sieht, wird sie die Polizei rufen.«

»Okay, verstehe.« Ben nickte. »Gibt es einen Hinterausgang?«

Arezu schüttelte kaum merklich den Kopf, den Blick auf die Tischplatte gesenkt, aber Ben wusste, was sie dachte: *»Noch einmal gehe ich nicht da raus.«*

»Ja. Wir haben einen Hinterausgang«, antwortete der Pfarrer.

Bens Handy klingelte. Eine unterdrückte Nummer.

Seine Hände begannen zu zittern, wie so oft, wenn er wusste, dass er die Kontrolle verloren hatte.

»Wohin wollen Sie jetzt gehen?«, fragte Baha noch einmal.

»Das erfahre ich vermutlich in dieser Sekunde«, sagte Ben und nahm den Anruf entgegen.

51.

»Na, ausgeruht?«

Die kalte, nasale Stimme schnarrte durch die Leitung, und Ben hörte in dem Echo seiner Erinnerung, wie Knochen brachen. Sah dunkles Blut von Lackschuhen tropfen.

»Ich fürchte, Ihr kleines Kirchenasyl ist jetzt vorbei.«

Ben fragte sich, weshalb er nicht schon früher erkannt hatte, mit wem er es zu tun hatte. Mit dem Anzug-Mann. Dem gegelten Brutalo, der seinen Einreiher wie eine Rüstung trug, mit der er in die Straßenschlachten zog.

»Wie geht es meiner Tochter?«, fragte Ben. Er verließ die Sakristei und gab Arezu ein Zeichen, ihm zu folgen. Baha hatte unmissverständlich klargemacht, dass sie hier nicht bleiben konnten.

»Gut«, antwortete der Mann, zu dessen Stimme er jetzt ein Gesicht hatte. Wobei seine Abendschuhe einen nachhaltigeren Eindruck bei ihm hinterlassen hatten.

»Noch«, konkretisierte der Erpresser, den Ben im Geiste »Lobster« nannte, wegen der Hummer-Gravur auf seinen Manschettenknöpfen.

»Noch geht es ihr gut, denn *noch* spreche ich mit Ihnen, obwohl Sie mir jeden Grund gegeben haben, es nicht zu tun, Benjamin.«

»Sie haben mich in eine Falle gelockt.«

Links von Ben ging es zurück zum Kirchensaal. Rechts erstreckte sich ein Gang, der zu einer Wendeltreppe führte.

»Falle? Das war eher ein Gefallen«, hörte er den Kerl lachen. »Ich kenne viele Männer, die sich die Finger nach einer Eintrittskarte für Lady Nana geleckt hätten.«

»Ja. Sie kennen viele Perverse, dessen bin ich mir sicher.«

»Ich fürchte, die Meute hält jetzt eher Sie für einen Perversling«, lachte der Erpresser.

Und hält die Jagd für gerechtfertigt.

»Sie sind geistesgestört!«

Das war das Ziel des Psychopathen, und er hatte es erreicht. Ben entdeckte neben der Wendeltreppe eine kleine, hölzerne Tür mit einem dunklen Exit-Schild darüber. Er drehte sich um, doch Arezu war ihm nicht gefolgt. Und auch der Kontakt zu seinem Erpresser schien abgerissen. Jedenfalls konnte er ihn nicht mehr hören.

»Hallo?«

Er nahm das Handy vom Ohr. Noch immer kein Internet, aber das Mobilfunknetz zeigte vollen Empfang. Auch das Gespräch war nicht unterbrochen.

»Hallo?«, fragte Ben erneut, dann wurde ihm kalt.

Die Stimme des Erpressers berührte ihn wie ein in Eiswasser getauchter Finger, der einem unerwartet die Wirbelsäule hinabfährt.

»Wollen Sie, dass Ihre Tochter Blut kotzt?«

»Wie bitte?«

»Wollen Sie, dass das Letzte, was Sie von Jule hören, komatöse, gurgelnde Schmerzensschreie sind?«

»Ich …«

»Wollen Sie, dass sie sich die Gedärme aus dem blutenden Arsch scheißt, während bei ihr nicht einmal mehr Morphium wirkt? Wollen Sie, dass ich auflege und das alles passiert, wollen Sie das?«

Ben schloss die Augen. Hielt den Atem an und presste ein »Nein« hervor.

»Gut. Dann hören Sie auf, mich zu beleidigen, und fangen Sie endlich an, das zu tun, was ich von Ihnen verlange.«

Ben zwang sich, wieder normal zu atmen, und öffnete erst die Augen, dann die Holztür. Sie führte zu einem breiten Durchgangszimmer, das mit vollbeladenen Garderobenständern zugestellt war. Das Deckenlicht war automatisch angesprungen, kaum dass Ben den Raum betreten hatte. Es erinnerte ihn an die Requisite eines Theaters. Auf einigen Bügeln hingen Talare verschiedener Größen. Die meisten Klamotten schienen jedoch keinen Bezug zu geistlicher Arbeit zu haben. Ben sah bunte Patchwork-Jacken, Schals, sogar Hippie-Perücken, als er den Gang durchschritt, den die Kleiderständer als Fluchtweg zu einer weiteren Exit-Tür am Kopfende des Raumes ließen. An ihr hing ein Plakat, das Aufschluss über die merkwürdige Kleidersammlung gab. Jeden ersten Samstag im Monat führte eine lesbisch-schwule Laientruppe ihre Interpretation des Erfolgsmusicals »Hair« in der Zwölf-Apostel-Gemeinde auf.

»Haben Sie mich verstanden?«, fragte der Anzug-Mann mit den Hummer-Manschettenknöpfen. Er klang so bedrohlich wie in dem Moment, kurz bevor er dem Kontrolleur den Kehlkopf zertrümmert hatte.

»Ja«, antwortete Ben.

»Ja, was?«

»Ja, ich werde tun, was Sie von mir verlangen.«

Die folgende Pause nutzte Ben dazu, die zweite Holztür zu öffnen, die sich etwas sperrte, schließlich aber mit etwas Druck den Weg ins Freie ermöglichte. Hinter ihr schloss sich fast unmittelbar der Bürgersteig an. Es regnete noch immer, und unter normalen Umständen würde sich bei diesem Mistwetter und um diese Uhrzeit wohl kein Mensch nach draußen wagen, aber heute waren die Umstände nicht normal.

Zahlreiche Gestalten lungerten auf der Straße und zwischen den parkenden Autos herum. Flackerndes Blaulicht verwandelte die Szenerie in eine bizarre Open-Air-Disco. Tatsächlich hörte es sich an, als würde um die Ecke vor dem Haupteingang eine Party gefeiert. Ben hörte Schreie, Lachen und Stimmengewirr. Irgendjemand schien eine portable Musikanlage aufgebaut zu haben.

Mist, und jetzt?

Ben beeilte sich, die Tür des Notausgangs wieder zu schließen. So kamen sie hier nicht raus. Es war, wie die Freundin des Pfarrers gesagt hatte: Polizei, Jäger, Gaffer. Da draußen wartete die Hölle auf sie. Und am Telefon der Teufel.

»Okay, die nächste Aufgabe ist ganz einfach«, hörte er den Erpresser sagen. »Ich möchte, dass Sie zu McDonald's gehen.«

»Wie bitte?«

»McDonald's. Hamburger, Pommes, fette Menschen. Schon mal davon gehört?« *Was zum Teufel …*

Wenn den Plänen des Irren eine perverse Logik zugrunde lag, dann verstand Ben sie nicht. Gut, es gab nicht viele öffentliche Einrichtungen, die um diese Uhrzeit noch geöffnet hatten, selbst in einer Weltstadt wie Berlin. Einzelne Bars, Kneipen, Discotheken, ja. Aber wieso schickte er Ben nicht, wie eben schon, erneut zu einem konkreten Ort?

»Wieso tun Sie das?«, fragte Ben. »Weshalb erledigen Sie mich nicht einfach, wenn Sie glauben, dadurch an die zehn Millionen zu kommen?«

»Bitte.« Der Kerl klang beleidigt. »Wir beide wissen, dass es so etwas wie eine Jagdprämie nicht gibt. Das glauben doch nur gehirnamputierte Internet-Spackos.«
»Worum geht es Ihnen dann?«
»Um das Spiel, Ben. Immer nur um das Spiel. Sie wissen doch, der Weg ist das Ziel. Und Ihr nächster führt Sie zu einem McDonald's Ihrer Wahl.«
Ben fragte sich, wie er es überhaupt bis zur nächsten Straßenecke schaffen sollte, geschweige denn zu einem öffentlichen Restaurant.
»Und was soll ich da machen?«
Der Anzug-Mann lachte. »Was macht man in einem Fast-Food-Schuppen? Bestellen natürlich.«
»Wie lange habe ich Zeit?«
»Fünfundzwanzig Minuten.«
Ausgeschlossen. In fünfundzwanzig Minuten war der Pöbel noch vor Ort. Und selbst wenn die Polizei ihn auflöste, würde er beim Verlassen der Kirche von den Beamten festgenommen werden.
»Sie haben fünfundzwanzig Minuten Zeit, um bei einem McDonald's Ihrer Wahl einen Whopper zu bestellen, ihn zu bezahlen und zu essen.«
Ben, der gerade im Kopf durchgegangen war, welche Filialen er in Schöneberg und Umgebung überhaupt kannte, stutzte.
»Moment mal, *Whopper?*«
»Ja.«
»Den gibt's nur bei Burger King.«
Der Lobster lachte lauter.
»Tja, das ist dann wohl Ihr Problem.«
»Hey, Blödsinn. Ich kann einen Whopper bei McDonald's

bestellen, schon verstanden. Soll ja schön auffällig sein und jeder mitbekommen. Aber essen, das ist …?«

»Wie ich schon sagte: Ihr Problem. Übrigens: Die neue Aufgabe ist bereits online. Ich habe sie eben in Ihrem Namen gepostet. Mit Ihrem gegenwärtigen Standpunkt. Damit Sie nicht so alleine sind, wenn Sie bei dem Schnellrestaurant Ihrer Wahl ankommen. Sie und Arezu übrigens, das ist die zweite Bedingung. Die Dürre muss auch mal einen Bissen zwischen die Zähne bekommen.«

Ben ließ die Hand mit dem Hörer sinken. Presste das Telefon, als wäre es ein Schwamm. Nur mit allergrößter Mühe konnte er sich beherrschen, das Handy nicht gegen die Tür mit dem Musical-Plakat zu schmeißen.

»Sie mieses Schwein«, zischte er, als er es wieder am Ohr hatte.

Jetzt lachte der Erpresser nicht mehr. Seine Stimme war wieder so kalt wie zu Beginn des Gesprächs: »Ich sagte doch: Beleidigen Sie mich besser nicht, Ben. Und kommen Sie bloß nicht zu spät. Sie und Arezu haben bis exakt 02.20 Uhr Zeit, diese Aufgabe zu erledigen. Ich will, dass das Mädchen Sie dabei filmt und den Videobeweis auf dem YouTube-Kanal hochlädt, den ich für Sie eingerichtet habe. In mittlerweile nur noch vierundzwanzig Minuten. Nur eine Sekunde später und Sie hören nie wieder von mir!«

52.

Dash. 01.56 Uhr.
Noch sechs Stunden und vier Minuten
bis zum Ende der AchtNacht

Perfekt?«

»Ja. Perfekt.«

Dash klopfte Nikolai, der grinsend mit seinem Handy wackelte, anerkennend auf die Schulter. »Gute Arbeit!«

In der Tat. Das musste Dash ihm lassen. Nikolai hatte eine überzeugende Ader. Er konnte Menschen motivieren. Mit Worten und mit Schlägen. Er verstand, welche Knöpfe er drücken und welche Knochen er brechen musste, damit sie taten, was er verlangte. Ein Jammer, dass das Koks ihn so unberechenbar machte.

Gut, Dashs eigene jähzornige Anfälle waren auch nicht von schlechten Eltern. So viel Selbsterkenntnis besaß er schon, er war ja nicht blöd. Und natürlich war sein Ausbruch vorhin albern gewesen. Nick hatte recht, wenn er sagte, dass dieser Abend am Ende sehr viel mehr wert sein würde als ein verfluchtes Taxi mit einer Handvoll Kameras. Aber im Unterschied zu dem Kampfzwerg hatten seine Wutausbrüche eine reinigende, kathartische Funktion. Nach ihnen ging es ihm besser, und er konnte wieder vernünftig denken. War Nikolai erst mal im Blutrausch, kam er so schnell nicht wieder davon runter.

Sie standen mit dem Fiat auf der gegenüberliegenden Straßenseite des Café Einstein in der Kurfürstenstraße. Nah genug, um die Einsatzfahrzeuge von Feuerwehr und Polizei zu hören, die teilweise direkt an ihnen vorbeigerast waren. Weit genug entfernt vom Geschehen, um nicht als Gaffer verscheucht oder von einem der zahlreichen Reporterteams gefilmt zu werden, die sich zusammen mit Schaulustigen und AchtNacht-Jägern in der Umgebung des Tatorts und der Kirche aufhielten.

Dash fragte sich, wie Ben sich entscheiden würde. Seinen Recherchen nach gab es nur drei so spät noch geöffnete McDonald's-Filialen, die für ihn innerhalb des Ultimatums erreichbar waren: eine am Potsdamer Platz und die andere am Bahnhof Zoo. Die dritte am Ku'damm nahe Kranzler-Eck war fast schon zu weit weg; jetzt, da Ben kein Auto mehr hatte und zu Fuß gehen musste.

»In welche Richtung geht er?«

Dash ließ sich von Nick das Notebook zeigen, auf dem Bens Handy als pulsierender Punkt auf einer Google-Karte dargestellt war. Sie hatten dem armen Irren noch nicht einmal befehlen müssen, die Ortungsdienste seines Telefons freizuschalten. Seitdem er sie von Jules Wohnung aus mit diesem Gerät angerufen hatte, hatten sie die Nummer des Smartphones, das vermutlich sein Zweithandy und schon von Werk aus perfekt konfiguriert war. Mit Hilfe einer vom Hersteller vorinstallierten Fitness-App konnten sie es mühelos tracken. Eigentlich sollten die Nutzer damit ihre zurückgelegte Joggingstrecke nach Länge, Geschwindigkeit und Kalorienverbrauch auswerten können. Jetzt sendete die App permanent den Standort ihres AchtNächters, dessen Energieumsatz heute garantiert weit über dem Durchschnitt lag.

»Aktuell sind sie noch in der Kirche«, sagte Nikolai.

»Sie haben sie nicht verlassen?«

»Nein.«

»Das letzte Signal hatte ich eben, als Ben die Notausgangstür öffnete. Seitdem haben wir wieder keinen GPS-Empfang mehr. Also, wenn der Typ sein Handy nicht liegengelassen hat, wovon ich kaum ausgehe, dann haben die beiden sich noch nicht in Bewegung gesetzt.«

»Die Uhr tickt, und er verplempert kostbare Zeit? Wo ist das nächste McDoof?«, fragte Dash.

»Potsdamer Straße.«

»Hm.«

»Vielleicht wartet er ab und rennt erst in letzter Sekunde los?«

»Möglich.«

Dash kratzte sich am Hinterkopf. Irgendetwas sagte ihm, dass da etwas nicht nach Plan lief.

Benjamin Rühmann, du Schweinehund, dachte er, während er die Kurfürstenstraße hinab Richtung Potsdamer blickte. *Was zum Teufel führst du im Schilde?*

53.

**Ben. 02.00 Uhr.
Noch sechs Stunden
bis zum Ende der AchtNacht**

Der Geruch feuchter, schimmeliger Wände erinnerte Ben an einen Wassereinbruch, den er im Hause seiner Eltern erleben musste, als er neun Jahre alt war. Nach einem Starkregen war in der Straße jeder zweite Keller vollgelaufen; natürlich am Wochenende, kurz vor Mitternacht, wo selbst die Notdienste nicht mehr ans Telefon gingen.

Die gesamte Familie hatte bis zum Morgengrauen mit Eimern, Lappen und Tüchern erst gegen die Wassermassen, dann gegen den Schlamm gekämpft. Noch Wochen danach hatte es im Keller so modrig und verfault gestunken wie hier in dem schmalen, unterirdischen Gang, dem Ben und Arezu gerade folgten.

»Der Tunnel unter der Kirche steht unter Denkmalschutz«, hatte Baha ihnen mit auf den dunklen Weg gegeben. »Ich wünschte, ich könnte sagen, er wurde während der Nazizeit dazu genutzt, Juden oder regimekritische Geistliche zu verstecken. Aber immerhin stand er der Zivilbevölkerung als Luftschutzkeller bei Fliegerangriffen offen.«

Ben nahm die Aldi-Plastiktüte mit Anziehsachen, die er sich aus der Garderobe »geborgt« hatte, in die andere Hand und leuchtete mit einer Stabtaschenlampe den Weg aus. Nach Aussage des Pfarrers wartete in zweihundertfünfzig

Metern am Nordende des Gangs eine Stahlbetontür auf sie, hinter der eine Feuertreppe direkt zum Eingang des U-Bahnhofs Nollendorfplatz führte.

Sollte ich dort jemals ankommen und diese Nacht überleben, schwor sich Ben, *werde ich dem Pfarrer persönlich auf Knien danken.*

Vielleicht wollte Baha keinen Stress mit der Polizei haben; vielleicht wollte er nicht, dass es sich herumsprach, dass in seiner Kirche Menschen verhaftet wurden, die bei ihm Schutz suchten. Sehr wahrscheinlich war er einfach nur ein guter Mensch, der nach seinem Instinkt gehandelt hatte, als er sie im Keller der Kirche zu diesem Geheimgang führte und Ben zum Abschied eine Taschenlampe in die Hand drückte.

»Hast du dich schon für eine Filiale entschieden?«, fragte Arezu, die vor ihm ging. Diesmal hatte er sie nicht angelogen.

Ben hatte ihr endlich gestanden, dass es höchstwahrscheinlich nicht Oz war, der ihn unter Druck setzte, sondern ein gemeingefährlicher Schläger, der auf den AchtNacht-Zug aufgesprungen war, um die Jagd nach seinen Regeln zu gestalten.

»Aber er könnte Oz sein?«, hatte Arezu gefragt.

Obwohl es nicht auszuschließen war, glaubte Ben das eher nicht, tat aber einen Teufel, ihr zu widersprechen. Verdammt, er brauchte Arezu an seiner Seite. Selbst mit ihr wusste er nicht, wie er die Aufgabe zur Zufriedenheit des Psychopathen erledigen sollte. Doch der Lobster hatte ausdrücklich nach ihr verlangt, und sie musste ihn filmen. Ohne sie wäre es von vornherein zum Scheitern verurteilt. Mit ihr blieb ihm zumindest die Hoffnung, dass ihm in letzter Sekunde eine passende Lösung einfiel; jetzt, da Arezu sich bereit erklärt hatte, ihm zu folgen. Genauer gesagt, vorauszugehen.

Selbst sie musste in dem schmalen Gang den Kopf einziehen, der immer niedriger zu werden schien. Wenn es so weiterging, würden sie irgendwann auf allen vieren vorwärts kriechen müssen.

»Potsdamer Platz, Kudamm oder Zoo. Das sind die nächstgelegenen Läden, die noch offen haben«, beantwortete Ben ihre Frage. »Soweit ich es weiß.«

In der Kirche hatte er nicht googeln können, also musste er sich auf seine Erinnerung verlassen. Möglicherweise gab es auch eine Filiale in der Potsdamer Straße, aber er wusste nicht, ob die einen 24-Stunden-Service anbot.

»Am liebsten wäre mir ein Drive-in, da könnten wir uns von außen ranschleichen, aber ich kenne nur das in der Clay-Allee und eins in Steglitz. Beide erreichen wir nicht mehr innerhalb der Frist.«

Schon gar nicht zu Fuß.

Ben mahnte Arezu zur Eile. Sie waren völlig außer Atem, als sie die angekündigte Tür erreichten. Sie sah aus, als wäre der Querriegel, mit dem sie gesichert war, das letzte Mal im vorigen Jahrtausend benutzt worden. Tatsächlich aber ließ sie sich sogar noch leichter öffnen als die Notausgangstür der Kirche.

Feuchte Luft wehte in den Geheimgang. Ben hörte das Rattern der Gleise eines durchfahrenden U-Bahn-Zugs, etwa zwanzig Meter über ihnen. Arezu folgend, trat er in einen röhrenartigen Betonschacht, in dessen Mitte sich eine Wendeltreppe aus Metall korkenzieherartig nach oben drehte. Über ihm verlieh die Berliner Lichtverschmutzung dem

Nachthimmel einen dreckig-braunen Anstrich. Es regnete immer noch.
Tropfen zerplatzten auf seiner Stirn und lieferten Ben den letzten Beweis dafür, dass sie bereits im Freien standen.
»Also los.« Arezu griff nach dem feuchten Treppengeländer, aber Ben hielt sie zurück.
»Was?«
»Wir sollten uns erst umziehen.« Ben öffnete die Aldi-Tüte und zog zwei Schirmmützen und einen Satz blauschwarzer Regenjacken heraus.
»Woher hast du *das* denn?«
Ben erklärte Arezu, wie er auf den Kostümfundus der Laien-Musical-Truppe der Zwölf-Apostel-Gemeinde gestoßen war. Skeptisch setzte sie die Mütze auf.
»Okay, aber musste es ausgerechnet eine Männer-Polizeiuniform für mich sein?«
»Wäre dir ein Hippie-Kleid lieber gewesen? Damit fallen wir am wenigsten auf.«
Sie zogen sich jeder ihre Jacke an, die Arezu viel zu groß war und bei ihm über der Brust spannte.
»Wir haben übrigens wieder Netz!«
Arezu hatte ihr Handy aktiviert und wischte einige Regentropfen vom Display. Auch Ben überzeugte sich, dass er wieder ins Internet gehen konnte, steckte das Telefon aber zunächst zurück in seine Hosentasche.
»Uns bleiben noch achtzehn Minuten bis zum nächsten McDonald's«, sagte er. »Und das ist am Zoo. Wir sollten besser rennen und nicht googeln.«
»Oder mit dem Auto fahren«, meine Arezu.
Ben lachte erschöpft. »Ja, klar. Hast du hier zufällig eins um die Ecke stehen?«

Arezu sah noch einmal auf den Bildschirm ihres Handys und nickte dann.
»Zufällig ja«, sagte sie und begann im Eilschritt die Feuertreppe hochzuklettern.

54.

Das CarToDrive-Mobil stand keine hundert Meter vom U-Bahnhof entfernt, vor einem Getränkemarkt, in einer Haltebucht für Elektrofahrzeuge.

Arezu, die seit ihrer Ohnmacht zu neuen Energien gefunden zu haben schien, übernahm die Initiative, wofür Ben im Augenblick dankbar war.

Nicht nur, weil er sich wie ein Schiffbrüchiger fühlte, der erkannt hatte, dass das Stück Treibholz, an das er sich klammerte, mit ihm im Schlepptau auf einen Wasserfall zutrieb. Er wäre rein technisch gar nicht imstande gewesen, den Smart mit Hilfe seines Handys freizuschalten.

Für Ben war es eine dreifache Premiere: Er hatte noch nie ein Carsharing-Fahrzeug benutzt, noch nie in einem Elektrofahrzeug gesessen, und er war noch nie auf der Flucht vor Menschen gewesen, die seinen Tod wollten.

»Steig schon mal ein«, riet ihm Arezu, während sie das Cabrio von der öffentlichen Stromzapfsäule entkabelte. Ben konnte kaum ihr Gesicht sehen, so tief hing ihr die viel zu große Uniformmütze in die Augen.

Im Wageninneren roch es nach Leder und Duftbäumchen. Alles wirkte neu, abgesehen von einem breitgetretenen Kaugummi auf der Fußmatte.

»Wohin?«, fragte Arezu, nachdem sie ebenfalls eingestiegen war und die Mütze in den Fußraum gepfeffert hatte.

Ben zog sein Handy aus der Hosentasche und wollte sich

bereits beschweren, dass er schon wieder keinen Empfang hatte, da fühlte es sich an, als wollte es aus seinen Fingern hüpfen.
Vibrationsalarm!
Offenbar gingen mehrere Nachrichten gleichzeitig ein. Zwei waren von seinem Vater.

Schwartz hat dein Handy entsperrt, aber wir konnten deine Nachricht an uns nicht lesen, Junge! Deine Mailbox war voll.

Sind jetzt im Bilde. Jenny hat uns informiert und mir diese Nummer gegeben. Ruf mich sofort an!

»Wohin?«, fragte Arezu noch einmal, jetzt etwas energischer.
Der Wagen hatte sich bereits in Bewegung gesetzt. Sie steuerte ihn rückwärts aus der Lücke, dabei hatte Ben gar nicht bemerkt, dass der Motor schon lief. Das einzige Geräusch, das das E-Mobil von sich gab, war das Knirschen der Reifen auf dem Asphalt und ein Surren, das an ein ferngesteuertes Spielzeugauto erinnerte.
»Wir haben noch gut vierzehn Minuten«, sagte Ben und zwang sich für einen Moment, die Nachrichten seines Vaters zu vergessen, auch wenn das schier unmöglich schien. »Die meisten werden davon ausgehen, dass wir zu Fuß unterwegs sind. Welcher McDonald's, den wir innerhalb der Frist erreichen können, ist am weitesten von unserem gegenwärtigen Standpunkt entfernt?«
»Ist der Tiergartentunnel offen?«, stellte Arezu als Gegenfrage.
»Was weiß ich denn?«

»Okay, lassen wir es drauf ankommen.«

Ben, froh, für einen Moment die Kontrolle abgeben zu können, überlegte, was er seinem Vater antworten sollte.

Soll ich ihn anrufen?

Schweiß lief ihm den Nacken herunter, und der Kragen seiner Uniformjacke kratzte am Hals.

Um ihm was zu sagen?

Alles, was er wusste, hatte er Jennifer bereits erzählt.

Er könnte nur noch einmal die dringende Warnung wiederholen, keinen Fehler zu machen. Nichts zu unternehmen, was das Leben von Jule gefährdete.

Sollte der Lobster die Wahrheit gesagt haben, dann riskierten sie mit jedem Rettungsversuch den Tod seiner Tochter.

Daran hatte sich nichts geändert.

Andererseits – *etwas* hatte sich verändert, seitdem Ben wusste, mit wem er sprach. Etwas Entscheidendes. Er musste nicht länger die Marionette spielen, um die Chance zu bekommen, den Dreckskerl zu überführen. Er wusste, wer er war und wo er ihn fand; seine Gang war bestimmt polizeibekannt, und er selbst mit seinem auffälligen Äußeren würde leicht zu finden sein.

Aber was bedeutete das?

Dass er mir ohnehin nie das Gegenmittel verraten wird, selbst wenn ich die AchtNacht überlebe?

Dass ich auf keinen Fall überlebe, weil ich ein Zeuge bin?

Bens Kopf fühlte sich an wie eine Piñata, gefüllt mit Gedanken statt mit Süßigkeiten, auf die nicht Kinder mit Stöckchen, sondern Psychopathen mit Eisenstangen einprügelten.

Das alles ergab doch keinen Sinn!

Ben wollte Arezu bitten anzuhalten. Besser noch, die Richtung zu ändern und nach Wedding zu fahren. Ins Virchow-Klinikum, zu seiner Tochter.
Da klingelte das Telefon in seiner Hand.
Jennifer!
Seine Frau rief an.

55.

Liebling!«

Vom Gefühl übermannt, mit dem einzigen Menschen zu sprechen, dem er auf dieser Welt blind vertraute, schossen ihm Tränen in die Augen.

Jennifer hatte nie die freundschaftliche Verbindung zwischen ihnen gekappt, was für einen Mist er auch immer gebaut hatte.

Und Jennifer schien es nicht anders zu ergehen. Auch sie weinte. So heftig, dass Ben sie kaum verstand.

»Sie, sie … sie …«

»Bist du bei Jule, Schatz?«, fragte er, obwohl sie sicher längst auf andere Kosenamen hörte, die ein neuer Mann für sie erfand. Aber für ihn würde sie immer genau das bleiben: sein einziger, unbezahlbarer Schatz.

»Sie, sie ist …«, hörte er sie sagen. Das letzte Wort ging in etwas unter, was sich wie der Schrei eines abgestochenen Tieres anhörte.

»Um Himmels willen, Jenny. Was???«

»Weg.«

Nun hatte er es verstanden.

»Weg? Wie weg?«

»Jule«, schluchzte Jennifer. »Sie ist nicht mehr da.«

»Moment mal, beruhig dich bitte, und noch mal von vorn. Wo bist du jetzt?«

»Im Virchow.« Sie zog die Nase hoch. »Wie du gesagt hast.

Ich bin hierhergefahren, um mich mit deinem Vater zu treffen. Und jetzt stehe ich hier in Jules Krankenzimmer und ...«
Die letzten Worte schrie sie wieder: »SIE IST WEG!«
»Wo sind denn die Ärzte? Die Schwestern?«
»Keine Ahnung, ihr Bett ist leer. Ich ...«
Ben hörte auf einmal Stimmen im Hintergrund. »Ben? Warte bitte. Ich melde mich gleich wieder.«
Er hob instinktiv den Arm und machte eine wedelnde Abwehrbewegung. »Nein, Schatz. Jenny, bitte leg nicht ...«
Zu spät. Seine Frau hatte die Verbindung gekappt.
Und sofort vibrierte es wieder in seiner Hand.
»Was ist los?«, wollte Arezu von ihm wissen, die viel zu schnell auf der linken Spur Richtung Siegessäule fuhr.
Ben antwortete ihr nicht. Konnte nichts sagen.
Eine SMS war eingegangen. Von einem Absender, der es geschafft hatte, seine Daten zu unterdrücken.
Mit einer dunklen Vorahnung, die sich wie Fäulnisgas in seinem Innersten ausbreitete, klickte er auf den tanzenden Briefumschlag auf dem Display und öffnete den Posteingang.

Dies ist eine Nachricht von DIANA. Der von Ihnen nominierte AchtNächter »Ben Rühmann« ist noch nicht gefasst. Infos zu seinem gegenwärtigen Aufenthaltsort finden Sie unter diesem Link: www.AchtNacht.online.

Ben brauchte eine gefühlte Ewigkeit, um zu verstehen, was er da gerade gelesen hatte.
Eine automatisch generierte Nachricht.
Von der AchtNacht-Website, direkt auf seinem Handy eingegangen.

Nein, nicht auf MEINEM Handy.
Sondern auf dem, das er sich geborgt hatte.
Von Jule. Seiner eigenen Tochter.
Sie hat mich nominiert?
»Nein«, schrie er so laut, dass Arezu neben ihm vor Schreck beinahe das Lenkrad verriss.
Nein, das ist nicht wahr, brüllte Ben weiter in Gedanken. *Nicht Jule. Sie liebt mich. Sie kann mich nicht nominiert haben. Nicht meine eigene Tochter. Das ist unmöglich.*
Fast so unmöglich wie eine komatöse Patientin, die spurlos aus ihrem Klinikbett verschwand.

56.

»Wo ist sie?«

»Wer?«

»Meine Tochter. Wo ist sie hin?« Ben ballte die Faust und suchte etwas, wogegen er schlagen konnte, ohne dass Arezu neben ihm wieder die Spur verzog.

»Ach, ist Jule verschwunden?«, fragte der Anzug-Mann, der ihn angerufen hatte, als sie in Höhe der Botschaften kurz vor der Philharmonie die Tiergartenstraße hinunterschossen.

»Tun Sie nicht so scheinheilig. Was haben Sie mit ihr gemacht?«

»Die Frage ist doch eher, wen haben Sie eingeweiht?«

»Niemanden, ich …«

»Lügen Sie mich nicht an. Irgendein Arschloch hat auf der Intensivstation angerufen. Wollte, dass Jule bewacht wird, und hat nach dem Chefarzt verlangt.«

»Ich war das nicht.«

»Das weiß ich. Der Typ hieß Michalsky.«

»Ich kenne keinen …«

»Paul Michalsky.«

Ben schloss die Augen.

Paul. Dieser selbstherrliche Idiot!

Jennifer hatte er vertraut, das Richtige zu tun. Aber ihr neuer Macker hatte in völliger Selbstüberschätzung die falschen Maßnahmen eingeleitet.

»Das ist der neue Freund meiner Frau. Er macht sich Sorgen um Jule. Sein Anruf hat nichts mit uns zu tun, er weiß nicht, was los ist.«

»Und das soll ich Ihnen glauben?«, fragte der Psychopath mit der näselnden Stimme.

»Bitte sagen Sie mir, wo sie ist«, sagte Ben und hasste seinen flehenden Unterton.

»Verraten Sie mir, zu welchem McDonald's Sie fahren, und ich überlege es mir.«

»Ich, ich weiß es nicht …«

Die Tatsache, dass der Erpresser nach der Adresse fragte, zeigte, dass sie ihn mit der Wahl des Carsharing-Autos tatsächlich überrumpelt hatten. Er konnte sie vermutlich tracken, aber er war ihnen nicht mehr voraus.

»Wollen Sie mich verarschen? Sie wissen nicht, wohin Sie fahren? Gut, dann weiß ich nicht, wie lange Ihre Tochter noch atmet, denn …«

»Moment.«

Ben sah zu Arezu, die gerade den Blinker zum Tiergartentunnel setzte.

»Für welche Filiale hast du dich entschieden?«

»Hauptbahnhof«, antwortete sie ihm knapp.

»Haben Sie es gehört?«

»Ja. Dann viel Glück dort. Und nicht vergessen, Arezu soll Sie filmen, wenn Sie den Whopper bestellen und essen.«

Ben schloss verzweifelt die Augen. »Wenn ich das alles mache, was Sie verlangen, verraten Sie mir dann, wo Sie Jule hingebracht haben?«

Der Anzug-Mann schaffte es allen Ernstes, auf diese Frage mit einem Gähnen zu antworten. Dann sagte er: »Ja, abgemacht, Ben. Denn wissen Sie was? Es ist schon spät, das

Spiel wird mir langsam zu blöd, und ich bin müde. Wenn Sie sich also anstrengen, wenn Sie diese letzte Aufgabe, die ich Ihnen gestellt habe, lösen, dann beenden wir das Ganze vorzeitig. Na, wie hört sich das an?«

Wie eine Drohung, dachte Ben und legte auf.

57.

Dash. 02.18 Uhr.
Noch fünf Stunden und 42 Minuten
bis zum Ende der AchtNacht

Wie du gesagt hast. Hauptbahnhof.«

Hm.

Dash lächelte und dachte nach.

... hab ich recht gehabt ...

Der Bahnhof war vierundzwanzig Stunden geöffnet. Viele unterschiedliche Menschen, nicht nur AchtNächter, sondern auch Reisende waren vor Ort. Und die Bahnhofspolizei ganz in der Nähe.

Als sich der Punkt auf der Karte plötzlich Richtung Siegessäule bewegte, war er sich beinahe sicher gewesen zu wissen, was die beiden im Schilde führten. Zum Glück hatte er auf seinen Instinkt gehört und war den Gejagten deshalb wieder drei Autominuten voraus.

»Was war das für ein Scheiß gerade?«, fragte er Nikolai.

»Motivation!«

»Ich meine nicht deine ›Ich bin so müde, wir beenden das Spiel‹-Lüge am Ende. Ich rede von dem Gefasel ganz zu Anfang, à la ›Jule ist verschwunden‹!«

Nikolai zuckte mit den Achseln und öffnete auf seinem Handy den Link zu der gehackten TV-Kamera der Intensivstation.

Dash staunte nicht schlecht.

Tatsächlich war das Bett leer. Die Monitore funkelten noch,

zeigten aber nur noch Nulllinien. Benjamin Rühmanns Tochter war nicht länger verkabelt, sondern verschwunden.

»Wo zum Geier ist sie hin?«, fragte Dash entgeistert.

Nikolai schob die Unterlippe ratlos nach vorne, als sie gemeinsam den McDonald's im Hauptbahnhof betraten.

»Woher soll ich das denn wissen, Mann? Ich hab damit nichts zu tun.«

58.

Ben. 02.19 Uhr.
Noch fünf Stunden und 41 Minuten
bis zum Ende der AchtNacht

Die Zufahrt vor dem wichtigsten Bahnhof der Hauptstadt war schmaler als eine Rettungsgasse auf der Autobahn. Sobald auch nur ein Taxi mit Reisenden anhielt, hatten die Nachfolgenden keine Rangiermöglichkeit mehr, und der Rückstau der Wartenden zog sich in Stoßzeiten bis zur Invalidenstraße.

Was von den Berlinern als Fehlplanung belacht wurde, erklärten die Bauherren zum Konzept, denn der Hauptbahnhof sollte der erste Bahnhof sein, den man nur mit dem Zug erreichen konnte. Ben hatte sich oft genug über diesen peinlichen Schwachsinn aufgeregt, war jetzt aber aus einem anderen Grund froh, dass Arezu nicht die Hauptvorfahrt nutzte, sondern direkt vom Tiergartentunnel aus ins Parkhaus fuhr.

Um diese Uhrzeit gingen kaum Züge, die Zahl der Abreisenden, Ankömmlinge und Abholer hielt sich in überschaubarem Rahmen. Nicht einmal jeder fünfte Stellplatz war besetzt. Die Gefahr, hier unten jemandem zu begegnen, war wesentlich geringer als im Gebäude selbst. Zudem gab es vom Parkhaus eine fast unmittelbare Verbindung zum McDonald's im ersten Untergeschoss. So als hätten die Architekten des Hauptbahnhofs gedacht: *»Hey, die Menschen brauchen vor dem Bahnhof keinen Platz, um die*

Koffer aus dem Taxi zu wuchten, müssen aber so schnell wie möglich an Cola und Pommes kommen, sobald sie aus dem Fahrstuhl steigen.«

»Oder an einen Whopper«, murmelte Ben, wie betäubt von den sich überschlagenden Entwicklungen. Die Sorge um Jule fraß sich wie Säure in seinen Verstand. Er konnte kaum noch einen Gedanken zu Ende denken und war froh, dass Arezu weiterhin die Initiative ergriff. Auch wenn er nicht mehr wusste, wozu ihre Hektik gut sein sollte.

Wie schnell auch immer sie durch das Parkhaus rannten, wie viele Treppenstufen sie auf einmal nahmen, der Psychopath in Abendgarderobe hatte ihnen eine unmögliche Aufgabe gestellt.

»Wie viel Geld hast du?«, fragte Arezu. Sie hatte ihre Polizeimütze im Auto gelassen, und auch er kam sich bescheuert vor in seiner Verkleidung. Als würde er irgendjemanden mit diesen billigen Requisiten täuschen können.

Ben tastete automatisch nach der Stelle in seiner Jeans, wo üblicherweise sein Portemonnaie steckte, doch dort konnte es ja nicht sein.

Er hatte es verloren, genauso wie die Hoffnung, die Nacht zu überleben, ihm irgendwo auf seiner Flucht zwischen dem Alhambra-Kino und Lady Nana abhandengekommen war. Ben konnte kaum glauben, wie viel Schmerz und Elend in eine Handvoll Stunden passten.

Andererseits brauchte es manchmal nur Sekunden, damit das Schicksal einen für die Ewigkeit zeichnete.

Man muss nur kurz die Kontrolle über seinen Wagen verlieren, während die Tochter nicht angeschnallt auf dem Beifahrersitz mitfährt.

»Wie viel?«, fragte Arezu erneut.

Sie hatten das erste UG erreicht. Auch hier gab es kein Anzeichen dafür, dass die AchtNacht-Fans sie erwarteten. Das Stockwerk war nahezu menschenleer. Bis auf eine Reinigungskraft, die in fünfzig Metern Entfernung mit einem fahrbaren Poliergerät auf den mausgrauen Granitplatten ihre Kreise zog, sah Ben nur noch ein Pärchen, das aneinandergeklammert auf einer Metallbank schlief.

»Ich hab kein Geld«, antwortete er Arezu. Die griff sich an ihren rasierten Kopf.

»Oh, Mann, als ob wir nicht schon genug Probleme hätten.« Sie war etwas außer Atem, Ben fühlte sich wie nach einem Marathonlauf.

»Warte.« Arezu zog Ben hinter einen Fahrkartenautomaten, schräg gegenüber der Eingangsfront des Schnellrestaurants. Warmes, gelbes Licht fiel durch die Glasscheiben und lud die Gäste ein, auf die perfekten Manöver der Lebensmittelfotografen hereinzufallen, deren Meisterwerke der Täuschung sich hinter bauchigen Leuchttafeln über dem Tresen wölbten.

In der Spiegelung der Glasscheiben konnte Ben sehen, wie ein älteres Ehepaar das Restaurant verließ. Der Mann biss in einen Hamburger und trug nichts als eine braune Papiertüte, während seine Frau sich mit zwei Rollkoffern gleichzeitig abrackern musste.

Ohne ihre Umgebung auch nur eines Blickes zu würdigen, gingen sie Richtung Rolltreppen, und damit hatte das McDonald's seine einzigen späten Gäste verloren. Wenn es überhaupt eine Gelegenheit gab, da unbemerkt reinzugehen, dann jetzt sofort.

»Und wie wollen wir ohne Kohle bestellen?«, fragte Arezu und ergänzte: »Jetzt scheitert das an hundert Euro.«

»Hundert Euro?«, fragte Ben verwirrt. »Was redest du da?«
Ohne darauf einzugehen, sagte sie: »Ich hoffe, dass das hier reicht.«
Ben warf einen verwirrten Blick auf die Armbanduhr, die sie ihm gab. »Was soll ich damit?«
»Abwarten«, sagte sie und hielt ihm ihr Handy vors Gesicht.
»Wir müssen los.«
Sie machte eine wedelnde Handbewegung.
Ben hörte über sich Stimmen, die durch das Geschossfoyer nach unten schwappten. Lachen. Grölen. Das Klirren von Flaschen.
»Sie kommen!«, mahnte Arezu, und Ben setzte sich in Bewegung.
Mit dem Lärm einer über ihnen sich zusammenrottenden Meute und Arezus Handykamera im Nacken.

59.

»Hey, hey, hey, was wird denn das?«

Der oberlippenbärtige, indisch aussehende Angestellte ruderte mit beiden Armen, blieb aber hinter seinem Tresen. Wahrscheinlich hatte man ihm beigebracht, im Falle eines Überfalls nicht den Helden zu spielen, sondern einfach einen versteckt unter der Theke angebrachten Notrufknopf zu drücken, um dann so ruhig und besonnen wie möglich abzuwarten. Zumal der arme Tropf, wenn Ben nicht alles täuschte, ganz allein in dem Restaurant für die Friedhofsschicht eingeteilt war. Die zum Teil offen einsehbare Küche lag ruhig und verlassen hinter ihm. Es gab niemanden, der an den Arbeitstischen stand, mit Geräten klapperte oder neugierig über die Warendurchreiche in den Verkaufsraum lugte.

»Keine Sorge, wir tun dir nichts«, sagte Ben und rüttelte noch einmal kurz an den nun verschlossenen Flügeltüren, deren Griffe er einfach mit seinem Hosengürtel zusammengebunden hatte.

Ein Fahrradschloss wäre besser gewesen, um den zu erwartenden Ansturm abzuhalten. Nachdem er vorhin am Telefon dem Erpresser seinen Standort verraten hatte, stand die Information unter Garantie schon im Netz.

»Wir sind von der Polizei«, sagte Ben und nahm seine Mütze ab, als er rechts am McCafé-Bereich vorbei an den Bestelltresen trat.

»Ja klar, und ich bin Ronald McDonald«, sagte der Verkäufer. Er hatte pechschwarze Haare, eine Haut im gleichen Ton wie seine Arbeitsuniform, die sich im Wesentlichen aus einem Poloshirt und Basecap mit Firmenlogo zusammensetzte.

»Was wollt ihr Vögel?«

Ben nahm die alberne Mütze ab, die anscheinend nicht einmal eine studentische Aushilfe beeindrucken konnte, und sagte: »Einen Whopper bitte.«

»Was?«

»Vimal, richtig?« Er zeigte auf das Namensschild des Angestellten. »Wir brauchen einen Whopper, Vimal. Sofort!«

Ben riskierte einen raschen Schulterblick zu dem provisorisch gesicherten Eingang, vor dem es momentan noch genauso leer war wie in dem gesamten Schnellrestaurant.

»Das hab ich schon verstanden, aber den gibt es nur ...«

»Bei Burger King«, schaltete sich Arezu ein. »Das wissen wir. Seien Sie bitte so lieb und holen Sie uns einen.«

Vimals Unterlippe zitterte nervös. Dann blitzte etwas in seinen dunklen Augen auf.

»Oh, Mann, das ist ein Scherzvideo, richtig? So wie die Idioten, die im McDrive ihre Bestellung rappen. Oder die Spinner, die versuchen, so zu ordern, dass es keine Nachfrage gibt, ist es so was?«

Der Mann klang überdreht, als spielte er eine Rolle, was garantiert an seiner Nervosität lag. Es schloss sich vermutlich nicht alle Tage ein Irrer mit gefälschter Polizeiuniform in seinem Laden ein, um ein Konkurrenzprodukt zu bestellen.

»Nein, Vimal«, antwortete ihm Arezu. »Das ist unser bitterer Ernst. Gib ihm meine Uhr.«

Ben tat, wie ihm befohlen, auch wenn er selbst genauso verwirrt war, wie der Angestellte aussah.
»Was soll ich damit?«, fragte Vimal.
»Das ist eine Glashütte. Ein Geschenk meines Vaters zum Abi. Die ist mindestens tausend Euro wert.«
Vimal zeigte Arezu einen Vogel.
»Und wenn der Wecker zehntausend Tacken kostet. Ich kann euch hier keinen Whopper machen.«
»Aber bringen!«
Ben sah zu Arezu. Verstand auf einmal. Und musste gegen seinen Willen lächeln, obwohl ihm zum Weinen zumute war.
Was für eine clevere Idee.
Arezu bestätigte seine Vermutung mit einem selbstzufriedenen Blick, der nichts anderes besagte als: *»Was dachtest du denn, weshalb ich uns ausgerechnet hierher gefahren habe?«*
Weil der Hauptbahnhof der einzige Ort in Reichweite war, wo beide Fast-Food-Konkurrenten eine 24-Stunden-Filiale in unmittelbarer Nachbarschaft hatten. Nur ein Stockwerk voneinander getrennt.
»Das geht nicht«, protestierte Vimal erwartungsgemäß. »Mein Kollege ist nur mal kurz eine rauchen. Ich kann den Laden nicht alleine lassen, selbst wenn ich wollte. Ich riskier doch nicht meinen Job. Wieso filmt die Braut dich eigentlich die ganze Zeit?«
Ben reckte ihm das Kinn entgegen und fragte: »Du kennst mich nicht?«
»Sollte ich?«
»Hast du heute keine Nachrichten gesehen?«
»Mann, ich muss hier Musikvideos und Kinonews in Dauer-

schleife ertragen.« Vimal zeigte auf die stumm vor sich hin flimmernden Fernseher unter der Decke des Restaurantbereichs. »Sorry, wenn ich verpasst habe, dass heute die Nacht der idiotischen Kundenwünsche ist.«

Hinter sich hörte Ben, wie an den Glastüren gerüttelt wurde. Ein kräftiger Mann rief und fuchtelte mit beiden Armen. Er trug keine Maske, kein AchtNacht-Shirt oder sonstiges Zeichen der Jagd, und er war allein, weswegen Ben nicht sagen konnte, ob er ein hungriger Kunde oder ein verrückter Verfolger war.

Er wusste nur, dass ihm die Zeit davonlief. Und dass er einen Fehler machte, wenn er jetzt ausrastete, aber er konnte einfach nicht anders, als seiner Wut und Verzweiflung freien Lauf zu lassen.

»Hör mal zu, du kleiner Pisser«, schrie er und packte den Angestellten am Hemd. »Es gibt hier sicher einen Hinterausgang durch die Küche, oder? Wir begleiten dich nach oben ins Erdgeschoss, wo du uns bei Burger King einen Whopper holst, dann marschieren wir hier wieder brav zurück in deinen Laden. Wo du ihn an uns verkaufen wirst. Danach dann bist du um eine Tausend-Euro-Uhr reicher. Und wenn das alles vorbei ist, komme ich hierher zurück und lege noch mal tausend drauf. Hast du das verstanden?«

Vimal nickte ängstlich und versuchte zurückzuweichen, aber Ben hielt ihn, weit über den Tresen gebeugt, an dem Kragen seines Shirts fest.

Dabei sah er aus dem Augenwinkel etwas auf dem Boden, das einem unmusikalischen Menschen vermutlich nie aufgefallen wäre.

Aber Ben, der die Hälfte seiner Lebenszeit in Übungsräumen und auf Bühnen verbracht hatte, wunderte sich, weshalb der Bereich vor der Kasse mit Gaffa-Tape beklebt war. Kleine mausgraue Klebestreifen, mit denen Musiker lose Kabel sicherten und Aufbauanweisungen gaben, damit die Roadies wussten, an welcher Stelle sie die Verstärker zu plazieren hatten. Oder den Platz markierten, an dem der Sänger stehen musste, damit er beim Auftritt nicht aus dem Licht trat.

»Was hast du?«, fragte Arezu.

Aber Ben konnte es ihr nicht sagen.

Wenn er das Überraschungsmoment nutzen wollte, durfte er nicht verraten, was er gerade entdeckt hatte.

In der Lücke!

Zwischen der Softdrink-Batterie und dem Kaffeeautomaten.

Ben zögerte nicht eine Sekunde. Er sprang über den Tresen, drosch dem Angestellten den Ellbogen ins Gesicht und rannte nach links, an den Fritteusen vorbei in die Küche. Riss, ohne hinzusehen, einen Edelstahl-Feuerlöscher aus der Wandverankerung. Und warf ihn dem Flüchtenden in den Rücken, dessen Kameraobjektiv gerade eben noch in der Lücke aufgeblitzt hatte.

»Stehen bleiben«, schrie er, obwohl der Filmende, der sich in der Küche versteckt gehalten hatte, zu Boden gegangen war.

Jener Mann, der ihnen zuvorgekommen sein und dem Angestellten mehr geboten haben musste als nur eine Glashütte-Uhr. Damit Vimal sich in dem mit Klebeband markierten Bereich aufhielt. Damit er ihm nicht vor die Linse lief, während er heimlich die AchtNächter bei ihrer kruden Bestellung filmte.

Was bedeutet, dass er wusste, wo er uns findet.

Also ist er ein Komplize des Anzug-Manns!
Ben ging zwei Schritte zurück und griff sich eine Pommeskelle, die er in den Kessel mit blubberndem Frittierfett tauchte.
Eine Sekunde später stand er über dem Mann, der sich gerade wieder aufrappeln wollte, dann aber liegen blieb, als er Ben über sich sah.
Ben erkannte ihn sofort, auch wenn er diesmal keine Uniform trug. Der hagere Kerl mit dem schiefen Gesicht, das aussah, als würde er es gegen eine unsichtbare Scheibe pressen. Gestern noch hatte er sich als Polizeibeamter auf der Intensivstation ausgegeben. Jetzt lag er in der Systemküche eines Schnellrestaurants, rieb sich die Hüfte. Und kicherte.
»Wo ist meine Tochter?«
Der Mann kicherte noch lauter. Dass Ben ihn jeden Augenblick zu verbrühen drohte, indem er ihm den Inhalt seiner tropfenden Kelle ins Gesicht schüttete, schien ihm wenig auszumachen.
»Wo ist Jule. Was hast du mit ihr gemacht?«
»Abwarten. Deine Aufgabe ist noch nicht erledigt, Ben«, sagte der Mann.
Kaum hatte er das gesagt, hörte Ben ein Splittern. Dann gab es einen Knall, und als er einen Schritt zur Seite trat, um in den Restaurantbereich blicken zu können, sah er, wie eine gesichtslose Masse durch die aufgebrochenen Glastüren in die Filiale drängte.
Ben wandte sich wieder zu dem Mann am Boden – der dort nicht mehr lag! Er sah nur noch, wie der Kerl hinter einem Metallregal verschwand, vermutlich dort, wo die Hintertür war.
Ben hörte nicht, wie sie sich öffnete.

Hörte nicht, wie sie wieder ins Schloss fiel.
Er hörte nur Schreie.
»AchtNacht!«
»Holt sie!«
»Da ist der Pädo!«
»Zahltag!!!«
Die meisten Worte und Parolen waren unverständlich, da die wenigsten, die sich gerade Zutritt verschafften, irgendetwas Sinnvolles von sich gaben.
Fast alle johlten wie bei einem Rockkonzert. Oder einem Fußballspiel in der Fankurve.
»Herzlich willkommen zum Spiel des 1. FC Mordlust gegen Benjamin Rühmann. Es steht 120 zu 1.«
Ben sah Plastiktüten über Köpfen, Fechtmasken, Motorradhelme und offen zur Schau gestellte Fratzen.
Die Angreifer, Jäger und Sensationshungrigen bewegten sich in derselben Zeitlupe, in der auch das Fett von seiner Kelle zu Boden tropfte.
Dabei war es Bens Verstand, der die Ereignisse ausbremste.
In Wahrheit ging alles sehr viel schneller.
Von dem Moment an, da die Masse beschloss, die Scheiben einzuschlagen, bis zu dem Punkt, an dem sie Arezu überrannt hatten, hatte Ben nur ein Mal Luft holen können.
Und einen weiteren Atemzug später lag auch er am Boden.
Bedeckt von Schlägen und Tritten. Und Schlägen und Tritten.
Bis es rot wurde um ihn herum und er das Lachen, das Johlen, das Gekreische und die Schreie nicht mehr hören konnte.
Nicht einmal mehr seine eigenen.

60.

Wir müssen reden, Papa. Dringend! Ich glaube, du bist in Gefahr!«

Das Geräusch splitternder Knochen. Lärm in den tauben Ohren. Dann schwarz. Aber die Schwärze hielt nicht lange an, sondern wurde von einem Bild ersetzt, das noch intensivere Qualen erzeugte, als Schläge, Tritte, Stiche und sogar Schüsse es vermochten.

Ben sah einen demolierten Rollstuhl, dessen Speichen ausgerechnet zu einer Acht verbogen waren. Jenen und alle folgenden Erinnerungsmomente betrachtete sein geistiges Auge durch einen verwaschenen rostroten Filter, so als würde er in einer Blutwolke unter Wasser die Augen öffnen.

Dabei hatte er auf dem Höhepunkt der Gewaltwelle, die sich mit dem AchtNacht-Mob über ihn ausschüttete, lediglich das Bewusstsein verloren.

So fühlt es sich also an, wenn nutzlose Menschen sterben, dachte Ben.

Versager wie er tauschten einen Körper aus Schmerz gegen die schlimmste Erinnerung ihres Lebens.

Vielleicht ist das ja der Vorhof zur Hölle?

Die dunkelste Stunde seines Lebens noch einmal erleben zu müssen?

Ben merkte, wie das Blut in seinem Mund nicht mehr so intensiv nach Eisen schmeckte. Wie seine geschwollene Zunge nicht länger gegen die lockeren Schneidezähne stieß. Der Druck, der zugleich auf und hinter seinen Augen lag, nahm ab, und es kam ihm auch nicht länger so vor, als würde sich mit jedem Atemzug eine gebrochene Rippe tiefer und tiefer in die Lunge bohren.

Dafür war seine innere Lebensuhr zurückgestellt; von Sommer- auf Verzweiflungszeit.

Plötzlich lag er nicht länger auf dem Boden der Systemküche, den Fäusten und Stiefeln von Menschen ausgesetzt, die wie entfesselt ihr Ziel suchten.

Er saß wieder in der geborgten Übergangswohnung von Tobias. Erlebte noch einmal die schrecklichste aller Nächte. Auf der fleckigen Couch im Wohnzimmer vor dem Fernseher.

Im Hier und Jetzt seiner Nahtod-Erinnerungen fiel Ben wieder ein, wie er vor wenigen Wochen schon einmal die Kontrolle über sich verloren hatte. Am vierten Jahrestag des Unfalls, an dem Jule zum Krüppel wurde.

Das alljährliche Besäufnis, das dieses Jahr auf einen Samstag gefallen war.

Im Hier und Jetzt seiner Rückblende war es kurz vor Mitternacht in Tobias Wohnung.

Ben hatte eigentlich geplant, noch mit seinen Bandkollegen in einen Club zu gehen, einfach um sich abzulenken und nicht an Jule, den Unfall, ihre Beine und seine Schuld denken zu müssen. Doch dann hatte er den Fehler gemacht, im Kühlschrank nach etwas Essbarem zu sehen.

Ein Würstchen, die Ravioli von gestern, Käse oder wenigstens ein Schokoriegel? Fehlanzeige. Dafür hatte die Weinflasche ihn regelrecht angebettelt.

»Öffne mich. Ich bin das Vergessen«, hatte sie ihm vom

Seitenfach aus entgegengeschrien, und schnell hatte ein Schluck den nächsten ergeben, bis Ben sich auf der Couch sitzend mit tränengeröteten Augen vor dem Fernseher wiederfand.

»... kommen wir nun zu einem Internetphänomen der gefährlichen Sorte.«

Er hatte gerade von den Sexy-Sport-Clips auf irgendeinen der hundert Kanäle gewechselt, die mit Tobis Satellitenanlage empfangbar waren, und Ben hörte die Stimme des Moderators so klar und deutlich, als stünde er direkt neben ihm.

Das Internetmagazin war eine Wiederholung, glaubte Ben jedenfalls. Andererseits schienen die Programmdirektoren der meisten Sender eine geheime Absprache getroffen zu haben, die wirklich interessanten Inhalte auf den schlechtesten Sendeplätzen auszustrahlen. Und das hier *war* interessant.

»Gibt es jemanden in Ihrem Leben, dem Sie den Tod wünschen?«, fragte die Stimme im Fernsehen.

Oh, ja!, antwortete Ben in Gedanken.

»Wenn ja, dann könnte die Seite www.AchtNacht.online etwas für Sie sein.«

Und als hätte die einschmeichelnde Sprecherstimme einen posthypnotischen Befehl ausgelöst, griff er zum Handy. Ben brauchte mehrere Versuche, weil seine Finger so zitterten, bis er die URL endlich korrekt eingegeben hatte.

Unmittelbar nachdem er auf »Enter« gedrückt hatte, unterhielt er sich mit einer Computeranimation.

»Mein Name ist Diana, und ich bin die Königin der Jagd. Stell dir vor, du dürftest einen Menschen straffrei töten, wen würdest du auswählen?«

»Da wüsste ich jemanden.«
»Wer hat dich verletzt, gedemütigt, geärgert?«
»Viele. Aber eine Person ganz besonders.«
»Wer verdient, dass wir die Acht über ihn verhängen?«
»Mein schlimmster Feind!«, hatte Ben das Smartphone angebrüllt und angefangen zu heulen.
Und dann hatte er den Namen desjenigen, den er von allen Menschen auf diesem Planeten am meisten hasste, in das Nominierungsfeld getippt.
Und jetzt, während er es in der Zwischenwelt zwischen Halluzinieren und Sterben in seinem Nahtod-Traum noch einmal tat, hörte er eine Stimme. Aus weiter Entfernung hauchte sie ihn an.
»Ben?«, fragte eine Frau. Er spürte einen sanften Druck in seinen Fingern.
»Nein!«, versuchte er zu brüllen.
Nicht, weil er sich mit Jenny nicht unterhalten wollte, sondern weil mit den akustischen Empfindungen auch der Schmerz wiederkam.
Dann fiel ihm ein, dass der Schmerz immer noch erträglicher war als die Erinnerung an den Tag, an dem er auf der AchtNacht-Seite einen Haken hinter die Frage setzte: *»Dürfen wir die Jagdgebühr auf Ihre Handy-Rechnung setzen?«*
»Ben? Benjamin?«
»Ja«, krächzte er in Gedanken.
Das war der Name.
Benjamin Rühmann.
Der Name des Menschen, den er in jener Nacht am meisten verachtet hatte.
Der den Tod verdiente.

»Ich habe mich selbst nominiert!«, schrie Ben, und die Wucht dieser Erkenntnis katapultierte ihn zurück in eine Welt, in der er von Morphinen betäubt in einem Krankenbett lag, während seine Frau neben ihm stand und ihm weinend die Hand hielt.

61.

Ben. 03.33 Uhr.
Noch vier Stunden und 27 Minuten
bis zum Ende der AchtNacht

»Wo ist Jule?«
Er versuchte, sich hochzustemmen, gab den Versuch aber gleich wieder auf, um nicht sofort wieder ohnmächtig zu werden. Wenn sie ihm etwas gegen die Schmerzen gegeben hatten, dann in homöopathischen Dosen. Seine linke Schulter fühlte sich an, als ob eine Axt in ihr steckte, und er konnte kaum aus seinen verquollenen Augen sehen.
»Jule liegt auf einer Isolierstation«, antwortete Jennifer. »Sie haben sie verlegt.«
»Also war sie nie verschwunden?«
»Nein. Das hatte ich in meiner Panik nur gedacht. Aber es ist trotzdem schlimm.«
Jenny schluchzte. »Sie kriegen sie kaum stabil. Ben, was hast du ihr gegeben?«
»Ich?«
Er machte den Fehler, den Kopf zu schütteln. Das kleine Einzelbettzimmer begann sich zu drehen, und ihm wurde sofort schlecht.
»Sie sagen, du warst bei ihr und bist dann geflüchtet.«
»Aber ich würde doch nie … Das weißt du, ich …«
Sie unterbrach ihn harsch: »Ich weiß nur, dass unsere Tochter vergiftet wurde. Und der Einzige, der davon Kenntnis

hatte, *bevor* ihr Kreislauf anfing verrücktzuspielen, warst du.«

Sie zeigte zur Tür. »Ben, da draußen wartet die Polizei, ein Beamter will dich sprechen. Er sagt, er kennt dich.«

»Martin Schwartz?«

»Ja, ich glaube, so heißt der Mann, der dich gerettet hat.«

Sie erzählte, dass Schwartz das Bewegungsmuster von Ben analysiert und die Bahnhofspolizei informiert hatte, als ihm klargeworden war, welches McDonald's sie sich aussuchten. Als sie am Hauptbahnhof eintrafen, war der Mob schon außer Rand und Band.

Die Beamten hatten in die Decke schießen müssen, um die Schläger zu vertreiben, die auf ihn und Arezu eingeprügelt hatten. Sie schloss ihren Bericht mit den Worten: »Ich habe darum gebeten, mit dir unter vier Augen sprechen zu können, bevor du operiert wirst.«

»Wieso operiert?«

Ben versuchte sich auf die linke Seite zu drehen und merkte an den Schmerzblitzen, die seinen Körper durchzuckten, dass er eine blöde Frage gestellt hatte.

»Deine Schulter und zwei Rippen sind mehrfach gebrochen.«

»Und Arezu?«, fragte er, während er nach seinen Wangenknochen tastete. Die Schneidezähne wackelten, aber der Kiefer schien intakt.

»Dein Vater ist bei ihr und versucht, mit ihr zu reden. Aber es sieht nicht gut aus, Ben. Sie hat es noch schlimmer erwischt. Schädelfraktur.«

Jennifer fuhr sich mit dem Handrücken über ihre rotgeweinten Augen, und ihre Stimme brach. »Herr im Himmel. Im Internet feiern sie deinen Tod, Ben. Vier Menschen beanspruchen ihn für sich. Sie haben sogar ihre Fotos hochgeladen und wollen zehn Millionen. Sind denn alle verrückt geworden? Und wie wurdest du da reingezogen? Was hast du getan?«

»Noch mal: Ich habe nichts getan.«

Außer mich selbst für diesen Irrsinn zu nominieren.

»Ich werde erpresst.«

»Von wem?«

»Keine Ahnung. Obwohl … warte! Das Taxi in der Frobenstraße. Es muss denen gehören.«

Er schluckte eine enorme Menge an Speichel herunter, die sich in seinem Mund gesammelt hatte.

»Denen?«

»Ja. Es sind zwei. Ein Schnösel mit Lackschuhen und schwarzem Abendanzug. Ich kenne seinen Namen nicht, auch nicht den von dem Schiefgesicht. Aber einem von beiden hat das Taxi gehört.«

»Dein Vater sagt, es wurde als gestohlen gemeldet.«

»Ablenkung. Der Halter. Ihr müsst ihn finden.«

Jennifer schüttelte den Kopf. »Ben, ich denke nicht, dass ich auf deine Ratschläge hören sollte. Ich will wissen, was mit Jule los ist.« Ihre Stimme bebte. »Womit wurde sie vergiftet? Womit, Ben?«

»Herrgott, sie liegt doch hier in einem Krankenhaus. Haben die Ärzte denn ihr Blut nicht analysiert?«

Ben deutete zur Tür, als würde davor ein halbes Dutzend Toxikologen auf ihren Auftritt hinfiebern.

»So läuft das nicht, Ben. Bei unbekannten Vergiftungen wartet man die Symptome ab.«

»Aber die hat sie jetzt doch!«

Jennifer atmete tief ein. Es fiel ihr sichtlich schwer, ruhig zu bleiben. »Herzrasen, Blutdruckschwankungen, Fieber. Das passt auf Millionen von Giften. Ben, wir müssen wissen, *was* ihr gegeben wurde. Mit Aktivkohle und Magenauspumpen kommen sie nicht weiter.«

Sie trat an sein Bett zurück und nahm seine Hand. »Was hat sie bekommen?«

»Ich weiß es nicht …«

»Ben. Sie stirbt. Diesmal stirbt Jule wirklich!«

Diesmal.

Sieben Buchstaben. Mehr braucht ein Wort nicht, um einen Mann unter der Last seiner eigenen Schuld zu begraben.

Er schloss die Augen, zermarterte seinen geschwollenen Kopf, ob er etwas übersehen hatte, einen Hinweis, ein Zeichen, das darauf deuten könnte, was derzeit in Jules Blutbahn wütete. Als er die Augen wieder öffnete, starrte er auf einen Bildschirm.

»Was?«

Jenny zeigte ihm ein Handy. Jules Handy, mit dem er den Kontakt zu den Erpressern gehalten hatte und dessen Bildschirm jetzt zersplittert war.

»Gib mir den Pin«, forderte sie.

»Wieso?«

»Du hast doch mit den Erpressern gesprochen. Ich hab der Polizei gesagt, du gibst mir den Pin, damit wir die Anrufe zurückverfolgen können. Ich hab versprochen, du bist kooperativ, und sie brauchen keinen richterlichen Beschluss oder so was.«

»Natürlich, Liebes. Aber sie haben mit unterdrückter Nummer angerufen.«

Andererseits, was hatte Arezu gesagt? Die Polizei konnte auch unbekannte Teilnehmer sichtbar machen?

Bevor er ihr den Pin nennen konnte, piepte das Telefon in Jennys Hand.
»Was ist das?«, wollte sie von ihm wissen und gab ihm das Handy zurück.
»Eine MMS«, sagte er, entsperrte den Bildschirm und öffnete die Bildnachricht, die ebenfalls von einem anonymisierten Account abgeschickt worden war.
»Von wem kommt sie? Wer schickt dir um diese Uhrzeit Bildnachrichten?« Jennifer klang panisch.
Ben antwortete ihr nicht. Das Foto auf dem Display war so grausam, dass es ihm die Sprache verschlagen hatte.
Es zeigte einen wunderschönen Sonnenuntergang. Gefilmt von der Kante eines vierstöckigen Flachdachbaus, von dem man bei Tag eine grandiose Sicht über die Studi-City bis hin zum Campus der Juristen und Wirtschaftswissenschaftler hatte.
Doch die Aufnahme konzentrierte sich auf den Rollstuhl am Rand des Dachs. Und auf die junge Frau, die darin saß und dem Betrachter den Hinterkopf zuwandte.
»Jule!«, presste Ben hervor.
Dann erst sah er, dass das Bild ein Wasserzeichen hatte, das Datum und Uhrzeit festhielt, zu der es aufgenommen worden war.
Am Tag der Tragödie.
Es war das letzte Bild von Jule, bevor sie mit dem Rollstuhl in die Tiefe stürzte.
Und der Beweis, dass sie nicht alleine auf dem Dach gewesen war.
»Du verdammtes Schwein«, schrie Ben in Gedanken den unbekannten Urheber des Fotos an.
Er hatte sich immer geweigert, den Platz aufzusuchen, von

dem aus Jule gesprungen sein sollte. Jetzt wurde er von dem Absender der Nachricht dazu gezwungen.

Du hast zwanzig Minuten, Ben. Keine Polizei.
Komm allein. Und lass uns das Spiel dort beenden,
wo es für dich begonnen hat!
Oz.

62.

Nikolai. 04.02 Uhr.
Noch drei Stunden und 58 Minuten
bis zum Ende der AchtNacht

»Das gibt's doch nicht!«
Nikolai und Dash standen an einem Stehtisch beim Kudamm 195-Imbiss und feierten den gelungenen AchtNacht-Abschluss mit Currywurst und Champagner.
»Was?«, fragte Dash und schob sich Pommes zwischen die Zähne.
Nikolai aktualisierte noch einmal die YouTube-Seite auf seinem Handy. »Der Account, den wir für Ben angelegt haben.«
»Was ist mit dem?«
»Keine Ahnung, Mann. Ich glaube, das Konto wurde gehackt.«
Dash grunzte ungläubig. »Kommst du nicht mehr rein?«
»Doch, schon. Aber alle AchtNacht-Videos sind gelöscht. Alle, bis auf eins, das ich nicht kenne.«
»Wie bitte?«
»Hier, sieh es dir an.«
Die Aufforderung war unnötig, denn Dash hatte ihm das Smartphone längst aus der Hand genommen.
Er blickte sich kurz um, ob ihm jemand zusah. Selbst um diese Uhrzeit waren fast alle Stehtische belegt, und ein Touri-Pärchen wartete noch auf die Bestellung. Aber alle waren mit sich oder ihrem Essen beschäftigt. Und wenn er sich

nicht irrte, sah sich die Männertruppe schräg rechts von ihnen gerade auch irgendwelche AchtNacht-Videos an.
Wobei sie dieses hier unter Garantie noch nicht kannten.
Der Film war von miserabler Qualität und im Prinzip gänzlich unspektakulär. Er dauerte nur drei Sekunden und zeigte lediglich einen Handy-Screenshot.
Das Foto und die darunterstehende Textnachricht auf dem Display jedoch hatten es in sich.

Du hast zwanzig Minuten, Ben. Keine Polizei.
Komm allein. Und lass uns das Spiel dort beenden,
wo es für dich begonnen hat!
Oz.

»Meinst du, er hat überlebt?«, wollte Nikolai wissen.
»Mir doch egal. Aber wer zum Teufel ist Oz?«, fragte Dash.
»Also, wenn du es nicht hochgeladen hast, ich war's nicht.«
Nikolai schob sein Essen weg. Der Appetit war ihm vergangen. Sicher, sie hatten das ganze Filmmaterial in der Cloud zwischengespeichert. Da ging nichts verloren. Aber er konnte es nicht leiden, wenn ihm jemand auf die Sandburg pinkelte, die er gerade so mühsam aufgebaut hatte.
»Sag mal, ist das nicht das Studentenwohnheim von oben?«, fragte Dash und tippte auf das Standbild, mit dem das Video endete. »Da hinten sind doch das Audimax und die Bibliothek, oder?«
»Sieht so aus.«
»Verdammt, da ist doch jetzt gleich die Hölle los«, polterte Dash. »Wie viele haben das jetzt schon gesehen? Eine Million? Zwei?«
Nikolai schüttelte den Kopf. »Niemand außer uns. Der Ha-

cker hat Bens AchtNacht-Kanal auf privat geschaltet. Nur User mit Passwort können das sehen, und …«

Er unterbrach seinen Satz, weil ihm ein Gedanke gekommen war.

Oz. Hatte Ben ihn vor einigen Stunden nicht so genannt?

»Was überlegst du?«

»Ich frage mich, ob dieser Oz vielleicht der Kerl ist, der sich diesen AchtNacht-Mist ausgedacht hat.«

»Wie kommst du darauf?«

»Wer sonst hätte ein Interesse daran, uns einerseits zu sagen, dass wir uns raushalten sollen, indem er den Content löscht. Uns andererseits aber einen Tipp zu geben, wo der Showdown stattfindet?«

Dash nahm seine Pommesgabel, leckte sie ab und kratzte sich anschließend damit die Augenbraue. »Was glaubst du?«, fragte er Nikolai. »Ist das eine Falle, oder will sich da jemand dafür bedanken, dass wir sein Spiel so spannend gestaltet haben?«

Nikolai zuckte mit den Achseln und zeigte auf ihr Auto, das auf dem Mittelstreifen des Kudamms in Sichtweite parkte.

»Wir haben nur eine Möglichkeit, es herauszufinden.«

63.

Ben. 04.02 Uhr.
Noch drei Stunden und 58 Minuten
bis zum Ende der AchtNacht

»Wo. Sind. Sie?«
Martin Schwartz sprach in dem Rhythmus einer Handfeuerwaffe. Jedes Wort ein Schuss.
Aber so laut er auch brüllte, er vermochte es nicht, ihn zu treffen.
Der Polizist hatte nichts außer Wut zu bieten, und das war zu wenig, um Ben zu stoppen. Er konnte ihn noch nicht einmal nervös machen. Dafür war Ben zu froh, dass Jennifer Wort gehalten und ihn nicht verraten hatte.
Anscheinend hatte er sie von etwas überzeugt, dessen er sich selbst alles andere als sicher war: dass er Jule retten konnte.
»Es gibt nur eine Chance, herauszufinden, womit Jule vergiftet wurde, und die kann ich nur alleine nutzen«, hatte er sie im Krankenzimmer beschworen. Wohl wissend, dass Oz, wenn es ihn denn wirklich gab, womöglich gar keine Informationen über das Schicksal seiner Tochter hatte. Andererseits würde er sein Leben dafür verwetten, dass die MMS von einem der beiden Irren stammte, die ihn durch den Wahnsinn der Nacht von einem Abgrund in die nächste Todesgefahr gestürzt hatten.
»Lenk meine Bewacher ab und verschaff mir etwas Vorsprung«, hatte Ben seine weinende Frau beschworen und

auf das Fenster des Krankenzimmers gezeigt, das jeder Vierjährige überwunden hätte, befanden sie sich doch im Erdgeschoss. Aber Ben war nicht vier, sondern schwerverletzt. Schon das Gewicht der Autoschlüssel, die Jenny ihm nach anfänglichem Protest in die Hand drückte, hatte ihm einen Pfeil bis ins Rückenmark getrieben.

Aktuell benötigte er alle verbliebene Kraft, um nicht ohnmächtig zu werden, während er am Wilden Eber in den Kreisverkehr bog.

»Hören Sie mir jetzt mal gut zu, Ben«, sagte Schwartz, den er kaum verstehen konnte, obwohl Jules Zweittelefon mit Jennifers Freisprechanlage gekoppelt war. Er hätte es nicht gleichzeitig in der Hand halten und fahren können. In seinem Zustand war er schon froh, dass er den Automatik-Wagen in der Mittelallee gefunden und ohne Unfall vom Klinikgelände gelenkt hatte.

»Sie können nicht immer weglaufen«, hörte er Schwartz sagen.

»Ich tue das Gegenteil«, widersprach Ben.

Er beschleunigte in Höhe der irakischen Botschaft und schoss die Pacelliallee hinunter. Keine fünf Minuten würde er in diesem Tempo brauchen, dann war er am Ziel.

»So wie ich es sehe, treten Sie allen, die Ihnen helfen wollen, immer nur in den Hintern. Aber diesmal sind Sie zu weit gegangen.«

»Hm.« Ben stimmte ihm zu. Er hatte weder die Lust noch die Kraft für eine Widerrede, zumal der Polizist ja recht hatte. Er war zu weit gegangen. Aber nicht heute, sondern sein gesamtes Leben schon. Er hatte sich verrannt und dabei einen immer größeren Abstand zwischen sich und die Menschen gebracht, die er liebte.

Sein Vater, seine Mutter, Jennifer, Jule … Die Liste derer, von denen er sich entfremdet hatte, deckte sich mit jener seiner Liebsten.
Sein Vater hatte recht. Er war ein verantwortungsloser Versager.
Kein Wunder, dass es so ein Leichtes gewesen war, ihn zu einer kinderleicht zu steuernden Spielfigur in dieser Acht-Nacht zu machen. Aber damit war jetzt Schluss. Er würde ein letztes Mal den Anweisungen eines unbekannten Puppenmeisters folgen, aber sobald er ihm gegenüberstand, würde er die Fäden zerreißen, an denen er hing. Wie hatte sein Vater ihm gestern erst gesagt:
»Verantwortung heißt, den Tatsachen ins Auge zu sehen. Stellung zu beziehen.«
»Sind Sie noch dran?«, fragte Schwartz.
Ben hatte den Campus erreicht und bog nach rechts.
Spucke hatte sich in seinem Mund gesammelt, und sie schmeckte nach Blut, als er sie runterschluckte.
»Ja.«
»Gut. Dann fahren Sie jetzt rechts ran, sagen mir, wo Sie sind, und warten, bis wir kommen.«
»Nein«, widersprach Ben und verspürte den seltsamen Impuls zu lächeln.
»Ben, machen Sie es nicht noch schlimmer. Gegen Sie liegt ein Haftbefehl vor. Sie werden des Mordes an einer stadtbekannten Zuhälterin und an einem jungen Mann verdächtigt, der heute Nacht erschossen auf der Frobenstraße aufgefunden wurde. Zudem haben wir Fragen im Zusammenhang mit den Randalen bei McDonald's und der Vergiftung Ihrer Tochter.«
Ben schoss erneut nach rechts, diesmal in die Garystraße.

»Dann kommen Sie doch und verhaften mich.«
»Ich meine es ernst, Ben.«
»Ich auch. Kommen Sie in die Garystraße 101. Zu Jules Wohnung. Da bin ich gerade.«
»Was wollen Sie da?«, fragte Schwartz entgeistert.
»Ich brauchte nur einen Vorsprung. Keine Ahnung, ob es mir gelingt, meine Tochter zu retten. Aber wenn ich es in fünf Minuten nicht schaffe, ist es so oder so zu spät.«
Vor ihm tat sich eine Parklücke auf, in die er vorwärts einscheren konnte. Mit quietschenden Bremsen kam er schlingernd zum Stehen.
»Versuchen Sie, sich möglichst unauffällig zu nähern. Ich weiß nicht, mit wem wir es zu tun haben. Wir treffen uns auf dem Dach!«
Ben stieg aus. Sein Herz verhielt sich wie ein Rennwagen auf Kopfsteinpflaster. Es holperte, schlug Triolenwirbel, arbeitete so hart wie noch nie und schaffte es dennoch nicht, seinen Körper mit den Blutmengen zu versorgen, die er jetzt brauchte.
»Okay, machen Sie keine Dummheiten«, sagte Schwartz. »Wir sind bald da.«
Ben wischte sich den Schweiß von der Stirn und widerstand dem Drang, sich kurz an der Motorhaube des parkenden Wagens festzuhalten, den er gerade zu Fuß passierte.
Ein alter, grüner Volvo Kombi.
Mit einem Aufkleber der Polizeigewerkschaft in der Windschutzscheibe?
Ben blieb stehen.
Drehte sich um, obwohl das unnötig viel Zeit kostete und unerträgliche Schmerzen verursachte. Warf einen Blick auf das Kennzeichen.

»Schwartz?«, sagte er mit hohler Stimme.
»Ja.«
»Sie sollten da noch was klären, bevor Sie herkommen.«
»Was?«
Ben suchte nach einer logischen Erklärung, aber er fand keine, und ihm wurde kalt, als er sagte: »Finden Sie heraus, weshalb der Wagen meines Vaters vor Jules Haustür steht.«

64.

Oz. 04.08 Uhr.
Noch drei Stunden und 52 Minuten
bis zum Ende der AchtNacht

Die Nacht roch nach feuchter Blumenerde, frisch gemähtem Gras und Gülle.

Der typische Duft des Sommers in Berlin nach einem heftigen Gewitter. Einerseits brachte der Starkregen das Beste der Hauptstadt zum Vorschein, wenn er den Schmutz und den Staub von Straßen, Häusern und Autos wusch. Andererseits kehrte er ihr Innerstes nach außen, indem er die Kanalisation flutete und das jauchegetränkte Abwasser durch die Gullydeckel an die Oberfläche drückte.

Oz hatte keine Nase für die olfaktorischen Besonderheiten an diesem Morgen. Er hörte nicht einmal die wild durcheinanderzwitschernden Vögel, die sich selbst durch seine Ankunft bei ihrem Frühkonzert nicht hatten stören lassen.

Obwohl er so laut gehustet hatte, als er ausstieg.

Obwohl er jetzt, hier hinter dem Altpapiercontainer neben den Fahrradständern, nicht ruhig in der Dunkelheit stehen und einfach abwarten konnte.

Er musste in Bewegung bleiben. Von einem Fuß auf den anderen treten, sich kratzen, räuspern, schlucken, stöhnen, während er die leere Straße beobachtete.

Sehr bald schon würde sie sich mit weiteren Gästen füllen.

Zwei Einladungen hatte er ausgesprochen.

Eine war bereits angenommen worden.

Benjamin Rühmann hatte das Ziel als Erster erreicht. Sein Wagen stand etwas schräg in einer großen Parklücke direkt vor dem Haus. Nicht weit von dem Volvo entfernt, mit dem er selbst gekommen war.
Nur mit dem OP-Hemd bekleidet, das man ihm im Krankenhaus im Rücken zusammengebunden hatte, war der Acht-Nächter barfuß über die Gehwegplatten gestakst. Schief und schwankend, als wollte er sich selbst im betrunkenen Zustand parodieren. Er hatte alle vier Schritte vor Schmerzen innehalten müssen, und jetzt waren auch die anderen auf der Bildfläche erschienen. Nur wenige Sekunden später.
Oz hatte gehofft, dass sie als Zweites auftauchen würden. Allerdings hatte er nicht damit gerechnet, dass sie mit einem derart kleinen Wagen kommen würden. Einem Fiat 500 Abarth, wenn er sich nicht täuschte.
Der kräftige Klang des Ferrari-Motors beruhigte ihn. Wie Technik ihn häufig beruhigte. Maschinen, Algorithmen, Software. Mit alldem kannte er sich besser aus als mit Menschen.
Das winzige Auto, das in den Kofferraum des grünen Volvos gepasst hätte, stand in zweiter Reihe. Wie auf dem Präsentierteller.
Der schiefgesichtige Fahrer blieb hinter dem Lenkrad sitzen. Der Anzugträger, der bereits sein Jackett im Wagen gelassen hatte, stieg aus und knöpfte sich sein Hemd auf. Vielleicht, weil ihm warm war und er schwitzte. Vielleicht aber wollte er einfach nur mehr Bewegungsfreiheit bei dem anstehenden Kampf haben, den er ganz sicher erwartete.
Das Hemd wanderte zerknüllt in den Rinnstein. Der Mann sah sich um und spannte im matten Schein der Straßenlaterne die Brustmuskeln an.

Sein Oberkörper war auffälligerweise nur zur einen Hälfte mit Tattoos überzogen. Vom linken Oberarm zog sich ein einfarbiges Hautgemälde über die Brust bis zur Hüfte. Wie bei einem Foto-Negativ waren die größten Flächen tiefschwarz gestochen; das Muster entstand durch die wenigen Hautpartien, die die Nadel ausgespart hatte. Ein Kunstwerk, das sich aus zahlreichen ineinander übergehenden Pyramiden, Kugeln und anderen dreidimensionalen Formen zusammensetzte.

Auffälligstes Merkmal waren zwei Scheren direkt auf dem rechten Brustmuskel mit der Brustwarze im Zentrum. Darüber war ein Wort gestochen, das mit »Andro« begann; die folgenden Buchstaben verschmolzen mit anderen Symbolen zu einem unleserlichen Gesamtkunstwerk.

Oz musste lächeln, auch wenn der nunmehr halbnackte Mann gerade in seine Richtung sah, als habe er etwas gehört.

Besser konnte es gar nicht laufen

Oz griff zu seinem Handy.

Ein letztes Mal für diese AchtNacht.

65.

Ben. 04.08 Uhr.
Noch drei Stunden und 52 Minuten
bis zum Ende der AchtNacht

Aufzug nicht im Brandfall benutzen!

Das Messingschild neben der Fahrstuhltür in Jules Haus war unvollständig. Bens Meinung nach fehlte ein Warnhinweis wie:

Auch nicht, wenn Sie sich umbringen wollen.

Oder:

Und erst recht nicht den Aufzug benutzen,
wenn Sie mit jemandem verabredet sind,
der Sie töten will!

Ben wollte die Kabine nicht betreten. Hatte Angst vor dem, was ihn auf dem Dach erwartete. Aber wenn er herausfinden wollte, wer ihm das angetan hatte, wer für das Elend seiner Tochter verantwortlich war und wer womöglich die Antwort kannte, wie Jule gerettet werden konnte – dann blieb ihm nichts anderes übrig, als einzusteigen und auf den Knopf für die vierte Etage zu drücken.
Treppen konnte er in seinem Zustand schlecht nehmen.

Der Lift spuckte ihn im Treppenhaus aus, von dem aus drei Türen zu verschiedenen Studentenappartements führten. Um auf das Dach zu gelangen, musste er eine graue Feuerschutztür öffnen. Dahinter gab es eine elektronische Rampe; weniger für die schwerbehinderten Mieter, die hier oben nichts zu suchen hatten, als vielmehr für etwaige Wartungsarbeiten, für die man schweres Gerät benötigte. Die Theorie war, dass Jule diese Rampe benutzt hatte, um auf das ansonsten ungesicherte Flachdach zu gelangen.

Als Ben in den warmen Nachtwind hinaus aufs Dach trat, begriff er, dass er schon einmal hier oben gewesen war.

Dass er schon einmal über die wellige Dachpappe geschritten war, an dem Schornstein und den Lüftungsanlagen vorbei, den Blick nach Südosten gerichtet. Dorthin, wo unmittelbar am Rand des Dachs der Rollstuhl gestanden hatte. Mit Jule darin, die nicht auf seine Rufe reagierte. Die immer schneller in ihr Handy tippte, je näher er zu ihr kam.

Und die sich erst dann zu ihm umdrehte, als er schon das Shampoo ihrer Haare riechen konnte.

»papa bite hilf«, sagte sie mit einem zahnlosen Lächeln, aus einem Mund, in dem sich Maden kringelten.

Dann hatte sie gelacht, war nach vorne gerollt und hatte Ben, der sich am Griff ihres Rollstuhls festhielt, mit in die Tiefe gerissen.

Mit dem Aufschlag war er jedes Mal aufgewacht und hatte geschrien.

Jetzt, da er sich nicht in einem Alptraum, sondern tatsächlich auf dem Dach befand, blieb er hingegen eigenartig ruhig.

Sein Puls hämmerte im Takt einer immer schneller werdenden Filmmusik, gespielt von einem Orchester mit völlig

verstimmten Instrumenten. Seinem Mund jedoch entwich kein Ton.
Selbst dann nicht, als er die Stimme hinter sich hörte.
Als er sich umdrehte und unter einem illuminierten grünen Notausgangsschild, das direkt über der Tür zum Dachausstieg hing, den Menschen stehen sah, der vor nunmehr acht Tagen seine Tochter von der Dachkante gestoßen hatte.

66.

Nikolai. 04.09 Uhr.
Noch drei Stunden und 51 Minuten
bis zum Ende der AchtNacht

Nikolai stand bei den Mülltonnen der Studentenwohnanlage und kratzte sich die rasierte Seite seines Schädels.

Fehlanzeige.

Hier war niemand.

Und dennoch …

Er war sich sicher, beobachtet worden zu sein, und er hätte zu gern gewusst, wer hier auf der Lauer lag, bevor er sich in die Höhle des Löwen begab.

Der Wind hatte nachgelassen, es wurde wieder schwüler, aber im Vergleich zu den Temperaturen, die vor dem Gewitter geherrscht hatten, war es jetzt mit nur noch dreiundzwanzig Grad beinahe arktisch.

Nick genoss die Abkühlung, und seitdem er sich sein Hemd ausgezogen hatte, juckte sein erst kürzlich gestochenes Schwarzlicht-Tattoo auch nicht mehr so auf dem Rücken.

Nur das unangenehme Gefühl, beobachtet zu werden, klebte noch immer wie ein nasses T-Shirt auf seiner Haut.

Dabei war die Gegend so ruhig, wie es sich für Dahlem um diese Uhrzeit gehörte. Die Normalo-Studenten waren längst wieder zu Hause; die coolen noch nicht von ihren Partys zurück. Und die wenigen Reichen, die sich hier eine Villa leisten konnten, hielten ihren Schönheitsschlaf, um morgen wieder fit zu sein für das Golfturnier, den Segeltörn auf dem Wannsee oder womit man sich sonst den Sonntag im Sorglosland so vertrieb. Möglich, dass irgendwo eine überzüchtete Labradormischung darum jaulte, von Herr- oder Frauchen um den Block geführt zu werden; aber nicht mal Gassigänger waren unterwegs. Die Garystraße wand sich leer und lautlos durch den Campus.

Was soll's.

Er konnte nicht noch mehr Zeit hier verplempern.

Nikolai ging zu Dash zurück und kam zu dem Entschluss, dass seine Hypersensibilität auch kein Wunder war. Die Nacht war anstrengend, und er hatte schon lange keine Line mehr gezogen.

»Na endlich«, hörte Nikolai Dash aus dem geöffneten Fenster rufen, kaum dass er wieder bei ihm am Wagen war. »Steig sofort wieder ein.«

Idiot. Mit seinem Gebrüll weckte er noch die gesamte Nachbarschaft.

»Wir müssen weg. Schnell.«

Nick zeigte Dash erst einen Vogel, dann deutete er auf das Wohnhaus, in dem sich Jules Wohnung befand. »Wir gehen jetzt da hoch.«

»Nein, ganz bestimmt nicht. Komm her!«

Nikolai beugte sich zu ihm ins Auto. »Hast du auf einmal Schiss?«

Dash klopfte auf den Beifahrersitz und sah sich dabei nach allen Seiten um. »Ja, und zwar nicht zu knapp. Schau dir das an.«

In der Erwartung, ein weiteres Video zu sehen, das der Hacker namens Oz auf Bens YouTube-Account hochgeladen hatte, ließ sich Nikolai wieder in den Wagen fallen.

Zu seiner Verblüffung hatte Dash nicht YouTube, sondern die AchtNacht-Seite auf seinem Handy aufgerufen.
»Was hast du da?«
»Mach die Tür zu!«, herrschte Dash ihn an, und etwas für ihn völlig Untypisches lag sowohl in seiner Stimme als auch in seinem Gesichtsausdruck: Panik.
Nikolai konnte es ihm nicht verübeln.
Auch er begann unwillkürlich zu schwitzen, als er das kurze Video sah, das Dash gestartet hatte.
Es war nicht sehr scharf und in fast vollständiger Dunkelheit aufgenommen. Zweige einer immergrünen Hecke verdeckten teilweise die Linse, die Straßenlampe warf mehr Schatten als Licht, und dennoch erkannte Nick sofort, was bereits Dash in helle Aufregung versetzt hatte: Er erkannte sich selbst.
Wie er aus seinem eigenen Wagen stieg.
Sich umsah.
Und sein Hemd auszog.
Ich wusste doch, wir sind nicht allein.
»Lass uns abhauen«, forderte Dash.
»Nur, weil wir heimlich gefilmt werden?«
»Weil wir gleich in Stücke zerrissen werden.«
Dash las die Beschreibung des Videos vor, die unter dem Film gepostet worden war: *»Wollt ihr wissen, wo die 10 Millionen sind? Die Kohle ist in diesem Fiat 500 Abarth. Bewacht von zwei Männern. Einen seht ihr im Bild. Mein Tipp: Vergesst Ben und Arezu. Holt euch das Geld direkt von der Quelle. Aktuell stehen die beiden in der Garystraße 101, vor der Wohnung von Bens Tochter.«*
So ein Pisser, dachte Nick, jedoch nicht ohne Bewunderung für ihren neuen Gegner.

Der Typ, wer immer er war, hatte den Spieß umgedreht und aus den Jägern die Gejagten gemacht.

»Die müssen jeden Moment hier sein. Der Post mit der genauen Adresse ist schon fünf Minuten alt. Nur das Video wurde gerade noch ergänzt.«

»Okay, das könnte brenzlig werden«, stimmte er Dash zu, der bereits den Gang eingelegt und den Motor gestartet hatte.

Nick schloss seine Tür, aktivierte die Zentralverriegelung und bückte sich, um unter den Fußmatten das Fach zu öffnen, in dem er für den Fall der Fälle eine kleine Pistole versteckt hielt. Weswegen der faustgroße Pflasterstein, der durch die Seitenscheibe donnerte, nicht ihn, sondern Dash an der Schläfe traf.

Der Ferrari-Motor beschleunigte auf maximale Leistung im zweiten Gang, nachdem Dash ohnmächtig das Gaspedal durchdrückte.

Nikolai riss den Kopf wieder hoch, versuchte, im letzten Moment noch ins Lenkrad zu greifen, da hörte er schon einen Knall, so laut, als hätte er die Pistole direkt neben seinem eigenen Ohr abgefeuert.

Nach dem Aufprall gegen den Straßenbaum schleuderte sein Kopf erst gegen den Airbag. Dann zurück gegen die Kopfstützen.

Und noch bevor er begriffen hatte, dass es keine glühende Nadel war, sondern ein Splitter von Dashs zerborstenem Handy-Display, der sich tief in sein rechtes Auge bohrte, hatte Nick auch schon das Bewusstsein verloren.

67.

Ben. 04.10 Uhr.
Noch drei Stunden und 50 Minuten
bis zum Ende der AchtNacht

»Du?«

Vierzig Meter unter ihnen heulte ein Motor auf, dann hörte Ben von der Straße her die typischen Geräusche eines Autounfalls. Ein harter Aufprall, Metall knirschte, Glas splitterte; aber das alles geschah in einer Welt, die ihn im Moment nicht interessierte.

Ben hatte nur Augen und Ohren für die Person, die noch immer unter dem beleuchteten Exit-Schild über dem Dachaustritt stand; keine fünf Schritte entfernt.

»Ja, ich.«

Ben schüttelte den Kopf. Es war nicht allein die Stimme, die nicht mehr passte. Es war der fremde Ausdruck in dem ansonsten vertrauten Gesicht.

Der Mund, die Nase, die Augen, der androgyne, viel zu dünne Körper – es war Arezu, die vor ihm stand. Kein Zweifel. Aber sie war verwandelt, und das lag nicht nur an den deutlich sichtbaren Verletzungen, die sie erlitten hatte. Oder an dem Blut, das ihr unter den Rändern eines verrutschten Verbands vom Haaransatz auf die Stirn tropfte.

»Ich verstehe nicht«, sagte Ben, weil er es wirklich nicht verstand.

Er trat einen Schritt vor, um sie im Mondlicht besser betrachten zu können, da erst fiel ihm das Skalpell ins Auge, das sie in der Hand hielt und dessen Klinge wie Weihnachtsbaumlametta funkelte.

»Was machst du hier, Arezu?«

Die Gegenfrage brachte Ben beinahe ins Wanken.

»Wieso nennst du mich so?«

»Wie?«

»Arezu. Sie ist nicht hier.«

Eine laue Windböe erfasste sowohl sein Nachthemd als auch das der Frau, die ihren Namen vergessen zu haben schien.

»Wer bist du?«, fragte Ben.

Und als wäre die Situation nicht schon skurril genug – zwei Schwerverletzte, die sich halbnackt auf dem Dach eines Hauses gegenüberstanden, von dem vor wenigen Tagen erst ein junges Mädchen gestürzt war –, antwortete Arezu: »Stellst du gerne Fragen, auf die du die Antwort schon weißt?«

Ben legte den Kopf schräg und kam sich beinahe etwas lächerlich vor, als er Arezu fragte: »Oz?«

»Wer denn sonst?«

Er wich den Schritt, den er gutgemacht hatte, wieder zurück. Durch sein Gehirn schoss ein eisiger Blitz, als hätte er gerade ein zu kühles Getränk zu schnell hinuntergestürzt. Gleichzeitig hatte er das Gefühl, als ob sich die Dachpappe wie glühende Kohlen in seine nackten Fußsohlen brannte.

Was geht hier vor?

Auf die unwichtigen Fragen meinte er die Antwort zu kennen. Wie sie hergekommen war, erklärte sich mit dem Auto seines Vaters. Ein OP war kein Hochsicherheitstrakt. Und niemand vermutete Gegenwehr von einer fliegengewichtigen Schwerverletzten. Vermutlich hatte sie als Tatverdächtige einen Bewacher – immerhin hatte sie vor Lady Nanas Etablissement einen Menschen erschossen –, aber den hatte sie ganz sicher mit dem Skalpell überwältigt, mit dem sie sich gerade am Kopfverband kratzte. Nur, wozu führte Arezu dieses bizarre Theaterstück hier auf? Wieso wirkte sie wie eine schlechte Schauspielerin, die breitbeinig und mit heiserer Stimme versuchte, einen Mann zu imitieren?

»Du willst jetzt auf einmal also Oz genannt werden?«, fragte er zutiefst erschöpft. Und voller Angst, dass er etwas Falsches sagte und Arezu, die den Verstand verloren zu haben schien, aggressiv mit dem Messer auf ihn losgehen könnte.

»Ich werde *immer* Oz genannt«, antwortete sie und hustete kehlig. Sie schlurfte einen Schritt auf ihn zu.

Ben sah in ihre Augen, und ihn beschlich ein Gedanke, der ebenso verstörend war wie der erbärmliche Zustand der jungen Frau.

»Wo ist Arezu?«

»Keine Ahnung. Ich bin nicht ihr Babysitter.«

Er hörte sie lachen; ein maskulines, hämisches Lachen, und da begann sich Bens Welt zu drehen, obwohl er sich keinen Zentimeter rührte.

Der Schmerz in seiner Schulter hatte ein Maß erreicht, bei dem jede Bewegung in sofortige Ohnmacht münden konnte. Und in seinen Eingeweiden fraß sich ein stumpfer Akkubohrer durch seine Innereien.

Sein Kopf jedoch war seltsam klar, und plötzlich gab ein Gedanke den anderen. Alles schien zu passen, so unheimlich und beängstigend die Erkenntnis auch war, die Ben gerade zuteilwurde:

Was hatte Arezu vorhin dem Pfarrer gesagt?

»Ich kann mich … nicht erinnern, wie ich hierhergekommen bin. Ich fürchte nur, dass ich etwas ganz Schlimmes getan habe.«
Ben wusste den genauen Wortlaut nicht mehr, wohl aber, dass Arezu auch schon in der Kirche nicht ganz sie selbst gewesen war. Dass sie sich wie ein anderer Mensch benommen hatte.
»Noch heute löst der Geschmack und der Geruch von Blut bei mir eine Art Realitätsflucht aus.«
Und am schlimmsten, hatte sie gesagt, sei es, *»… wenn ich mein eigenes Blut schmecke.«*
»Oz?«, fragte er, und Arezus zweites, blutverschmiertes Ich nickte.
Unter normalen Umständen hätte diese Bewegung Arezu einen Schmerzensschrei entlocken müssen, aber die von ihr abgespaltene Persönlichkeit fühlte offenbar die Symptome der Kopfverletzung nicht.
Ben wusste nicht viel über multiple Persönlichkeiten, nur dass diese psychische Krankheit oft eine Folge schwerster körperlicher und seelischer Misshandlungen war.
»Wissen Sie, das Mobbing in meiner Kindheit war schlimm.«
»Oz!«
Wie war noch mal der Name des Jungen gewesen, für dessen Tod ihre Klassenkameraden ihr die Schuld gaben?
»Eene Meene Arezu – und tot bist du!«
Nils.
Nils Oswald.
Und sein Spitzname war garantiert …
»Oz!«
»Mann, wie oft willst du jetzt noch meinen Namen wiederholen?«

Sie näherte sich ihm. Das rechte Bein zog sie etwas nach, schien es aber gar nicht zu bemerken.
»Schätze, wir haben nicht mehr viel Zeit, bis sie da sind«, sagte sie.
»Wer?«
»Na, die Jäger. Denke, sie werden es zu Ende bringen wollen und sich das Geld holen.«
Offenbar fühlt sie sich als Leiter dieses pervers bizarren »Spiels«, nicht als Teilnehmer, dachte Ben.
Arezu lenkt die Figuren, wollte die Jagd aber nicht alleine vollenden.
Ben, der nicht wusste, ob es irgendetwas gab, was er sagen konnte, um Arezu wieder zu sich zu bringen, versuchte, wenigstens die Unterhaltung nicht abreißen zu lassen.
Er hatte Schwartz informiert. Die Polizei musste jeden Moment da sein.
»Es gibt kein Geld«, widersprach er also.
Oz lachte.
»Natürlich gibt es das. Ich habe das Programm geschrieben, ich muss es wohl wissen. Okay, zugegeben, es sind nicht ganz zehn Millionen. Das war etwas hoch gegriffen. Aber am Ende wird der erfolgreiche Jäger etwas über 2,5 Millionen Euro überwiesen bekommen, sobald du stirbst.«
Ben, der nicht glauben konnte, dass er diese Unterhaltung wirklich führte, fragte: »Wann hast du das letzte Mal mit Arezu gesprochen?«
»Was geht dich das an? Ist lange her. Wir haben telefoniert. Die dumme Ziege wollte unser Experiment beenden.«
»Unser?«
»Ja. Sie hatte die Idee für AchtNacht. Aber sie hat gar nicht kapiert, was wir damit für Gold in den Händen halten.«

»Sie wollte das Experiment beenden«, ermunterte Ben Oz zum Weiterreden.
»Viel zu früh. Weil sie es mal wieder nicht zu Ende gedacht hat. Ihr ging es um die Erforschung der Schwarmdummheit. Wie viele Jäger würden auf das AchtNacht-Gerücht hereinfallen und einen ihrer Mitmenschen für die Todeslotterie nominieren?«
Oz zog geräuschvoll die Nase hoch und spuckte auf die Dachpappe.
»Doch die Jäger sind nur ein Teil des Experiments. Noch interessanter ist es doch zu erforschen, wie die Opfer auf ihre Auswahl reagieren. Werden sie sich verstecken? Kämpfen? Kapitulieren?«
Ein Schuss zerriss die Stille der Nacht. Ben zuckte zusammen, aber Oz blieb völlig unbeirrt.
»Aber wieso ich?«, fragte Ben, der sich längst sicher war, dass er sich an jenem Abend volltrunken selbst nominiert hatte. Er hatte sich verachtet, gehasst und den Tod gewünscht. Was er jedoch nicht verstand, war, weshalb Jule vorhin eine AchtNacht-Mail erhalten hatte, die sich so las, als sei sie es gewesen, die ihn zur Jagd anmeldete. Vermutlich würde er das nie erfahren. Vermutlich würde Oz ihm nicht einmal die nächstliegende Frage beantworten: »Ich verstehe ja, dass du Arezu aus dem Weg räumen wolltest. Aber weshalb hast du unter all den Nominierten ausgerechnet meinen Namen gezogen?«
»Weil du eine fast noch größere Gefahr für das Experiment geworden bist.«
»Ich? Wie das denn? Ich kannte euch beide bis heute doch gar nicht.«
»Aber du kanntest Jule. Und die hat meine Nummer her-

ausgefunden. Sie in ihrem Telefon abgespeichert, das du zur Handy-Klinik gebracht hast, um es auslesen zu lassen. Ich konnte es tracken und wusste, dass du keine Ruhe geben würdest.

Ich konnte nicht zulassen, dass Jule mich auffliegen lässt. Ebenso wenig konnte ich zulassen, dass du der Polizei Beweise lieferst, dass es kein Selbstmord war.«

Von allen grausamen Wahrheiten, die Ben jemals in seinem Leben gehört hatte, angefangen von den bedauernden Worten der Ärzte, seine Tochter habe beide Beine verloren, bis hin zu dem Moment, als Jenny ihm sagte, sie wolle nicht mehr mit ihm zusammenleben, war diese eine der erschütterndsten.

»Du hast versucht, meine Tochter zu töten?«

Von welcher Seite auch immer er es betrachtete, es gab nur eine Erklärung, die Sinn ergab: Arezu und Oz waren ein und dieselbe Person. Sie steckten, ohne es zu wissen, im selben Körper. Und während die eine Psychologie studierte, war der andere ein Technikexperte, der ihn hierher aufs Dach gelockt hatte. Mit einem Foto, das nur der Täter haben konnte.

Oz machte eine entschuldigende Geste mit der Hand, fast so, als wollte er sagen: *»Was hätte ich denn sonst tun sollen?«*

»*Du* hast den Wodka mitgebracht!«

»Ich hab ihr die Flasche über den Schädel gezogen.«

Was wegen Jules Kopfverletzungen nach dem Sturz natürlich nicht mehr festgestellt werden konnte.

Ben ertrug die Vorstellung nicht, dass seine Tochter im bewusstlosen Zustand ein leichtes Opfer gewesen war, das man problemlos in einen Rollstuhl setzen und vom Dach hatte schieben können.

Oz verzog sein Gesicht zu einer absurden Grimasse, die wohl ein schiefes Grinsen darstellen sollte.
»Der einzige Fehler, den ich gemacht habe, war, dir mit ihrem Handy eine SMS zu schicken. Ich hatte schon einen langen Abschiedsbrief getippt, aber ich war mir nicht sicher, ob ich ihren Ton treffe. Eine verzweifelt hastige Abschieds-SMS schien mir da besser. Leider habe ich damit dein Misstrauen verstärkt.«
»Warum sollte sie sterben?«, krächzte Ben.
»Die Frage ist: Warum sollte sie *nicht* sterben? Hätte ich zugelassen, dass ich auffliege, wäre diese AchtNacht heute gar nicht erst gestartet. Und was wäre uns da nicht alles verlorengegangen!«, sagte Oz in nahezu schwärmerischem Tonfall. »Allein die Interaktion zwischen Jäger und Gejagtem. Diese Einmischung des Androctonus-Schlägers – wer hätte das vorhersehen können?«
»Androctonus?«, wiederholte Ben und flehte, dass die Polizei bald eintreffen würde, um den Wahnsinn zu beenden. »Was hat Androctonus zu bedeuten?«
Nach dem Aufprall und dem Schuss drang jetzt wütendes Gebrüll mehrerer Menschen von unten an Bens Ohren. Und es wurde lauter. Offenbar waren einige Mieter durch den Lärm geweckt worden. Die Bäume um das Haus herum wurden auf einmal von Lichtern aus Wohnungen in den Etagen unter ihnen angestrahlt.
Oz lächelte schief. Blut lief Arezus zweitem Ich in die Augen, doch das schien ihm nichts auszumachen.
»Androctonus australis. Scheint ein großer Fan dieser widerlichen Tiere zu sein. Den Namen hat er sich tätowieren lassen, den Skorpion gleich darunter. So ein Vieh ziert sogar das Logo von dem Auto, das er fährt. Wusstest du das?«

»Nein«, sagte Ben und begann auf einmal vor Erregung zu schwitzen. Er hatte keine Ahnung, welches Fahrzeug der Irre fuhr, aber dafür war ihm in diesem Moment etwas ganz anderes klargeworden.
Etwas sehr viel Wichtigeres.
Wie er seine Tochter retten konnte!
Das war keine Hummer-Gravur, die er auf den Manschettenknöpfen des Anzug-Mannes gesehen hatte.
Sondern das Bild eines Skorpions!
Ben hörte Schritte, nicht länger unter ihm im Freien, sondern im Treppenhaus.
Ich muss es Jenny sagen, dachte er und griff nach seinem Handy.
Arezu, Oz oder wer immer gerade Kontrolle über den magersüchtigen Körper hatte, schrie: »Leg das Telefon weg!«
Da flog auch schon die Tür des Dachausstiegs auf.
Der erste Jäger hatte sein Ziel erreicht.

68.

Nikolai. 04.12 Uhr.
Noch drei Stunden und 48 Minuten
bis zum Ende der AchtNacht

Wut peitschte ihn voran. Nahm ihm die Schmerzen. Schärfte die Sicht seines linken, noch verbliebenen Auges.

Nikolai fühlte sich wie nach einer extrem starken Dosis Kokain. Jeder Muskel, jede Nervenzelle schien zu vibrieren. Würde er jetzt losrennen, würde er im Sprint ohne Unterbrechung bis nach Potsdam laufen können, so viel Kraft spürte er in sich, seit er dem Tod entronnen war.

Die Jäger waren wie Heuschrecken über das Auto hergefallen. Alkoholisierte Hooligans, nur wenige mit Masken vor den Augen, aber garantiert alle mit Gier im Blick, waren auf das jüngste AchtNacht-Posting reingefallen. Hatten ihn und Dash auf die Straße gezerrt, um den Fiat nach den Millionen absuchen zu können.

Was für Idioten!

Und während sie Dashs Oberkörper als Trampolin benutzten, bis ihm das Blut aus dem Mund spritzte, hatten sie Nikolai an den Haaren über den Asphalt gezogen. Vermutlich, um seinen Kiefer auf die Bordsteinkante zu drücken, bevor sie ihm auf den Hinterkopf sprangen.

Wieso nicht etwas Spaß haben, bevor man reich wird?

Aber die Schwachmaten hatten übersehen, wie zäh ihr Gegner war. Und was er in der Hand hielt.

Noch bevor sie Nikolais Kopf in Position hatten, war er wieder zu sich gekommen. Und bevor die Amateure wussten, wie ihnen geschah, hatte er der Mülltüte, die ihn an den Haaren gepackt hielt, in den Mund geschossen.
Keine fünf Sekunden später hatten die Jäger sich in alle Richtungen zerstreut.
Und den Weg für Nikolai freigegeben, die Sache zu Ende zu bringen.
Hier und jetzt auf dem Dach des Studentenwohnheims.
Wenige Schritte von den AchtNächtern entfernt, an denen er jetzt Rache nehmen würde.
Sein Auto war im Arsch, Dash vermutlich tot, er hatte nur noch ein Auge, und viele der Videos, die sich hätten zu Geld machen lassen, waren irgendwie aus der Cloud verschwunden.
Oh, ja, dafür würden die beiden jetzt büßen.
Selbst in seinem von Jähzorn und Schmerz getriebenen Rachedurst wusste Nick, dass er sich beeilen musste. Von den anderen Mietern würde sich vielleicht keiner so schnell aufs Dach trauen. Aber es war nur noch eine Frage von Sekunden, bis nach dem Unfall, dem Schuss und den Schreien die Polizei eintreffen würde. Außerdem war nicht auszuschließen, dass ihm noch weitere Jäger auflauerten.
Nick musste schnell handeln, um Ben und Arezu beim Sterben in die Augen zu sehen.
Und wieso nicht mit dem Opfer anfangen, das ihm am nächsten stand?

69.

Ben. 04.12 Uhr.
Noch drei Stunden und 48 Minuten
bis zum Ende der AchtNacht

S*o schließt sich also der Kreis,* dachte Ben.
So also sollte alles enden.
Drei armselige Gestalten, die besser in einem Horrorfilm aufgehoben wären als auf dem Dach eines Studentenwohnheims.
Alle drei schwer verletzt. Alle halbnackt. Und die zwei mit blutenden Wunden im Gesicht waren ausgerechnet die, die die Waffen hielten.
Während der Killer mit dem Skorpion-Tattoo eine Pistole auf Arezu richtete, streckte diese ihm ihr Skalpell entgegen.
»Wie war das mit dem Idioten, der mit einem Messer zu einer Schießerei kommt?«, lachte der Anzug-Mann, der jetzt mit nacktem Oberkörper vor ihm stand, so dass Ben das Tattoo sehen konnte.
»Androctonus.« Unter Garantie die Spezies, mit deren Gift Jule vergiftet worden war.
»Das war's dann wohl.«
»Halt. Stopp. Warte. Hast du einen Jagdschein?«, schrie Oz dem Anzug-Mann entgegen, nachdem er freiwillig vor ihm auf die Knie gegangen war.
Beides brachte den Killer aus dem Konzept.
»Was?«, fragte er mit einem ziemlich dümmlichen Gesichtsausdruck.

»Hast du dich eingeloggt?«, wollte Oz wissen. »Auf der AchtNacht-Seite?«
»Nein«, lachte der Tätowierte und trat einen Schritt vor, presste Oz die Waffe nun direkt auf die Stirn. »Aber ich werde dich jetzt trotzdem töten.«
»Das wäre Verschwendung!« Oz riss beide Hände in die Luft.
»Du verlierst Millionen!«
»Na klar!«
»Im Ernst. Hör mir zu. Ich habe den Algorithmus programmiert. Das Geld läuft über nigerianische Server einmal um den Globus zu einem anonymen Nummernkonto auf den Cayman-Inseln. Log dich ein und sicher dir die AchtNacht-Prämie.«
»Das ist doch Schwachsinn!«
Der Anzug-Mann tippte mit seinem Lauf wütend gegen Oz' Stirn. »Es gibt keine Millionen.«
Er sah kurz zu Ben, der wie versteinert dieser unwirklichen Unterhaltung folgte.
»Doch, es gibt sie«, beschwor Oz ihn weiter.
»Und wieso bist du dann noch hier?«, fragte der Anzug-Mann argwöhnisch.
»Um Zeuge zu sein. Die Regeln erfordern einen Beweis. Wenn du Ben tötest, sorge ich dafür, dass du dein Geld bekommst.«
Oz deutete auf Ben, und der Blick des Killers folgte seinem Handzeichen.
»Ach ja? Das wird einfach überwiesen?«
Selbst in dem einen noch verbliebenen Auge des Psychopathen konnte Ben die Glut der Gier auflodern sehen.
»Du bekommst die Nummer des Kontos und das Code-

wort zum Abheben. Anonym und über eine sichere Mail. Du brauchst nur einen Jagdschein.«

Ben löste sich aus seiner Starre und bewegte sich langsam auf Oz und den Verrückten mit der Waffe zu. Zuvor war es ihm gelungen, die Ein-Wort-Nachricht, die er blind getippt hatte, an Jenny zu verschicken.

Weiter wusste er nicht; jetzt, da sich das Kräfteverhältnis eindeutig zu seinen Ungunsten gewandelt hatte. Aus einem Mörder und zwei Opfern waren zwei Wahnsinnige geworden, die sich im wahrsten Sinne des Wortes auf ihn eingeschossen hatten.

»Hey, so wie ich das sehe, willst du uns so oder so töten«, setzte Oz seinen Überzeugungsversuch fort. »Was verlierst du, wenn du dich einloggst?«

»Zeit«, sagte der Anzug-Mann, griff aber zu seinem Handy.

»Spar dir die Mühe«, sagte Ben, der unbemerkt zwei weitere Schritte gutgemacht hatte.

Er dachte an seinen Vater und an seine Rede, dass er ein Versager war, der endlich einmal Stellung beziehen musste. An Jenny, die ihm erst heute den berechtigten Vorwurf gemacht hatte, sich immer zum Spielball anderer machen zu lassen, ohne selbst Verantwortung zu übernehmen.

Und natürlich dachte er an Jule, der er der beste Vater der Welt hatte sein wollen. Das hatte er dem verschmierten Häufchen Mensch versprochen, kurz nach der Entbindung, als er die Nabelschnur durchschneiden durfte. Er hatte ihr die Welt zeigen wollen:

Die Lichter Berlins, wenn man über Heinersdorf auf die Hochhaussiedlung der Großstadt zufuhr.

Schneeflocken unter dem Mikroskop und Wüstensand unter den Füßen.

Das tiefe Blau des Atlantiks an der Untergangsstelle der Titanic und die graue Tür am U-Bahnhof Gesundbrunnen, an der täglich Hunderte vorbeigingen, ohne zu wissen, dass sich dahinter gut erhaltene unterirdische Schutzräume aus dem Zweiten Weltkrieg befanden.
Er wollte ihr zeigen, was passiert, wenn man **=rand(200,99)** in ein ansonsten leeres Word-Dokument tippt und dann auf Return klickt.
Mit ihr unvernünftig viel Eis essen und eine vegane Woche einhalten, über den *Fänger im Roggen* im Vergleich zu *Tschick* diskutieren, darüber streiten, ob ein Plastikstuhl im MoMA wirklich Kunst war und ob weiche Drogen gefährlicher sind als Alkohol.
Seine Lieblingsstädte in Europa: Rom, Barcelona, Amsterdam und London. Nicht eine einzige hatten sie gemeinsam aufgesucht. Dank ihm aber kannte sie die unterschiedlichsten Operationssäle, Rehakliniken und Physiotherapiepraxen von innen.
Alles nur, weil er an jenem verhängnisvollen Tag nicht nachgedacht hatte. Weil er, wie so oft in seinem Leben, rein impulsgetrieben gewesen war. So gesehen war seine gesamte Existenz schon lange eine einzige fremdgesteuerte Acht-Nacht, unter der meist andere zu leiden hatten. Hätte er damals besonnen reagiert, wäre er rechts rangefahren, als sein Manager Jule betatschte.
Wäre er vernünftig geblieben und hätte er die Polizei gerufen, dann hätte Jule jetzt noch beide Beine und müsste sich nicht mit ihren Prothesen quälen. Und sie müsste erst recht nicht auf sinnvolle Zusatztherapien verzichten, nur weil er mit den Unterhaltszahlungen im Rückstand war.
Nun, wenigstens das wird sich jetzt ändern.

»He, was hast du vor?«, fragte Arezu oder Oz oder wer auch immer gerade die Kontrolle über diesen viel zu dünnen Körper innehatte.
»Verantwortung übernehmen«, sagte Ben. Und rannte los. Schneller, als er sich in seinem Zustand zugetraut hätte, den Kopf voran wie ein Prellbock, einen Haken schlagend, der dazu führte, dass die Kugel des Halbnackten nur seine Schulter streifte, wenn auch seine gesunde. Was ihn ins Straucheln und einer gnädigen Ohnmacht nahebrachte. Aber nicht stoppte.
Ben rammte dem Killer den Kopf in den Bauch und riss ihn von den Füßen wie ein Rugbyspieler seinen Gegner; lief weiter gegen den Schmerz, gegen die Angst, gegen die Stimme der Vernunft in seinem Kopf, die ihn zu Tode verängstigt anbrüllte: *»Nicht, tu es nicht. Bitte tu es nicht!«*
Aber er hörte nicht auf sie.
Setzte seinen Weg fort. Presste sich und den Psychopathen immer weiter in Richtung Abgrund. Zur Kante.
Und darüber hinaus.
Er hörte den Mann schreien. Sah einen letzten Blick des Entsetzens in seinem Auge. Sah, wie seine Brustmuskeln sich anspannten und die Scheren des Skorpions sich zusammenzogen, dann begann sein Widersacher mit den Armen zu rudern, aber es gab nichts mehr, was er tun konnte, um das Unvermeidliche zu verhindern.
Ben lächelte, schloss die Augen und stürzte gemeinsam mit dem Killer kopfüber in die Tiefe.

»Das hat er verdient!«

///

»Selber schuld!«

///

»Irgendwie glaub ich, der hatte wirklich Dreck am Stecken. Natürlich ist so was nicht okay, aber den Falschen hat es ja wohl nicht getroffen.«

Reaktionen im Internet auf die Meldung:

ACHTNÄCHTER STÜRZT IN DEN TOD!

Benjamin Rühmann vom Mob ins Verderben gehetzt.

70.

Jule. 12.04 Uhr Ortszeit (18.04 Berliner Zeit).
31 Tage, zehn Stunden und vier Minuten
nach dem Ende der AchtNacht

Alles klebte.

Die Bluse auf ihren Brüsten. Der Hosenrock an ihren Oberschenkeln. Die Prothesen auf ihren Stümpfen.

Die Strandbar am Seven-Mile-Beach verfügte über eine postkartenwürdige Aussicht auf die Karibische See, bezahlbare Drinks, aber leider nur über einen arbeitsscheuen Ventilator, der lustlos den warmen Wind unter dem Strohdach verteilte.

Jule und ihre Mutter saßen an einem schlichten, aus Treibholz gezimmerten Tisch, etwas abseits von den anderen Gästen. Vornehmlich Touristen, die sich schon zur Mittagszeit ein Bier, Cocktails oder Härteres gönnten.

»Ich habe gute Nachrichten«, sagte Cliff Cliffer, dessen Name einfach zu dämlich war, um ein selbstgewähltes Pseudonym zu sein; aber bei Anwälten seines Schlags konnte man nie wissen. Die Tatsache, dass sie sich hier am Strand und nicht in seinem Büro in George Town trafen, lag vermutlich daran, dass er gar keins hatte. Cliffer, Fox & Whiteman war womöglich ebenso eine Briefkastenfirma wie die, auf deren Gründung und Betreuung sich die »Kanzlei« spezialisiert hatte.

Dass Klienten persönlich auf Grand Cayman vorbeikamen, war in dieser Branche eher ungewöhnlich und hatte den höchstens fünfunddreißig Jahre alten Anwalt gewiss vor eine Herausforderung gestellt.

»Es war nicht leicht, aber wir haben die Informationen, die Sie brauchen, meine Damen.«

Cliffer trug ein blaues Poloshirt mit weißem Kragen, braune kurze Hosen und Segelschuhe. Sein blondes Haar schlug eine Scheitelwelle, für die man sicher eine gewisse Übung brauchte, bis sie so perfekt saß. Ein Familienvorrat an Gel und Haarspray sorgte dafür, dass sie auch bei einer Luftfeuchtigkeit von achtzig Prozent und Temperaturen um die dreiunddreißig Grad im Schatten noch hielt.

Jules Haar hingegen fiel ihr schlaff und kraftlos auf die Schultern. Sie war noch immer nicht völlig erholt, was kein Wunder war, nachdem sie zwei Mordanschläge hintereinander hatte überstehen müssen.

Der erste ausgeführt von einer Person, die sie für eine gute Freundin gehalten hatte, die sich aber als multiple Persönlichkeit entpuppte. Der zweite von einem durchgeknallten Internetjunkie, der eine Reihe von bizarren Hobbys pflegte. Zum einen liebte er es, abstoßende Gewaltvideos online zu stellen. Daneben hatte er sich der Pflege eines Terrariums verschrieben, in dem er giftige Skorpione züchtete. Kein Wunder, dass die Ärzte im Nebel gestochert und sie anfangs falsch behandelt hatten. Das auf Proteinen basierende Toxin war nur sehr schwer nachzuweisen und viel zu exotisch, als dass die Mediziner überhaupt daran gedacht hätten. Sie waren eher von einer Cumarin-Vergiftung ausgegangen und hatten sie mit nutzlosem Vitamin K vollgepumpt. So lange, bis die aufklärende und damit lebensrettende SMS von Ben bei Jenny einging:

»Androctonus«

Das allerletzte Wort ihres Vaters. Sie hatte keine Ahnung, wie er es herausgefunden hatte. Aber es war nicht das einzige Mysterium, das er mit ins Grab genommen hatte.

»Wir haben die Nachricht, die Sie uns weitergeleitet haben, verifizieren können …«

»Ja, das wissen wir«, unterbrach Jule den Anwalt auf Englisch. Wenn dem nicht so wäre, hätten sie ja kaum den langen Flug auf sich genommen. Und erst recht nicht von Mamas Notgroschen seine erste Rechnung bezahlt.

Normalerweise fiel sie ihren Gesprächspartnern nicht so rüde ins Wort, aber Cliffer rechnete seine Zeit minutengenau ab. Jeder Anruf, jede Aktennotiz, jede verdammte Pinkelpause, in der er über ihren »Fall« nachdachte, schlug sich in seinen überhöhten Honoraren nieder. Jule wollte nicht, dass ihre Mutter nun auch noch mit ihrem hart ersparten Geld für sinnloses Gelaber bezahlen musste, das ihnen keine neuen Erkenntnisse brachte.

»Was sind die guten Nachrichten?«

»Ihr Vater muss ein beruflich sehr erfolgreicher Mann gewesen sein.«

Während Jule keine Miene verzog, gelang es Jennifer nicht, diese Aussage unkommentiert zu lassen.

»Er ist mit seiner Coverband häufig in Messehotels aufgetreten«, sagte sie lakonisch. Dabei streichelte sie ihren mittlerweile sichtbaren Bauch. Die Schwangerschaft stand ihr gut, auch wenn sie sie, so wie es aussah, alleine durchstehen musste. Paul hatte sich nach den Irrungen und Wirrungen der AchtNacht aus dem Staub gemacht.

»Oh, gut. Nun. Dann muss das eine sehr erfolgreiche Band gewesen sein.« Cliff lächelte, als wollte er Werbung für seinen Zahnarzt machen. »Es war gut, dass Sie sich an uns gewandt haben. Nicht auszudenken, was passiert wäre, wenn die E-Mail in die falschen Hände geraten wäre. Sie sind gut beraten gewesen, zu uns zu kommen.«

Nun ja …

Wenn überhaupt, hatten sie nur gut gegoogelt.

Bei der Anfrage »Nachlassverwaltung + Offshore-Firma + Cayman Islands« war Cliffers Kanzlei an dritter Stelle gelistet gewesen. Die ersten Treffer hatten sie nur deshalb nicht nehmen wollen, um nicht auf gekaufte Werbeplazierungen reinzufallen.

»Ehrlich gesagt, gingen wir zunächst von einer Mail der Nigeria-Mafia aus.«

Jule und Jennifer nickten. Das war auch ihr erster Gedanke gewesen, als sie die SMS gelesen hatten. Die Nachricht musste kurz nach Bens Beerdigung auf dem Handy eingegangen sein, das sie unter den wenigen Habseligkeiten gefunden hatte, die ihrer Mutter nach dem Abschluss der polizeilichen Untersuchungen ausgehändigt worden waren. Die SMS führte über einen Link zu einer Seite, auf der für Benjamin Rühmann eine E-Mail gespeichert war. Mit Kontaktdaten einer Firma, hier auf Grand Cayman.

»Aber die Mail wurde nicht in betrügerischer Absicht versandt, und es ist vielleicht die beste Entscheidung Ihres Lebens gewesen, dass Sie sie nicht in den Spam-Ordner verschoben haben. Ach, bevor ich es vergesse, entschuldigen Sie bitte. Ich hab Ihnen noch gar nicht persönlich zum Verlust Ihres Ehemanns und Vaters kondoliert. Ich hoffe, er musste nicht lange leiden.«

Jule kniff die Augen zusammen. Sollte der windige Typ hier auf der Insel tatsächlich so fernab vom Schuss leben, dass er nichts von Benjamin Rühmanns Schicksal wusste?

Eine Zeitlang hatte der Selbstmord ihres Vaters zumindest die deutschen Schlagzeilen beherrscht. Erstens, weil nicht sicher war, ob er von Nikolai Vanderbildt, dem Mann, mit dem er sich vom Dach gestürzt hatte, zuvor erschossen worden war. Oder ob er noch lebte, während er mit ihm gemeinsam im Hof aufschlug. Dann natürlich, weil der Vater denselben Weg gewählt hatte wie nur knapp eine Woche zuvor seine Tochter.
Und schließlich als Mahnung für die Exzesse einer Internet-Gesellschaft, deren erste öffentlich organisierte Hetzjagd gleich mehrere Todesopfer gefordert hatte.
Der Medienrummel, die Organisation der Beerdigung, die Aussagen bei der Polizei und nicht zuletzt der eigene Gesundheitszustand (immerhin war sie erst zwei Tage nach Bens Tod vollständig aus dem künstlichen Koma erwacht) hatten Jule so viel abverlangt, dass sie bislang nicht mal zum Trauern gekommen war. Seit Bens Urne ihren Platz auf dem Friedhof an der Heerstraße gefunden hatte, betrachtete sie ihre Welt durch einen grauen Nebel, selbst hier in der gleißenden Mittagssonne der Karibik.
Jule fühlte, dass da ein Meer an Tränen in ihr war, aber bislang hielten alle Trauerdämme, und selbst wenn sie wollte, schaffte sie es nicht, sie einzureißen.
»Nun, wie dem auch sei«, hakte der Anwalt seine Anteilnahme ab, »wissen Sie, viele bekommen E-Mails, in denen ihnen ein Nachlass angekündigt wird. Aber in den seltensten Fällen wird eine juristische Person vererbt.«
»Eine was?«
»Eine Gesellschaft. Ihr Vater hat Ihnen eine Firma hinterlassen.«
»Was produziert sie?«, wollte Jenny wissen.

»Nichts. Sie hat auch keine Gebäude, Maschinen oder Angestellte.«

»Was ist sie dann wert?«

»Zweieinhalb Millionen, dreihundertachtundzwanzigtausend Dollar und vierundsiebzig Cent.«

»Zweieinhalb …?«, fragte Jule so laut, dass sich ein älterer Gast von der Bar zu ihrem Tisch umdrehte.

»Millionen?«, ergänzte Jennifer flüsternd.

»Vor Abzug unserer Kosten, die bei humanen fünf Prozent liegen.« Cliffer grinste. »Das gehört zu den guten Nachrichten mit dazu. Sie müssen nur mit einem Formular, das wir für Sie vorbereitet haben, zur Bank gehen, dann wird Ihnen das Geld ausgezahlt. Es sei denn, Sie wollen nicht mit so viel Bargeld reisen, was ich natürlich verstehen könnte. Für diesen Fall würde ich Ihnen empfehlen, für weitere fünf Prozent unsere Transaktionshilfe in Anspruch zu nehmen. Das bedeutet, wir sorgen dafür, dass das Geld auf internationalen Konten gestreut wird, auf die Sie auch von Deutschland aus Zugriff haben, ohne Ihre Identität preisgeben zu müssen.«

Jule fühlte, wie ihre Mutter nach ihrer Hand griff und sie drückte.

Sie musste an jenen Nachmittag denken, an dem sie das erste Mal von AchtNacht gehört hatte, eine zufällig aufgeschnappte Unterhaltung zweier Kunden in der Handy-Klinik. Und wie sie Monate später, aus Sorge um ihren Vater, der es sich in seinem Leben schon mit so vielen Menschen verscherzt hatte, einfach mal testen wollte, ob irgendeiner seiner Feinde ihn nominiert hatte. Sie war nach einer Handynummer für die Abrechnung gefragt worden und hatte die ihres Zweittelefons angegeben, aus Angst, mit Spam-

Nachrichten auf ihrem Haupthandy überflutet zu werden. Und als sie nach den Formalitäten den Namen ihres Vaters eingab, mit dem festen Vorsatz, ihn sofort nach dem Test wieder zu löschen, sah sie ihre schlimmsten Befürchtungen bestätigt.

»Benjamin Rühmann wurde bereits nominiert«, hatte die computeranimierte Diana ihr verkündet und ihr im nächsten Moment versichert, dass ihre Daten für weitere Spielnachrichten gespeichert blieben.

Vor Entsetzen hatte sie das Notebook zugeschlagen und sofort ihren Vater angerufen.

»Wir müssen reden Papa, dringend! Ich glaube, du bist in Gefahr!!!«

Sie hatte gehofft, bei ihrem wöchentlichen Routineanruf mit ihm darüber sprechen zu können. Wollte es ihm schwarz auf weiß zeigen. So, wie sie es Arezu bei ihrem Besuch an jenem Abend gezeigt hatte. Arezu war zu ihr gekommen und hatte eine Flasche Wodka mitgebracht, um mit einem Longdrink auf ihre Freundschaft anzustoßen. Jule hatte jedoch dankend abgelehnt, weswegen Arezu ihr Glas allein trank.

Jule erschauerte selbst heute noch, in der Hitze der Karibik, wenn sie daran dachte, wie sie Arezu alleingelassen hatte und ins Bad gegangen war, um sich für den Abend frisch zu machen. Denn sie hatten beschlossen, in einen Club zu gehen, unter Leute, auch wenn ihnen beiden eigentlich nicht zum Feiern zumute war. Aber bevor sie Trübsal blasend zu Hause in einer grauen Wolke versauerten, hatte Jule sich lieber ablenken wollen. Auch Arezu schien eine Aufmunterung nötig zu haben. Jule hatte eine kleine Verunsicherung bemerkt, als ihre Freundin die AchtNacht-Seite studierte.

Arezu hatte sich einen Nietnagel am Daumen blutig gekratzt, aber das war nichts Neues, sie kratzte sich immer die Nagelhaut wund, wenn sie nervös war. Jule wollte ihr im Bad auch gleich ein Pflaster holen. Und als sie sich im Spiegelbild sah, hatte sie den Gedanken gehabt, wie unpassend die Idee war, jetzt noch wegzugehen. Ihr Vater würde gleich anrufen, sie musste ihm sagen, dass irgendjemand ihn nominiert hatte, und nach diesem Gespräch würde es ihr vermutlich noch schlechter gehen.

Und das wiederum war der Grund, weshalb sie dachte: »Jetzt erst recht«, und in einem idiotischen Versuch der Selbstmanipulation den Mund zu einem Lächeln verzog.

Es hieß, nach einer Minute würde das Gehirn glauben, man sei wirklich glücklich, nur weil die Lippen in der richtigen Position waren. Als Jule zumindest optisch den Eindruck hatte, dass ihre Fröhlichkeit nicht mehr nur geschauspielert wirkte, fotografierte sie ihr Gesicht. Machte ein Selfie im Spiegel.

Danach hatte sie ein Geräusch im Wohnzimmer gehört. Eine Stimme, die wie die von Arezu klang, nur männlicher. Sie war ins Wohnzimmer gegangen, mit dem Pflaster in der Hand, und von da an waren ihre Erinnerungen so zuverlässig wie die an einen Traum.

Sie wusste nur noch, dass Arezu mit der Wodkaflasche in der Hand auf sie zuging. Und dass mittlerweile nicht nur ihre Finger, sondern der gesamte aufgekratzte Unterarm blutete.

Und dann hatte Arezus Gesicht vor ihren Augen zu schmelzen begonnen. Hatte neue, beinahe maskuline Züge angenommen, während sie ihre rot verschmierte Hand hob – und die Flasche auf ihren Kopf krachen ließ.

Das Nächste, woran sich Jule erinnerte, war das dunkle, unendliche Schwarz, als wäre sie zum tiefsten Punkt des Meeres gesunken. Dabei hatte sie nichts mehr gespürt. Weder, wie sie in den Rollstuhl gesetzt wurde. Noch, wie Arezu sie über die Dachkante rollte. Nicht einmal der Aufprall hatte eine Kerbe in ihre Gedächtnismauer geschlagen.
Zum Glück.
»Alles in Ordnung?«
Jule sah auf und blinzelte.
Der Anwalt verschwamm vor ihren Augen so wie die Strandbar und das Karibische Meer.
Sie fühlte den Wind auf ihrer Haut, hörte das Rauschen der Wellen und spürte, wie sich der Knoten unter ihrer Brust löste.
»Ja, das sind überwältigende Nachrichten«, sagte Cliffer, der ihre Tränen missverstand.
Der Anwalt dachte, sie hätte gerade über zweieinhalb Millionen Euro geerbt.
Aber in Wahrheit waren es mehr als zweieinhalb Millionen Gründe, ihren Vater unendlich zu vermissen.

71.

**Liam Cooper. 12.08 Uhr Ortszeit (18.08 Berliner Zeit).
31 Tage, zehn Stunden und acht Minuten
nach dem Ende der AchtNacht**

Ich würde gerne Arezu Herzsprung sprechen.«

»Moment bitte.« Der Chefarzt der Parkum-Klinik, Dr. Martin Roth, reichte wie verabredet den Hörer weiter. Zum Glück war er ein fortschrittlich denkender Mann und hatte nichts gegen einen telefonischen Kontakt seiner sicherheitsverwahrten Patientin mit der Außenwelt.

»Wer ist da?«, meldete sich Arezu nach einer gefühlten Ewigkeit mit schwacher Stimme.

»Liam Cooper.«

Sie seufzte erst, dann kicherte sie. »So nennst du dich also jetzt?«

»Ja«, sagte Ben und musste ebenfalls lachen, was nicht unerhebliche Schmerzen auslöste.

Vier Wochen war es her, und die Schrauben in seinen beiden Schultern schmerzten noch immer, als wäre er erst gestern an ein Kreuz geschlagen worden.

Aber er wollte sich nicht beschweren.

Es war ohnehin ein Wunder, dass er noch lebte. Die Kugel und der Sturz hatten sein Leben verkürzt, es aber nicht beendet. Und das hatte er ausgerechnet Nikolai Vanderbildt zu verdanken, dessen Körper einen Großteil der Deformationsenergie abfederte, als Ben zuerst auf dessen Brustkorb und danach auf den Boden aufgeschlagen war.

»Wieso rufst du an, Ben? Entschuldige, Liam. Du solltest vorsichtig sein. Was, wenn Oz davon Wind bekommt?«

Ben, der gerade noch gelächelt hatte, wurde traurig.

Ach, Arezu, dachte er. *Du Ärmste, du weißt es wirklich nicht.*

In den letzten vier Wochen hatte sie drei Operationen über sich ergehen lassen müssen. Die erste wenige Minuten nach seinem Sprung, nachdem sie von der Polizei auf dem Dach aufgegriffen und sofort zur Notoperation ihrer Schädelfraktur ins Krankenhaus gebracht worden war. Schon als sie aus der ersten Narkose erwachte, hatte sie ihre weibliche Identität wieder angenommen, und Oz war verschwunden. Nach Angaben von Dr. Roth träumte sie hin und wieder von ihm, hatte aber keinen direkten Kontakt mit ihrem zweiten Ich. Und noch immer war sie sich der Tatsache, dass sie sich ihren Körper mit mindestens einer weiteren Person teilte, nicht bewusst.

Noch nicht.

Dr. Roth war dafür bekannt, seine Patienten behutsam, aber erfolgreich ans Licht der Wahrheit zu führen. So grausam sie auch sein mochte.

»Wie geht es dir?«, fragte er Arezu. Der warme Wind, der ihm ins Gesicht wehte, erinnerte ihn an die Nacht auf dem Dach.

Die Beamten mussten sich damals nach seinem Sprung etwas Zeit gelassen haben, bevor sie am Studentenwohnheim eintrafen. Mindestens eine halbe Minute. Schwartz hatte ihm gesagt, sie wären sehr schnell vor Ort gewesen, hätten aber erst mal den Tatort mit Dashs Leiche auf der Straße gesichert. Als sie endlich auf das Dach klettern wollten, fielen Ben und Nikolai schon sprichwörtlich vom Himmel.

Damit war Oz noch genug Zeit geblieben, um einen digitalen Befehl an den von ihm selbst programmierten AchtNacht-Server abzusetzen.
Vermutlich wählte er eine Nummer, die einen Automatismus in Gang setzte, der eine Gewinner-E-Mail an den erfolgreichen AchtNacht-Jäger verschickte. Mit dem Namen der Offshore-Gesellschaft, die dem Empfänger ab sofort gehörte, samt Firmenkonto und Passwort für die Zugriffsberechtigung.
Alles ausgestellt auf den Namen: Benjamin Rühmann.
Ben glaubte nicht, dass Oz an die Möglichkeit gedacht hatte, dass sich der Nominierte auch selbst umbringen könnte, aber ein Suizid widersprach nicht den AchtNacht-Regeln.
Für Oz schien das Spiel tatsächlich das Motiv all seines Handelns zu sein. Die ganze Zeitlang hatte er alles getan, damit es durchgeführt werden konnte und nach seinen Regeln ablief. Er hatte verhindern wollen, dass Jule und Ben ihn als Spielleiter auffliegen ließen, und er hatte sich sogar an Dash und Nikolai gerächt, denen er den Mob auf den Hals hetzte, weil sie sich angemaßt hatten, in sein Spiel einzugreifen und es zu manipulieren.
Oz selbst hielt sich offenbar penibel an seine eigenen Regeln, und da Ben sich mit seiner eigenen Registrierung als Jäger angemeldet hatte, stand ihm nach seinem Freitod die Jagdprämie zu. Besser gesagt – seinen Erben: Jule und Jennifer.
»Oz glaubt noch immer, dass du dich umgebracht hast«, hörte er Arezu flüstern.
So wie alle anderen auch, dachte Ben.
Mit Ausnahme von Martin Schwartz, dem er seine neue Legende zu verdanken hatte. Der Polizist, der sich mit der

Verschaffung neuer Identitäten bestens auskannte, hatte das Team der Ärzte, die ihn operierten, so klein wie möglich gehalten. Später dann hatte er ihn mit einem neuen Pass und etwas Startgeld versorgt.
Nicht, um Ben zu den AchtNacht-Millionen zu verhelfen, von denen Schwartz nicht einmal wusste, dass es sie tatsächlich gab. Sondern weil es für Ben gar keine andere Möglichkeit zum Weiterleben gegeben hätte.
Die AchtNacht mochte er lebendig überstanden haben. Aber der Mensch Benjamin Rühmann war dennoch gestorben.
Denn die Gerüchte, die sich um ihn rankten, würden ihn ein Leben lang verfolgen. Benjamin Rühmann, dieser Name würde fortan bis in alle Ewigkeit mit Mord, Totschlag und – noch schlimmer – mit Misshandlung und Kindesmissbrauch in Zusammenhang gebracht werden. Und die Tatsache, dass Ben sogar versucht hatte, seinem Leben ein Ende zu setzen, wurde von der Öffentlichkeit als eindeutiges Schuldeingeständnis gewertet.
Als Schwartz ihm die Möglichkeit der Aufnahme in ein Opferschutzprogramm vorschlug, hatte Ben keine Sekunde lang gezögert. Die einzige Alternative wäre gewesen, es gleich noch einmal vom Klinikdach zu versuchen.
Aus diesem Grund hatte er auch den Rat von Schwartz beherzigt, niemandem, auch nicht seinen engsten Verwandten von seiner neuen Identität zu erzählen, wenn er nicht auffliegen wollte.
Den ersten Monat zumindest nicht. Nicht einmal seinem Vater gegenüber, den er zum ersten Mal seit langer, langer Zeit in seinem Leben vermisste. Einmal hatte Ben sich dabei ertappt, wie er sich an seine Telefonnummer erinnern

wollte, einfach, um sie von einem Wegwerfhandy aus einmal anzurufen, um mit Glück sein mürrisches *»Hallo?«* zu hören.
Doch das Risiko, dass er nicht wieder auflegte, dass Ben sich zu erkennen gab und durch eine derartige Sentimentalität womöglich jemand von der Story Wind bekam, am Ende vielleicht sogar die Presse, dieses Risiko war zum gegenwärtigen Zeitpunkt einfach zu groß. Und Ben hatte schnell eingesehen, dass er tot im Augenblick wesentlich mehr wert war als lebendig. Vor allen Dingen für seine Familie.
»Ich rufe nur an, um mich endgültig zu verabschieden«, sagte er zu Arezu. Sie war wohl der einzige Mensch, bei dem man sich nicht wunderte, wenn sie jemandem erzählte, sie habe mit einem Toten telefoniert. Ihr behandelnder Arzt, Dr. Roth, ging davon aus, sie spräche mit einem guten Freund aus der Schulzeit. Der Psychiater hielt es für therapiefördernd, wenn sie sich mit jemandem von früher austauschte, der ihre Mobbing-Historie kannte.
»Das ist lieb«, sagte Arezu. »Und irgendwie traurig. Aber du hast recht. Oz darf nie herausfinden, dass du noch lebst. Du weißt, wie er ist, wenn jemand gegen die Spielregeln verstößt. Er wird sich das Geld zurückholen. Und sehr wahrscheinlich deinen Namen im nächsten Jahr wieder auf die Liste setzen.«
»Im nächsten Jahr?« Ben fröstelte.
»Glaubst du denn, der Irre hört auf?«, fragte Arezu. »Das Programm läuft komplett autark. Ganz ohne Input von außen. Oz hat es mir vor langer Zeit mal erklärt, aber ich hab nicht viel verstanden. Du weißt ja, ich hab es nicht so mit Technik. Aber er sagte mir, dass ganz automatisch jedes

Jahr ein neuer AchtNächter ausgewählt wird. Und dann geht der Wahnsinn von vorne los.«

»Ich halte das für ein Gerücht«, sagte Ben und war sich nicht sicher, ob er sich selbst Glauben schenkte.

»Und wir beide wissen, wie tödlich Gerüchte sein können«, erwiderte Arezu.

Nach einer langen Pause, in der sie sich beide nur atmen hören konnten, wünschte Ben ihr Lebewohl.

»Was wirst du jetzt tun?«, fragte sie ihn, bevor er auflegte.

»Ich weiß es noch nicht«, antwortete er wahrheitsgemäß.

Und nachdem die Verbindung getrennt worden war, hielt er noch eine Zeitlang das Telefon im Schoß, die Augen selbstvergessen auf das nunmehr dunkle Display gerichtet.

Was soll ich tun?

Er hörte ein Kind lachen, das sich über das von seiner Mama gekaufte Eis freute. Bens Blick wanderte über den Strand durch die flimmernde Luft zu der kleinen Bar mit dem müden Ventilator. Und weiter zu Jule und Jenny, die gerade einem schmierigen Anwalt die Hand gaben und etwas ratlos wirkten, als der Bursche sie alleine an ihrem Tisch sitzen ließ.

Ben wusste nicht, wie er reagieren würde, sollten sie jetzt ebenfalls aufstehen und zurück zu ihrem Mietwagen an der Promenade gehen. Dort, wo er im Schatten einer Bushaltestelle saß, deren Wellblechdach das Rauschen des Meeres auf angenehme Art zu verstärken schien.

Sollte er sich aus dem Staub machen und sie alleine lassen? Mit dem Geld, von dem er nichts wollte, und ihrem Andenken, dass er wenigstens in den letzten Sekunden seines Lebens eine eigene, richtige Entscheidung getroffen hatte?

Oder …

Ben hörte, wie sich eine für die Bucht ungewöhnlich hohe Welle am Strand brach, roch das Salz in der Luft und die Sonnenmilch, die ihm die Stirn hinablief, und traf eine Entscheidung.
Sie kostete ihn mehr Kraft, als er glaubte, da seine Arme zitterten und seine Schultern ihn von Anfang an zum Aufhören zwingen wollten.
Doch dann sah er Jules Gesicht. Und die Tränen, die auf ihren Wangen wie kleine Sterne glitzerten, genauso wie die in Jennys Augen auch, deren Bauch sich so wunderbar wölbte.
Und mit jedem Meter, den er im Rollstuhl, an den er fortan sein Leben lang gefesselt sein würde, den schmalen Bretterweg Richtung Strandbar zurücklegte, wuchs in ihm die Gewissheit, dass er auf dem richtigen Weg war.
Hoffentlich.
Endlich.

Anmerkung des Autors

Im Juni 2013 saß ich mit meiner Frau im Alhambra in Berlin-Wedding. Es ist das Kino, das dem Virchow-Klinikum der Charité, in dem unser kleiner Felix in der Neonatologie um sein Leben kämpfte, am nächsten gelegen ist. Keine Sorge, mittlerweile geht es ihm super, er hat sich prächtig entwickelt und ist mit knapp vier Jahren schon jetzt handwerklich begabter als sein Papa. Aber damals, elf Wochen zu früh auf der Welt, wog er weniger als ein Tetra Pak Milch und hing an neun Zugängen, über die ihm Blutverdünner, Blutdrucksenker, Morphium und Antibiotika verabreicht wurden. Was man halt so braucht, wenn man gleichzeitig eine Nierenvenenthrombose und eine Darminfektion hat.

Die Schwestern und Ärzte sagten uns, wir hätten die Wahl: entweder ununterbrochen auf die Monitore zu starren, die die lebenserhaltenden Maßnahmen und Felix' Vitalfunktionen dokumentierten, oder mal eine Auszeit zu nehmen. Für zwei Stunden den Kopf freizubekommen, sich abzulenken. Um die nötige Ruhe zu finden, die man braucht, wenn man dem kleinen verkabelten Bündel Mensch die dringend nötige Nestwärme geben will; etwa wenn man es zum »Kangarooing« aus dem Inkubator nimmt und sich auf die Brust legt.

Wir entschieden uns für die Ablenkungs-Alternative und damit für die Spätvorstellung von »The Purge«.

Es gibt sicher Menschen, die sich die Frage stellen, weshalb wir uns ausgerechnet einen Horrorfilm aussuchten, wo wir doch gerade selbst unseren privaten Horror erlebten. Aber diese Menschen lesen vermutlich selten Thriller. Es ist meine tiefe Überzeugung, dass wir Spannungsfilme und -bücher als Blitzableiter benutzen, die uns die Möglichkeit geben, unsere aufgestauten Ängste und Sorgen in einem angstfreien Ambiente zu verarbeiten.

Meiner Frau und mir hat der Kinobesuch auf jeden Fall geholfen. (So sehr, dass wir am nächsten Tag gleich noch in »World War Z« gingen.) Wir waren für eine kurze Zeit in einer anderen Welt. Einer Welt der Zukunft, in der in den USA einen Tag lang jede Straftat erlaubt ist – inklusive Mord, damit das amerikanische Volk danach »gereinigt« ist und fortan ein ganzes Jahr friedlich miteinander auskommt.

Es ist kein Geheimnis: Jede kreative Leistung baut auf einer anderen auf. Filmschaffende, Musiker, Autoren schöpfen nicht aus dem leeren Raum, sondern werden inspiriert und motiviert durch die Werke anderer. Bei mir war es so, dass ich schon während des Vorspanns dachte, diese geniale Film-Prämisse von »The Purge« (dessen zweiten Teil ich übrigens noch besser finde) könnte schon heute und nicht erst in zwanzig, dreißig Jahren Anhänger in der Realität finden.

Das brachte mich zu einer Folgeüberlegung: Die utopische Idee eines »Jeder gegen jeden in der Zukunft« war faszinierend, mich persönlich aber interessierte viel mehr das realistische »Alle gegen einen in der Gegenwart«.

Und so stellte ich mir die Frage, wenn ich heute, im Hier und Jetzt, eine einzige Person nominieren dürfte, die eine Nacht lang vogelfrei ist: Wen würde ich auswählen?

Was denken Sie? Würden Sie jemanden für diese Todes-Lotterie nominieren? Und wie würden Sie reagieren, wenn Sie selbst ausgewählt würden? Wüssten Sie, wer Ihnen hilft? Wem könnten Sie bedingungslos vertrauen, dass er Sie selbst für die unvorstellbare Summe von zehn Millionen Euro nicht verrät? Oder gar persönlich ermordet?
Die Antwort, wen ich für die AchtNacht nominieren würde, ist sehr langweilig, denn tatsächlich wünsche ich niemandem in meinem Bekanntenkreis etwas Schreckliches; nicht einmal meinem Nachbarn, der ständig die Polizei rufen will, wenn jemand auch nur einen Millimeter schief parkt. Obwohl, wenn ich gerade so darüber nachdenke …

Gäbe es hingegen eine Ordens-Lotterie, stünden folgende Namen ganz sicher ganz oben auf der Benefitzek-Liste derer, denen ich den meisten Dank schulde: Zunächst danke ich __________ ! (Tragen Sie hier bitte Ihren eigenen Namen ein!)

Neben den Leserinnen und Lesern, ohne die ein Buch nur eine sinnlose Ansammlung bedruckter Seiten wäre, verneige ich mein immer lichter werdendes Haupt (meine Frau Sandra erhält in Apotheken weiterhin Taschentücher als Werbegeschenke, ich bekomme Haarwuchs-Shampoo-Proben zugesteckt!) vor meinen beiden Lektorinnen Regine Weisbrod und Carolin Graehl. Wie schön, dass ihr diesmal kaum kluge und wichtige Anmerkungen zum ersten Entwurf hattet. Nur etwa zweihundert.

Ich danke den Mitarbeitern von Droemer Knaur, allen voran Big Boss Hans-Peter Übleis, der dafür gesorgt hat, dass ich regelmäßig einmal am Tag im Verlagshof Freigang bekomme. Und dass meine Fußfessel nicht mehr so eng sitzt. Nur schade, dass du das Bild abgehängt hast, auf dem das Fenster mit dem schönen Ausblick zu sehen war. Wir, die 148 Autorenkollegen, vermissen es doch sehr an unseren Werkbänken hier unten im Keller der Hilblestraße. Neben Hans-Peter danke ich folgenden Aufpassern (äh, Droemer-Kollegen): Josef Röckl, Bernhard Fetsch, Steffen Haselbach, Katharina Ilgen, Monika Neudeck, Patricia Kessler, Beate Riedel, Liesa Arendt, Jochen Kunstmann, Hanna Pfaffenwimmer, Sibylle Dietzel, Renate Abrasch und Helmut Henkensiefken.

Meine Managerin Manuela Raschke habe ich einmal als »mein Gehirn« bezeichnet, und ich bin mir unsicher, ob sie das nicht mittlerweile als Beleidigung empfindet, ist doch die meistgestellte Frage auf Lesungen: »Haben Sie eigentlich selbst eine Macke, Herr Fitzek?« Manu, was wäre ich ohne dich? Und ohne den Rest der (erweiterten) Family (inklusive Karl und Sally), Barbara Herrmann, Achim Behrend, Jörn »Stolli« Stollmann, Ela und Micha.

Ja, ich beantworte meine Mails, die mich unter fitzek@sebastianfitzek.de erreichen, selbst (deswegen dauert es so lange und deswegen rutschen mir immer öfter welche durch, sorry); und ja, ich poste in den sozialen Netzwerken höchst eigenhändig, aber es bleibt noch genügend langweilige administrative und technische Arbeit übrig, die ich mit Freuden unter anderem meiner Schwiegermutter Petra Rode und ihrer Tochter Sandra aufdrücke – die übrigens meine Lieblingsehefrau ist. (Ja, Komplimente kann ich!)

Ich danke meinem wichtigsten privaten Vorab-Leser Franz Xaver Riebel, dessen Nachnamen ich in der letzten Danksagung fälschlicherweise »Riedel« geschrieben habe. Das kommt nie wieder vor, Fritz.
Apropos: Ich danke Fritz, Max und der gesamten Krings-Kolchose inklusive Karl und natürlich Jo (Mark Forster) Megow. Ihr rockt, im wahrsten Sinne des Wortes.
Sabrina Rabow, meiner persönlichen PR-Agentin, danke ich neben ihrer exzellenten Arbeit dafür, dass sie all die dreckigen Skandale bislang erfolgreich aus der Presse raushalten konnte. (Das ist ein WITZ, Sabrina. Da gibt es nichts. Ich schwöre. Obwohl ...)

Jeder Autor braucht ein A-Team. Ich hab sogar ein AVA-Team, geleitet von dem besten Literaturagenten auf dem Globus (und damit meine ich nicht den Einkaufsmarkt): Roman Hocke. Ihm zur Seite stehen Claudia von Hornstein, Gudrun Strutzenberger, Cornelia Petersen-Laux, Lisa Blenninger und Markus Michalek.

Ich danke Christian Meyer von C&M Sicherheit, jenem Mann, der sich einen Eintrag im Guinness-Buch der Rekorde verdient hätte: als Mensch, der die meisten Fitzek-Lesungen auf der Welt besucht hat, ohne je ein Buch von mir gelesen zu haben.

Und folgenden Personen bin ich noch was schuldig: Arno Müller, Thomas Koschwitz, Jochen Trus, Stephan Schmitter, Michael Treutler, Simon Jäger, Ender Thiele, Zsolt Bács. Ich hoffe, ihr nervt mich jetzt nicht länger wegen des Geldes, der Blechschäden an eurem Auto oder anderer

Kleinigkeiten. Hey, ihr steht jetzt in der Danksagung. Wir sind quitt.

In dem Zusammenhang: Ich danke Thomas Zorbach und Marcus Meier, insbesondere für den technischen Support. Für Fehler, die nicht mit künstlerischer Freiheit entschuldigt werden können, halten diese Herren gerne ihre Köpfe hin.

Das gilt auch für Bruderherz Clemens und seine wundervolle Frau Sabine: Ihr habt eure Nummer geändert und seid in eine andere Stadt gezogen, ich hab euch trotzdem gefunden, und ihr musstet mich medizinisch beraten: tausend Dank!

Und wie immer zum Schluss, neben den Leserinnen und Lesern die wahrhaft Unverzichtbaren: Dank an alle Buchhändlerinnen und Buchhändler, Bibliotheksmitarbeiterinnen und -mitarbeiter.
Wir sehen, lesen oder hören uns. Ich hoffe, das ist keine Drohung für Sie!

Alles Liebe

Ihr
Sebastian Fitzek

Berlin, Silvester 2016.
Ohne Böllerlärm. Ein weiterer Vorteil,
hier unten im Keller.

»Sebastian Fitzek – Mann für die Bestseller«
sueddeutsche.de

Sebastian Fitzek

Das Paket

Psychothriller

Seit die junge Psychiaterin Emma Stein in einem Hotelzimmer vergewaltigt wurde, verlässt sie das Haus nicht mehr. Sie war das dritte Opfer eines Psychopathen, den die Presse den »Friseur« nennt – weil er den misshandelten Frauen die Haare vom Kopf schert, bevor er sie ermordet.
Emma, die als Einzige mit dem Leben davonkam, fürchtet, der »Friseur« könnte sie erneut heimsuchen, um seine grauenhafte Tat zu vollenden. In ihrer Paranoia glaubt sie in jedem Mann ihren Peiniger wiederzuerkennen, dabei hat sie den Täter nie zu Gesicht bekommen. Nur in ihrem kleinen Haus am Rande des Berliner Grunewalds fühlt sie sich noch sicher – bis der Postbote sie eines Tages bittet, ein Paket für ihren Nachbarn anzunehmen. Einen Mann, dessen Namen sie nicht kennt und den sie noch nie gesehen hat, obwohl sie schon seit Jahren in ihrer Straße lebt …

»Sebastian Fitzek hat ein Paket gepackt,
das es in sich hat: eine irre Story, Grusel und Spannung
bis zur letzten Zeile.«
dpa

DROEMER

Tiefste Abgründe auf hoher See

Sebastian Fitzek

Passagier 23

Psychothriller

Martin Schwartz, Polizeipsychologe, hat vor fünf Jahren Frau und Sohn verloren. Es passierte während eines Urlaubs auf dem Kreuzfahrtschiff Sultan of the Seas – niemand konnte ihm sagen, was genau geschah. Martin ist seither ein psychisches Wrack und betäubt sich mit Himmelfahrtskommandos als verdeckter Ermittler. Mitten in einem Einsatz bekommt er den Anruf einer seltsamen alten Dame, die sich als Thrillerautorin bezeichnet: Er müsse unbedingt an Bord der Sultan kommen, es gebe Beweise dafür, was seiner Familie zugestoßen ist. Nie wieder wollte Martin den Fuß auf ein Schiff setzen – und doch folgt er dem Hinweis und erfährt, dass ein vor Wochen auf der Sultan verschwundenes Mädchen wieder aufgetaucht ist. Mit dem Teddy seines Sohnes im Arm …

»Packender Psychothrill auf hoher See – Sebastian Fitzek sprengt nicht nur den Rahmen der Realität, sondern gleichzeitig die Grenzen der Vorstellungskraft.«
Christine Brand, NZZ am Sonntag

KNAUR

Lust auf weitere Hochspannung mit Sebastian Fitzek?

Die Fitzek-Box
zum 10-jährigen Jubiläum

Mit 10 Bestthrillern ist die Box ein unverzichtbares Lese-Ereignis für alle Fitzek-Fans.

Die Box enthält »Die Therapie«, »Amokspiel«, »Das Kind«, »Splitter«, »Der Seelenbrecher«, »Der Augensammler«, »Der Augenjäger«, »Abgeschnitten«, »Der Nachtwandler« und »Passagier 23« – jedes Buch im separaten Schuber.

Die hochwertige limitierte Sonderedition vom größten deutschen Thrillerautor!

KNAUR